L'AMANT DE LA MORT

DU MÊME AUTEUR
CHEZ LE MÊME ÉDITEUR

Azazel
Le Gambit turc
Léviathan
La Mort d'Achille
Missions spéciales
Le Conseiller d'Etat
Le Couronnement
La Maîtresse de la Mort

Altyn Tolobas

Pélagie et le bouledogue blanc
Pélagie et le Moine Noir

Boris Akounine

L'AMANT DE LA MORT

Roman

Traduit du russe par Paul Lequesne

PRESSES DE LA CITÉ

Titre original : *Lioubovnik Smierti*

ISBN 10 : 2-258-06770-7
ISBN 13 : 978-2-258-06770-7

COMMENT SENKA VIT LA MORT POUR LA PREMIÈRE FOIS

Au début, bien sûr, on ne l'appelait pas comme ça, elle avait un nom normal, comme tout le monde. Malania par exemple, ou peut-être bien Agrippina. Et elle avait aussi un nom de famille. Comment faire sans nom de famille ? C'est bon pour Joutchka, tenez, le môme, là, qui galope dans la cour, il n'a pas de nom de famille, mais une vraie personne en a forcément un, c'est bien d'ailleurs ce qui fait d'elle une vraie personne.

Cependant quand Senka Skorik l'avait vue pour la première fois, elle portait déjà son surnom de maintenant. Personne ne parlait d'elle autrement, personne n'avait souvenir de son véritable état civil.

Or voici en quelle circonstance il l'avait vue.

Il était assis sur un banc avec d'autres zigues comme lui, devant l'épicerie Deriouguine. Tout ça bouffetait en pétunant.

Tout à coup s'arrête une calèche : bandages pneumatiques, rayons peints couleur dorée, capote en cuir jaune. Et en descend une fille comme Senka n'en avait encore jamais vu, ni rue Kouznetski Most, ni sur la place Rouge le jour de la fête du couronnement. Non pas une fille, une jeune fille ou, pour mieux dire, une demoiselle. Tresses noires nouées en couronne sur la tête, châle de soie multicolore sur les épaules, et robe, de soie également, aux reflets changeants, mais ce n'étaient pas le châle ni la robe qui comptaient. Elle avait surtout un visage tellement... ah ! ça ne peut même s'exprimer, comment il était. On le regardait, et on en restait médusé. C'est ce qui arriva à Senka : il en resta médusé.

« Qu'est-ce que c'est que cette poule ? » demanda-t-il, et pour faire semblant de rien, il cracha sur le côté, à travers ses dents serrées (il pouvait cracher comme ça plus loin que tous les autres, à une bonne toise de distance, avec son sourire ébréché, c'était fadoche).

Prokha lui répondit :

« On voit bien, Skorik, que t'es pas chez nous depuis bien longtemps. (Senka, c'était vrai, ne faisait encore que s'acclimater, il n'y avait pas deux semaines qu'il avait mis les bouts de la place Soukharev.) Poule toi-même, va ! C'est la Mort, voyons ! »

Senka ne comprit pas tout de suite ce que venait faire la mort là-dedans. Il pensa que c'était pour Prokha une sorte de raccourci pour dire qu'elle était chouette à en tomber raide.

Et c'est vrai qu'elle était choucarde, impossible d'en détacher les yeux. Un front haut et pur. Des sourcils comme deux palanches, un teint de neige, des lèvres écarlates, et des yeux... ouh ! quels yeux c'était !... Senka en avait déjà vu de pareils, place du Marché-aux-Chevaux, aux juments du Turkestan : de grands yeux humides, qui de ce fait paraissaient briller de mille feux. Mais la jeune fille ou demoiselle qui venait de descendre de la calèche avait des yeux encore plus beaux que ces chevaux.

Senka contemplait la merveilleuse personne en battant des paupières, mais Mikheïka le Hibou, après s'être ôté un brin de tabac collé à sa lèvre, lui flanqua un coup de coude dans les côtes : « Eh ! Skorik, zyeute donc pas comme ça ! Autrement le Prince pourrait bien te détacher les esgourdes et te forcer à les bouffer, comme il l'a fait l'autre fois avec un maquignon de Volokolamsk. Lui aussi, la Mort lui avait tapé dans l'œil, au maquignon, je veux dire. Eh bien, il a fini de matouser. »

Et à nouveau Senka ne pigea pas trop ce que la mort venait faire là-dedans, mais l'histoire des oreilles coupées et avalées l'intéressa vivement.

« Et pourquoi il les a bouffées, ce gus ? s'exclama-t-il, surpris. Moi, pour rien au monde j'aurais accepté. »

Prokha but une gorgée de bière au goulot.

« Tu l'aurais fait, va. Si le Prince te l'avait demandé bien réglo, bien poliment, tu aurais obéi comme un gentil petit môme, et tu aurais dit merci, par-dessus le marché, merci, c'est très bon. Le maquignon, il a mâchonné comme ça un moment sa feuille, et puis comme il arrivait pas à l'engouler, le Prince lui a détaché l'autre et la lui a fourrée dans l'entonnoir. Et pour qu'il grouille un peu, il lui a pointé son chourin sur le buffet. Après ça, sa cafetière, au maquilleur, s'est mise à pourrir, à enfler. Il a gueulé pendant deux, trois jours, et puis il a crevé sans avoir revu son Volokolamsk. Voilà comment ça se passe chez nous, à la Khitrovka. Veille à pas l'oublier, mon vieux. »

Senka avait déjà entendu parler du Prince, bien sûr, même s'il était nouveau dans le quartier. Qui, d'ailleurs, n'en avait entendu parler ? Le plus grand pègre de tout Moscou. On parlait de lui sur les marchés, on parlait de lui dans les journaux. Les chiens étaient à ses trousses, mais ils n'avaient pas les griffes assez longues. La Khitrovka, elle ne donnait pas les siens, elle savait trop bien ce qui arrivait aux macarons.

Mais bouffer ma propre oreille, ça je le ferais jamais, se dit Senka. Je préférerais encore prendre un coup de couteau.

« Elle est quoi pour le Prince, c'est sa gonzesse, c'est ça ? » demanda-t-il à propos de l'extraordinaire demoiselle. Juste comme ça, par curiosité. Il avait décidé à part lui de ne plus la lorgner, tant pis. Du reste, il n'y avait plus personne à voir : elle avait déjà disparu dans la boutique.

« F'est fa ? » railla Prokha. A cause de sa dent cassée, Senka ne prononçait pas bien tous les mots. « Gonzesse toi-même, va ! »

Dans le quartier de la Soukhevka, quand quelqu'un traitait un mec de gonzesse, il s'exposait à une immédiate et sévère avoinée, aussi Senka se disposait-il déjà à démolir la tronche de cadavre de Prokha, quand il se ravisa. *Primo*, peut-être observait-on ici, à la Khitrovka, d'autres coutumes, et ne fallait-il voir là aucune offense. *Secundo*, Prokha était un gars plutôt costaud, il faudrait encore voir qui filerait une avoine à l'autre. Enfin, *tertio*, il avait terriblement envie d'en apprendre davantage sur la jeune fille.

Prokha se fit bien un peu prier, mais il finit par lui raconter son histoire.

Elle vivait autrefois, comme il se doit, chez papa maman, à Dobraïa Sloboda ou peut-être à Razgouliaï, bref, dans un coin paumé. En grandissant, elle était devenue une belle et délicieuse jeune fille, assaillie par une nuée de prétendants. Aussi bien avait-on trouvé à la marier sitôt qu'elle en avait eu l'âge. Les voilà donc partis tous deux en traîneau, elle et son promis, pour s'aller marier à l'église, quand tout à coup, vlan ! deux chiens noirs, des bêtes énormes, déboulent en travers du chemin, pile devant la voiture. Si on avait pu deviner à ce moment et qu'on ait dit une prière, peut-être que les choses auraient tourné autrement. Ou si au moins on avait fait le signe de croix. Mais personne n'a eu l'idée de quoi que ce soit, ou bien, si ça se trouve, personne n'a eu le temps. En voyant ces deux monstres, les chevaux ont eu la frousse, ils se sont emballés et au tournant, plouf ! ils ont quitté la berge et dégringolé dans la Iaouza. Le fiancé est mort écrasé, le cocher s'est noyé, mais la fille, nib de nib, pas une égratignure.

Mais tout arrive, pas vrai ? On est allé l'enterrer, ce garçon. Elle, la fiancée, marchait à côté du cercueil. Elle était folle de chagrin, fallait voir. A ce qu'on raconte, elle l'adorait. Or au moment qu'on traversait le pont, en face de l'endroit où tout était arrivé, la voilà-t-il pas qui pousse un cri – adieu, monde cruel ! ou quelque chose comme ça –, puis qui enjambe la balustrade et saute la tête la première dans le vide. Il gelait depuis la veille, la rivière était sous une épaisse couche de glace, si bien qu'elle aurait dû normalement se fracasser le crâne ou au moins se rompre le cou. Mais pas du tout. Elle est tombée pile-poil en un point où la croûte était à peine formée et toute saupoudrée de neige. Elle a disparu complètement sous l'eau et n'est pas remontée.

Tout le monde se dit : ça y est, elle s'est noyée. On court, on agite les bras. Mais pendant ce temps la fameuse noyée était traînée sous la glace sur une cinquantaine de toises et rejetée par une trouée où des femmes lavaient le linge.

On l'a crochée avec une gaffe, ou un truc de ce genre, et tirée hors de l'eau. Elle avait l'air comme morte, blanche comme un cadavre, mais elle est restée un moment étendue, elle s'est réchauffée et hop ! debout, comme si de rien n'était. Saine et sauve.

De la voir aussi coriace, on l'a baptisée la Vive, certains l'appelaient aussi l'Immortelle, mais ce n'était pas là son surnom définitif. Il a encore changé ensuite.

Une année passe, ou peut-être une et demie, et ses parents se mettent en tête à nouveau de la marier. La fille s'est encore épanouie, plus belle qu'avant. Il se présente pour l'épouser un marchand, plus très jeune, mais plein aux as. Elle, la Vive, elle s'en moque, puisqu'il faut se marier, va pour le marchand. Ceux qui la fréquentaient à l'époque disent qu'elle se languissait affreusement de son fiancé, de l'autre je veux dire, le premier, celui qui s'était cassé le cou.

Et alors ? Eh bien le nouveau fiancé, la veille des noces, à l'église, aux matines, le voilà qui pousse un râle, il agite les bras et vlan ! sur le flanc. Il remue un pied, clape des lèvres, et amen, dors en paix avec tous les saints ! Emporté par une attaque.

Après cet accident, elle n'a plus cherché à se marier, et quelque temps plus tard s'est sauvée de la maison de ses parents avec un monsieur, un militaire. Elle s'est installée chez lui, rue Arbat. Et pour le coup s'est changée en une vraie beauté : elle ne s'habillait plus que comme une grande dame, allait rendre visite à ses parents en calèche de bois verni, avec une ombrelle de dentelle. Même si l'officier ne pouvait pas l'épouser, à cause que son père refusait de lui donner sa bénédiction pour ça, il était fou d'elle et l'adorait pour de bon.

Mais il était dit que celui-là aussi, elle le perdrait. Ce monsieur était un jeune gars solidement bâti, une force de la nature, mais après avoir vécu quelque temps avec elle, d'un coup il s'est mis à dépérir. Il est devenu tout pâle, tout maigre, ses jambes ne le portaient plus. Les docteurs se sont démenés pour lui. On l'a envoyé aux eaux, et puis à l'étranger, mais tout ça pour rien. On a dit qu'un crabe s'était logé dans son ventre et avec ses pinces lui avait déchiré toutes les entrailles.

Toujours est-il que lorsqu'elle a enterré son officier, tout le monde a compris, même les moins malins : un truc clochait chez cette fille. C'est alors qu'on lui a donné un autre surnom.

Elle ne pouvait pas retourner au village, et d'ailleurs elle n'en avait aucune envie. Sa vie a alors tourné tout autrement. Les gens ordinaires l'évitaient. Quand ils la voyaient passer, ils se signaient et crachaient par-dessus leur épaule. Mais les gars qui se sont mis à lui coller après, on sait bien qui c'est : des cadors, des têtes brûlées, des types qui se contrefichent de la grande sorgue. Elle, depuis qu'elle a vidé son richard de tout son sang, tu as vu toi-même ce qu'elle est devenue. On peut bien dire que c'est à cette heure la plus belle des plus belles gonzesses de tout Moscou.

Ensuite, ça a continué pareil. Kolcha le Pivot (un fameux grinche qui opérait quartier Mechtchany) a fait la noce avec elle pendant deux mois avant de se faire chouriner par ses propres gars, qui voulaient pas partager le chopin.

Après, il y a eu Yachka Kostromskoï, un voleur de chevaux. Il allait chercher des pur-sang directement à l'écurie et les revendait aux Tsiganes pour d'énormes sommes. Il lui arrivait de se trimballer avec plusieurs milliers de roubles dans les fouilles. Il ménageait rien pour elle, avec lui elle nageait littéralement dans l'or. Yachka s'est fait descendre il y a six mois par les flics.

Maintenant, c'est le Prince qui est avec elle. Depuis trois, quatre mois déjà. Et pour le coup, faut le voir crâner et se démener comme un diable. Avant c'était un grinche comme un autre, à présent buter un gonze lui pose pas plus de problème que d'écraser une mouche. Tout ça parce qu'il s'est mis à la colle avec la Mort et qu'il a compris qu'il lui restait guère de temps à piétiner le plancher des vaches. Comme dit le proverbe : à trop courir la mort, on finit par l'attraper. Un surnom, ça se donne pas sans motif, surtout un comme ça.

« Mais quel surnom ? demanda Senka, à bout de patience, alors qu'il venait d'écouter toute cette histoire bouche bée. Tu me l'as toujours pas dit, Prokha. »

Prokha le regarda avec des yeux ronds et se tapota le front du bout des doigts.

« Eh bien, mon pauvre ! Tu es rudement dur de la comprenette. A se demander pourquoi on t'appelle Skorik[1] ! Mais ça va faire une plombe que je te le répète. La Mort ! Voilà ce que c'est, son surblase. Tout le monde l'appelle comme ça. Elle, ça lui fait rien, elle s'est habituée, elle répond. »

1. *Skorik* : de *skoryj*, « vif », « rapide ». (*N.d.T.*)

COMMENT SENKA VINT S'ÉTABLIR À LA KHITROVKA

Prokha se trompait sur l'origine du sobriquet de Senka. Certes, le zigue était débrouillard, vif à la riposte, et n'avait ni les mirettes ni la langue dans sa poche. Et cependant c'était de son nom de famille que lui venait en réalité son surnom. Son père s'appelait Skorikov, Tryphon Stepanovitch. Comment se nommait-il à présent ? Dieu seul le savait. Peut-être n'était-il plus du tout question de Tryphon Stepanovitch, mais, par exemple, d'ange Tryphaniel. Encore que Senka fût en droit de douter que son cher papa eût atterri au milieu des anges : il était tout de même beaucoup trop porté sur la bouteille, même si c'était un brave homme. Sa maman en revanche, elle, c'était sûr, elle ne devait pas loger bien loin du Trône de Lumière.

Senka y pensait souvent, se demandant en quel séjour étaient désormais les membres de sa famille disparue. S'il demeurait incertain quant au devenir de son père, en ce qui concernait sa mère et ses jeunes frères et sœurs, morts du choléra en même temps que leurs parents, il ne nourrissait aucun doute, et ne priait même pas pour que le Royaume des Cieux leur fût ouvert : il savait qu'ils y étaient déjà sans qu'il y eût à intercéder pour eux.

Le choléra s'était invité dans leur village trois ans plus tôt et avait emporté bien du monde. Des Skorikov, seuls Senka et son frère Vania avaient réussi à se raccrocher à la vie. Avaient-ils bien fait ? Tout dépendait du point de vue.

De celui de Senka, la réponse était plutôt non, car à compter de ce moment-là sa vie avait changé du tout au tout. Son père travaillait comme vendeur dans une grande boutique de tabac. Il touchait un bon salaire, et de quoi fumer gratis. Dans son jeune âge, Senka avait toujours été correctement vêtu et chaussé. Comme on dit : ventre de son et robe de velours. Dès qu'il en avait eu l'âge, il avait appris à lire, à écrire et à compter. Il avait même eu le temps de fréquenter l'Ecole de commerce durant six mois, mais du jour qu'il s'était trouvé orphelin ses études avaient pris fin. Mais au diable les études, la perte n'était pas bien grande, ce n'est pas là ce qui lui causait le plus de chagrin.

Son frère Vania avait eu, lui, de la chance : il avait été recueilli par le juge de paix Kouvchinnikov, celui qui achetait toujours du tabac anglais à leur père. Le juge avait une femme mais point d'enfant, aussi avait-il pris Vania chez lui, parce que celui-ci était encore petit et tout potelé. Senka, pour sa part, était déjà grand, ossu, sans aucun intérêt pour un juge, aussi avait-il dû se contenter de la tutelle de son oncle Zot Larionytch, un cousin de sa mère, qui possédait une boutique à la Soukharevka, le quartier entourant la place Soukharev. Et c'est là qu'il avait mal tourné.

Mais comment aurait-il pu en aller autrement ?

Son oncle, cette vermine ventrue, le laissait crever de faim. Il lui interdisait de prendre place à table avec le reste de la famille, bien qu'il fût de même sang. Chaque samedi, il le battait, quelquefois parce qu'il le méritait, mais le plus souvent sans aucune raison, simplement pour jouer les gros bras. Il ne lui versait aucun salaire, alors que Senka s'échinait à la boutique tout autant que les autres commis qui, eux, étaient payés huit roubles. Mais le plus enrageant pour Senka était de devoir chaque matin trimballer le cartable de son petit cousin, Grichka, qui allait au collège. Grichka marchait en tête, l'air important, un bonbon Landrinov dans la bouche, tandis que Senka se traînait derrière lui, tel un esclave des temps anciens, ployant sous la lourde sacoche (il arrivait que Grichka y fourrât encore exprès une brique pour s'amuser). Ce Grichka, il aurait fallu le presser comme un furoncle, pour qu'il cesse de la ramener et partage ses bonbons. Ou lui flanquer, tiens, un bon coup de brique sur le crâne, mais c'était impossible, force était de patienter.

Alors Senka avait patienté, aussi longtemps qu'il avait pu. Trois années entières, vous imaginez ?

Bien sûr, il lui arrivait, à lui aussi, de prendre sa revanche à l'occasion. Il fallait bien se soulager un peu le cœur.

Une fois, il avait glissé une souris dans l'oreiller de Grichka. Pendant la nuit, la bestiole s'était frayé à coups de dents un chemin à l'air libre pour finir par se prendre les pattes dans les cheveux du cousin. Quel cri il avait poussé dans la maison endormie ! Et cependant tout s'était bien passé, personne n'avait eu l'idée de soupçonner Senka.

Ou bien encore, tenez, au dernier Mardi gras, alors que tout ce que contenait la cuisine passait au four, à la casserole et à la poêle, l'orphelin, lui, n'avait eu droit qu'à deux vilaines crêpes trouées assaisonnées d'une minuscule noisette de margarine. Passablement en rogne, Skorik avait versé dans la marmite d'épaisse soupe aux choux une bonne dose de décoction d'avoine, souverain remède contre la constipation. Courez donc prendre l'air, mes gros lards, allez vous secouer dehors les tripes ! Et là encore, il s'en était tiré à fort bon compte, puisqu'on avait accusé la crème d'avoir tourné.

Dès que l'occasion s'en présentait, il chipait toutes sortes de babioles à la boutique : bobines de fil, boutons, ciseaux. Il vendait ce qu'il pouvait au marché aux puces de la place Soukharev, et jetait ce qui ne lui rapportait rien. Pour le coup, il arrivait qu'on le corrigeât, mais uniquement sur des soupçons, car jamais il n'avait été pris sur le fait.

Le jour, en revanche, où il se fit prendre pour de bon, ça fit un sacré pétard, et même de la fumée et des étincelles. Et tout ça à cause de son stupide bon cœur, car c'est bien lui qui fut cause que Senka oublia sa prudence coutumière.

Il reçut un beau jour des nouvelles de son frère Vania, dont il n'avait plus entendu parler depuis trois ans. Il se consolait souvent de son sort misérable en imaginant combien le petit veinard devait avoir la vie belle chez le juge Kouvchinnikov. Or voilà qu'il lui écrivait une lettre.

Comment celle-ci lui était arrivée, ça tenait du miracle. Sur l'enveloppe était indiqué : *« A Moscou, près de la place Soukharev, pour mon frair Senka qui vit chez tonton Zot. »* Encore heureux que Zot Larionytch eût un ami facteur travaillant à la poste du quartier. L'homme avait deviné qui était le destinataire de l'envoi et le lui avait porté, Dieu l'ait en Sa sainte garde.

La lettre disait ceci :

« Senka, mon frair chéri, coman vatu ? Moi je vé tré mal. On m'aprent à écrire les lètre et puis aussi on me gronde et on me fâche alor que sé bien to ma fête. Je leur est demandé un cheval et eux ils veule pas. Viens et emmaine moi loin de cè méchante gens. Ton petifrair Vania. »

Quand Senka lut ces lignes, ses mains se mirent à trembler et les larmes lui montèrent aux yeux. Ah ! tu parles d'un veinard ! Et le juge, il était joli, lui aussi ! Il s'amusait à embêter un mioche, et mégotait pour un malheureux jouet. Pourquoi avait-il pris le gosse sous sa tutelle en ce cas ?

Finalement, Senka se sentit terriblement blessé pour son frère et se dit qu'il serait le dernier des monstres s'il l'abandonnait dans un tel enfer.

Il n'y avait pas d'adresse d'expéditeur sur l'enveloppe, mais le facteur lui apprit que le cachet était celui de Tioply Stan, dans la banlieue de Moscou, à une dizaine de verstes de la barrière de Kalouga. Il pourrait toujours se renseigner sur place pour trouver la maison du juge.

Senka ne fut pas long à se décider. La Saint-Jean, le jour de la fête de Vania, tombait justement le surlendemain.

Il se prépara à prendre la route pour aller secourir son frère. Si Vania était vraiment malheureux, il le ramènerait avec lui. Quitte à mener une vie de chien, mieux valait être ensemble que séparés.

Il avait repéré dans un magasin de jouets de la rue Sretenka un cheval de bois verni, à la queue en filasse et à la crinière blanche. Un objet d'une beauté indicible, mais plutôt chérot : sept roubles cinquante. A midi, quand dans la boutique de l'oncle Zot ne resta plus que

Nikifor, connu pour être sourd comme un pot, Senka força avec un clou la serrure de la caisse, préleva huit roubles et détala à toutes jambes. Il ne se souciait pas de devoir payer sa dette. Skorik avait bien l'intention de ne jamais retourner chez son oncle, et de partir avec son frère Vania vivre à l'aventure. Ils pourraient se joindre à une troupe de Tsiganes ou rallier il ne savait trop encore quel endroit, on verrait bien.

Il lui fallut marcher atrocement longtemps pour atteindre ce fameux Tioply Stan, il en avait les pieds complètement moulus, en outre plus le temps passait et plus le cheval de bois lui paraissait pesant.

Il n'eut aucun mal en revanche à trouver la maison du juge : le premier habitant rencontré la lui indiqua. C'était une belle demeure, avec un auvent de fonte soutenu par des poteaux, et un jardin.

Il renonça à escalader le perron menant à la porte principale : le courage lui manqua. Et puis il était probable qu'on ne l'eût pas laissé entrer de toute façon : après une si longue route, Senka était couvert de poussière, sans compter l'estafilade qui lui barrait le milieu de la figure et qui saignait encore. Un peu après la barrière de Kalouga, alors que, vanné, il tentait de s'agripper à l'arrière d'un camion, le cocher, cette punaise, lui avait décoché un coup de fouet. Un peu plus, et il lui crevait l'œil.

Senka s'accroupit en face de la maison et réfléchit à la conduite à suivre. Par les fenêtres ouvertes lui parvenaient les doux accents d'une mélodie lentement égrenée : quelqu'un cherchait avec gaucherie à assembler les notes d'une chanson que Senka n'avait jamais entendue. Par instants s'élevait une voix cristalline, qui ne pouvait être que celle de Vania.

S'enhardissant enfin, Skorik s'approcha, se hissa sur un ressaut du mur et jeta un coup d'œil par-dessus le rebord de fenêtre.

Il découvrit une grande et belle chambre. Devant une gigantesque boîte de bois verni (ça s'appelait un « piano droit », il y avait le même truc à l'école) était assis un jeune bambin aux cheveux bouclés, vêtu d'un petit costume de marin, qui frappait mollement les touches de ses jolis doigts roses. On aurait dit Vania, et en même temps il ne lui ressemblait pas tout à fait. Tout bien joufflu, tout bien propret, on l'aurait volontiers croqué à la place d'un biscuit. A côté de lui se tenait une demoiselle à lunettes qui d'une main tournait les pages d'un cahier posé sur un support, et de l'autre caressait la tête du mioche. Dans un coin de la pièce s'entassaient une incroyable montagne de jouets, parmi lesquels au moins trois chevaux bien plus luxueux que celui apporté par Senka.

Celui-ci n'eut pas le temps de chercher à comprendre le pourquoi du comment, car soudain une calèche surgit à l'angle de la maison, attelée à deux chevaux. Il sauta vivement à terre et se colla contre la palissade.

Dans la calèche se trouvait le juge Kouvchinnikov, Hippolyte Ivanovitch, en personne. Senka le reconnut aussitôt.

Mais déjà Vania se penchait par la fenêtre et criait à pleins poumons :

— Tu l'as apporté ? Tu l'as apporté ?

Le juge éclata de rire et descendit à terre.

— Mais oui, je l'ai apporté. Tu ne le vois donc pas ? Comment allons-nous l'appeler ?

Alors seulement Senka remarqua le poulain attaché derrière la voiture, un alezan aux flancs rebondis. Même pas un poulain, un cheval adulte, aurait-on dit, mais en miniature, pas beaucoup plus grand qu'un bouc.

Et Vania de brailler d'une voix stridente : « Un poney ! J'ai un vrai poney ! »

Senka tourna les talons et reprit lentement le chemin de la barrière de Kalouga. Il abandonna sa haquenée de bois dans l'herbe, près du bas-côté : qu'elle reste donc là à paître. Vania n'avait pas besoin d'elle, mais peut-être ferait-elle l'affaire d'un autre gamin.

Tandis qu'il marchait, il se prit à rêver : du temps s'écoulerait, toute sa vie se trouverait miraculeusement transformée, et il reviendrait ici, à bord d'une magnifique voiture. Un laquais irait porter sa carte sur laquelle seraient inscrits en lettres d'or du meilleur effet tous les renseignements le concernant, et cette demoiselle à lorgnons dirait comme ça à Vania : mon cher Ivan Tryphonovitch, monsieur votre frère est venu vous rendre visite. Et Senka aurait un costume de cheviotte, des guêtres à boutons et une canne à pommeau d'ivoire.

La nuit était depuis longtemps tombée quand enfin il parvint à la maison de son oncle. Mieux eût valu qu'il ne rentrât pas du tout et qu'il prît tout de suite la poudre d'escampette.

A peine avait-il franchi le seuil, Zot Larionytch lui allongea une beigne d'une telle violence qu'elle lui fit voir trente-six chandelles, et lui cassa une dent, celle dont l'absence lui permettait à présent si commodément de cracher. Ensuite, quand Senka fut à terre, l'oncle Zot lui bourra encore les côtes de coups de pied en hurlant : « Profites-en, ce n'est qu'un hors-d'œuvre. J'ai porté plainte contre toi à la police, j'ai signé une déposition à monsieur le commissaire. Tu iras en taule pour vol, fils de catin, là-bas ils sauront bien te dresser. » Et d'aboyer, et de le menacer en le traitant de tous les noms.

Alors Skorik prit la fuite. Quand son oncle, fatigué d'agiter les poings et les pieds, s'en fut décrocher du mur la palanche servant aux femmes à porter l'eau, Senka se tira des flûtes, crachant du raisiné, la figure barbouillée de larmes.

Il passa la nuit à grelotter de froid sur la place du marché Soukharev, à l'abri d'un chariot de foin. Il se sentait affreusement pitoyable, une douleur lancinante lui tenaillait les côtes, sa gueule tuméfiée lui faisait mal, et surtout il crevait la morgane. Les cinquante kopecks qui lui restaient du cheval de bois, Senka les avait déjà briffés la veille, et il n'avait plus à présent dans les fouilles, comme on dit, que barca, que pouique, peau de balle et variétés.

A l'aube, il quitta le quartier de la place Soukharev, pour éviter d'autres embrouilles. Si l'oncle Zot l'avait enflaqué, Senka risquait de se faire alpaguer par le premier flic venu et jeter en cabane, d'où il ne ressortirait pas de sitôt. Il devait se réfugier en un endroit où sa figure passerait inaperçue.

Il s'en fut sur un autre marché situé Vieille Place-Neuve, au pied du rempart de Kitaï-Gorod. Il traîna un moment près des étals des traiteurs, respirant à plein nez les odeurs de cuisine et zyeutant dans tous les sens dans l'espoir de repérer une marchande trop occupée à bâiller. Cependant, il n'osait pas passer à l'acte : le fait est qu'il n'avait malgré tout jamais chapardé comme ça, ouvertement. Et puis si on l'attrapait ? On lui flanquerait une telle dégelée qu'il en regretterait son oncle Zot autant que sa chère maman.

Il erra à travers le marché, en prenant soin de ne pas trop s'approcher de la rue Solianka. Il savait qu'au-delà s'étendait le quartier de la Khitrovka, le plus mal famé et le plus dangereux de Moscou. La Soukharevka comptait aussi, bien sûr, son lot d'apaches et de fourlineurs, mais ils n'arrivaient pas à la cheville de ceux de la Khitrovka. Ce qu'on en racontait flanquait vraiment la trouille. Qu'un étranger s'avisât d'y fourrer le nez, il était sûr de se retrouver cul nu dans l'instant, et il pouvait encore dire merci s'il s'en tirait vivant. Les asiles de nuit y étaient des lieux effrayants, avec caches et passages souterrains. C'était le royaume des forçats évadés et des assassins, et plus couramment de toute une faune de poivrots et de va-nu-pieds. On disait encore que lorsqu'un gosse par malheur s'y égarait, il disparaissait le plus souvent sans laisser de traces. Il y avait là des gens particuliers, qu'on appelait des *khapounes*[1]. Et ces khapounes enlevaient les mioches qu'ils voyaient traîner tout seuls pour les revendre cinq roubles dans des maisons clandestines à des Juifs et des Tatars qui s'en servaient pour assouvir leurs passions monstrueuses.

Il se révéla par la suite que tout cela n'était que des bobards. Enfin, en ce qui concernait les asiles de nuit et les va-nu-pieds, rien n'était plus vrai, mais il n'y avait aucun khapoune à la Khitrovka. Quand Senka se laissa aller par mégarde à en parler à ses nouveaux amis, ces derniers manquèrent s'étrangler de rire. Prokha déclara que si un gone voulait gagner de l'argent facile, il était

1. Le *Khapoune* est un personnage de la mythologie slave, tenu pour responsable de la disparition des êtres et des choses. Il peut prendre n'importe quelle apparence, mais le plus souvent se montre sous les traits d'un soldat ou d'un vagabond. (*N.d.T.*)

libre, mais que jamais on n'irait forcer un môme, la Société ne le permettait pas. Scier le cou à un chêne la nuit, ça pouvait arriver. Soit qu'on était bourré, soit qu'un pantre avait été assez jobard pour s'aventurer dans le quartier. Récemment, tiens, on en avait retrouvé un, passage Podkopaevski : le crâne défoncé, les doigts coupés pour lui faucher ses bagues, et les yeux crevés. Il ne pouvait s'en prendre qu'à lui-même. Après tout, personne ne l'avait sonné. S'il y a des greffiers, c'est bien pour que les trottantes ne fassent pas de graisse.

— Mais pourquoi lui avoir crevé les yeux ? s'effraya Senka.

Mikheïka le Hibou éclata de rire :

— Cette question ! T'auras qu'à le demander à ceux qui l'ont fait !

Mais cette conversation n'eut lieu que bien plus tard, une fois que Senka fut lui-même devenu un familier de la Khitrovka.

Tout arriva, du reste, très vite et simplement. On peut dire que Senka n'eut même pas le temps de dire ouf !

Il errait au milieu des éventaires des vendeuses de *sbiten*[1], cherchant à repérer ce qu'il pourrait bien grappiller, rassemblant son courage, quand tout à coup s'éleva un grand chahut ponctué de cris. Une bonne femme se mit à hurler : « Au secours ! Au voleur ! Ils m'ont fauché ma bourse ! Arrêtez-les ! » Et au même instant déboulèrent deux gamins, à peu près du même

1. Boisson autrefois très populaire en Russie, à base de miel et d'épices, servie généralement chaude, que l'on consommait en abondance sur les champs de foire et les marchés. (*N.d.T.*)

âge que Senka, courant carrément sur les étals, et faisant voler sous leurs bottes chopes et écuelles. De sa grosse main, une marchande attrapa l'un d'eux, le plus petit en taille, par la ceinture et le jeta à terre.

— Te voilà pris, voyou ! cria-t-elle. Attends voir, tu vas t'en souvenir !

Mais le deuxième petit voleur, un jeune gus au nez pointu, sauta alors de son perchoir et flanqua un grand coup de poing à la bonne femme, en plein sur l'oreille. Elle demeura un instant comme hébétée, puis s'effondra sur le flanc (Prokha avait toujours sur lui un lingot de plomb, Senka devait l'apprendre par la suite). Le gus tira son pote par la main, prêt à reprendre sa course, mais déjà on les entourait de tous côtés. La marchande assommée leur eût sans doute valu d'être tabassés à mort si Skorik n'était intervenu.

D'un coup, celui-ci se mit à brailler :

— Bonnes gens ! Qui a laissé tomber une pièce d'un rouble ?

Aussitôt on se précipita vers lui :

— Moi ! Moi !

Il se fraya alors passage entre les bras tendus et en même temps qu'il détalait à toutes jambes lança aux jeunes voleurs :

— Qu'est-ce que vous attendez ! Caltez !

Ils s'élancèrent derrière lui, et comme Senka hésitait devant un porche, ils le dépassèrent et de la main lui firent signe de les suivre.

Une fois à l'abri dans un coin tranquille, chacun reprit son souffle, et l'on entama les présentations. Mikheïka Filine (le plus petit et le plus joufflu des deux garçons) interrogea Senka :

— Qui t'es ? D'où que tu viens ?

Senka répondit :

— De la Soukharevka.

Le second, qui s'appelait Prokha, esquissa une grimace, comme s'il venait d'entendre une bonne blague.

— Et pourquoi que t'as eu besoin d'en bouger ? demanda-t-il.

Senka cracha à travers le trou laissé par sa dent cassée – il n'avait pas encore eu le temps à ce moment de bien s'y habituer, néanmoins il atteignait une portée d'au moins quatre coudées.

« Je peux plus rester là-bas, laissa-t-il tomber, laconique. Autrement je vais en taule. »

Les deux gones regardèrent Skorik avec respect. Prokha lui tapa sur l'épaule.

— Viens donc vivre avec nous. T'as rien à craindre : à la Khitrovka, on n'a jamais extradé personne.

COMMENT SENKA S'ACCOUTUMA À SON NOUVEAU LIEU DE RÉSIDENCE

Avec les gones, donc, la vie s'organisait ainsi.

Le jour, on allait tirer, la nuit on goupinait le poivrier.

On tirait de préférence sur cette même Vieille Place où se trouvait le grand marché, ou bien rue Marosseïka, où étaient boutiques et commerces, ou encore rue Varvarka, toujours très fréquentée, quelquefois rue Ilinka où résidaient riches marchands et agents de change, mais pas question de pousser plus loin. Prokha, le chef de la bande, appelait ça « rester à une adja de la Khitrovka », en ce sens qu'en cas de besoin on pouvait mettre les adjas jusqu'aux ruelles et aux cours intérieures du quartier, où les tireurs n'avaient aucune chance de se faire cravater.

Senka avait vite appris le métier. C'était un boulot facile et amusant.

Mikheïka repérait un « hanneton » – un pantre qui piquait la vignette, autrement dit un type à la mine un peu distraite – et vérifiait qu'il avait de l'argent sur lui. C'était là son travail, à lui, le Hibou. Il passait tout près de l'homme, se collait à lui, puis hochait la tête pour prévenir que oui, il avait bien un larfeuille, le coup était possible. Lui-même ne fourlinait jamais : il n'avait pas ce don dans les doigts.

Ensuite Skorik entrait en scène. Sa mission était de faire en sorte que le « hanneton » restât bouche bée et oubliât de surveiller ses poches. Il disposait de différents trucs pour y parvenir. Il pouvait déclencher une bagarre avec le Hibou, les badauds aimaient ce genre de spectacle. Il pouvait aussi tout à coup marcher sur les mains au milieu de la chaussée en agitant comiquement les jambes (Senka savait faire ça depuis tout gosse). Mais le plus simple était encore de se laisser tomber aux pieds du « hanneton », comme en digue-digue, et de hurler : « Ah ! je me sens mal, mon bon monsieur (ou ma bonne dame, selon les circonstances). Je meurs ! » Si l'individu était compatissant, il s'arrêtait forcément pour regarder le gamin se tordre de douleur par terre ; mais même si l'on tombait sur un cœur sec, il pouvait bien poursuivre son chemin, il finissait toujours par se retourner : sa curiosité était trop forte. C'était tout ce qu'attendait Prokha. Tchic tchac ! terminé. L'argent était à vous, il est dans notre poche à présent.

Senka était plus réticent à goupiner le poivrier. On peut même dire qu'il n'aimait pas du tout ça. Le soir, toujours aux alentours de la Khitrovka, ils guettaient le passage d'un « valseur » solitaire (autant dire un « hanneton », mais avec un sérieux coup dans le nez). Là encore, le plus gros du boulot revenait à Prokha. Il fonçait par-derrière sur le type et lui flanquait à toute volée un coup de poing à la tempe, un lingot de plomb serré dans la main. Dès que le « valseur » était à terre, Skorik et le Hibou se ruaient dessus des deux côtés : ils lui fauchaient son argent, sa montre et tout ce qu'ils lui trouvaient dans les poches, et lui prenaient encore sa veste et ses bottines si elles en valaient la peine. Si le « valseur » ne tombait pas malgré le « bouchon mastaré », on ne prenait pas le risque de s'en prendre à pareil malabar : Prokha se carapatait sur-le-champ, tandis que Skorik et le Hibou restaient à l'abri du porche où ils étaient embusqués, sans même montrer le bout de leur nez.

En somme, ça n'avait rien de bien compliqué que de goupiner le poivrier, mais Senka y répugnait malgré tout. Au début, il était terrifié à l'idée que Prokha cogne trop fort et que le cave reste sur le carreau, mais ensuite ses scrupules s'étaient affaiblis, il s'était habitué. *Primo*, Prokha n'utilisait jamais qu'un morceau de plomb, et non un casse-tête ou un fléau. *Deuxio*, comme chacun sait, il y a un dieu pour les ivrognes. Et ils ont la tête dure.

Ils revendaient le chopin aux fourgues de l'asile de nuit de la rue Bounine. Parfois ils en tiraient tout juste un rouble, mais les jours de chance, le blot pouvait monter jusqu'à cinquante. Dans le premier cas, ils brifaient de la « joie du clébard[1] » avec du pain noir. Mais s'il y avait gras, ils allaient boire du vin au Bagne ou à la Sibérie. Après quoi il était de mise de visiter les frangines (à la Khitrovka, on disait les « mamzelles »). Prokha et le Hibou avaient leurs mamzelles attitrées. Ce n'étaient pas leurs poules, bien sûr, comme en avaient les vrais grinches : ils ne récoltaient pas assez pour s'en garder une pour eux tout seuls, mais ce n'étaient pas non plus des pierreuses de bas étage. Parfois ils leur filaient à bouffer, d'autres fois même ils leur avançaient de l'oseille.

Senka n'avait pas tardé à se faire, lui aussi, une petite amie. Tachka, elle s'appelait.

---

1. Saucisse de médiocre qualité. (*N.d.T.*)

Ce matin-là, il s'était réveillé tard. Il avait tant bu la veille qu'il ne se rappelait rien de la soirée précédente. Il ouvrit les yeux : il se trouvait dans une petite piaule dont l'unique et minuscule fenêtre était voilée par un rideau. Sur le rebord de cette lucarne trônaient plusieurs pots de fleurs : des jaunes, des rouges, des bleues. Dans l'angle, une bonne femme était étendue à même le plancher, toute osseuse et fanée, qui toussait comme une perdue et crachait du sang dans un chiffon, visiblement minée par la phtisie. Senka, quant à lui, reposait nu sur un lit de fer, à l'autre bout duquel une gamine de treize ou quatorze ans était assise en tailleur, les yeux fixés sur un bouquin, occupée à trier des fleurs. Ce faisant, elle ne cessait de murmurer tout bas.

— Qu'est-ce que tu fabriques ? lui demanda Senka d'une voix encore ensommeillée.

Elle lui sourit.

— Regarde, c'est de l'acacia blanc : pur amour. Balsamine rouge : impatience. Epine-vinette : refus.

Elle est tapée, se dit-il. Il ignorait encore ce jour-là que Tachka étudiait le langage des fleurs. Elle avait ramassé quelque part une brochure intitulée *Comment converser par l'intermédiaire des fleurs* ; et l'idée lui avait beaucoup plu de s'exprimer ainsi, sans le secours des mots. Les trois roubles qu'elle avait reçus de Senka pour la nuit, elle les avait déjà presque entièrement dépensés en fleurs. Au matin, elle avait fait un saut au marché, et y avait acheté toute une brassée de végétaux divers qu'elle avait entrepris de classer. C'est ainsi qu'elle était, Tachka.

Senka avait alors passé presque toute la journée avec elle. Il avait commencé par soigner sa gueule de bois avec une bonne lampée de saumure. Puis il avait mangé du pain et bu du thé. Et ensuite ils étaient restés assis comme ça, sans rien faire. Juste à bavarder.

Tachka s'était révélée être une gentille fille, même si elle avait ses bizarreries. Sa passion pour les fleurs, par exemple, ou bien sa mère, une pochtronne invétérée, phtisique de surcroît, résolument bonne à rien. Pourquoi s'encombrer avec elle, gaspiller de l'argent pour rien ? De toute façon elle allait mourir.

Le soir, avant de sortir, Tachka lui avait dit soudain :

— Senka, soyons camarades, toi et moi.

— D'accord, avait-il répondu.

Agrippés par le petit doigt, ils s'étaient secoué la main, puis s'étaient embrassés sur la bouche. Tachka lui avait expliqué que c'était ainsi qu'on procédait entre camarades. Mais quand Senka, après le baiser, avait voulu la peloter, elle l'avait repoussé :

— Qu'est-ce qui te prend ? Nous sommes camarades à présent. Tripoter une camarade, c'est la dernière chose à faire. Et puis vaut mieux pas que tu couches avec moi, je suis plombée, j'ai chopé ça avec un calicot. Si on fricote ensemble, ton nez morveux finira par tomber.

— Comment ça, t'es plombée ? s'alarma Senka. Mais pourquoi tu me l'as pas dit hier en ce cas ?

— Hier, répondit Tachka, t'étais rien pour moi, juste un client, alors que maintenant on est camarades. Mais c'est rien, Senka, t'inquiète pas, tout le monde gagne pas le gros lot, et rarement du premier coup.

Il se trouva un peu rassuré, mais eut de la peine pour elle.

— Et toi, comment tu vas faire ?

— Bah, je suis pas la seule, figure-toi. C'est pas si grave, chacune vit sa vie. Il y a des mamzelles qui vivent jusqu'à trente ans avec la vérole, et certaines même plus longtemps encore. Trente ans ! pour moi ça fait un sacré bail. Regarde : maman en a vingt-huit, et on dirait une petite vieille, elle boude aux dominos et elle est toute ridée.

A dire vrai, Skorik ne donnait à Tachka le nom de mamzelle que devant ses potes. Il n'osait pas avouer la vérité : ils auraient rigolé. Mais bon, et alors ? On pouvait toujours coucher avec qui on voulait, il suffisait d'avoir trois roubles en poche, mais où aurait-on trouvé un pareil camarade ?

Pour résumer, il ressortait qu'il était possible de vivre à la Khitrovka, et même mieux encore que dans bien d'autres endroits. Là aussi, comme partout, on observait des lois et des coutumes, nécessaires pour que les gens aient plus de facilité à vivre ensemble, à comprendre ce qui était permis et ce qui ne l'était pas.

Des lois, il y en avait beaucoup. Pour toutes les avoir en tête, il fallait crécher depuis longtemps dans le quartier. La plupart des règles étaient simples et compréhensibles, on n'avait besoin de personne pour les enquiller : « L'inconobré peut bien crever, mais un aminche c'est sacré », « Tout est bon pour la débrouille, mais à ton voisin fais pas d'embrouille »... Il en était d'autres cependant dont il était bien difficile de piger l'intérêt, même en se triturant les méninges.

Par exemple, si quelqu'un – ferlampier, pochtron ou simplement ahuri – poussait le cri du coq avant trois plombes du matin, il était admis de le tabasser à mort. Il y avait sans doute eu autrefois quelque raison à cela, mais à présent même les plus croulants des croulants ne se rappelaient pas laquelle. Et pourtant, il était toujours interdit de faire le coq au milieu de la nuit.

Ou bien encore ceci. Si une mamzelle, pour frimer, se brossait les dominos avec de la poudre dentifrice et que son client s'en aperçût, celui-ci avait parfaitement le droit de lui péter tout le râtelier, sans que son mac puisse y trouver à redire. Si on voulait se faire belle, on n'avait qu'à utiliser de la craie pilée, mais pas touche à la poudre, c'était une invention des Boches.

Les lois de la Khitrovka, elles étaient de deux espèces : celles remontant aux anciens temps, telles qu'on les avait établies autrefois, et les nouvelles, édictées par la Société quand le besoin s'en faisait sentir. Comme, par exemple, quand une ligne d'omnibus avait été ouverte sur le boulevard. Qui allait y turbiner : les fourlineurs, qui explorent les profondes avec la fourchette – les doigts –, ou bien les carabins, qui coupent lesdites poches avec une pièce de monnaie soigneusement aiguisée ? La Société avait délibéré, et il avait été décidé que les carabins devaient s'abstenir d'opérer, car, l'omnibus étant toujours fréquenté par le même public, celui-ci n'aurait bientôt plus eu de poches.

La Société était constituée des « prévôts », les pègres et les voleurs les plus respectés qui, revenus du bagne ou diminués par l'âge, s'étaient retirés des affaires. C'était à eux, les « prévôts », que revenait la charge de démêler les questions épineuses, et si quelqu'un avait commis une faute envers la Société, de le juger et de le condamner.

Qui empoisonnait l'existence des gens du quartier était condamné au bannissement. Si l'individu s'était livré à trop de méfaits, il risquait la carline, autrement dit la mort. Il arrivait qu'en guise de châtiment on le livrât aux flics, non pas pour le crime qu'il avait effectivement commis envers la Société, mais pour un autre qu'on lui ordonnait d'endosser pour dédouaner un « homme » important. C'était la solution la plus juste pour tout le monde. Tu as voulu entourlouper la Khitrovka, rachète-toi à présent : tu te blanchis en même temps que tu aides de braves gens à s'en tirer, et pour ça, on dira un mot en ta faveur quand tu seras en taule ou bien au pré, en Sibérie.

L'enflaqué n'était pas non plus livré à n'importe qui, mais uniquement à un vrai familier du quartier, à savoir le Gabelou, le doyen des sergents de ville en poste à la Khitrovka.

Ce Gabelou servait dans ces lieux depuis plus de vingt ans. Sans lui, du reste, la Khitrovka n'aurait pas été la Khitrovka, dont on peut dire qu'elle reposait sur lui, comme la terre, selon la légende, repose sur sa baleine, à cause que le Gabelou personnifiait l'autorité et que le peuple ne saurait se passer tout à fait de celle-ci, autrement il risquait de s'oublier complètement. Seulement, d'autorité, il n'en fallait que très peu, autant dire un soupçon, et qui ne s'appuie pas sur un bouquin de lois dont personne ne savait quand elles avaient été inventées ni par qui, mais sur une vraie justice, de manière que chacun comprenne bien pour quel motif il trinquait.

Du Gabelou, tout le monde disait qu'il était sévère mais juste. Jamais il ne vous causait du tort sans bonne raison. En sa présence, on l'appelait respectueusement par ses prénoms et patronymes, Ivan Fiodotytch, mais son nom de famille était Gabrilov. Senka, cependant, n'avait toujours pas compris si son surnom dérivait de celui-ci, ou bien s'il venait du fait qu'autrefois, à ce qu'on disait, tous les sergents de ville de Moscou étaient qualifiés de « gabelous ». Ou encore de ce qu'il logeait dans une petite baraque d'employé de l'octroi, à la lisière du marché Khitrov. Quand il n'effectuait pas sa ronde, il passait son temps assis chez lui, devant la fenêtre ouverte, à observer la place, à lire des livres et des journaux, et à boire du thé, qu'il tirait de son fameux samovar en argent, tout orné de médailles, dont la valeur s'élevait à un bon millier de roubles. Et cependant, figurez-vous, il n'y avait pas un seul verrou à sa bicoque. Pourquoi le Gabelou en aurait-il eu besoin ? Premièrement, à quoi auraient-ils servi, ces verrous, quand les alentours grouillaient de caroubleurs et de venterniers de haut vol pour lesquels forcer serrure était un jeu d'enfant. Deuxièmement, qui serait allé cambrioler le Gabelou ? Qui était assez fatigué de vivre pour prendre un tel risque ?

De sa lucarne, le policier entendait tout, voyait tout, et ce qu'il ne voyait ni n'entendait, de fidèles indicateurs venaient le lui rapporter à l'oreille. Ça n'était pas une faute, la Société ne l'interdisait pas, parce que le Gabelou était un homme de la Khitrovka. S'il avait observé les lois écrites au lieu de celles du quartier, il y a belle lurette qu'il fût passé de vie à trépas. Alors que là, même s'il emmenait quelqu'un au poste, tout le monde savait bien que c'était parce qu'il ne pouvait faire autrement : lui aussi avait besoin de s'illustrer devant ses chefs. Toutefois il était rare que le Gabelou collât un type en prison, il fallait vraiment qu'il n'eût pas d'autre choix, dans la plupart des cas il se chargeait de corriger lui-même l'intéressé à mains nues, et on le saluait en retour et on lui disait merci. Au cours de toutes ces années, une fois seulement deux malfrats lui étaient tombés dessus, armés de couteaux – pas des gars de la Khitrovka, mais des fagots en cavale, des forçats évadés du bagne. De ses énormes poings, lourds comme des enclumes, il les avait étendus raides sur le carreau, et cet exploit lui avait valu de gagner une médaille du commissaire de police, le respect de toute la population, et une montre en or de la Société, pour le désagrément.

Quand Senka eut acquis un peu d'expérience, il finit par conclure qu'elle n'était pas si terrible que ça, la Khitrovka. La vie y était même plus gaie, plus libre, et l'estomac, fallait-il le dire, y trouvait son compte. L'hiver, quand il commencerait à cailler, sûrement ça serait plus coton, mais l'hiver, c'était encore loin.

COMMENT SENKA FIT LA CONNAISSANCE DE LA MORT

L'événement se produisit une dizaine de jours après que Senka eut vu la Mort pour la première fois.

Il se tenait planté à deux pas de chez elle, boulevard de la Iaouza, occupé à cracher sur la borne à laquelle on attache les chevaux, les yeux rivés sur ses fenêtres entrouvertes.

Il savait déjà où elle créchait, ses potes le lui avaient montré, et pour dire toute la vérité, ce n'était pas la première journée qu'il passait à traîner par là. Deux fois il avait eu de la veine : il l'avait aperçue un instant de loin. Une fois, quatre jours plus tôt, la Mort était sortie de chez elle, avec robe et foulard noirs, était montée dans une calèche qui l'attendait et s'en était allée à l'église pour la messe. Et le soir, Senka l'avait vue revenir au bras du Prince, vêtue en grande dame, avec chapeau à plume. Il ignorait où son cavalier l'avait emmenée : au restaurant sans doute, ou bien au théâtre, qui sait ?

Il en avait profité pour observer également le Prince. Que dire ? Pour un mec, c'était un sacré mec. Qu'on le veuille ou non, le plus grand bandit de tout Moscou, ça n'était pas rien. Pour un type comme le gouverneur général de la ville, Siméon Alexandrovitch, c'était fadoche : il était né oncle du tsar, ce n'était rien ensuite pour lui d'être général, puis gouverneur, mais allez donc décrocher la toute première place parmi tous les caïds de Moscou ! C'était bien le cas de le dire : du ruisseau sorti, grand seigneur aujourd'hui. Et les gars qui formaient sa bande, tous des cracks également, tout le monde le disait. Et à ce qu'on racontait, certains étaient même tout jeunots, à peine plus vieux que Senka. Sacristi ! certains en avaient, tout de même, du bol, d'atterrir comme ça du premier coup dans la bande au Prince en personne, juste au sortir de leurs vertes années. A eux le respect, à eux toutes les filles qu'ils voulaient, et de l'artiche comme s'il en pleuvait, et des fringues !... ils étaient sapés comme de vrais seigneurs.

Le très illustre malfrat, quand Senka le vit paraître, était pour sa part vêtu d'une chemise de soie écarlate, d'un gilet de satin citron et d'une redingote de velours framboise ; bada de paille blonde renversé sur la nuque ; anneaux d'or sertis de pierres précieuses à chaque doigt ; bottes en box-calf brillantes comme des miroirs. Tout un spectacle ! Et la figure à l'avenant : toupet de cheveux châtains dressé vers le ciel, œil bleu audacieux à fleur de tête, lèvres rouges entre lesquelles scintillaient des ratoches à dix-huit carats, et un menton qu'on aurait dit en marbre, avec une fossette au milieu.

Elle et lui ne faisaient pas un couple, mais un vrai tableau, pensa Senka en poussant un soupir sans trop savoir pourquoi.

A dire vrai, il n'avait rien en tête qui lui donnât lieu de soupirer. Il ne s'abandonnait à aucun rêve idiot, oh non, Dieu l'en garde ! Et ne cherchait pas davantage à se faire remarquer de la Mort. Il avait simplement envie de la regarder encore un peu, de tenter de déceler ce qu'il y avait chez elle de si extraordinaire, qui faisait que quand on la voyait, on sentait ses tripes se nouer d'un triple nœud. Alors il usait ses semelles sur le trottoir devant chez elle depuis il ne savait combien de jours d'affilée. Sitôt qu'il avait fadé avec les potes, il filait boulevard de la Iaouza.

Il avait déjà étudié à fond toute la baraque de l'extérieur. Et il savait également comment elle se présentait au-dedans. Parkhom le serrurier, qui avait réparé un lavabo chez la Mort, lui avait raconté que le Prince avait installé sa chérie de la manière la plus chic, allant jusqu'à faire poser des conduites d'eau courante. Si Parkhom n'avait pas menti, la Mort avait là, dans une pièce spéciale, un grand baquet de porcelaine, qu'on appelait une baignoire, et l'eau sortant d'un tuyau métallique s'y déversait toute seule, bouillante qui plus est, parce qu'il y avait au-dessus une chaudière alimentée au gaz. La Mort se lavait dans ce baquet presque chaque jour que Dieu faisait. Et Senka l'imaginait assise là-dedans, toute rose et transpirante, se frottant les épaules avec une éponge, et à cette pensée lui-même sentait la sueur lui tremper le front.

Même vue seulement de la rue, la maisonnette n'avait pas l'air mal du tout. Il y avait eu là autrefois un hôtel particulier appartenant à quelque général, mais un incendie l'avait détruit, et seul ce pavillon avait été épargné par le feu. Un bâtiment de taille modeste, avec quatre fenêtres donnant sur le boulevard. L'endroit, au reste, était particulier, juste à la frontière entre les taudis de la Khitrovka et le riche quartier des Orfèvres. Côté Iaouza, les maisons étaient toutes hautes, bien entretenues, abondamment ornées. Côté Khitrovka, elles étaient toutes plus moches les unes que les autres. Pareilles aux mulets qu'on vendait sur le marché aux chevaux : vus de derrière, rien ne les distinguait de canassons ordinaires, mais qu'on passe de l'autre côté, et on voyait bien qu'on avait affaire à de simples ânes.

De la même façon, la demeure de la Mort montrait, côté boulevard, une façade impeccable, mais côté cour donnait sur une porte cochère tout ce qu'il y a de plus décrépite, éloignée d'à peine un jet de salive de l'asile de nuit Roumiantsev. A l'évidence, le Prince avait trouvé l'endroit idéal pour loger sa mousmé : en cas de besoin, si la maison était encerclée alors qu'il s'y trouvait, il pouvait toujours mettre les bouts par l'entrée de service, ou même par une fenêtre, et courir se réfugier au « château des rentiers », où courroirs et passages souterrains étaient si nombreux que le diable lui-même s'y serait rompu les jambes.

Du boulevard, cependant, où un public bien élevé déambulait entre les arbres, on n'apercevait nulle cour mal famée, ni encore moins d'asile de nuit. Il était défendu à un habitant de la Khitrovka de franchir la grille de la clôture : les flics l'auraient aussitôt embarqué et flanqué au trou. Et même là, côté Khitrovka, Senka prenait garde de ne pas trop s'afficher, et passait le plus clair de son temps blotti contre le mur de la maison. Il n'avait pas l'air d'un quelconque va-nu-pieds et se tenait décemment, mais peine perdue : le Gabelou passait par là, il lui jeta un coup d'œil et s'arrêta.

— Qu'est-ce que tu fabriques, planqué là ? lui dit-il. Eh ! Skorik, regarde-moi.

C'était tout lui ! Il connaissait déjà son identité, et même son surnom, bien que Senka fût nouveau dans le coin. Bref, le Gabelou dans toute sa splendeur !

— Tu ne peux pas tirer dans le secteur, reprit-il, c'est hors de ta juridiction : ce n'est plus la Khitrovka ici, c'est une promenade civilisée. Gaffe à toi, Skorik, graine de sapajou, je sais que tu es mineur, je te tiens à l'œil, et doublement, jusqu'à ta première entorse à la loi, et si je te prends en flagrant délit, ou même si je te soupçonne de quoi que ce soit, tu recevras de ma part une bonne paire de mornifles pour avertissement, un frottage d'oreilles pour amende, et une sacrée dérouillée à coups de ceinture pour sanction.

— Mais je fais rien de mal, m'sieur le Gabelou, répondit Senka avec une grimace plaintive. Je suis juste là à me chauffer au soleil.

Un battoir de fonte s'abattit sur sa nuque : il crut entendre quelque chose craquer entre ses oreilles.

— Je vais t'en fiche, moi, du « gabelou », rugit le policier. Regardez-moi ça, on prend des libertés ! Pour toi, je suis Ivan Fiodotytch, compris ?

— Compris, m'sieur Ivan Fiodotytch, répondit Senka d'un ton soumis.

Alors seulement l'autre se dérida.

— Voilà qui est mieux, s'exclama-t-il, sacré sapajou morveux !

Et il poursuivit son chemin, avec lenteur, majestueux et important, telle une grosse péniche remontant le fleuve.

Bon, il était parti, tant mieux. Senka se remit en faction. Il épiait les fenêtres de la Mort, et bientôt cela ne lui suffit plus. Il se prit à réfléchir au moyen de faire que la Mort regardât au-dehors et se montrât.

Pour s'occuper les mains, il tira de sa poche le collier de grosses perles vertes qu'il avait gagné le matin même, et entreprit de l'examiner.

Ce collier, voici quelle était son histoire.

Senka revenait de la place Soukharev par les ruelles attenantes à la rue Sretenka...

Non, il faut d'abord raconter pourquoi il s'était rendu place Soukharev. C'était là un épisode dont il pouvait aussi être fier.

Skorik n'était pas allé là-bas simplement pour se promener, mais pour une affaire d'honneur. Pour régler ses comptes avec l'oncle Zot Larionytch. C'est qu'il vivait à présent selon les règles de la Khitrovka, et ces règles ne commandaient pas de pardonner aux salauds. Au contraire on était supposé toujours faire payer les offenses, quelles qu'elles fussent, et avec intérêts de préférence, autrement vous n'étiez pas un mec, mais un hotu, une couille molle.

Aussi Senka s'était-il mis en route, et Mikheïka le Hibou, d'autorité, lui avait emboîté le pas. Sans Mikheïka, il n'aurait sans doute pas eu l'audace de faire un truc pareil en plein jour, il aurait expédié l'affaire de nuit, alors que là, impossible de se défiler, il avait dû montrer ce qu'il avait dans le ventre.

Mais tout s'était passé aux pommes, un vrai sans-faute.

Ils s'étaient embusqués dans le grenier des établissements Möbius, le mont-de-piété installé en face de la boutique de l'oncle. Mikheïka s'était contenté de regarder, Senka avait tout accompli lui-même, de ses propres mains.

Il avait tiré de sa poche une petite bille de plomb, avait visé avec son lance-pierre, et bing ! en plein milieu de la vitrine ! De ces immenses fenêtres affichant « Mercerie » en lettres d'argent, Zot Larionytch en possédait trois. Il en était extrêmement fier. Il lui arrivait d'envoyer quatre fois dans la journée Senka astiquer ces maudites vitres avec un chiffon de velours, de sorte que le garçon avait également un compte à régler avec elles.

Au bruit du verre brisé en mille miettes, Zot Larionytch sort en courant de sa boutique, en tablier, un présentoir de boutons suédois en os dans une main, une bobine de fil dans l'autre (sans doute était-il en train de servir un client). Il tourne la tête en tous sens, bouche bée, incapable de comprendre ce qui est arrivé à sa vitrine

Et là Senka, vlan ! la deuxième en morceaux ! L'oncle en laisse tomber sa marchandise, se jette à genoux et entreprend comme un idiot de ramasser les débris de verre. Non mais, quelle rigolade !

Skorik cependant visait déjà la troisième vitrine. Celle-ci explosa littéralement, un vrai plaisir pour l'œil ! Vous voilà servi, cher Zot Larionytch, pour tous les soins et les caresses dispensés à un orphelin.

Mis en train, il tira sa dernière bille, la plus lourde, qui alla frapper l'oncle sur le sommet du crâne. Le vieux vampire, déjà à genoux, s'effondra sur le côté, et demeura là, gisant, les yeux écarquillés, totalement muet cette fois-ci, tant il était abasourdi.

Transporté d'enthousiasme par l'audacieux exploit de son ami, Mikheïka porta quatre doigts à sa bouche et émit un long hululement, chose qu'il réussissait fort bien, et qui lui avait valu du reste son surnom de « Hibou ».

Tandis qu'ils regagnaient leur quartier par la rue Achtcheoulov, perpendiculaire à la rue Sretenka, (Senka affectant un silence viril, Mikheïka jacassant sans relâche, ravi et admiratif), ils tombèrent sur deux voitures arrêtées devant une maison. Elles étaient chargées de malles couvertes d'étiquettes de pays étrangers, de boîtes de diverses tailles et de caisses. Visiblement, quelqu'un venait d'arriver, qui s'installait là pour un moment.

Encouragé par sa victoire, Senka désigna les bagages d'un haussement de menton :

— On tente le coup ?

Chacun sait qu'il n'est pas de meilleur moment pour le chopin que les incendies et les déménagements.

Mikheïka avait envie lui aussi de montrer ce qu'il valait.

— Pourquoi pas ? répondit-il. Allons-y.

Le premier à passer le porche fut le monsieur. Senka n'eut pas le temps de l'observer en détail, il remarqua seulement qu'il avait les épaules larges et le dos droit, et aussi que son haut-de-forme dissimulait des tempes blanches. Cependant l'homme avait beau être chenu, à en juger par sa voix sonore et bien timbrée, il n'était pas vieux. Alors qu'il avait déjà atteint l'entrée, il cria en bégayant légèrement :

— Massa, p-prends garde qu'ils ne c-cassent pas le phare !

Le domestique resta seul à donner les ordres. Il s'agissait d'un Chinois, ou peut-être d'un Turkmène : bref, il était courtaud, avait les jambes torses et les yeux bridés. Son accoutrement n'était pas moins bizarre : il portait chapeau melon et costume trois pièces en tussor, mais au lieu de bottines, avait aux pieds des chaussettes blanches et de drôles de claquettes en bois en forme de petits tabourets. En un mot : un Asiate.

Les porteurs, arborant casquettes de cuir et insignes officiels (c'étaient ceux d'une gare, par conséquent le monsieur venait d'arriver par le train), transbahutaient à l'intérieur de la maison tout un tas d'objets disparates : des piles de bouquins liés ensemble, des espèces de roues à bandage de caoutchouc et rayons étincelants, une lanterne de cuivre parfaitement astiquée, et puis des tubes et autres tuyaux flexibles.

A côté du Chinois – si c'était bien un Chinois – se tenait un type barbu, probablement le propriétaire de la maison, qui observait la scène avec déférence. A propos des roues, il demanda quel usage en avait monsieur Nameless, et si celui-ci n'était pas, par hasard, un spécialiste en matière de charronnage.

L'Asiate ne répondit pas et se contenta de secouer sa grosse trogne mafflue.

L'un des cochers, dans le seul but de gonfler son pourboire, aboya à l'adresse de Senka et du Hibou :

— Eh là ! Du balai, petits voyous !

Il pouvait bien brailler, de toute manière il aurait la flemme de descendre de son siège.

— Skorik, qu'est-ce qu'on étouffe ? chuchota Mikheïka. Une malle ?

— Une malle ! T'es pas dingue ? ! répondit Senka entre ses dents, la bouche crispée. Vise plutôt ce qu'il ne lâche pas des mains.

Le Chinois avait gardé avec lui un sac de voyage et un petit baluchon, son bien le plus précieux, pouvait-on penser, puisqu'il refusait de le confier à un tiers.

— Mais comment choper ça ? insista Mikheïka, toujours chuchotant. Imagine qu'il se cramponne, qu'il ne veuille pas lâcher ?

Skorik réfléchit, réfléchit, et trouva la solution.

— Toi, le Hibou, surtout tu mouftes pas, tu joues les faux mecs.

Il ramassa un caillou par terre, visa et chpoc ! dégomma le melon de la tête de l'Asiate. Puis il fourra aussitôt ses mains dans ses poches, et resta là, bouche ouverte, tel un vrai chérubin.

Quand le bridé se retourna, Senka lui dit avec le plus grand respect :

— M'sieur le Chinois, votre chapeau est tombé.

Quant à Mikheïka, le lascar s'en tirait à merveille, il n'avait pas bougé d'un poil et battait des paupières d'un air innocent.

Parfait, voyons maintenant ce que le métèque allait poser sur le trottoir pour ramasser son melon : le sac de voyage ou bien le baluchon.

Le baluchon. Le domestique garda le sac à la main gauche.

Senka se tenait prêt. Il bondit comme un chat sur un moineau, s'empara du paquet et hop ! détala à toute pompe dans la ruelle, aussitôt suivi par Mikheïka.

Celui-ci galopait à côté de lui, hululait comme un hibou, et riait tant qu'il en perdit sa casquette. Mais ce n'était plus qu'une loque de toute façon, la visière était cassée, il n'allait pas la pleurer.

Le Chinetoque se révéla coriace, il ne se laissa pas longtemps distancer. Mikheïka s'empressa de disparaître par une porte cochère, si bien que Senka se retrouva seul avec l'Asiate collé au train. Le gus jouait sérieusement des gigues, il allait vite et ne gaspillait pas ses forces à crier. A l'évidence, il ne lui lâcherait pas les basques. Ses petits tabourets de bois martelaient la chaussée, leur touc-touc-touc se rapprochait dangereusement.

Au coin de la rue Sretenka, Senka était déjà sur le point d'abandonner le paquet à ce fichu démon (sans Mikheïka, il n'avait plus tant envie de crâner), mais à ce moment, il entendit un grand bruit derrière lui : c'était le Chinois qui, ayant buté contre un pavé avec ses stupides claquettes, venait de s'étaler de tout son long – si l'on peut dire, vu sa modeste taille.

Bien fait.

Senka décrivit encore quelques crochets par les ruelles, et alors seulement dénoua le foulard pour voir quel trésor il renfermait. Il découvrit à l'intérieur une poignée de cailloux ronds et verts enfilés sur un fil. Rien de bien terrible à première vue, mais qui sait ? peut-être cela valait-il beaucoup d'argent.

Il porta son butin à un fourgue de sa connaissance. Celui-ci palpa les pierres, en éprouva la dureté sous la dent.

— De la camelote, déclara-t-il. Une sorte de marbre chinois, de la néphrite, ça s'appelle. Je peux t'en donner soixante-dix kopecks.

Pour soixante-dix kopecks, Senka préféra garder l'objet. Et puis il trouvait un plaisir terrible à faire claquer les perles l'une contre l'autre.

Cependant, assez parlé du collier, ce n'est pas de lui qu'il est question, mais de la Mort.

Senka, disions-nous donc, croquait le marmot devant la maison de la belle, et était toujours à se creuser vainement les méninges sur le moyen de l'inciter à se montrer à la fenêtre.

Il tira le collier de sa poche, entrechoqua un moment les grosses perles vertes – tac, tac, tac... On dirait des petits marteaux de porcelaine, pensa-t-il. Mais comment un marteau pourrait-il être en porcelaine ?

Et soudain il y eut comme un écho dans sa tête, un claquement tout pareil, clair et sonore. Et comment qu'on allait l'attirer à sa fenêtre ! Et très simplement encore !

Il regarda autour de lui et ramassa un morceau de verre. Puis il chopa un rayon de soleil, de ce beau soleil de fin d'été, et en braqua le reflet dans l'interstice entre les stores.

Et que croyez-vous qu'il arriva ? Une minute ne s'était pas écoulée que les rideaux s'écartaient et que la Mort en personne se penchait au-dehors.

Sous le coup de la surprise, Senka resta comme paralysé et oublia de cacher la main qui tenait le bout de verre, de sorte que le reflet continua à danser sur le visage de la jeune femme. Celle-ci cependant mit la paume en visière au-dessus de ses yeux, observa un long moment la rue, puis soudain lança :

— Eh, petit !

Skorik en fut piqué au vif : comment ça, « petit » ! Il n'était pourtant pas habillé comme un gamin : chemise serrée à la taille par une ceinture, pantalon de velours, bottes flambant neuves, en accordéon, et casquette très acceptable, fauchée l'avant-veille à un poivrot.

— Petit mes couilles... grommela Senka entre ses dents, bien qu'il eût horreur des grossièretés et n'en prononçât presque jamais, au point même qu'on se moquait de lui pour cela.

Mais cette fois l'obscénité était sortie toute seule de sa bouche – il était comme aveuglé par la vue de la Mort, comme si c'était elle et non lui qui jouait à éblouir l'autre avec un rayon de soleil.

Elle ne se troubla pas, ni ne se fâcha, au contraire, elle éclata de rire.

— Voyez-moi ça, mais nous avons un vrai poète ! Tu es de la Khitrovka ? Entre donc un moment, j'ai un service à te demander. Entre, n'aie pas peur, ce n'est pas fermé à clef.

— De quoi que j'aurais peur ? grommela Skorik en s'approchant du perron.

Etait-ce un rêve ou la réalité ? Lui-même ne s'y retrouvait plus très bien. Mais son cœur battait à se rompre.

Du vestibule, il ne distingua presque rien, au reste il y faisait un peu sombre. La Mort se tenait dans l'encadrement de la porte du salon, une épaule appuyée au chambranle. Son visage était dans l'ombre, mais ses yeux scintillaient malgré tout comme le flot d'une rivière dans la nuit.

— Alors, de quoi il s'agit ? demanda Senka que son embarras rendait encore plus mufle.

Il ne regardait pas la maîtresse de maison et, tête basse, se contentait de jeter des coups d'œil autour de lui à la dérobée.

La pièce était chouette. Grande, claire. Trois portes donnaient au-dedans : l'une en face de l'entrée, et deux autres juste à côté. Un poêle hollandais à carreaux de faïence, partout des napperons brodés, une nappe elle aussi entièrement brodée, de couleurs si vives qu'on en clignait des yeux. Les motifs en étaient prodigieux : fleurs, papillons, oiseaux de paradis, mais en y regardant mieux, Senka découvrit que tous, les papillons, les piafs et même les fleurs avaient des visages humains : les uns pleuraient, d'autres riaient, d'autres encore découvraient de grandes dents pointues d'un air mauvais.

— Tu aimes ? demanda la Mort. C'est moi qui ai brodé tout ça. Il faut bien s'occuper.

Il sentit qu'elle l'examinait. Lui-même avait une envie folle de la dévisager, mais il n'osait pas : déjà comme ça, sans la mater, il ne savait plus s'il tremblait de fièvre ou de froid.

Enfin il s'enhardit et releva la tête. Il constata que la Mort était de la même taille que lui. Et il fut surpris également de découvrir qu'elle avait des yeux d'un noir de jais, comme ceux d'une Tsigane.

— Tu en as, des taches de rousseur ! s'exclama la Mort en riant. Que regardes-tu ? Pourquoi braquais-tu sur moi ce rai de lumière ? Il y a un bon moment que je te vois rôder sous mes fenêtres. Serais-tu amoureux par hasard ?

A ce moment Senka remarqua que ses yeux, en réalité, n'étaient pas tout à fait noirs, mais ourlés d'un mince liseré bleu, et il comprit : c'étaient ses pupilles qui étaient totalement dilatées, comme celles du greffier préféré de l'oncle Zot quand, pour rigoler, on lui administrait de la valériane. Et ce regard noir, tout à coup, le mit mal à l'aise.

— Manquerait plus que ça, dit-il. Je m'en moque pas mal, de toi.

Et il esquissa une vague grimace sur le côté.

Elle rit à nouveau.

— Eh ! mais tu n'es pas seulement grêlé, tu es aussi berchu ! Bon, je ne t'intéresse pas, mais peut-être que mon argent te conviendra ? Tu cours à l'endroit que je te dirai. Ce n'est pas très loin, après la rue Pokrovka. Tu reviens, je te donne un rouble.

Complètement interloqué, Skorik encore une fois ne trouva rien à répondre que :

— Je m'en moque, de ton fric.

Il était comme frappé de stupeur, autrement il eût imaginé une réplique un peu moins bête.

— Alors que veux-tu de moi ? Pourquoi tournes-tu autour de ma maison ? Ma parole, c'est bien ça, tu es amoureux. Allons, regarde par ici.

Et elle lui saisit le menton du bout des doigts.

Lui, vlan sur la main : bas les pattes !

— T'as déjà un homme, un vrai mâle. Moi, c'est autre chose que je veux...

Il se demandait ce qu'il allait bien pouvoir sortir, quand soudain, comme sous une inspiration divine, comme si les mots jaillissaient tout seuls de sa bouche, il déclara :

— Je veux entrer dans la bande au Prince. Touche-lui un mot à mon sujet. Alors je ferai n'importe quoi pour toi.

Ayant prononcé ces paroles, il se sentit tout réjoui : ça, c'était bien joué ! Premièrement, il sauvait la face – marre de l'entendre rabâcher : « Il est amoureux, il est amoureux. » Deuxièmement, il montrait qui il était : pas un vulgaire morpion, mais un gars sérieux. Et puis ce n'était pas tout : et s'il allait trouver pour de bon à se caser auprès du Prince ? C'est pour le coup que Prokha en crèverait de jalousie !

La jeune femme blêmit, elle détourna la tête.

— Tu perds ton temps... Voilà donc ce qu'il voulait, le petit renard !

Ses épaules se contractèrent, comme si elle frissonnait de froid, bien qu'il fît très bon dans la pièce. Elle demeura ainsi immobile, durant au moins trente secondes, puis se tourna à nouveau vers Senka et lui dit d'une voix plaintive, qui plus est en lui prenant la main :

— Tu vas y aller, d'accord ? Je ne te donnerai pas un rouble, je t'en donnerai trois. Cinq même, si tu veux.

Mais Skorik avait déjà compris : il était en position de force, il avait tout pouvoir, même s'il ignorait pourquoi. La Mort, à l'évidence, avait terriblement besoin de quelque chose qui se trouvait rue Pokrovka.

— Non, coupa-t-il, tu peux bien me promettre vingt-cinq roubles, j'irai pas. Mais glisse un mot à l'oreille du Prince ou bien écris-lui qu'il me prenne, et alors je file dans l'instant.

Elle porta les mains à ses tempes, le visage tordu d'une grimace. C'était la première fois que Senka voyait une bonne femme faire pareille tronche sans rien perdre de sa beauté.

— Tu m'agaces. Fais ce que je te demande, et après nous verrons.

Sur quoi elle expliqua en détail ce qu'elle attendait de lui :

— Tu vas courir rue Lobkovski, à l'hôtel Kazan. Là, devant le portail, tu verras un cul-de-jatte. Tu lui souffleras le mot de passe : « *Sima* ». Prends garde à ne pas l'oublier, ou ça pourrait tourner mal pour toi. Tu entreras alors dans l'hôtel et tu demanderas qu'on te conduise à un homme dont le nom est l'Œil. Tu lui diras tout bas, de manière à ce que personne d'autre n'entende : « La Mort attend, elle n'en peut plus. » Tu prendras alors ce qu'il te donnera et tu te dépêcheras de revenir ici. Tu as bien tout retenu ? Répète.

— Pas la peine de répéter.

Skorik enfonça sa casquette sur son crâne et bondit dans la rue.

Il courut si vite le long du boulevard qu'il dépassa deux voitures de remise.

COMMENT SENKA ATTRAPA LE DESTIN PAR LA QUEUE

Senka savait fort bien où se trouvait l'hôtel Kazan, autrement il n'aurait eu aucune chance de le dénicher. Pas d'enseigne, rien. Le portail condamné, juste une petite porte légèrement entrouverte, mais dont l'accès n'était pas plus libre pour autant : un pauvre gueux infirme s'était installé devant la grille de fer, le pantalon entièrement retroussé faute de jambes pour le remplir. Il possédait en revanche des épaules d'une bonne toise de largeur, une trogne rouge et tannée, et les manches retroussées de son maillot de marin laissaient voir de solides ballants couverts de poils roux. Infirme, il l'était à n'en pas douter, mais qu'il vienne à vous flanquer un coup de maillet, comme celui avec lequel il propulsait son chariot, et c'en était fini de vous.

Senka ne se risqua pas tout de suite à aborder le cul-de-jatte. D'abord, il l'observa.

L'homme n'était pas là oisif, il vendait des sifflets.

— Aaaapprochez, graine de voyous ! braillait-il d'une voix grave et rauque, pour qui de jugeote a deux sous, les beaux appeaux de bambou, trois kopecks et puis c'est tout !

Une troupe de mioches se pressait autour de lui, essayait la marchandise, soufflait dans les bouts de bois jaunes et lisses. Certains achetaient.

Montrant le tube de cuivre que l'invalide portait pendu à son cou épais, l'un des gosses demanda :

— Laisse-moi essayer celui-là, grand-père.

L'infirme lui colla une chiquenaude sur le front :

— Ça, c'est pas un appeau, mon gars, c'est un sifflet de bosco, et c'est pas n'importe quel petit morveux qui peut souffler dedans.

Et Senka n'eut plus l'ombre d'un doute. Ce mataf ne tenait commerce ici que pour la frime, lui-même appartenait évidemment à la bande. Et c'était rudement bien imaginé : en cas d'alerte, il soufflait dans son truc en cuivre – qui devait émettre, il faut croire, un son puissant –, et c'était le signal pour les autres de se faire la levure. Quant au mot magique, que la Mort lui avait appris, *sima*, ce n'était rien d'autre que « amis », mais dit à l'envers. A Moscou, truands et voleurs torturaient ainsi la langue depuis longtemps pour éviter d'être compris des gens étrangers à la pègre : soit ils ajoutaient une syllabe à un mot, soit ils en modifiaient l'ordre, soit ils trouvaient encore un autre procédé.

Senka s'approcha du gaf, se pencha tout contre son oreille et lui murmura le mot convenu. Le vieux lui jeta un coup d'œil par-dessous ses sourcils broussailleux, tira sur sa grosse bacchante d'un gris roussâtre, et sans bonnir un mot s'éloigna de quelques tours de roue.

Skorik pénétra dans une cour déserte et s'arrêta. Comment croire que le Prince et sa bande avaient leur planque ici ?

Il rajusta sa limace, passa sa manche sur ses bottes pour qu'elles brillent, ôta sa gaufre pour se la revisser aussitôt sur le crâne. Avant de franchir le seuil du bâtiment, il se signa et marmonna une brève prière – une prière toute particulière, concernant la réalisation des désirs, qu'un brave homme lui avait enseignée il y avait déjà bien longtemps : « Prends pitié de moi, Seigneur, en Ta miséricorde entends la prière des humbles, récompense-les non selon leur mérite, mais selon leur vouloir. »

Il rassembla son courage, tira la poignée de la porte – fermée. Alors il frappa.

On mit du temps à venir ouvrir, et l'on n'ouvrit pas en grand, mais on entrebâilla seulement, juste un peu, et un œil brilla dans l'obscurité.

Senka répéta à tout hasard :

— *Sima.*

On demanda derrière la porte :

— C'est pour quoi ?

— J'aimerais voir l'Œil...

Alors la porte s'ouvrit complètement, et Skorik se trouva face à un garçon vêtu d'une chemise de soie serrée par une ceinture de cuir ouvré, et chaussé de bottes en maroquin ; du gousset de son gilet pendait une chaîne d'argent à breloque de même métal, en forme de crâne : on voyait tout de suite qu'on avait affaire à un professionnel de très haut vol. Son regard également était singulier, comme chez tous les professionnels : vif, insistant, observateur. Oh ! comme Senka en fut jaloux : le gars était du même âge que lui, et même plus petit en taille. Certains en avaient, de la veine !

— Suis-moi, dit l'autre.

Ouvrant la marche, il n'adressa plus un regard à Senka.

Un sombre courroir les mena jusqu'à une pièce où deux types tapaient le carton sur une table de bois nu. Devant chacun s'élevait un gros tas de billets de banque et d'impériales[1]. Juste au moment où Skorik et son guide entraient, l'un des joueurs jeta violemment ses brèmes devant lui et se mit à crier :

— Tu faisandes, fils de pute ! Où est la dame ?

Et vlan ! il frappe l'autre d'un coup de poing en plein front.

Le deuxième joueur en tomba de sa chaise. Senka ne put réprimer un cri, effrayé à l'idée qu'il se brise la nuque. Mais le type culbuta en arrière, tout comme un acrobate de cirque sous le chapiteau, rebondit sur ses pieds, sauta sur la table et décocha un coup de botte en pleine poire à celui qui venait de le frapper !

— Faisandier toi-même, cria-t-il à son tour. La dame, elle est déjà sortie !

Sous l'impact, l'autre évidemment chavira en arrière. L'or roula sur le plancher dans un grand bruit de sonnailles, les billets volèrent dans tous les sens – une horreur.

Senka hésita, rempli d'appréhension : dans un instant, il allait être le témoin d'un meurtre. Le petit gars qui l'avait accueilli, pour sa part, ne bougeait pas, et souriait jusqu'aux oreilles, comme si la scène le mettait en joie.

Celui qui avait provoqué la bagarre se frotta la mâchoire.

— Alors comme ça, tu dis, la dame est sortie ? Ben ça m'a tout l'air d'être vrai. Allez, on reprend la partie.

---

1. Pièces d'or en usage avant la révolution, valant quinze roubles. (*N.d.T.*)

Et tous deux reprirent leur place comme si de rien n'était, se contentant de ramasser les cartes éparpillées par terre.

Soudain Senka se figea et battit des paupières, bouche bée. En y regardant mieux, il venait de s'apercevoir que les deux joueurs avaient le même visage. Impossible de les distinguer ! Tous deux avaient le même blair en pied de marmite, les mêmes tifs jaunes, les mêmes babouines épaisses, et qui plus est portaient les mêmes frusques. Quel était ce prodige ?

— Qu'est-ce que tu fous ? lui demanda son cicérone. On y va.

Ils reprirent leur chemin.

A nouveau un courroir, puis une autre carrée. Là le silence était complet. Quelqu'un pionçait, étendu sur un pageot, la tronche tournée vers le mur, de sorte qu'on ne voyait qu'une grosse joue et une esgourde décollée. Un sacré malabar ! Il s'était pieuté sans ôter ses tinettes et ronflait comme un bienheureux.

Le petit gars s'avança sur la pointe des pieds, à pas de pelou. Skorik l'imita, encore plus silencieux.

Seulement le malabar, sans cesser de ronfler, sortit tout à coup une main de sous la couverture, braquant sur eux le canon d'un rigolo, noir et brillant.

— C'est moi, le Verrat, c'est moi, souffla rapidement le jeune malfrat.

La main se rabaissa, sans que le dormeur eût tourné la tête.

Dans la troisième pièce, Senka ôta sa casquette et se signa : le mur était une véritable iconostase, on se serait cru dans une église. Il y avait là des images de saints patrons, de la Vierge, et de la Sainte Croix.

Contre la cloison d'en face, ses longues cannes allongées sur une table, exhibant des bottines étincelantes, un homme était assis, des carreaux sur le nez, les douilles longues et raides comme de la filasse. Il tripotait un petit surin pointu pas plus grand qu'une cuiller à dessert. Lui-même était vêtu proprement, en vrai monsieur, avec même un ruban en guise de galtouse. Jamais Skorik n'avait vu de truand de cette espèce.

Son guide le poussa en avant en disant :

— Eh l'Œil, y a ce morpion qui veut te voir.

Insulté, Skorik le fusilla du regard. Il était sur le point de lui rentrer dans le lard pour lui faire ravaler ce « morpion ». Mais juste à cet instant l'homme qu'on appelait l'Œil eut un geste qui lui arracha une exclamation : il agita la main, le canif vola à travers la pièce tel un éclair d'argent, et alla se planter pile dans l'œil de la Sainte Vierge.

Alors seulement Senka se rendit compte que tous les saints des icônes avaient les yeux crevés, et que d'autres lames en tout point identiques étaient même fichées dans la croix du Sauveur, à l'emplacement des clous.

L'Œil tira de sa manche un nouveau cure-dent qu'il lança cette fois-ci dans l'œil de l'Enfant que Marie tenait dans ses bras. Sur quoi, enfin, il tourna la tête vers Senka abasourdi.

— Que désirez-vous, jeune homme ?

Skorik s'approcha, jeta un coup d'œil par-dessus son épaule au petit mec resté planté dans l'embrasure de la porte, et tout bas, comme on le lui avait recommandé, il murmura :

— La Mort attend, elle n'en peut plus.

Ayant prononcé ces mots, il prit peur. Et si l'autre ne comprenait pas ? Il demanderait : « Qu'est-ce qu'elle attend donc ? » Or Senka n'en savait rien de rien.

Mais le type aux cheveux longs ne posa aucune question. Au lieu de cela, il dit au garçon, d'un ton affable, sans élever la voix :

— Monsieur l'Anchois, soyez aimable, cachez votre minois derrière la porte.

Skorik comprit qu'il demandait au gus de s'éclipser, mais l'Anchois, lui, visiblement, n'avait pas pigé et demeurait campé où il était sans bouger d'un poil.

Alors l'Œil, brusquement, fit jaillir une plume de sa manche droite, une saccagne, autant dire, qui vlan ! alla frapper le chambranle, à moins d'un pouce de l'oreille de l'Anchois. Celui-ci disparut aussitôt, comme balayé par un coup de vent.

Le binoclard dévisagea Skorik avec attention. Ses yeux, derrière ses carreaux, étaient clairs et froids, tout pareils à deux glaçons. Il tira de sa poche un carré de papier, et le lui tendit en disant, de la même voix douce et éminemment courtoise :

— Tenez, jeune homme. Transmettez que je passerai aujourd'hui vers huit heures... Quoique... attendez un moment.

Il se tourna vers la porte et appela :

— Oh là ! Monsieur le numéro Six, vous êtes encore ici ?

L'Anchois apparut à nouveau dans l'embrasure. Fallait-il conclure qu'il n'avait pas qu'un seul surnoble, mais deux ?

Il renifla et demanda prudemment :

— Tu ne vas pas lancer d'autre plume ?

L'Œil répondit, énigmatique :

— Je sais, la plume de l'aimable Parny, hélas, n'est plus guère de mode aujourd'hui. Quand avons-nous conférence, rancard si tu préfères, avec le Vampire ?

L'Anchois-numéro Six, cependant, comprit fort bien la question :

— C'était convenu à sept heures.

— Je te remercie, dit le singulier personnage en hochant la tête.

Puis s'adressant à Senka :

— Non, huit heures, ça n'ira pas. Transmettez que je serai là à neuf heures, ou même à dix.

Et sur ces mots, il détourna la tête et se reprit à contempler l'iconostase. Skorik n'eut pas besoin qu'on le lui précise : l'entretien était terminé.

Il revint par la Khitrovka, en coupant par les arrière-cours. Il pensait : ça c'est des types ! Avec de tels cracks, pas étonnant que le Prince soit le plus grand pègre de tout Moscou. Que n'aurait-il pas donné, lui semblait-il, pour passer un moment dans leur crèche, avec eux, comme en famille...

Passé la rue Khitrov, où un bataillon de journaliers roupillait aux abords de la place, Senka s'arrêta au pied d'un peuplier mort, et ouvrit la petite enveloppe de papier. Il était tout de même curieux de savoir ce qu'il y avait là-dedans de si précieux pour que la Mort fût prête à se délester de cinq roubles.

Une poudre blanche, de même aspect que la saccharine. Il goûta du bout de la langue : c'était vaguement douceâtre, mais ce n'était pas de la saccharine, qui était beaucoup plus sucrée.

Absorbé par son examen, il ne vit pas Tachka s'approcher.

— Eh bien Senka, lui dit-elle, tu es devenu marchand de neige ?

Là seulement, la lumière se fit dans l'esprit de Skorik. Mais oui, bien sûr, c'était de la neige, c'était évident. Voilà pourquoi la Mort avait les pupilles plus noires que la nuit. Et donc, par conséquent...

— Faut pas la lécher, faut se la coller dans le nez, la renifler, expliqua Tachka.

L'heure étant encore matinale, elle n'était ni habillée ni pimpelochée, et tenait un porte-monnaie à la main : manifestement, elle allait faire une course.

— Tu as tort, Senka, ajouta-t-elle. Ça finira par te bouffer toute la cervelle.

Mais il préleva malgré tout une pincée de poudre, se la fourra dans une narine et inspira aussi fort qu'il put. Pouah, quelle saleté ! Les larmes lui montèrent aux yeux, et il se prit à éternuer tant et plus tandis que des flots de morve lui dégoulinaient du nez.

— Quoi, idiot, t'as voulu vérifier ? demanda Tachka avec une grimace. Crois-moi, laisse tomber. Dis-moi plutôt, qu'est-ce que j'ai là ?

Et elle montra ses cheveux. Elle avait planté au sommet de sa tête une marguerite et deux autres fleurs que Senka ne connaissait pas.

— Ma parole, c'est un pré pour les vaches.

— C'est pas un pré, c'est trois messages. La marjolaine veut dire « je déteste les hommes », la marguerite « indifférence », et la potentille « inclination du cœur ». Par exemple, je monte avec un client qui me dégoûte. Je me plante un brin de marjolaine sur la tête, je lui affiche mon mépris, et lui, cette bûche, il en sait rien de rien. Ou bien, tiens, je suis là maintenant avec toi, et j'ai une potentille dans les cheveux, parce qu'on est camarades.

Elle avait effectivement glissé une potentille dans ses cheveux pour faire plaisir à Senka.

— Bon, et l'indifférence, elle te sert à quoi ?

Les yeux de Tachka brillèrent, elle passa sa langue sur ses lèvres crevassées.

— C'est pour le cas où un galant tomberait amoureux de moi et m'offrirait des bonbons, des colliers. Je ne le chasserais pas, parce que peut-être qu'il me plairait, mais faut aussi garder sa fierté. Alors j'afficherais une marguerite, histoire qu'il se tourmente un peu...

— Un galant, manquait plus que ça ! pouffa Senka en repliant l'enveloppe.

Il la glissa dans sa poche et sentit là quelque chose cliqueter : le collier de perles vertes chouré au Chinois. Du coup, puisqu'il en était question, il déclara très à propos :

— Veux-tu que je t'offre un collier sans faire de galanterie ?

Il tira l'objet de sa poche et l'agita sous le nez de Tachka. Le visage de celle-ci s'illumina, littéralement

— Oh, comme il est beau ! s'exclama-t-elle. Et c'est même ma couleur préférée, « émeraude » ça s'appelle ! C'est bien vrai, tu me le donnes ?

— Oui, prends, c'est de bon cœur.

Et il le lui abandonna. La perte n'était pas bien grande : soixante-dix kopecks.

Tachka passa sur-le-champ le collier à son cou, colla un baiser sonore sur la joue de Senka et fila chez elle à toutes jambes, pour se mirer dans la glace. Quant à Skorik, lui aussi prit le pas de course, en direction du boulevard de la Iaouza. La Mort devait en avoir marre de poireauter.

Il lui montra l'enveloppe de loin et la rangea aussitôt dans sa poche.

— Qu'est-ce que tu fais ? lui dit-elle. Donne-moi ça vite !

Elle avait les yeux humides et la voix qui tremblait.

— D'accord, tout de suite, répondit-il. Tu te rappelles ta promesse ? Ecris un mot au Prince pour qu'il me prenne dans sa bande.

La Mort se jeta sur lui, voulant lui arracher l'enveloppe de force, mais macache ! Senka lui échappa et courut autour de la table. Ils jouèrent un moment au chat et à la souris, puis elle se mit à supplier :

— Donne, salaud, ne me fais pas souffrir !

Skorik se sentit plein de pitié pour elle : elle qui était si belle, elle était tout autant malheureuse. Ah, elle lui avait réussi, cette satanée poudre ! Et il pensa également que peut-être le Prince n'irait pas écouter une gonzesse pour une affaire sérieuse, même s'il en pinçait pour elle à en être cinglé. Mais non, ses potes disaient que le Prince ne lui refusait jamais aucun cadeau, ni petit ni gros.

Alors qu'il hésitait encore à lui donner la neige, la Mort soudain s'effondra complètement. Elle s'assit à la table, le front dans les mains, l'air anéanti, et dit :

— Sois donc maudit, petit renard. De toute façon, en grandissant, tu finiras par te changer toi aussi en loup.

Elle gémit tout bas, comme taraudée de douleur. Puis elle prit un bout de papier, y griffonna quelques mots au crayon et le lui jeta.

— Tiens, étouffe-toi avec.

Il lut, et ne crut pas d'abord à son succès. Sur la feuille étaient inscrits ces mots, tracés d'une large écriture :

« Prince, prends ce môme dans ton affaire. Il est exactement comme il te faut. La Mort. »

COMMENT SENKA FIT SES PREUVES

— Comme il *me* faut ? Mais à quoi tu pourrais bien me servir ?

Le Prince frotta rageusement la fossette qui lui creusait le menton, et incendia Senka du regard. Ses grands yeux noirs étaient si furieux que le garçon rentra la tête dans les épaules, mais ce n'était pas le moment de perdre pied.

— Elle m'a dit : « Va, Skorik, lésine pas, le Prince aura forcément avantage à t'utiliser, je le sais », ce sont ses propres paroles.

Il s'efforçait de regarder le grand mec avec ferveur, sans trahir aucune crainte, mais en réalité se sentait les jambes en coton. Toute la bande se tenait rassemblée derrière lui : l'Œil, l'Anchois-numéro Six, les deux gus à la gueule toute pareille, et un autre encore, à la tête de bouledogue (sans doute celui qui roupillait avec un rigolo dans la main). Ne manquait que le cul-de-jatte.

A l'hôtel Kazan, le Prince avait ses quartiers tout au bout du courroir par lequel on avait conduit Senka tantôt. De la pièce à l'iconostase profanée, dans laquelle l'Œil plantait ses couteaux, il fallait continuer encore un peu, tourner au coin, et là se trouvaient un salon et une chambre. Skorik n'apercevait celle-ci que par la porte entrouverte. Bon, elle n'avait rien de très extraordinaire : un lit avec une couvrante bariolée, et puis, traînant par terre, un fléau d'armes – une boule d'acier hérissée de pointes, accrochée à un court bâton par une chaîne –, mais c'était bien tout ce qu'il y avait à voir. Le salon en revanche était bien digne d'un prince : le plancher disparaissait entièrement sous un tapis persan, d'un moelleux incroyable, on avait l'impression de marcher sur la mousse dans la forêt ; le long des murs étaient alignés des coffres sculptés (ouh, si ça se trouve, chacun contenait un trésor !) ; sur une table large comme un champ de courses trônaient une armée de bouteilles de vodka cachetée et de cognac, des gobelets en argent, un jambon entamé et un bocal de concombres en saumure. A tout instant le Prince plongeait la paluche entière dans le bocal, y pêchait un concombre et le croquait à grand bruit, avec un plaisir évident – Senka en avait l'eau à la bouche. Le malfrat avait une belle gueule, pas de doute, mais elle était ce jour-là un peu chiffonnée, sinon bouffie. A l'évidence, il avait d'abord beaucoup bu, puis beaucoup dormi.

Le Prince s'essuya la main sur un pan de sa limace de soie, qu'il portait par-dessus le grimpant. Il prit à nouveau le message.

— Elle est devenue branque, ou quoi ? Comme si elle savait pas que mon jeu était complet. Moi, je suis le roi, vous y êtes ?

Déjà il pliait un doigt, mais l'Œil déclara :

— Tu auras bientôt autant de titres que Sa Majesté l'empereur. Selon ton nom tu es Prince, dans la bande tu es roi, et tu seras bientôt couronné as. Par la grâce de Dieu, As de tout Moscou, Roi de la Khitrovka, et Prince de la Gueule de bois.

Senka trouva l'allusion à la « gueule de bois » sacrément culottée, mais le Prince apprécia la blague et partit d'un grand rire pareil à un hennissement. Les autres gloussèrent également. Skorik, quant à lui, ne voyait pas ce qu'il y avait là de si drôle, mais à tout hasard esquissa lui aussi un sourire.

— Quand je serai as, ça sera une autre goualante.

Le Prince reposa le bout de papier sur la table, et reprit son énumération, pliant un à un ses doigts couverts de bagues :

— Ma dame, c'est la Mort, d'accord ? Toi, l'Œil, tu es le valet. Le Verrat, c'est le dix, le Bosco, le neuf, Coup-de-boule et Bille-en-tête, le huit et le sept. On peut pas prendre ce mioche autrement que comme dernière carte, or j'ai également un six. Pas vrai, l'Anchois ?

— Sûr, répondit le jeunot de tout à l'heure.

Cette fois-ci, Senka comprit de quoi parlait le Prince. Ses potes lui avaient raconté que chez les vrais pros, ceux qui observaient les lois, une bande s'appelait un « jeu », et que chaque jeu était constitué d'une séquence complète. Une séquence, c'était huit pègres, chacun à sa place. Le chef était le « roi » ; il avait auprès de lui sa ménesse, la « dame » pour les initiés ; puis venait le « valet », quelque chose comme son premier lieutenant, et enfin le reste de la troupe, du dix au six[1]. Une bande ne comptait jamais plus de huit hommes, telle était la règle depuis la nuit des temps.

Senka tourna la tête vers l'Œil et considéra l'homme aux cheveux longs avec un singulier respect. Valet, ça alors ! Le valet, ça n'était rien de moins que le bras droit du roi, par ailleurs, dans le jeu, c'était d'ordinaire l'expert en coups saignants. De là venait sans doute son

1. Les jeux de carte standards, en Russie, comptent trente-six cartes, du 6 à l'as. (*N.d.T.*)

surnom de « valet » : parce qu'il était chargé du nettoyage.

— On ne relève donc aucune vacance de poste, conclut l'Œil à sa manière toujours alambiquée.

Mais Skorik avait pigé : il n'y avait pas de place libre dans la bande, voilà tout ce qu'il disait.

Cependant, bizarrement, le Prince ne se décidait pas à flanquer l'adolescent dehors. Il restait planté là, à se gratter la nuque.

— Deux six, ça donnera quoi comme jeu ? soupira-t-il. Qu'en dira la Société ? O Mort, ma petite Mort, qu'est-ce que tu me fais faire...

Et à ce soupir, Senka tout à coup devina que le Prince avait beau ronchonner, il hésitait à désobéir à la Mort, tout héros qu'il était. Il s'en trouva tout ragaillardi, redressa les épaules et regarda les malfrats réellement sans aucune crainte cette fois-ci, l'air de dire : « A vous de trouver une solution au problo, moi j'y suis pour rien. La demande émane de la Mort. »

— C'est bon, dit enfin le Prince. Comment tu t'appelles ? Skorik ? Eh bien, Skorik, pour l'instant tu grouilleras comme ça, sans numéro. On verra plus tard quel grade te donner.

Senka en plissa les paupières de bonheur.

Même sans numéro, il était à présent un vrai pègre, et mieux encore, membre de la bande la plus fameuse de Moscou ! Prokha et Mikheïka pouvaient toujours aller se rhabiller ! Et quand il toucherait son fade, il pourrait prendre Tachka pour ménesse, pour qu'elle arrête de coucher avec n'importe qui.

Le Prince agita la main en direction de la table, tous, excepté l'Œil, se servirent, qui de la vodka, qui du cognac, et l'on se mit à boire. Senka trempa lui aussi ses lèvres, pour goûter, dans une sorte de breuvage marron qui se révéla une atroce saleté, pire que la gnôle faite maison. Il avait beau avoir la dent, il ne grignota même pas un bout de jambon : il devait dès le début bien se poser et montrer qu'il n'était pas un quelconque crève-la-faim, mais un gars qui savait se tenir, qu'on n'avait pas ramassé dans le ruisseau. Il se tenait un peu à l'écart, avec discrétion, les châsses et les loches bien ouverts, et ne se mêlait surtout pas aux conversations, Dieu l'en garde. D'ailleurs les autres ne le regardaient pas : qu'avaient-ils à faire de ce morpion ? Seul l'Anchois, par deux fois, tourna la tête vers lui. La première, comme ça, simplement, mais la deuxième, pour lui balancer un clin d'œil. Et pour ça, merci à lui.

Cependant le Prince avait entrepris de raconter aux deux bessons, les numéros Sept et Huit, l'histoire de sa liaison avec la Mort.

« Vous deux, Coup-de-boule et Bille-en-tête, vous êtes des nouveaux chez nous, vous savez pas encore quel genre de gonzesse que c'est. Pour l'avoir vue, vous l'avez vue, pas de doute, mais ça suffit pas. Tenez, je vais vous bonnir comment je l'ai emballée. Quand son ancien mec, Yachka Kostromskoï, a eu bouffé sa ration de gras-double et qu'elle s'est retrouvée seulâbre, j'ai commencé les travaux d'approche. Il y avait un moment qu'elle m'avait tapé dans l'œil, mais du vivant de Yachka, j'avais pas eu le culot. La Société l'avait à la bonne, alors que moi, à l'époque, qu'est-ce que j'étais ? un pégriot, ou peu s'en faut. Je n'avais ni jeu ni planque, je marchais pas au raisiné, je n'avais fait aucun gros coup. Bien sûr, je n'étais pas non plus le dernier, à la Khitrovka, mais comment me comparer à Yachka Kostromskoï ? Seulement là, je me suis dit : je boufferai la terre entière s'il le faut, mais cette poule sera à moi. C'est alors que je me suis fait ma première banque, en étendant le gardien d'un coup de fléau. On a commencé à parler de moi, je me suis retrouvé à la tête d'un joli paquet de braise. Je lui envoie alors des cadeaux : de l'or, des machins en porcelaine, même de la soie du Japon. Elle me retourne le tout. Je vais la voir, elle me chasse, elle veut même pas me causer.

« J'encaisse, je pige bien que je suis encore un peu nain pour la Mort.

« Alors bon, très bien. Je casse un wagon postal, et cette fois-ci j'en laisse deux sur le carreau. J'empoche quarante mille roubles.

« Je me suis pointé chez elle une noye, avec un orchestre tsigane. J'avais filé cinq cents roubles aux poulets du commissariat des Bouchers pour qu'ils ferment les châsses. Sous sa porte, je glisse une boîte emballée de satin, dans la boîte y avait une broche en diamant, tenez, grosse comme ça.

« Et qu'est-ce que vous croyez ? Mes goualeurs et mes goualeuses n'avaient déjà plus de siffle qu'elle avait toujours pas délourdé. Même pas un coup de sabord à la vanterne.

« Bon, je me dis, qu'est-ce qui te faut encore ? Ni du blé, ni des cadeaux, ça c'est clair. Alors quoi ?

« J'ai eu l'idée d'attaquer par un autre côté. Je savais que la Mort avait un faible pour les gosses. A l'orphelinat Sainte-Marie, qui recueille les mioches de la Khitrovka, elle envoyait de l'argent, des fringues, toutes sortes de bons trucs à becqueter. Une fois, Yachka le voleur de chevaux lui avait offert cent impériales dans un panier de violettes, et bien elle, cette loufe, avait gardé les fleurs pour elle, et remis le pèze aux frangines de l'orphelinat, pour faire bâtir une étuve.

« Très bien, je me dis. Tu veux pas de ce que je t'offre, eh bien peut-être que je t'aurai en le servant à d'autres.

« J'ai acheté trente livres de chocolat, du vrai de vrai, tout ce qu'il y a de plus suisse, trois pièces de drap hollandais pour chemises et puis encore de la cotonnette pour le petit linge. Je suis allé porter tout ça moi-même à la mère Manefa. Prenez ça, je lui dis, de la part du Prince, en cadeau pour les orphelins.

A cet endroit, le gros type à tête de bouledogue, le numéro dix, intervint :

— Ah ça, gloussa-t-il, pour les gâter, tu les as gâtés, on s'en souvient !

Le Prince, le doigt sur la bouche, lui intima de se taire :

— T'en mêle pas, le Verrat, j'en suis pas encore à la fin. Eh bien, qu'est-ce que vous croyez ? Je me pointe chez la Mort, la bouche en cœur, pour voir si elle aurait pas un peu changé d'avis à mon sujet. Cette fois-ci, oui, elle m'a ouvert sa porte, mais il aurait encore mieux valu qu'elle l'ouvre pas. Elle sort, ses yeux lancent des éclairs. « Disparais de ma vue ! qu'elle me crie. T'avise plus de m'approcher ! » Et des tas de trucs du même genre. Elle m'a viré comme un malpropre, après tous les efforts que j'avais faits... Je me suis senti bougrement vexé. J'ai pris une telle cuite que je crois bien être resté une semaine dans les vapes. Et ce qui me flanquait le plus en rogne, tout bourré que j'étais, c'était de me rappeler ce foutu chocolat que j'avais payé de ma poche, et ce bon Dieu de drap que j'avais palpé dans la boutique pour vérifier que c'était pas de la camelote.

— Bon, le drap, faut bien dire, on te l'avait refilé gratos, glissa à nouveau le Verrat.

— Là n'est pas la question, rétorqua le Prince. Je renaudais de pas être récompensé de mes efforts. Alors non, je me dis, ça se passera pas comme ça. C'est pas juste. Je vais vous en foutre, moi, du drap et du chococroque. La nuit, j'ai escaladé la clôture de l'orphelinat, j'ai pété une vitre, forcé la porte de la réserve, et en avant le massacre ! D'abord j'ai répandu tout le chocolat par terre et je l'ai piétiné. Le drap, je l'ai entièrement déchiqueté à coups de lingre, il en restait plus quasiment qu'un tas de fils. Allez vous rhabiller ! Ensuite j'ai lacéré toute la cotonnette. Et puis j'ai continué à saccager tout ce qui me tombait là-dedans sous la main. Le gardien s'est pointé, alerté par le boucan. « Qu'est-ce que tu fiches là, vermine, qu'il gueule, tu dépouilles des orphelins ! » Alors bon, je lui plante ma plume en plein cœur. Le raisiné a giclé, j'en avais plein la pogne... Je sors de la réserve, couvert de sang, des bouts de fil pendant partout, la gueule noire de chocolat, comme un nègre. La mère Manefa en personne me tombe dessus, un chandelier à la main. Je la pique elle aussi pour faire bonne mesure. De toute façon, je me dis, je suis déjà damné. Alors, merde à elle, à l'âme et à la vie éternelle. Sans la Mort, j'ai plus le goût de vivre.

— Ouais, opina le Verrat. Ça a fait ensuite un sacré foin dans tout Moscou. T'avais beau être fin saoul, t'avais pas laissé de témoins. Avec le temps, bien sûr, on a fini par savoir que c'était toi qui avais fait des tiennes, mais on n'avait aucune preuve.

Le Prince ricana :

— L'essentiel, c'est que les nôtres l'ont su tout de suite et l'ont rapporté à la Mort. Quand je suis revenu de l'orphelinat, j'ai roupillé comme un loir pendant deux jours. Et au moment que je revenais à moi, on me colle sous les yeux un message de sa part, de la Mort, je veux dire. « Viens, qu'elle écrivait, je te veux. » Voilà comment elle est, la Mort. Allez donc la comprendre.

Senka avait avidement écouté ce récit, les deux oreilles grandes ouvertes, et il se creusa ensuite la cervelle pour trouver une explication à l'histoire, mais sans y parvenir.

Certes, ce jour-là, il n'eut guère le temps de beaucoup réfléchir, tant les événements se succédèrent avec rapidité.

Après que le Prince eut rendu sa sentence concernant Senka et eut régalé tout son « jeu » de force vodka et cognac, l'Anchois entraîna le nouveau dans sa carrée (il bénéficiait d'un cagibi non loin de l'entrée, fermé par un méchant rideau de cotonnade).

Il se révéla excellent camarade, pas bêcheur pour deux ronds, bien qu'il appartînt de droit à la bande, alors que Senka faisait un peu figure de cinquième roue du carrosse. Il ne crânait pas, parlait franco, et il fournit à son compagnon un tas d'informations utiles, comme s'il s'adressait pour de bon à un égal, un affranchi pour ainsi dire.

— T'inquiète pas, Skorik, déclara-t-il, du moment que la Mort en personne a plaidé en ta faveur, tu feras partie du jeu, c'est fatal. Si un des nôtres se fait coffrer ou bien descendre, on te prendra comme numéro six, et moi je grimperai au sept. Repose-toi sur moi, et t'auras aucun problème. Et puis t'as qu'à rester crécher ici. Ça sera plus marrant de ronfler ensemble.

(Il était dit cependant qu'ils ne joueraient jamais de l'orgue en duo, ainsi qu'on le verra plus loin.)

Du Prince, Senka savait déjà à peu près tout, et comme il n'était pas moins renseigné sur la Mort que l'Anchois, il entreprit d'interroger ce dernier sur les autres membres de la bande.

— Notre valet, répondit l'Anchois, tout le monde en a la trouille. Même le Prince, il le prend avec des pincettes, à cause que l'Œil a vite fait de partir en digue-digue. C'est-à-dire qu'il a l'air comme ça toujours calme, tranquille, même s'il parle tout le temps de façon bizarre, comme un livre on dirait, mais parfois il déraille, et alors il devient horrible, faut voir, un vrai Satan. Lui-même vient d'une famille d'aristos, autrefois il était étudiant, mais un jour il a saigné là-bas un type, pour une histoire de came, et en a pris pour perpète au pré. Tiens-toi à l'écart de ce mec, conseilla l'Anchois. Le Prince est capable de te rentrer dans le chou, et même de te démolir complètement, mais au moins on sait pourquoi et d'où ça vient, alors que l'autre est vraiment cinglé.

Le suivant dans l'ordre du jeu, le Verrat, était un Petit-Russien, autant dire un « bouffeur de lard » – d'où son surnom. Un gars très utile : il connaissait beaucoup de monde parmi les casseurs et les fourgues des autres villes, toute la camelote passait par ses mains pour revenir sous forme d'artiche, autrement dit d'espèces sonnantes et trébuchantes.

A propos du Bosco, le cul-de-jatte, numéro neuf de la bande, l'Anchois révéla qu'il avait effectivement servi autrefois dans la marine comme maître d'équipage, et qu'il n'y avait pas héros plus héroïque sur toute la mer Noire. Quand il commençait à parler des Turcs ou de ses expéditions maritimes, on pouvait rester des heures à l'écouter. Il avait eu les deux jambes broyées sur un navire par une chaudière à vapeur. Il avait reçu des médailles, des décorations, une pension de seize roubles pour son héroïsme, mais il n'était pas homme à vieillir tranquillement dans son coin. Il aimait l'action, le risque, le hasard. Il ne prenait d'ailleurs presque jamais son taf, or la part de butin qui revenait au numéro neuf était loin d'être négligeable, rien à voir avec celle de l'Anchois.

Les numéros sept et huit étaient des frères jumeaux originaires du quartier de la Iakimanka. Des gars qui n'avaient pas froid aux yeux. Le Prince les avait embauchés sur le conseil d'un sergent de ville de sa connaissance, affecté au premier commissariat de la Iakimanka. Celui-ci lui avait dit : « Ces gars-là sont de vraies têtes brûlées, c'est dommage, s'ils ne trouvent pas à s'associer à une grosse affaire, ils finiront mal sans s'être jamais rendus utiles. » Et si on les appelait Coup-de-boule et Bille-en-tête, c'est parce qu'ils avaient bien plus de cran que de cervelle. Coup-de-boule, ça pouvait encore aller, c'est d'ailleurs pourquoi il avait le grade le plus haut, mais Bille-en-tête était complètement chabraque. Le Prince lui aurait demandé d'aller décrocher l'aigle à deux têtes en haut de la tour Saint-Sauveur, il y aurait couru sans hésiter.

Pour conclure, l'Anchois poussa un soupir, se frotta les mains et déclara :

— Peu importe, aujourd'hui tu pourras tous les voir au boulot.

— Quel boulot ? (Skorik sentit son cœur se serrer : incroyable, dès le premier jour, il se retrouvait sur un coup !) On va nettoyer un pantre ?

— Nettoyer un pantre, tu rigoles ? Il s'agit d'une affaire plutôt casse-gueule. Le Prince a un rancard, ce luisant, avec le Vampire.

Senka se rappela que l'Œil avait déjà parlé devant lui de ce fameux rendez-vous.

— Ah ! tu veux parler de la rencontre prévue pour sept plombes. C'est quel Vampire, celui du quartier Kotelnitcheski ?

— Lui-même. Le Prince et lui vont tirer à qui sera l'as de Moscou.

Senka émit un sifflement. Eh bien, alors !

L'as, c'était pour le peuple de la pègre l'équivalent du tsar souverain, il n'y en avait qu'un seul pour tout Moscou. Auparavant, le titre d'as appartenait à Condrat Semenytch, un puissant caïd que toute la ville redoutait. Certes, les opinions divergeaient sur son compte. Certains disaient qu'il avait vieilli, qu'il s'était rouillé, et qu'il barrait la route aux jeunes. D'autres lui reprochaient de vivre comme un rupin, et pas à la Khitrovka, comme il se devait à un as, mais dans un hôtel particulier, au bord de la Iaouza. Pire : il n'était même pas mort en homme, d'un coup de couteau ou de pistolet, ou encore en prison, mais avait rendu le dernier soupir étendu sur un moelleux lit de plumes, comme un vulgaire marchand.

En conséquence, la Société avait décidé que le titre d'as reviendrait à l'un des deux : au Prince ou au Vampire.

Pour le Prince, la chose allait de soi : c'était un aigle et il avait de l'envergure. Il s'était envolé telle une flèche en direction des sommets, et ses exploits laissaient baba d'admiration. Il n'avait qu'un défaut : ses progrès étaient bougrement trop rapides, et il était cabochard. L'Anchois prétendait que les « prévôts » craignaient qu'un tel pouvoir ne finisse par lui tourner la tête.

Il en allait tout autrement du Vampire. C'était un vieux de la vieille, un silencieux, de ceux qui, au lieu de battre des ailes, grimpent en catimini à la manière des écureuils. Le Vampire n'avait pas de coup retentissant à son actif, les hommes de son jeu ne faisaient jamais parler la poudre, mais on le redoutait tout autant que le Prince.

Méprisant les attaques à main armée, lui et sa bande s'étaient spécialisés dans une activité nouvelle qui ne souffrait guère le tapage : ils rançonnaient les marchands de grain et les boutiquiers. On appelait les pègres de cette sorte des « trayeurs ». Si vous vouliez garder votre boutique intacte, éviter d'être harcelé par les services sanitaires et tourmenté par les flics, il vous suffisait de payer l'impôt au trayeur et vous pouviez vivre tranquille et commercer à votre aise. Ceux qui refusaient de payer, en revanche, par excès de confiance en eux, ou simplement par avarice, ceux-là se voyaient victimes de toutes sortes d'accidents. Ainsi, par exemple, un épicier entêté avait-il pris un jour un coup sur le crâne dans une ruelle mal éclairée, sans même avoir vu son agresseur. Il tombe, veut se relever, mais s'en trouve incapable : tout danse devant ses yeux. Tout à coup il voit un cheval attelé à un chariot venir droit sur lui. Le chariot transporte un énorme tas de pierres, de celles qui servent à paver les rues. Il crie, agite les bras, mais le conducteur ne paraît pas l'entendre. Le cheval a bien enjambé le corps de l'épicier, mais les roues de la voiture, elles, lui sont passées sur les jambes, les brisant en mille miettes. A présent l'homme se faisait pousser dans un fauteuil roulant et payait le Vampire avec une parfaite ponctualité. Ou bien, tenez, cet autre, un marchand de glace : de la même façon on avait guetté le passage de sa fille, encore pucelle, on lui avait enfilé un sac sur la tête et on l'avait violée, et pas qu'une fois : une demi-douzaine de mastards lui étaient passés dessus. A présent elle restait enfermée chez elle, ne mettait plus le nez dehors, et par deux fois déjà on l'avait dépendue. Alors que si le marchand de glace avait payé l'impôt, rien ne serait arrivé à sa fille.

Mais le Vampire ne plaisait pas non plus à tous les « prévôts », expliqua l'Anchois. Les plus âgés, notamment, se rappelaient bien l'ancien temps et n'approuvaient pas ses activités. Il n'était pas de mise autrefois de jouer ainsi les sangsues.

Bref, rancard était fixé ce jour, pour que le Prince et le Vampire décident entre eux lequel des deux céderait la place à l'autre.

— Alors ils vont s'entretuer ! s'exclama Senka. Se planter ou se flinguer !

— Impossible, la loi l'interdit. Tout ce qu'ils peuvent faire, c'est se péter quelques côtes, ou bien se démolir le crâne, mais pas plus. Il est défendu de se pointer à un rancard avec des outils, la Société ne le permet pas.

A trois heures arrivèrent les médiateurs de la Société, deux placides grands-pères aux gestes lents, comptant parmi les voleurs les plus respectés. Ils précisèrent le lieu de la rencontre : le Pré-aux-Vaches, à Loujniki, et l'heure : sept heures pile. Ils dirent encore que le Vampire souhaitait savoir s'il devait venir avec tout son jeu, ou bien comment.

On installa les « prévôts » dans l'antichambre avec une tasse de thé pour patienter en attendant la réponse, puis toute la bande se massa autour de la table, à laquelle s'était assis le Prince. Même le Bosco avait rappliqué, craignant qu'on ne se passe de son avis.

Bille-en-tête ouvrit le premier la bouche pour brailler :

— On y va tous ! On va les piétiner, ces vermines, ils s'en souviendront.

Le Prince lui fit signe de se taire :

— Réfléchis donc avant de causer, gros malin. Est-ce que nous avons une dame ? Non. Tu vois la Mort venir avec nous au Pré-aux-Vaches pour jouer des poings ?

Tout le monde sourit à la plaisanterie et se fit attentif à la suite.

— Alors que le Vampire, lui, en a une, de dame : Manka la Grêlée. L'an passé, elle a assommé deux sergots en leur cognant le front l'un contre l'autre, ils se sont pas relevés, poursuivit le Prince tout en se polissant les ongles avec une petite brosse.

Il était assis, jambes croisées, et parlait sans hâte, détachant ses mots – sans doute se voyait-il déjà avec le titre d'as.

— Je la connais, Manka, c'est vrai, c'est une femme qui en impose, appuya le Bosco.

— Bien. Maintenant passons aux autres. Toi, par exemple, le Bosco, soit dit sans vouloir t'offenser, tu es infirme. A quoi pourrais-tu servir pendant l'abordage ?

Le Bosco se prit à sautiller sur ses moignons, soudain terriblement agité :

— Mais je... Tiens, attends que je balance mon maillet, n'importe lequel se trouvera plié en deux. Allons, Prince, tu me connais !

— « Mon maillet » ! singea le Prince tout en détachant d'un coup de dent une envie ourlant son ongle. Seulement le Vampire, lui, a pour numéro neuf Vassia

Ougrechski. Tu crois que tu vas longtemps jouer du maillet face à lui ? Alors, tu vois...

Affligé, le Bosco s'effondra en reniflant.

— Prenons maintenant notre numéro six, continua le Prince en désignant l'Anchois d'un hochement de tête.

Celui-ci s'exclama :

— Ben quoi, moi ?

— Je t'explique. Chez eux, le six, c'est le Bûcheron. Il t'enfonce un clou de six pouces dans une poutre à coups de poing, quand toi, l'Anchois, un jet de morve suffirait à te démolir. Alors quelle conclusion en tirer, messieurs les caïds ? Eh bien, la conclusion, c'est que leur jeu, dans l'abordage, nous flanquera la pile, aussi vrai que deux et deux font quatre. Et qu'ensuite on dira que le Prince était venu avec son jeu complet, on cherchera pas à savoir qui était maigrichon, qui était estropié, et qui n'était pas là. Oui, on le dira, répéta le Prince en réponse au sourd murmure qui commençait à s'élever.

Le silence s'établit dans la pièce, un silence chagrin.

Senka se tenait assis dans son coin, sans bouger, de peur qu'on ne lui demande de déguerpir. Qu'on puisse ne pas l'emmener au rancard ne l'affectait pas énormément. Il n'était guère amateur de pugilat, et encore moins quand les adversaires désignés étaient des châtaigneurs endurcis. Ils ne feraient qu'une bouchée du morpion qu'il était, et lui passeraient sur le corps.

Le Prince contempla ses ongles, détacha puis cracha un dernier bout de peau, et enfin déclara :

— Appelez les prévôts. Je vais leur dire ce que je décide. Et la ferme tout le monde, je veux pas entendre moufter.

L'Anchois courut chercher les médiateurs. Ces derniers entrèrent et se campèrent devant la porte. Le Prince se leva à son tour.

— Je suis d'avis qu'on doit aller au rancard à deux. (Il lança aux deux hommes un regard joyeux et agita son toupet.) Le roi et puis un autre qu'il choisira. Transmettez ça au Vampire.

A ces mots, l'Œil bâilla, les autres froncèrent les sourcils. Mais il n'y eut pas un mot prononcé : visiblement, il n'est pas de mise de se pétarder devant des étrangers, pensa Senka.

Cependant, même quand les prévôts furent partis, il n'y eut pas d'étincelles. Dès lors que le Prince avait pris une décision, la messe était dite.

L'Anchois adressa un clin d'œil à Senka : viens, on sort.

Une fois dans le courroir, il lui chuchota en reniflant :

— Je connais bien l'endroit. Y a là-bas une grange, on peut facilement se planquer. Chiche qu'on y va !

— Et si on nous découvre ?

— On est cuits, ça fait pas un pli, répondit l'Anchois avec un geste insouciant. Chez nous, on rigole pas avec ces choses-là. Mais te fais pas de mousse, on nous verra pas. Y a de la place dans la grange, je te dis. On se planquera dans le foin, personne aura l'idée qu'on est là, et nous, on pourra tout voir.

Senka sentit monter en lui l'appréhension, il hésitait, embarrassé. L'Anchois alors cracha par terre et déclara :

— A toi de voir, Skorik, tu fais comme tu veux. Mais moi, je file, je cours. Le temps qu'ils se remuent, j'y serai avant eux.

Et Senka le suivit, bien sûr : comment faire autrement ? Il n'était pas une gonzesse pour avoir la trouille.

Et puis, lui aussi mourait d'envie d'assister au spectacle : un vrai rancard entre caïds, où allait se décider qui serait l'as, chef de toute la pègre de Moscou, ça n'était pas rien. Et ça n'était pas donné tous les jours de le voir.

Ils n'eurent pas besoin de courir, bien sûr : l'Anchois avait dit ça comme ça, en passant. Du pèze, le caïd qu'il était en avait plein les fouilles. Ils allèrent jusqu'à la rue Pokrovka, louèrent une voiture de remise, et se rendirent à Loujniki, en dehors de la ville. L'Anchois promit un rouble de pourboire au cocher s'il poussait ses chevaux. Ils mirent vingt-trois minutes pour arriver, en passant par les quais : l'Anchois chronométra avec sa montre en argent.

Le Pré-aux-Vaches était un pré comme n'importe quel autre : herbe jaune et bardane. D'un côté, au-delà de la rivière, se dessinaient les monts des Moineaux, de l'autre le monastère Novodevitchi et ses jardins potagers.

— Tiens, c'est icicaille qu'ils vont causer, ça peut pas être ailleurs, dit l'Anchois en montrant un carré de terrain pelé, où quatre sentiers se rejoignaient. Ils vont pas se risquer dans l'herbe, c'est plein de bouses de vache, c'est un coup à saloper ses bottines. Quant à la grange, la voilà.

Ladite grange était une vraie ruine : un éternuement, et elle s'effondrait. Bâtie là autrefois pour les besoins des fenaisons, elle vivait à l'évidence ses derniers instants. Elle touchait presque à l'aire de terre nue, distante peut-être de dix ou quinze pas.

Ils grimpèrent par une échelle au grenier où s'entassait du vieux foin datant au moins de l'année précédente. Ils s'y dissimulèrent après avoir tiré à eux l'échelle de manière que personne n'eût l'idée de pointer son nez pour vérifier si l'étage était bien désert.

L'Anchois consulta à nouveau sa montre et dit :

— Cinq heures, trois minutes et trente secondes. Encore presque deux plombes à poireauter. On se fait une petite bouillotte, à cinquante kopecks la mise ?

Et déjà il tirait un paquet de cartes de sa poche. Senka avait les mains et les pieds glacés par l'angoisse, il sentait des frissons lui parcourir l'échine, et l'autre, voyez-vous ça, parlait de taper le carton !

— J'ai pas d'argent.

— On peut jouer pour des pichenettes. Mais des simples, sans fioritures, j'ai pas le crâne trop solide.

Ils venaient juste de distribuer quand tout à coup : des voix. Quelqu'un approchait par-derrière, venant du côté de la voie ferrée.

L'Anchois risqua un œil par une fente et chuchota :

— Eh ! Skorik ! Vise un peu !

Senka regarda à son tour.

Trois types étaient en train de contourner la grange, des pègres, à en juger par leur allure, mais dont Senka ignorait l'identité. L'un était très grand, large d'épaules, avec une petite tête et le cheveu coupé ras ; le deuxième portait une casquette rabattue sur les yeux, mais même d'en haut, on voyait malgré cela qu'il avait le nez sérieusement amoché ; le troisième était d'une taille minuscule, avec de longs bras, la veste boutonnée.

— Ah, le fumier ! lui souffla l'Anchois dans l'oreille. Qu'est-ce qu'il a inventé ? Le tricheur !

Les types venaient de pénétrer dans la grange, de sorte qu'ils devaient à présent les épier par les fentes du plancher. Tous trois s'allongèrent par terre et se recouvrirent de foin pour se dissimuler.

— Qui est un tricheur ? demanda Senka tout bas. Qui sont ces gus ?

— Le Vampire, c'est un tricheur, un pourri. Là, ce sont ses hommes, des mecs de son jeu. Le grand balèze, c'est le Bûcheron, son numéro six. Le mec sans nez, c'est Gros-Bec, le huit. Et le petit, Iochka, son valet. Ah ! la poisse ! Ils vont descendre les nôtres.

— Pourquoi les descendre ? s'effraya Skorik.

— Iochka vaut rien pour la castagne, on voit le jour à travers, en revanche quand il a un flingue en pogne, il fait mouche à tout coup. Il bossait avant dans un cirque, d'une balle il te mouchait une bougie. S'ils ont amené Iochka, c'est que ça va cartonner. Or les nôtres sont tout nus, ils vont se pointer sans artillerie. Et pas moyen de les arçonner...

A cette nouvelle, Senka se mit à claquer des dents.

— Quoi faire alors ?

L'Anchois lui aussi était devenu tout pâle.

— J'en sais foutre rien...

Ils restèrent ainsi tapis dans leur cachette, tout tremblants. Le temps s'écoulait avec une infinie lenteur, on aurait presque dit qu'il s'était arrêté.

En bas, tout était calme. Une fois seulement, on entendit craquer une allumette, une bouffée de fumée de tabac s'éleva, et puis aussitôt quelqu'un murmura, furieux : « Qu'est-ce qui te prend, le Bûcheron, espèce d'abruti, tu veux nous faire griller ? Eteins ça ou je te descends ! »

Et le silence retomba.

Puis, alors qu'il ne restait plus que quelques minutes avant sept heures, retentit une sorte de claquement métallique.

L'Anchois fit le geste d'armer un flingue.

Aïe, les choses se présentaient mal !

Deux calèches arrivèrent sur le terrain en même temps, de deux côtés différents.

Dans l'une, très chic, laquée de rouge, l'Œil occupait le siège du cocher – chapeau, costume trois-pièces couleur sable, courte canne. Le Prince, cigarette à la main, se tenait mollement affalé sur la banquette de cuir. Lui aussi était vêtu en dandy : chemise bleu azur et mince ceinture écarlate.

La deuxième calèche, moins luxueuse que la première, mais aussi bien équipée, était conduite par une drôle de bonne femme. Des bras comme des jambons, la tête enveloppée d'un fichu bariolé d'où s'évadaient de grosses joues rougeaudes. Par-devant, sa blouse pouvait laisser croire qu'on y avait casé deux citrouilles : jamais Senka n'avait vu mamelles d'une telle opulence. Le Vampire était lui aussi, comme le Prince, installé à l'arrière de la voiture. Un mec très quelconque, qui ne payait pas de mine : sec et nerveux, un peu chauve, l'œil étroit, vipérin, le cheveu gras et pendouillant. Pas un aigle à première vue, aucune comparaison avec le Prince.

Ils se retrouvèrent au milieu du carré de terre battue, il n'y eut pas d'échange de poignées de main. Le Prince et le Vampire continuèrent de fumer, tout en s'observant. L'Œil et la grosse femme se tenaient chacun légèrement en arrière : sans doute était-ce là la règle.

— On les prévient ? Hein, Senka ? demanda l'Anchois dans un murmure.

— Et si le Vampire a placé ses hommes dans la grange comme ça, à tout hasard ? Au cas où le Prince aurait eu dans l'idée de tricher ? En ce cas, toi et moi, on serait cuits.

A la vérité, Senka était terrifié à l'idée de faire du bruit. Et si ce Iochka se mettait à canarder à travers le plancher ?

— Qui peut savoir... chuchota l'Anchois. Bon, d'accord, attendons de voir.

Les autres, dans la clairière, avaient achevé leur cigarette. Ils jetèrent leur mégot.

Le Prince fut le premier à parler.

— Pourquoi t'es pas venu avec ton valet ?

— Iochka a une rage de dents, il a la joue enflée comme un melon. Et puis pourquoi je l'aurais amené ? J'ai pas peur de toi, le Prince. C'est toi qui fouettes à l'idée de me rencontrer. T'as pris l'Œil avec toi. Moi, comme tu vois, je suis venu avec Manka. J'ai pensé que, contre toi, une gonzesse suffirait.

Manka partit d'un gros rire gras, enchantée de la plaisanterie.

Le Prince échangea un regard avec son valet. Senka vit l'Œil tambouriner des doigts sur sa canne. Peut-être avaient-ils senti que la partie était truquée ?

Non, ils n'avaient rien deviné.

— Tu viens avec une gonzesse, très bien, ça te regarde, rétorqua le Prince avant de poursuivre, les deux mains sur les hanches : Les gonzesses, c'est tout ce que t'es capable de commander. Quand je serai l'as, je te permettrai d'avoir la main sur les mamzelles de la Khitrovka. Ça t'ira au poil comme turbin.

Le Vampire, cependant, ne releva pas l'insulte, il se contenta de sourire et fit craquer ses longs doigts :

— D'accord, le Prince, t'es un grinche respecté, tu traces ton chemin, y a pas, mais t'es encore jeunot. Un as, toi ? Me fais pas rigoler. Y a pas un an que tu as monté ton jeu. Et puis tu prends trop de risques.

Regarde, aujourd'hui t'as tout le chenil sur le râble, alors que moi, je baigne dans la paix et la tranquillité. Allez, renonce, sans faire d'histoires.

Le discours se voulait pacifique, mais la voix était railleuse : à l'évidence il jouait exprès les idiots, dans l'espoir que le Prince craque le premier.

Celui-ci lui répondit :

— Moi, je vole comme un aigle, toi tu fais le chacal, tu bouffes de la charogne ! Tu parles d'une trempe de chef ! Moscou est trop petit pour nous deux. Ou bien tu te couches à mes pieds, ou bien... (il se passa un doigt sur la gorge) tchac !

Le Vampire promena sa langue sur ses lèvres, pencha la tête sur le côté, et sans hâte, d'une voix même presque amicale, demanda :

— Que veux-tu dire, mon cher Prince ? Ou bien je me couche à tes pieds, ou bien c'est la mort, c'est ça ? Et si la Mort, ta Mort, s'était déjà couchée sous moi ? C'est une chouette fille, bien accommodante. Elle a un corps confortable, ferme et moelleux, aussi doux qu'un édredon...

Manka s'esclaffa à nouveau, tandis que le Prince devenait cramoisi, ayant compris de qui il était question. Le Vampire, le rusé animal, était malgré tout parvenu à ses fins : son ennemi, à présent, était fou de rage.

Le Prince baissa la tête, le visage furieux, et se rua sur l'insolent avec un grondement de loup.

Mais les deux autres, visiblement, étaient convenus d'un plan. Le Vampire fit un bond sur la gauche, en même temps que la femme s'écartait sur la droite et lançait un coup de sifflet, les deux doigts dans la bouche.

Senka entendit en bas un froissement d'herbes sèches, la porte s'ouvrit en grand fracas, et Iochka jaillit hors de la grange, seul pour l'instant. Il tenait un flingue à la main : un engin tout noir avec un canon long.

— Plus un geste ! hurla-t-il. Regardez par ici ! Vous me connaissez, foutre Dieu, je rate jamais ma cible.

Le Prince se figea sur place.

— Ah, c'est comme ça, le Vampire ? A la déloyale, hein ?...

— C'est comme ça, mon petit Prince, c'est comme ça. Je suis un malin, moi, et les lois sont pas écrites pour les malins. Allez, allongez-vous tous les deux par terre. Allez, je vous dis, pressez-vous, autrement Iochka vous descend.

Le Prince montra les dents – mi-sourire, mi-rictus –, comme s'il trouvait la situation comique.

— T'es pas un malin, le Vampire, t'es rien qu'un blaireau. Tu te crois plus fortiche que la Société ? A partir de maintenant, t'es foutu. J'ai même rien à faire, les prévôts s'en chargeront pour moi. Allonge-toi, l'Œil, on va se reposer un peu. Le Vampire s'est condamné lui-même.

Et il s'étendit sur le dos. Il croisa les jambes, posément, puis sortit une cigarette.

Son compagnon le regarda, épousseta le sol du bout de sa bottine – sans doute avait-il de la peine pour son costume – et se coucha à son tour, sur le côté, une main soutenant sa tête, sa canne posée devant lui.

— Et maintenant, qu'est-ce qui se passe ? demanda-t-il.

Et, s'adressant à Iochka :

— Tire donc, espèce de zouave. Tu sais ce que nos traditionalistes font aux truqueurs ? Pour cette gaminerie, ils iront te débusquer jusque sous terre, et sous la terre ils te recolleront.

Le rancard tournait à la farce : deux types couchés, sourire aux lèvres, et trois autres debout, qui les regardent sans bouger.

— Ils oseront pas tirer, murmura l'Anchois. Pour un truc pareil, on t'enterre vivant, c'est la loi.

A cet instant, la ménesse du Vampire siffla à nouveau. Les deux malfrats encore en planque s'élancèrent hors de la grange et sautèrent chacun sur l'un des hommes à terre : le Bûcheron s'affala de toute sa masse sur le Prince, Gros-bec força l'Œil à s'étaler, face contre sol, et lui tordit les bras dans le dos, avec habileté.

— Eh bien, voilà, mon cher Prince, dit le Vampire en riant. A présent le Bûcheron va te démolir le crâne d'un coup de poing. Et Gros-bec défoncer les côtes à ton valet. Et personne ne saura rien du soufflant. C'est comme ça. On dira à la Société qu'on vous a cognés trop fort. Que vous ne faisiez pas le poids face au Vampire et à sa bonne femme. Allez, les potes, finissez-les !

— A-a-a-ah ! fit soudain une voix juste dans l'oreille de Senka.

L'Anchois se poussa du coude, se redressa brusquement sur les genoux et sauta en hurlant droit sur les épaules de Iochka. Il ne parvint pas cependant à s'y maintenir, roula à terre, et Iochka en profita pour lui flanquer à toute volée un coup de crosse sur la tempe, mais ce bref instant durant lequel le Bûcheron et Gros-bec tournèrent la tête, alertés par le bruit, suffit pour que le Prince et l'Œil parviennent à renverser leurs adversaires et à se remettre debout d'un bond.

— Je vais les déquiller, le Vampire ! cria Iochka. Ton plan a foiré ! On extraira les balles après ! Peut-être qu'on s'en tirera !

Et là, Senka se surprit lui-même. Hurlant encore plus fort que l'Anchois, il tomba à son tour sur le dos de Iochka. Il s'y agrippa alors de toutes ses forces et planta ses dents dans l'oreille de l'homme ; un goût de sel lui envahit aussitôt la bouche.

Iochka avait beau tourner en tous sens, dans l'espoir de jeter le gamin à terre, rien à faire : Senka continuait à rugir et à lui déchirer la feuille.

Il n'eût évidemment pas tenu ainsi bien longtemps, mais l'Œil profita de ce moment pour ramasser sa canne : il la secoua d'un coup sec, la partie en bois vola à l'écart, et une fine lame d'acier brilla tout à coup dans sa main.

Le valet s'élança vers Iochka, plia une jambe, allongea l'autre et se détendit comme un ressort pour devenir lui-même pareil à une longue pointe, tel un serpent qui se déroule. L'extrémité de la lame atteignit l'homme en plein cœur : il cessa aussitôt d'agiter les bras et s'écroula sur Senka. Celui-ci se dégagea vivement de sous le cadavre et observa la suite.

Il eut le temps de voir le Prince, délivré des pattes du Bûcheron, se ruer vers Manka et lui coller en pleine course un coup de boule au menton : la grosse femme tomba sur les fesses, resta un moment immobile puis s'effondra sur le dos. Mais déjà le Prince empoignait le Vampire à la gorge : quittant l'aire de terre battue, tous deux roulèrent dans l'herbe, dont les hautes tiges jaunes se mirent à danser furieusement.

Le Bûcheron voulut se précipiter au secours de son roi, mais d'un bond l'Œil fut sur lui : la main gauche dans le dos, l'autre brandissant une plume d'acier de près d'une coudée. Tchic, tchic – la lame fouetta l'air, et des gouttes rouges perlèrent sur son tranchant.

— Ne pars pas, je veux que tu restes, déclama l'Œil. Je t'aime depuis si longtemps. Je t'étourdirai de caresses, dont le feu te laissera pantelant.

Senka connaissait ces vers : c'était le refrain d'une chanson terriblement triste.

Le Bûcheron se retourna vers l'Œil, battit des paupières d'un air ahuri et recula prudemment. Gros-bec, pour sa part, s'était montré plus dégourdi et avait aussitôt détalé pour se mettre hors d'atteinte. Cependant le Prince et le Vampire roulèrent à nouveau sur la terre nue, et cette fois-ci l'on put voir qui avait le dessus. Le Prince avait fini par maîtriser son ennemi, il lui empoigna la face à pleine main et s'employa à lui cogner le crâne contre le sol.

On entendit bientôt l'autre gémir :

— Assez, assez. Tu as gagné ! Je suis une lope !

Il s'agissait là d'une formule spéciale. Quand quelqu'un la prononçait au cours d'une valse, il était défendu de continuer à le tabasser. La loi l'interdisait.

Le Prince lui colla encore deux ou trois beignes pour faire bonne mesure, ou peut-être pas deux ou trois, mais un peu plus, Skorik ne s'attarda pas à compter. Accroupi à côté de l'Anchois, il regardait la bouillie sanglante qui s'échappait par un trou noir de la tempe du pauvre gone. L'Anchois était mort, et bien mort : Iochka lui avait fracassé le crâne avec la crosse de son soufflant.

Les « prévôts » passèrent ensuite quatre jours à délibérer pour savoir si l'on devait tenir pareil rancard pour valable. Finalement, leur verdict fut négatif. Le Vampire, certes, avait triché, mais le Prince lui non plus n'était pas blanc : son valet était venu chargé, et deux autres de ses gars étaient en planque. Le Prince, pour l'instant, ne méritait pas le titre d'as, telle fut leur sentence. Moscou se passerait encore quelque temps de roi pour sa pègre.

Le Prince était mauvais, il buvait sans relâche, menaçait d'expédier le Vampire six pieds sous terre. Celui-ci restait invisible, il se remettait, dans quelque endroit secret, de la dérouillée que lui avait administrée son rival.

L'affaire du Pré-aux-Vaches fit grand bruit dans toute la Khitrovka et suscita bien des rumeurs et des conversations.

Pour Senka Skorik vinrent, on peut le dire, des jours dorés.

Il était à présent numéro six auprès du Prince, et sa position était parfaitement régulière. Sa bravoure lui valait de la part de la bande traitement de faveur et profond respect. Quant aux potes de la Khitrovka, inutile d'en parler.

Senka faisait deux ou trois apparitions chaque jour dans le quartier, sous prétexte d'une importante mission secrète, mais en réalité simplement pour se pavaner. Il avait hérité de toute la garde-robe de l'Anchois : à lui les bénards en tweed, au pli impeccable, les bottes en maroquin, la veste à la Boulanger, la casquette d'officier à visière vernie, et la montre en argent avec chaîne et breloque également d'argent. Tous les gones des environs accouraient pour serrer la louche du héros, ou au moins le zyeuter de loin et écouter ce qu'il bonnissait.

Prokha, qui auparavant passait son temps à donner des leçons et regardait Senka de haut, à présent le regardait dans les yeux, et tout bas, pour que les autres n'entendent pas, le suppliait de lui trouver une place de numéro six dans un jeu quelconque, fût-il le plus minable. Senka lui prêtait une oreille condescendante et promettait d'y réfléchir.

Eh, la vie était belle !

Il n'avait toujours pas ramassé un rond, c'est vrai, mais on pouvait penser que ce n'était que partie remise.

Et en effet, à quelque temps de là, une affaire se présenta, un vrai coup pour vrais caïds.

COMMENT SENKA PARTICIPA À UN VRAI COUP

Le Prince avait été affranchi par un homme sûr, employé à l'hôtel des Slaves, établissement fréquenté par les marchands, situé un peu en dehors de Moscou, quai Berejkovskaïa. L'homme en question prétendait qu'un riche maquignon kalmouk était arrivé de la ville de Khvalynsk avec un commis, dans le vœu d'acheter des étalons de race pour son troupeau. Ledit Kalmouk trimbalait une bourse pleine à craquer, et il convenait de l'en délester sans tarder, car dès le lendemain, dimanche, il se rendrait au marché aux chevaux et pourrait bien y dépenser tout son pécule.

Tard dans la soirée, le jeu entier se répartit dans trois calèches et s'en fut. En tête allaient le Prince et l'Œil, suivis du Verrat et des jumeaux, le Bosco et Senka fermant le cortège. Ces derniers avaient pour mission de faire le pet et de surveiller les chevaux, de manière à pouvoir démarrer au trot en cas d'embrouille.

Tandis que leur voiture filait d'abord par la place Rouge, puis par la rue Vozdvijenka et l'Arbat, Skorik sentait une solide nausée lui travailler les tripes, au point d'être à deux doigts de dégobiller. Mais ensuite, dès qu'il entendit les roues marteler le tablier du pont, son angoisse s'évanouit d'un coup, pour faire place à la même gaieté qu'il avait connue, petit enfant, quand son père l'avait pour la première fois emmené à la kermesse de Mardi gras pour dévaler en luge les montagnes de bois.

Quant au Bosco, il paraissait en joie depuis le départ et ne cessait un instant de débiter des calembours. « Eh, disait-il, Kostroma, c'est la journée qu'on cause trop mal ! » Ou bien : « Eh, Poltava, et dansez donc, la polka te va ! » Et encore : « Eh, Samara, ça, ça m'ira ! »

Il connaissait un tas de noms de villes, dont Senka n'avait même jamais entendu parler.

L'hôtel était sinistre, un vrai casernement. A dix heures toutes les lumières étaient déjà éteintes : la gent solliceuse se couche tôt et, qui plus est, le lendemain était jour de foire.

On poussa jusqu'aux entrepôts du chemin de fer où l'on descendit de voiture. En silence, car on se passait de mots, tout ayant été réglé à l'avance.

Senka prit les rênes et rangea les trois calèches côte à côte, roue contre roue, l'attelage du Bosco au centre. Avec lui, les gails ne feraient pas de bêtises, ils resteraient bien sages. Quand ils sentaient une force derrière eux, ils se tenaient tranquilles. Or les dadas du Prince étaient spéciaux : le bourrin n'était pas né qui les rattraperait à la course, c'était une merveille que ces bêtes-là.

Le Bosco, par conséquent, trônait sur son siège de cocher, la bouffarde entre les dents, mais Senka, lui, ne tenait plus en place : il partait se balader, tantôt par ici, tantôt par là. Il n'avait plus peur du tout : il se morfondait, vexé, avec le sentiment d'être de trop.

Il courait d'un coin de rue à l'autre, pour vérifier qu'aucune vache ne pointait son nez.

Tout était désert alentour, pas un chat, pas un bruit.

— M'sieur le Bosco, pourquoi ils mettent tant de temps ?

L'ancien marin eut pitié du grouillot.

— C'est bon, dit-il. A quoi sert qu'un jeune dégourdi comme toi reste ici à poireauter ? Cours, va voir comme se règlent les affaires de caïds. Vas-y voir, et reviens fissa me raconter comment on liquide les Kalmouks.

Senka demanda, surpris :

— Mais on ne peut pas simplement lui piquer son blé ? On est obligé de le liquider, c'est la règle ?

— Tout dépend de la somme, expliqua le Bosco. Si y a pas tant d'oseille que ça, quelques piles au total, on peut s'abstenir, les chiens se fouleront pas trop pour les rechercher. Mais si le bajaf se monte à plusieurs sacs, alors il vaut mieux lessiver le client. Le marchand, pour récupérer son magot, promettra une grosse récompense aux condés pour qu'ils s'usent le blair à retrouver sa trace. Mais vas-y, Skorik, galope, t'en fais pas. Je m'en sortirai très bien tout seul. Eh, moi aussi, j'irais jeter un coup de châsse si j'avais mes guibolles.

Senka ne se le fit pas dire deux fois. Il piaffait tellement d'impatience qu'il n'alla même pas jusqu'au portail, il sauta carrément par-dessus la clôture.

Pénétrant dans un vaste vestibule, il découvrit un homme, vêtu d'une *poddiovka*[1], qui, couché sur le comptoir, hoquetait de terreur. Il couvrait sa tête de ses mains, et ses épaules étaient secouées de tremblements. A côté de lui, bâillant à s'en décrocher la mâchoire, se tenait le Verrat, un mandolet à la main (c'est ainsi qu'on appelle un rigolo, dans le jargon des pègres : un mandolet, un soufflant, ou encore un crucifix).

1. Court pardessus, plissé à la taille.

L'autre, sur le comptoir, supplia d'un ton lamentable :

— Ne me tuez pas, messieurs les cambrioleurs. Je ne vous ai pas regardés, j'ai tout de suite fermé les yeux. Vous m'entendez ? Faites-moi cette faveur, ne m'ôtez pas la vie. Je suis bon chrétien, père de famille. Vous m'entendez ?

Le Verrat lui rétorqua d'une voix paresseuse :

— Te frappe pas. Si tu te tiens à carreau, on te fera une fleur.

Puis s'adressant à Senka :

— Ça t'intéresse ? Eh ben, allez, va morguer. Je sais pas pourquoi ils traînent comme ça.

Il y avait ensuite un courroir, interminable. Une rangée de portes de chaque côté. A l'extrémité la plus proche était posté Coup-de-boule, et tout à l'autre bout Bille-en-tête (ou bien le contraire, Senka ayant encore du mal à distinguer les deux frères). Eux aussi armés chacun d'un pétard.

— Je viens voir, expliqua Senka. Juste pour un petit coup d'œil.

— Te gêne pas, vas-y, lui répondit Coup-de-boule (ou Bille-en-tête) avec un grand sourire.

A cet instant, l'une des portes s'entrouvrit. Il la referma brutalement d'un coup de pied et aboya :

— Je vais t'aider à sortir, moi !

Une voix s'éleva derrière la porte :

— Qui c'est qui fait le voyou, là ? J'ai besoin d'aller aux cabinets !

Coup-de-boule éclata de rire.

— Chie donc dans ton froc ! Mais si tu mouftes encore, je t'allume à travers la lourde.

— Seigneur Dieu ! s'exclama la voix. On dirait bien que c'est un cambriolage. C'est bon, les gars, je me tiens tranquille.

Et l'on entendit un verrou grincer.

Coup-de-boule se boyauta de plus belle (finalement, il devait plutôt s'agir de Bille-en-tête : celui-ci souriait toujours jusqu'aux oreilles). Du canon de son rigolo, il désigna à Senka une porte entrouverte, au milieu du courroir.

Skorik s'approcha et regarda à l'intérieur de la pièce.

Il vit deux hommes au teint bistre et aux yeux bridés, ligotés chacun sur une chaise. L'un avait l'air très vieux, il devait bien avoir une cinquantaine d'années – petite barbiche, pantalon à carreaux de bonne coupe, gilet de soie et chaîne d'or sortant du gousset. C'était le maquignon, à n'en pas douter. L'autre était jeune, sans barbe ni moustache, vêtu d'une chemise de simple indienne passée par-dessus le pantalon : le commis, très certainement.

Le Prince faisait les cent pas entre les deux prisonniers en agitant son fameux fléau.

Senka ouvrit plus grande la porte. Où donc était passé l'Œil ?

Celui-ci s'affairait à une besogne des plus extraordinaires : de la plume tirée de sa canne (une canne-épée, ça s'appelait), il lacérait l'édredon posé sur le lit, d'où s'échappait ainsi un nuage de duvet.

— Je manque décidément d'imagination, dit l'Œil. Où ces amis des steppes ont-ils bien pu dissimuler leur porte-monnaie ?

Le Prince éternua : sans doute une plumette lui était-elle entrée dans une narine.

— C'est bon, l'Œil, arrête de te faire suer.

Il se campa devant le commis et, de la main gauche, l'empoigna par les tifs.

— Ils vont nous le dire eux-mêmes. Eh bien, face de citron, t'es décidé à bavarder ? Ou bien tu veux bouffer de l'oursin ?

Il brandissait le fléau d'armes devant le visage de l'homme (absolument pas jaune, du reste, mais à présent d'une blancheur de craie).

L'Œil, au contraire, avait cessé de jouer de la lame. Il plaça une pincée de poudre sur son ongle (de la neige, devina Senka) et renversa la tête en arrière. Skorik esquissa une grimace, persuadé que le Prince allait éternuer encore plus fort, mais l'Œil ne parut pas s'en soucier, il plissa les paupières et, quand il les rouvrit, ses yeux étaient humides et brillants.

Le commis se passa la langue sur les lèvres, des lèvres aussi pâles que son visage, et déclara :

— Je ne sais rien... Badmaï Kekteïevitch ne me dit pas ces choses-là.

— Bien, bien, opina le Prince.

Il lâcha les cheveux du commis et se tourna vers le marchand.

— Alors quoi, barbe de bouc ? On te découpe en morceaux ou bien tu parles ?

Le maquignon semblait être un vieux routier. Il répondit avec calme, sans un tremblement dans la voix :

— Je ne suis pas assez idiot pour garder une telle somme avec moi. Je me suis rendu aujourd'hui au comptoir du marché et ai déposé mon argent au coffre. Prenez ce que j'ai ici, et allez-vous-en. Ma montre, tenez, est en or. Et il y a quelques billets dans mon portefeuille. Ça vous suffira.

Le Prince tourna la tête vers son valet. Celui se tenait immobile, un vague sourire aux lèvres. Il confirma :

— C'est vrai. Il y a un coffre au marché aux chevaux, où les maquignons laissent leur argent en garde, pour éviter de se faire voler ou de tout dépenser eux-mêmes.

Senka surprit un échange de regards entre le commis et son patron, lequel parut fixer un instant un point précis du sol. Eh, eh ! Un des pieds de la chaise du commis pesait sur une latte de plancher, de telle sorte que celle-ci se soulevait légèrement par un bout et dépassait. L'homme changea discrètement de position, la latte se remit en place.

Le portefeuille dont parlait le maquignon traînait ouvert sur la table. Le Prince en tira trois coupures de cent roubles qu'il froissa entre ses doigts.

— Déplacer tout mon jeu pour trois piles ! On va bien se payer ma fiole. Ah, foutue vermine !

Il marcha vers le vieux et, crac ! lui décocha un coup de poing juste sous l'œil. La tête du marchand fut violemment projetée sur le côté, mais il ne poussa pas un cri, ne versa pas une larme : le type était un dur.

— D'accord, dit le Prince en lui arrachant d'un coup sec sa montre de gousset, c'est bien du jonc, belle bobe. Remercie ton dieu kalmouk de t'avoir sauvé ton magot. Allez, l'Œil, foutons le camp.

Et déjà ils se dirigeaient tous deux vers la porte, quand Senka passa sa caboche dans l'embrasure et demanda, comme ça, très simplement :

— M'sieur le Prince, vous me permettez de dire un mot ?

— Qu'est-ce que tu fabriques ici ? Y a une embrouille ? s'inquiéta l'autre en fronçant les sourcils.

— Non, aucune, mais vous feriez peut-être bien de vérifier, là, sous le plancher, vous croyez pas ?

Et Senka montra du doigt où regarder.

Le marchand tressaillit et débita d'une voix grinçante un flot de paroles incompréhensibles, sans doute un chapelet d'injures exprimées dans son patois. Le Prince, quant à lui, regarda Senka, puis le plancher. Il flanqua au commis une beigne sur l'oreille, pas très fort à première vue, et cependant celui-ci s'effondra par terre avec sa chaise et se mit à pleurnicher.

Le Prince se pencha, crocha la latte du bout du doigt et la sortit de son logement, découvrant un trou pratiqué dans le sol, dans lequel il glissa la main.

— Tiens donc ! s'exclama-t-il.

Il tira de la cachette un gros morlingue en cuir, bourré de taffetas.

Le Prince feuilleta rapidement la liasse de billets.

— Mais y en a au moins pour trois sacs ! dit-il. Ah, sacré numéro six !

Skorik, bien sûr, se sentit flatté. Il tourna la tête vers l'Œil pour voir sa réaction : était-il admiratif, lui aussi ?

Seulement l'Œil ne paraissait nullement épaté par Senka, il ne regardait même pas le maroquin. Quelque chose en lui avait changé. Son sourire s'était effacé et ses yeux n'étaient plus brillants mais comme embués de sommeil.

— Je les ai crus... déclara l'Œil en détachant ses mots, et tout son visage se mit alors à palpiter, comme parcouru par des vagues. Je les ai crus, ces Judas ! Ils me regardaient dans les yeux ! Et ils mentaient ! A moi, ils mentaient !

— Ça va, t'emballe pas, l'apaisa le Prince, satisfait de la trouvaille. Eux aussi visent leur intérêt...

L'Œil s'avança en grommelant :

— Adieu, aimable Kalmouk... Tes yeux, certes, sont étroits, ton nez camard, ton air hagard, point ne parle en bon françois... (il éclata de rire) étroits, oui, étroits...

Et tout à coup il se fendit, exactement comme l'autre jour, pour épingler Iochka, et dans le même mouvement planta son épée, de haut en bas, dans l'œil du commis gisant à terre. Senka entendit un craquement (l'acier avait transpercé le crâne et atteint le plancher), il laissa échapper une exclamation et ferma très fort les paupières. Quand il les rouvrit, l'Œil avait déjà dégagé son arme et observait avec intérêt la matière blanchâtre qui coulait sur la lame, un peu pareille à du fromage blanc.

Le commis battait le sol des talons, ouvrait grand la bouche, mais sans émettre aucun son. Senka eut peur de regarder son visage.

— Qu'est-ce que tu fous, t'es devenu cinglé ? rugit le Prince.

L'Œil lui répondit, d'une voix hystérique :

— Non, je ne suis pas cinglé. Je suis écœuré qu'il n'y ait pas de vérité en ce monde !

Il remua à peine la main, un sifflement déchira l'air, et la pointe de l'épée égratigna la gorge du marchand. Une touffe de barbe coupée vola par terre, et aussitôt le sang jaillit, à jet puissant, comme l'eau d'une lance à incendie.

Senka poussa à nouveau un cri, mais cette fois-ci n'eut pas l'idée de fermer les yeux. Il vit l'homme se débattre sur sa chaise, avec tant de violence que les liens qui entravaient ses mains cédèrent. Le vieux alors se leva d'un coup, mais il ne put faire un pas, ses jambes étant également ligotées au siège.

La vie s'échappait de la gorge du maquignon, à gros bouillons couleur cerise, et il tentait malgré tout de la retenir de ses mains, de la repousser dans la plaie, mais en vain : le sang coulait entre ses doigts, et la face du Kalmouk prenait une expression si stupide, si atroce, que Skorik se prit à hurler à pleins poumons et se rua hors de la chambre aux horreurs.

COMMENT SENKA SE TROUVA ENFERMÉ DANS UN CABINET D'AISANCES

Il ne recouvra l'usage de sa raison que parvenu à la rue Arbat, quand il se trouva à bout de souffle d'avoir tant couru. Sa sortie précipitée de l'hôtel des Slaves, sa traversée au pas de course du pont de Borodino, puis du marché de Smolensk entièrement désert, il n'en avait aucun souvenir.

Et même rue Arbat, il peinait encore à reprendre ses esprits. S'il n'avait plus la force de courir, il n'eut pas non plus l'idée de s'asseoir un instant pour se reposer. Il remonta la rue plongée dans l'ombre, à petits pas chancelants, comme un vieillard. Il geignait, gémissait. Et se retournait encore fréquemment, hanté par l'impression que le Kalmouk le poursuivait, avec sa gorge tranchée.

Finalement c'était lui, Senka, qui avait causé la perte du marchand et de son commis. C'était sa faute. S'il n'avait pas tenu à frimer devant le Prince, s'il n'avait pas montré l'endroit où était la planque, les deux Kalmouks seraient encore en vie. Mais comment aurait-il pu ne rien dire ? Etait-il un vrai caïd, oui ou non ?

Et, s'étant posé cette question, Senka se répondit (il était alors déjà place du Théâtre) : « Un caïd, tu parles !

une pauvre homelette, voilà ce que tu es. Ou disons-le autrement : vous avez l'estomac rudement trop fragile, Semion[1] Trifonovitch Skorikov, pour vous attaquer à une vraie affaire d'hommes. »

Il avait honte de s'être enfui, et cette honte le taraudait. Tandis qu'il remontait la rue Marosseïka, il se traitait de tous les noms, s'adressait mille reproches, se repentait amèrement, mais sitôt que l'image des Kalmouks lui revenait à l'esprit, l'évidence s'imposait : il ne pourrait jamais réintégrer le jeu. Le Prince et ses gars lui pardonneraient peut-être – il pouvait toujours mentir, alléguer une soudaine envie de vomir ou n'importe quoi d'autre –, mais, à lui, personne n'irait raconter de craques. On ne ferait pas un pègre du petit Senka, pas plus qu'on ferait d'une vache un cheval de course.

Oh, quel déshonneur !

Skorik se laissa porter par ses jambes jusqu'au boulevard de la Iaouza, sans savoir encore lui-même pourquoi.

Il s'assit sur un banc, jusqu'à sentir le froid le pénétrer. Il se mit alors à faire les cent pas. L'aube naissait. Et c'est à ce moment-là seulement qu'il prit conscience d'être passé déjà trois fois devant la maison de la Mort, qu'il comprit que quelque chose, par-dessus tout, lui rongeait le cœur.

Il s'arrêta devant la porte, et soudain, ma parole ! sa main se tendit toute seule et frappa. A grands coups.

Il s'effraya, voulut se sauver à toutes jambes, et néanmoins ne bougea pas. Il décida d'attendre d'avoir entendu son pas, sa voix. Quand elle demanderait : « Qui est là ? », alors il déguerpirait.

1. Senka est le diminutif de Semion. (*N.d.T.*)

La porte s'ouvrit sans bruit, sans que rien l'eût annoncé. Il n'y avait eu ni bruit de pas, ni son de voix.

La Mort se tenait sur le seuil. Ses longs cheveux lâchés sur ses épaules étaient noirs, mais elle-même était toute blancheur : sa chemise de nuit, le châle de dentelle dont elle s'était couverte. Et ses pieds que Senka regardait étaient blancs eux aussi : on en voyait le bout dépasser du bas de la chemise.

Dire qu'elle ne s'était même pas inquiétée de savoir qui frappait à sa porte à pareille heure ! Il fallait vraiment qu'elle n'eût peur de rien. A moins que son propre sort ne lui fût indifférent...

Elle se montra surprise de le voir :

— Toi ? ! C'est le Prince qui t'envoie ? Il est arrivé quelque chose ?

Il secoua la tête, les yeux toujours baissés.

Alors elle se fâcha :

— Qu'est-ce qui te prend de te pointer ici au petit matin ? Et pourquoi caches-tu tes yeux, graine de voyou ?

Bon d'accord. Il releva la tête et sut qu'il ne pourrait plus détourner le regard, tant il était fasciné. Certes, l'aurore, elle aussi, y avait mis son grain de sel : le soleil s'était haussé par-dessus les toits et illuminait de rose le haut de l'embrasure de la porte, le visage de la Mort ainsi que ses épaules.

— Mais pourquoi restes-tu muet ? dit-elle en fronçant les sourcils. Tu as une tête de déterré. Et ta chemise est en loques.

Senka s'aperçut alors que sa chemise, en effet, était déchirée, depuis le col jusqu'à la manche, et pendouillait de travers. Sans doute s'était-il accroché à quelque chose au moment où il sortait de l'hôtel.

— Quoi, tu es blessé ? demanda la Mort. Tu as du sang.

Elle tendit la main et frotta du doigt une tache qui avait séché sur sa joue. Skorik devina ce que c'était : des gouttes avaient giclé sur lui quand le flot avait jailli de la gorge du marchand.

Mais le doigt de la Mort se révéla brûlant et, surpris par ce contact, Senka brusquement éclata en sanglots.

Il se tenait là, immobile, chialant comme un veau, déversant des torrents de larmes. Il éprouvait une honte affreuse, mais ne trouvait aucun moyen de s'arrêter. Il avait beau vouloir étouffer en lui ces pleurs, les refouler au plus profond, sans cesse ils se frayaient passage, et, surtout, il avait l'air si pitoyable, on aurait dit un chiot en train de pleurnicher ! Alors Senka jura, comme il n'avait jamais juré, déversant les pires ordures, les pires obscénités qu'il connaissait. Mais ses larmes ne cessèrent pas de couler pour autant.

La Mort le prit par la main :

— Eh bien, que t'arrive-t-il ? Allons, entre.

Elle referma la porte au verrou et l'entraîna à l'intérieur de la maison. Il tenta de résister, mais la Mort était plus forte.

L'empoignant par les épaules, elle le força à s'asseoir à table. Il ne pleurait plus, à présent, il reniflait seulement, et s'essuyait les yeux avec ses manches, d'un geste rageur.

Elle posa devant lui un verre empli d'un liquide ambré.

— Bois ça, dit-elle. C'est du rhum de la Jamaïque.

Il obtempéra. Un grand feu lui chauffa la poitrine, mais ce fut tout l'effet qu'il éprouva.

— Maintenant, allonge-toi sur le divan.

— Je m'allongerai pas ! grogna-t-il de nouveau sans la regarder.

Mais il alla se coucher cependant, car la tête lui tournait. Et à peine avait-il posé celle-ci sur le coussin qu'il sombrait dans le néant.

Quand Senka se réveilla, il faisait jour depuis longtemps. L'heure était même tardive, car le soleil brillait de l'autre côté, du côté de la cour et non de la rue. Il faisait bon reposer à l'aise sous la couverture toute moelleuse, légère, à carreaux verts et bleus.

La Mort était assise à la table, occupée à coudre, ou peut-être à broder. Elle offrait son profil à Senka, et même vue ainsi elle était encore d'une beauté impossible, à ceci près qu'elle paraissait plus triste que lorsqu'on la regardait de face. Il se garda bien d'ouvrir grands les yeux, et en profita pour l'observer longuement à travers ses paupières mi-closes. Il avait également besoin de temps pour méditer la conduite à adopter après ce qui s'était passé tantôt. Et de manière générale tirer un certain nombre de choses au clair. Pourquoi, par exemple, était-il nu sous la couverture ? Pas complètement nu, certes, il avait encore son pantalon, mais pas sa chemise, ni ses bottes. Force était de conclure qu'elle l'avait déshabillé pendant son sommeil, car lui ne se rappelait pas l'avoir fait.

A ce moment, la Mort tourna la tête et, bien que Skorik se fût empressé de resserrer les paupières, elle comprit qu'il ne dormait plus.

— Réveillé ? dit-elle. Tu as faim ? Viens à table. Tiens, il y a du pain frais. Et puis du lait, regarde.

— J'en veux pas, grommela Senka, vexé de se voir servir du lait.

Comme si elle n'avait pas du thé ou du café à proposer. Mais, évidemment, quel respect pouvait-on attendre des autres quand on se laissait aller à chialer comme un bébé.

Elle se leva, prit sur la table la tasse et la boule de pain et vint s'asseoir auprès de lui. Affolé à l'idée que la Mort entreprît de le nourrir elle-même, comme un petit môme, Senka se redressa.

Il se sentit brutalement une telle fringale qu'il en fut tout secoué de frissons. Et le voilà parti à s'empiffrer de pain et à le faire descendre à grandes lampées de lait. La Mort le regardait, attendant qu'il eût fini. Elle n'eut pas longtemps à patienter. En moins d'une minute, Senka avait tout dévoré.

— Maintenant raconte ce qui t'est arrivé, dit-elle d'un ton qui ne souffrait pas de réplique.

Impossible de refuser. Senka baissa la tête, fronça les soucils et conta son aventure, brièvement, mais honnêtement, sans rien cacher. Et il conclut par ces mots :

— Je suis coupable à ton égard. Je t'ai trahie, je veux dire. Tu t'es portée garante pour moi auprès du Prince, et moi, tu vois, j'ai flanché. J'ai rien à faire chez les caïds. Je croyais être un aigle, je ne suis qu'une poule mouillée.

Et ce n'est que lorsqu'il eut terminé son récit qu'il la regarda. Elle paraissait tellement en colère que Senka en eut le cœur transpercé.

Ils restèrent un bon moment sans parler. Puis enfin elle déclara :

— C'est moi, Skorik, qui suis fautive envers toi, je n'aurais pas dû te recommander au Prince. Je n'étais pas dans mon état normal.

Sur quoi elle ajouta, non plus à l'adresse de Senka, mais pour elle-même, en secouant la tête :

— Oh, Prince, Prince…

— Mais ce n'est pas le Prince, c'est l'Œil, protesta Senka. C'est l'Œil qui a égorgé le Kalmouk, je me le rappelle bien. Je te l'ai dit...

— Qu'est-ce qu'on peut attendre de l'Œil, c'est un malfaisant. Mais le Prince, quand je l'ai connu, était un être humain. Au début, je voulais même le...

Senka ne sut pas ce qu'elle voulait, car à cet instant précis des coups furent frappés à la porte, sur un rythme précis : toc-toc, toc-toc-toc, puis encore deux fois toc-toc.

La Mort se leva d'un bond :

— C'est lui ! Ah, flûte ! quand on parle du loup... Allez, debout, et vivement ! S'il te voit, il te tue. Il se fichera bien d'avoir affaire à un gosse. Il est affreusement jaloux.

Skorik ne se fit pas longtemps prier : il déguerpit aussitôt du divan, sans même râler de se voir traiter de « gosse ».

Il demanda, effrayé :

— Où je vais ? Je sors par la fenêtre ?

— Non, trop long à ouvrir.

Il se précipita vers une des deux portes blanches qui s'ouvraient côte à côte.

— Pas dans la salle de bains ! lui dit la Mort. Le Prince est un maniaque de la propreté, la première chose qu'il fait, c'est d'aller se laver les mains. Entre plutôt là.

Et elle lui montra la porte voisine.

Qu'importait à Senka. Il se serait caché dans un poêle allumé, pour ne pas tomber entre les mains du Prince. Or celui-ci frappait à nouveau, plus fort que la première fois.

Il s'engouffra dans une petite pièce pas plus grande qu'un cagibi, ou même un placard, mais toute blanche, entièrement carrelée de céramique. Contre le mur, posé par terre, trônait un grand vase de porcelaine, blanc lui aussi.

— Qu'est-ce que c'est ? demanda Senka.

Elle rit :

— Le water-closet. Le petit coin, si tu préfères, avec une évacuation.

— Et s'il est pris d'un besoin ?

Elle partit d'un rire encore plus joyeux :

— Mais il préférerait encore éclater plutôt que d'aller au petit coin devant une demoiselle. Il n'est pas le Prince pour rien !

Elle claqua la porte et s'en fut ouvrir. Senka l'entendit crier : « Oui, j'arrive, j'arrive, pas la peine de taper comme ça ! »

Puis lui parvint la voix du Prince :

— Pourquoi tu t'es enfermée ? Tu t'enfermes jamais d'habitude !

— On m'a volé un châle dans l'entrée, quelqu'un s'est introduit pendant la nuit.

Le Prince était déjà dans la chambre.

— C'est un étranger, un mec de passage. Un gars de la Khitrovka aurait jamais osé. C'est rien, je ferai passer le mot, on te rendra ton châle et on retrouvera le voleur, il aura pas le temps de rigoler.

— Mais tant pis pour le châle. Il était tout vieux, je comptais m'en débarrasser de toute façon.

Puis la conversation se fit inaudible, il y eut comme un froissement d'étoffes, un bruit de baiser mouillé.

Elle dit :

— Oui, bonjour, bonjour.

Ils se font des mamours, pensa Senka.

Le Prince déclara :

— Je vais me laver les mains et me passer un coup de flotte sur le museau. Je suis couvert de poussière.

Tout près, de l'autre côté de la cloison, on entendit de l'eau gargouiller puis couler durant un long moment.

Senka pendant ce temps examinait le cabinet où il était enfermé.

Au-dessus du vase s'élevait un tuyau aboutissant à une cuve en fonte d'où pendait une chaîne munie d'une boule à son extrémité – à quelle fin ? mystère. Mais il n'avait pas la tête à jouer les curieux. Il devait mettre les bouts, tant qu'il était encore entier.

Or au ras du plafond s'ouvrait justement une lucarne, pas bien grande, certes, mais suffisante pour offrir un passage. En montant sur le vase et en s'agrippant à la chaîne, puis à la cuve, il était tout à fait possible de l'atteindre.

Il ne réfléchit pas plus loin. Il grimpa sur la porcelaine (oh, pourvu qu'elle ne casse pas !), et hop ! empoigna la chaîne.

Le vase ne posa pas de problème, il tint le coup, mais la chaîne se révéla traîtresse : elle céda dès qu'il tira dessus, et alors, quel rugissement à l'intérieur du tuyau, quelle cataracte par en bas !

Skorik eut une telle frayeur qu'il faillit en tomber dans les pommes.

La Mort entra en coup de vent :

— Qu'est-ce que tu fiches ? murmura-t-elle. Tu es devenu fou ?

Mais juste à ce moment la porte voisine buta contre le battant entrouvert – c'était le Prince qui sortait de la salle de bains. Alors la Mort se retourna, comme si elle aussi venait de terminer son affaire, et referma le battant derrière elle, bien soigneusement.

Senka mit quelque temps encore à reprendre ses esprits, la main crispée sur le cœur. Puis, quand il se sentit un peu mieux, il s'assit à croupetons à côté du vase et se prit à réfléchir à la manière dont les belles faisaient leurs besoins. Du point de vue de la nature, elles devaient bien y être obligées, mais il lui était impossible d'imaginer la Mort se livrant à pareille occupation. Encore une fois, où s'y prenait-elle ici ? Pas dans ce magnifique vase d'une blancheur de neige, tout de même ! Une telle merveille pouvait tout juste servir de soupière à *kissel*[1].

Il demeura ainsi dans le doute. En fin de compte, il était tout à fait probable que pour les femmes d'une beauté hors du commun tout fût également conçu de manière extraordinaire.

S'étant un peu accoutumé à son réduit, il eut envie de savoir ce que le couple fabriquait là, dans la chambre.

Il colla son oreille à la porte pour épier leur conversation, mais les mots qui lui parvenaient étaient trop indistincts. Il essaya différentes positions et finit par s'installer à quatre pattes, l'oreille au ras du sol. C'était là, au niveau de l'interstice entre la porte et le plancher, qu'on entendait encore le mieux.

Ce fut d'abord la voix de la Mort qui lui parvint :

— Je te l'ai pourtant dit : je ne suis pas disposée aujourd'hui pour la bagatelle.

Le Prince lui répondit :

— Mais je t'ai apporté un cadeau : une bague en saphir.

1. Sorte de compote de fruits mêlée de fécule, dessert traditionnel russe.

Elle :

— Pose-la là-bas, à côté du miroir.

Des pas. Puis à nouveau le Prince, la voix mauvaise (Senka rentra la tête dans les épaules) :

— T'es pas très souvent disposée, je trouve. Les autres filles s'allongent toutes seules, et toi, t'es jamais à prendre avec des pincettes.

Elle alors, du tac au tac :

— Si je ne te plais pas, disparais, je ne te retiens pas.

Lui, encore plus furieux :

— Ne fais pas trop la fière. Tu es en dette envers moi. Où as-tu dégoté ce morveux de Skorik ?

Oh, Seigneur ! se dit Senka en se recroquevillant sur lui-même.

— Il ne te convient pas ? demanda la Mort. Je me suis pourtant laissé dire qu'il t'avait sauvé la vie.

— Le gosse est dégourdi, c'est vrai, mais il a rien dans les veines. Si tu le vois, dis-lui ça : quand on entre dans le jeu du Prince, y a que deux chemins pour s'en tirer, celui de la taule, et celui du cimetière.

— Mais qu'est-ce qu'il a donc fait ?

— Il s'est taillé.

— Laisse-le tranquille, dit-elle. Je me suis trompée. Je pensais qu'il te serait utile, mais visiblement, il est fait d'une autre pâte.

— Non, je le laisserai pas, trancha le Prince. Il nous a tous vus, il sait tout. Alors dis-lui bien : s'il se représente pas, je le retrouverai moi-même et je l'enterrerai tout vif. Mais causons plutôt de choses sérieuses. Cette nuit, ma petite Mort chérie, j'ai raflé un joli paquet, plus de trois mille roubles. Et aujourd'hui, je vais ramasser encore plus, on m'a filé un tuyau du tonnerre. Tu connais

Sinioukhine, le griffard qui loge dans les caves de la pension Erochenko ?

— Oui, c'est un ivrogne, un ancien fonctionnaire. Quoi, c'est lui qui t'a donné le tuyau ?

Le Prince éclata de rire :

— C'est pas lui qui me l'a filé, mais c'est lui que ça concerne.

— Mais on ne peut rien lui prendre, à ce gueux ! C'est à peine s'il arrive à nourrir sa femme et ses enfants.

— On peut, ma petite Mort, et comment qu'on peut ! C'est un mecton, un demi-sel, qui a confié le blot au Verrat, et le Verrat me l'a rapporté. Notre griffard a découvert quelque part sous terre un ancien trésor, une vraie montagne de cé et de jonc. Ça fait trois jours qu'il se rince à la vodka de luxe, et qu'il se gave de morilles et de saumon. Il a acheté un châle à sa bonne femme et des bottines à ses gosses. Le Sinioukhine qu'on connaît, qu'a jamais eu deux ronds en poche ! A Khassimka, le fourgue, il a revendu une grosse poignée de pièces de cé anciennes, et comme il était soûl, il s'est vanté, au Bagne, d'avoir projet de se barrer bientôt de la Khitrovka, d'avoir son logement à lui, comme autrefois, et de bouffer tous les jours des bons petits plats sur une nappe blanche. Je vais lui faire un brin de causette cette noye. Je suis bien sûr qu'il voudra partager son bonheur avec moi.

Et soudain le silence se fit dans la pièce, un silence singulier, curieusement menaçant. Senka colla son oreille tout contre la fente, un mauvais pressentiment au cœur.

— Mais qu'est-ce que c'est que ça ? tonna le Prince. Des bottes ? Et le divan qu'est froissé ? !

Il y eut un grand vacarme : une chaise, sans doute, qui venait de valdinguer.

— Salope ! Traînée ! Qui c'est ? Qui ? Je vais le buter ! Il s'est planqué ? Où ça ?

Mais bon, Skorik ne fut guère curieux d'entendre la suite. Il ferma le loquet, bondit sur le vase, et attrapant la chaîne, se hissa, poussa la lucarne et, sans prêter attention cette fois-ci au grondement de la cataracte ainsi déclenchée, se glissa tête la première par l'ouverture.

Un craquement retentit derrière lui, la porte s'ouvrit toute grande, il y eut un cri :

— Halte ! Ou je te démolis !

Ben tiens, plus souvent !

Il se laissa tomber comme une pierre. Comment fit-il pour ne pas se rompre le cou ? Seul Dieu le sait. Une culbute plus ou moins réussie le remit sur ses pieds, et il s'élança aussitôt à toutes jambes dans la cour remblayée de briquaillon, en direction du porche.

Il n'alla pas bien loin cependant. D'un coup il s'arrêta. Mais maintenant, il va la tuer, pensa-t-il. Il va la tuer pour rien.

Ses jambes le ramenèrent toutes seules sur ses pas. Il s'attarda un moment sous les fenêtres, l'oreille tendue. Tout paraissait calme. Ou bien lui avait-il déjà réglé son compte ?

Pourquoi s'en mêler ? Il ne le savait pas lui-même, et n'avait pas envie d'y réfléchir. Une idée idiote lui tournait dans la tête : la Mort ne pouvait pas être tuée. Comment imaginer un truc pareil : tuer la mort ? Et il se disait encore : ça suffit, je me suis déjà sauvé cette nuit. Je suis pas un lièvre, je me suis pas enrôlé pour détaler au premier pet, qui plus est pieds nus, et qui plus est sur la brique.

Quand il atterrit à nouveau dans le cabinet d'aisances, il sut tout de suite que le Prince n'avait pas encore tué la jeune femme, si jamais il en avait eu l'intention.

Et aussitôt il sentit son courage diminuer. Surtout quand il entendit à travers la porte décrochée du gond supérieur :

— Je te le demande par Dieu, parle. Je ne te ferai rien, dis-moi juste qui c'est.

Pas un mot en réponse.

Senka avança prudemment la tête. Misère de misère ! Le Prince tenait un couteau à cran d'arrêt pointé sur la poitrine de la Mort. Ainsi, il se pouvait qu'il la tue malgré tout ?

Or justement l'autre continuait :

— Joue pas avec moi, je risque de plus me maîtriser. Suriner un homme, pour le Prince, c'est pas plus dur que d'épingler une mouche.

Et elle d'une voix ironique :

— Un homme peut-être, mais moi, je suis la Mort. Vas-y, saigne-moi, essaie. Eh bien, pourquoi tu restes là à faire les yeux ronds ? Ou bien tu me tues, ou bien tu décampes.

Le Prince balança son couteau dans le miroir, puis sortit en courant, claquant derrière lui la porte d'entrée.

Skorik tendit le cou pour voir : la Mort à présent lui tournait le dos, elle se contemplait dans le miroir brisé, et son visage, au milieu des lézardes, paraissait pris dans une toile d'araignée. Elle se regardait d'une drôle de manière, comme s'il était quelque chose qu'elle ne parvenait pas à comprendre. Elle eut tôt fait, cependant, de repérer Senka sorti de sa cachette.

Elle se retourna, lui dit :

— Tu es revenu ? Tu as du cran. Et tu te disais poule mouillée. Non, tu n'es pas un aigle ni une poule mouillée, tu me ferais plutôt penser à une hirondelle.

Et elle sourit, comme si pour elle rien ne s'était passé. Senka s'assit sur le divan et entreprit d'enfiler les bottes par lesquelles le scandale était arrivé. Il respirait avec effort : il avait tout de même connu une sacrée frousse.

Elle lui tendit sa chemise.

— Tu vois, j'ai posé ma marque sur toi. Tu m'appartiens désormais.

Il découvrit alors qu'elle ne s'était pas contentée de raccommoder la déchirure, mais qu'elle y avait aussi brodé, pendant qu'il dormait, une fleur, parfaitement fantastique : au milieu, un œil, tout pareil aux siens, l'œil de la Mort, et en guise de pétales, des serpents de toutes les couleurs, à longues langues fourchues.

Il comprit qu'elle plaisantait, en parlant de marque. Il passa la chemise et dit :

— Merci beaucoup.

Le visage de la jeune femme était tout proche, et il en émanait un parfum singulier, à la fois sucré et amer. Senka déglutit, ferma les paupières et oublia le monde entier, y compris le Prince. Elle n'avait pas voulu se livrer à la bagatelle avec lui. C'était donc qu'elle ne l'aimait pas ?

Skorik esquissa un pas pour se camper encore plus près d'elle, et sentit alors tout son corps s'incliner vers l'avant, comme un brin d'herbe sous la brise. Mais bouger les bras, pour l'enlacer ou que sais-je encore, il ne l'osa pas.

Elle éclata de rire et lui ébouriffa les cheveux.

— Ne t'approche pas du feu, moustique, dit-elle. Tu te brûlerais les ailes. Ecoute-moi plutôt. Tu as entendu ce que le Prince disait à propos d'un trésor ? Sinioukhine, le griffard, tu le connais ? Il loge dans les sous-sols de la pension Erochenko, dans la cave aux Changeurs. Un type tout miteux, avec un nez comme un pruneau. Je suis allée chez lui, un jour, quand son petit avait la scarlatine, pour lui amener un docteur. Va le trouver, préviens-le qu'il vaudrait mieux pour lui qu'il disparaisse de la Khitrovka avec sa femme et ses enfants. Dis-lui que le Prince à l'intention de lui rendre visite cette nuit.

Hirondelle, ça pouvait encore passer, c'était plutôt sympathique, comme piaf, mais en s'entendant traiter de moustique, Senka fit la lippe. La Mort devina tout de suite ce qu'il pensait, et partit d'un rire encore plus gai :

— Le voilà qui boude encore ! Bon d'accord, je vais t'embrasser, une seule toute petite fois. Mais sans bêtises, promis ?

Il ne la crut pas, convaincu qu'elle se moquait de l'orphelin qu'il était. Néanmoins, il abandonna sa moue, joignit les lèvres et les tendit. Et si après tout elle lui filait pour de vrai un bécot ?

Elle ne le déçut pas, elle l'effleura de sa bouche, puis d'une bourrade le poussa dehors :

— Cours avertir Sinioukhine. Tu as bien vu comme le Prince est devenu enragé.

Tandis qu'il s'éloignait de la maison, Senka, avec précaution, du bout du petit doigt, toucha ses lèvres : nom d'un chien, elles étaient en feu ! La Mort en personne lui avait accordé un baiser !

COMMENT SENKA COURUT, SE CACHA, PUIS HOQUETA

Si Skorik tarda à trouver Sinioukhine, le griffard, ce ne fut pas sa faute, il eut pour cela quelques bonnes raisons.

De la maison de la Mort, il s'en fut tout droit, comme convenu, vers le passage Podkolokolny, où se trouvait la pension Erochenko. Les étages dudit établissement étaient partagés en plusieurs dortoirs séparés, où chaque nuit près d'un millier d'âmes roupionnaient, mais au-dessous s'ouvraient des caves très profondes qui n'étaient pas moins habitées. Y logeaient les camoufleurs, des gueux entre les gueux, qui transformaient les vêtements volés, et également les griffards. Ces derniers avaient en commun d'être tous de fieffés ivrognes, sans être tout à fait pochards cependant, car ils avaient besoin de pouvoir tenir une plume et de tracer correctement les mots sur le papier. Telle était leur industrie, en effet : griffarder pour leurs clients analphabètes toute espèce de lettres et babillardes, y compris même, s'ils en étaient capables, les requêtes officielles. Ils étaient rémunérés à la longueur de l'ouvrage : pour une page cinq kopecks, pour deux neuf kopecks et demi, pour trois, treize kopecks.

Il n'y avait pas bien loin du boulevard de la Iaouza jusqu'à la Erokha (comme on avait coutume d'appeler la pension Erochenko), et néanmoins Skorik ne parvint pas au but.

Quand, tournant au coin de la rue, il déboucha passage Podkolokolny (l'entrée de la Erokha était déjà à portée de vue), Senka découvrit une scène qui le cloua sur place.

A côté de Mikheïka le Hibou, une main posée sur son épaule, se tenait un bonhomme courtaud, portant melon et costume à carreaux – ce même Chinetoque auquel, la semaine précédente, Skorik avait chouré le collier de perles vertes. Quand on avait vu le gus une fois, on ne risquait pas de l'oublier : la joue épaisse, couleur de rutabaga, les yeux étroits, le nez camus et cependant busqué.

Le Hibou affichait le plus grand calme, et souriait de toutes ses dents. De quoi aurait-il eu peur ? Deux autres potes de la Khitrovka se tenaient embusqués derrière le Chinois, sans que celui-ci, l'imbécile, parût s'en douter une seconde. Le Hibou repéra Senka et lui adressa un coup d'œil en douce, comme pour lui dire : attends un peu, on va bien se marrer.

Comment pouvait-on ne pas regarder le spectacle ?

Senka se rapprocha pour pouvoir entendre et s'immobilisa.

Le Chinetoque venait de demander (dans un parler des plus bizarres, mais suffisamment compréhensible) :

— Hibou-koun, où est ton camalade ? Celui qui coult vite. Tout maigle comme ça, seveux zaunes, dzyeux glis, tasses de lousseul sul le nez ?

Ça alors, il se souvenait de tout, le mécréant ! Même des taches de rousseur ! Mais ce n'était pas le pire : comment avait-il fait pour dénicher Mikheïka ? Bah, en se baladant dans la Khitrovka, il avait dû l'apercevoir par hasard.

Mais à ce moment Senka remarqua dans la main du Chinetoque une vieille casquette toute moche à la visière cassée. Ah, le lascar ! C'est donc qu'il ne s'était pas pointé ici simplement comme ça, il était venu tout exprès : il était à la recherche de son collier. Il avait pigé que les gars étaient du quartier (ou bien un cocher le lui avait soufflé, ces gars-là ont l'œil américain), était venu fouiner dans les parages et avait agrafé le Hibou. Mikheïka ne savait ni lire ni écrire, aussi dessinait-il un hibou sur toutes ses fringues, pour éviter de se les faire chiper. Eh bien voilà, il en avait dessiné un de trop. A tous les coups, l'Asiate s'était promené ici et là avec la gaufre perdue rue Sretenka, en demandant à qui elle appartenait. Il avait fini par l'apprendre – pour son malheur. Oh, le bridé eût mieux fait de ne jamais mettre les pieds dans le coin et de ne pas retenir le Hibou par la manche ! Dans un instant, on allait lui tomber dessus et lui éclater sa face de crêpe.

Mikheïka lui répondit :

— Quel « camalade » ? Quoi, t'as trop bouffé de radis chinois en venant ? C'est la première fois que je te vois.

Le Hibou frimait devant les gars, c'était évident.

Le Chinetoque agita la gaufre.

— Et ça, c'est quoi ? Qu'est-ce que c'est l'oiseau ?

Du doigt, il désignait la coiffe de la casquette

Et pour quel résultat ? Dans quelques secondes, ces malheureuses perles à soixante-dix kopecks allaient valoir au Chinetoque une sacrée dérouillée, c'était tout le bénéfice qu'il en tirerait. Senka avait presque pitié de lui. La Serpe, un gone plutôt dégourdi, de la rue Podkopaevski, se tenait déjà posté à quatre pattes juste derrière le pigeon. Le Hibou allait bousculer le Jaune, et ce serait le début de la rigolade. Le bonhomme repartirait sans son pantalon, et pourrait compter ses dents et ses côtes encore intactes.

Des badauds observaient la scène depuis la place et la rue, en ricanant sous cape. Le Gabelou, qui s'apprêtait à longer la frontière du marché, un journal dans les mains, regarda par-dessus la page grisâtre de son canard, bâilla et s'en fut traîner ses guêtres plus loin. Un pantre se faisait tabasser, rien là que de très normal. Il n'avait qu'à ne pas venir se fourrer là où il n'était pas convié.

— Oh, arrêtez de me faire peur, m'sieur, je vais mouiller mon froc ! railla le Hibou. Mais pour la casquette, merci mille fois. Je vous salue bien bas, et tenez, prenez donc ça, c'est de bon cœur.

Et de flanquer un pain dans les dents du Chinois !

Ou, pour mieux dire, il visa les dents, mais le bridé se baissa juste à temps, le poing frappa le vide, et Mikheïka, déséquilibré, s'en fut lui-même faire la culbute. Au même instant le bras droit et la jambe gauche du Chinetoque entraient ensemble en action ; sa paume atteignit la nuque du Hibou (on aurait presque dit une caresse, mais Mikheïka atterrit le nez dans la poussière et demeura là, gisant), et son talon l'oreille de la Serpe, qui lui aussi se trouva étalé raide. Le troisième gone, un gars un peu plus âgé que la Serpe, surnommé le Trépan, voulut alors porter un coup de casse-tête au client retors, mais à son tour il manqua sa cible. Le Chinois s'écarta d'un bond et lui balança la pointe de sa bottine au menton (lever la jambe comme ça, il fallait le faire !). Atteint de plein fouet, l'autre tomba à la renverse.

Bref, les badauds assemblés n'avaient pas eu le temps d'ouvrir la bouche que les trois compères qui s'apprêtaient à dérouiller le Chinois jobard se trouvaient déjà allongés côte à côte et ne paraissaient guère pressés de se relever.

Les gens hochèrent la tête devant un tel prodige et poursuivirent leur chemin. Le Chinois, quant à lui, s'accroupit auprès de Mikheïka et le saisit par l'oreille.

— Pas beau, Hibou-koun, dit-il. Pas beau du tsout. Où est le sapoulet ?

Mikheïka se mit à trembler, pas pour de la frime cette fois-ci, pour de vrai.

— J'en sais rien, je connais pas de poulet ! Je le jure ! Sur la tête de ma défunte mère ! Sur la tête du petit Jésus !

Le Chinois lui tordit un peu la feuille et expliqua :

— Des pelles, veltes, sul un fil. Elles étaient dans un moussoil.

Alors d'un coup le Hibou se prit à brailler ;

— C'est pas moi, c'est Senka Skorik ! Aïe, mon oreille, ça fait mal ! Le voilà, Senka, il est là !

Ah, le Judas ! Un simple tordage d'esgourde, et il avait craqué ! Il aurait fallu l'envoyer prendre des cours chez l'oncle Zot !

Le Chinois tourna la tête dans la direction qu'indiquait le Hibou et aperçut Senka.

Il se redressa, le macaque, et s'avança vers lui, tout doucement, comme un chat.

— Senka-koun, dit-il, pas la peine de coulil. Audzouldz'hui, ze n'ai pas *geta*, z'ai mis saussules, ze vous lattlapelai.

Et il montrait ses bottines. En d'autres termes : ce ne sont pas des claquettes que j'ai aux pieds, je ne trébucherai pas comme l'autre jour.

Mais Senka, bien évidemment, prit la fuite malgré tout. Il avait beau s'être juré de ne plus jamais détaler comme un lapin, tel semblait bien être le destin qui lui était échu : râper ses semelles à la première occasion. Qui veut garder sa denture ne ménage pas sa monture.

Sa course dura cette fois-ci incomparablement plus longtemps que la semaine précédente. Pour commencer, il remonta à fond de train tout le passage Podkolokolny, puis enfila successivement la rue Podkopaevski, la rue des Trois-Saints, la rue Khitrov, avant de traverser la place du Marché pour retomber là d'où il était parti.

Senka arpillait comme un dératé, un peu plus et ses talons ne touchaient plus le sol, mais le Chinois non seulement ne le lâchait pas, mais s'employait encore, l'enflure, tout en courant, à le persuader de se rendre :

— Senka-koun, allête-toi, tu vas tomber, te casser la figule.

Et par-dessus le marché, il ne semblait pas essoufflé le moins du monde, alors que Skorik était déjà près de rendre l'âme.

Heureusement, il eut l'idée de tourner dans la Svinia, la rue Svinine si l'on préfère, où se trouvait la Koulakovka, la pension Koulakov, le plus grand et le plus immonde de tous les asiles de nuit de la Khitrovka. Senka fut sauvé des griffes du maudit imbécile par les souterrains de ce fameux établissement. Ils étaient encore plus compliqués que les caves de la Erokha, personne ne les connaissait entièrement. On avait creusé là tant de courroirs et de boyaux que, sans parler du Chinois, même le diable ne parviendrait pas à l'y retrouver.

Senka se garda de s'aventurer trop loin : dans l'obscurité, et sans un peu d'expérience des lieux, on pouvait facilement s'égarer.

Il resta planqué un moment, le temps de fumer une cigarette. Quand il remit le nez dehors, il vit le Chinois accroupi près de la porte, qui clignait des yeux au soleil.

Que faire ? Il regagna le souterrain, y tourna en rond un bon moment, fuma une autre cigarette, joua à cracher contre le mur (ça n'était pas drôle : dans le noir on ne voyait pas où le glaviot tombait). Des ombres se faufilaient autour de lui, les habitants de la Koulakovka. Personne ne demandait à Senka ce qu'il faisait là. On voyait qu'il appartenait au quartier, et c'était suffisant.

Il risqua à nouveau un coup d'œil dans la rue alors que la lampe à pétrole, à l'entrée, était déjà allumée. Le foutu Chinetoque était toujours là, il n'avait pas bougé d'un poil. Vous parlez d'une nation d'entêtés !

Là, Senka se sentit découragé. Il n'allait tout de même pas passer le reste de ses jours dans les caves de la Koulakovka ? Il avait le ventre creux, mais aussi il avait une mission à remplir, et une sérieuse : avertir le griffard.

Il redescendit au sous-sol et s'engagea dans un courroir – qui n'avait de courroir que le nom : on eût plutôt dit une grotte, avec ses parois tantôt de pierre gluante, tantôt de glaise. Il devait absolument y avoir une autre sortie, c'était impossible autrement.

Il saisit par le bras la première ombre qu'il vit émerger des ténèbres.

— Eh mec, par où encore on peut sortir chez vous ?

L'autre se dégagea brutalement en lâchant une bordée d'injures. Encore heureux : il aurait aussi bien pu lui filer un coup de surin – à la Koulakovka, on était comme ça.

Senka s'était adossé au mur pour réfléchir au moyen de s'extraire de ce cul-de-basse-fosse, quand tout à coup, juste à ses pieds, une trappe s'ouvrit, béant sur un trou noir, puant d'humidité. En jaillit une tête hirsute dont le front lui heurta les genoux.

Il fit un bond de côté en hurlant :

— Seigneur ! Protégez-moi !

Mais la tête déjà aboyait après lui :

— Pourquoi que tu fais le grand écart ? Tu bouches tout le terrier ! On circule ici, bande d'empotés !

Alors seulement Senka devina qu'il avait affaire à une taupe sortant de sa tanière. Il existait dans la Khitrovka souterraine une caste particulière portant ce nom, les « taupes ». Ces gens passaient toutes leurs journées sous la terre pour n'en sortir que la nuit, si jamais ils sortaient. On disait d'eux qu'ils géraient toutes les caches de marchandise volée, en échange de quoi ils recevaient des bloquisseurs et des fourgues un petit pourcentage leur permettant d'acheter de quoi boire et faire bombance ; on disait aussi qu'ils ne portaient aucun vêtement, car à quoi bon s'habiller quand on vit sous terre ?

— M'sieur la taupe ! s'exclama Senka en se précipitant vers lui. Vous connaissez ici tous les courroirs et les issues. S'il vous plaît, conduisez-moi à l'air libre, mais sans passer par la porte, par un autre chemin.

— Par un autre chemin, c'est impossible, répondit la taupe en se redressant. La Koulakovka n'a qu'une seule issue qui donne dans la Svinia. Si tu m'embauches, en revanche, je peux te mener jusqu'à une autre cave. Pour la Bouninka, dix kopecks, sept pour la Roumiantsevka, quinze pour la Erokha…

Skorik ne se sentit plus de joie :

— La Erokha, ça me va très bien ! Encore mieux que de retrouver la rue !

C'était à la Erokha que logeait Sinioukhine.

Il fouilla dans ses poches, il s'y trouvait justement une pièce de quinze, la dernière.

La taupe prit la pièce et la fourra dans sa bouche. Puis, d'un geste de la main, il lui fit signe de le suivre. Senka ne craignait pas de le voir s'éclipser en abandonnant son client dans le noir. Tout le monde savait des taupes qu'ils étaient honnêtes, sans cela qui serait allé leur confier sa camelote ?

Son problème était surtout de ne pas se laisser semer. A force d'habitude, la taupe y voyait fort bien, même sans lumière, alors que Senka avançait péniblement, à l'aveuglette, juste attentif à compter les tournants.

Au début ils marchèrent tout droit suivant une pente, semblait-il, légèrement descendante. Puis le guide se mit à quatre pattes (Senka le devina au bruit) et se glissa sur la gauche dans une sorte de trou. Skorik l'imita. Ils continuèrent ainsi sur peut-être une dizaine de toises, après quoi le boyau s'agrandit un peu en hauteur. Arrivés au bout, ils prirent à droite, puis encore à gauche, et le sol, jusqu'alors de pierre, devint meuble, friable, et par endroits même fangeux, produisant sous le pied comme un bruit de succion. Encore à gauche, puis de nouveau à droite. Il y avait là une manière de grotte par où soufflait un courant d'air. Quittant la grotte, ils gravirent une volée de marches, pas très hautes à la vérité, mais Senka trébucha néanmoins et se cogna le genou. En haut grinça une porte de fer donnant sur un nouveau courroir. Après le boyau où ils avaient rampé, Skorik trouva l'endroit presque lumineux.

— Nous y voilà, à la Erokha ! déclara la taupe, desserrant les dents pour la première fois depuis qu'ils s'étaient mis en chemin. D'ici on peut déboucher soit devant le cabaret du Tatar, soit rue Podkolokolny. Où as-tu besoin de te rendre ?

— Il faut que j'aille à la cave aux Changeurs, m'sieur, chez les griffards.

Sur quoi il ajouta, à tout hasard :

— Je voudrais envoyer une lettre à mes parents.

L'homme l'entraîna à droite. Ils traversèrent une grande cave voûtée à piliers de brique ventrus, puis un courroir, puis une autre cave immense, pour aboutir enfin à un nouveau courroir, plus large que les précédents.

— Bien ! dit la taupe en tournant au coin.

Mais quand Senka y parvint à son tour, l'autre s'était volatilisé. De ce côté-ci, tout n'était plus noir, mais gris : là, tout près, devait se trouver l'accès à la rue, mais ce n'était sûrement pas par là que la taupe s'était esquivée, l'homme avait plutôt dû se glisser dans quelque autre terrier.

— Quoi, on est arrivés ? cria Skorik à la cantonade.

Le plafond et les murs lui répondirent : « Rivé-rivé-rivé. »

Puis il entendit une voix sourde, qui pour de bon semblait émaner de sous la terre : « Aha ! »

Par conséquent, c'était bien ça, la cave aux Changeurs. Une fois accoutumé à la pénombre, Senka distingua deux rangées de portes faites de planches grossièrement assemblées. Il frappa à l'une d'elles et cria :

— Les Sinioukhine, où c'est qu'ils logent ?

De l'autre côté du vantail, quelqu'un finit par répondre au bout d'un moment :

— Pourquoi ? T'as besoin d'écrire un truc ? demanda une voix chevrotante. Je peux m'en charger. J'ai une meilleure main.

— Non, dit Senka. C'est qu'il me doit cinquante kopecks, l'enfoiré.

— Aaah ! fit la voix, d'un ton traînant. Sur la droite. Troisième porte.

Skorik s'arrêta devant la porte indiquée et tendit l'oreille. On ne savait jamais : et si le Prince était déjà là ? Pour le coup, il serait dans de beaux draps !

Mais non, tout était silencieux de l'autre côté.

Il frappa, d'abord d'un doigt léger, puis avec le poing.

Toujours pas un bruit.

Ils étaient sortis ou quoi ? Mais non. En y regardant mieux, Senka vit qu'un peu de lumière, très faible, filtrait par-dessous le battant.

Il poussa la porte. Elle s'ouvrit.

Une table rudimentaire, un bout de chandelle achevant de se consumer dans une écuelle de terre cuite, un tas de longs copeaux de bois[1] et une poignée d'allumettes posées à côté. C'était bien tout ce qu'on pouvait discerner pour l'instant.

— Bonjour à vous, dit Senka en ôtant sa casquette.

Personne ne lui répondit. L'heure, cependant, n'était pas à finasser : le Prince risquait de rappliquer d'un instant à l'autre.

C'est pourquoi Senka enflamma un copeau et le leva au-dessus de sa tête : eh bien, qu'est-ce qu'ils avaient, les Sinioukhine ? Pourquoi restaient-ils muets ?

Sur un banc, contre le mur, une femme était allongée,

---

1. Ces copeaux de résineux servaient autrefois en Russie (autant qu'en France) de moyen d'éclairage rudimentaire. (*N.d.T.*)

qui dormait. Par terre, à côté du banc, était couché un mioche, un tout petit, trois ans tout au plus, peut-être même deux.

La femme était étendue sur le dos et s'était recouvert les yeux d'un drôle de machin noir. L'épouse de l'oncle Zot, elle aussi, se posait sur les paupières un tampon d'ouate imbibé d'une décoction de sauge, qu'elle gardait toute la nuit dans l'espoir de chasser les rides. Toutes des idiotes, ces bonnes femmes, on le savait bien. Ça fichait les jetons de la voir comme ça : on aurait dit qu'elle avait deux trous à la place des yeux.

— Eh, ma petite dame, lève-toi ! C'est pas le moment de roupiller, dit Senka en s'approchant. Où il est, lui ? J'ai besoin de...

Et il s'étrangla. Ce n'était pas de l'ouate qu'elle avait là, mais une sorte de liquide épais. Il s'était figé dans le creux des orbites, mais avait également dégouliné sur la tempe jusqu'à l'oreille. Et il n'était pas noir, mais rouge. Le cou de la femme était pareillement couvert d'une substance humide et brillante.

Senka, stupéfait, mit plusieurs secondes à piger : la femme avait le gosier tranché, et on lui avait crevé les yeux, rien de moins.

Il voulut crier, mais de sa gorge ne sortit qu'un :

— Hic !

Il s'accroupit pour examiner le môme. Celui-ci aussi était mort, et ses yeux n'étaient plus que deux trous sombres, des petits trous bien sûr, car lui-même n'était pas bien grand.

— Hic ! fit Senka. Hic ! hic ! hic !

Et ensuite il ne cessa plus de hoqueter – impossible de s'arrêter.

Il s'éloigna à reculons du banc funeste et, trébuchant contre un objet mou, faillit tomber.

Il éclaira : un gamin d'une douzaine d'années était étendu par terre. La bouche grande ouverte, les dents brillantes. Et encore une fois les yeux crevés.

— Oh ! réussit enfin à sortir Senka. Oh, malheur !

Il voulut décamper, mais soudain une voix s'éleva d'un angle de la pièce plongé dans l'obscurité :

— Mitioucha, appela la voix, faible, plaintive. Il est parti ? Il n'a pas touché maman au moins ? Hein ? Je n'entends pas... Tu vois ce qu'il m'a fait, cette bête sauvage... Viens, viens ici...

Là, dans le coin, était tendu un méchant rideau de cotonnade.

Skorik eut un hoquet, puis un autre. Que faire ? Se sauver ou s'approcher ?

Il s'approcha. Tira le rideau.

Il découvrit un châlit de bois sur lequel un homme gisait, les mains errant sur sa poitrine trempée de sang. Lui non plus n'avait plus d'yeux, comme les autres. Sans doute était-ce là le Sinioukhine qu'il cherchait, le griffard.

Senka voulut lui expliquer que Mitioucha, comme sa maman et comme le petit mioche, avait été égorgé, mais un nouveau hoquet l'en empêcha.

— Tais-toi, écoute plutôt... dit Sinioukhine en se passant la langue sur les lèvres.

Senka se détourna pour ne pas voir le sourire de cet homme sans regard.

— Ecoute bien, car les forces m'abandonnent. Je vais mourir, Mitioucha. Mais peu importe, tant pis. J'ai mal vécu, j'ai été pécheur, au moins ainsi mourrai-je en homme. Peut-être pour cela obtiendrai-je le pardon...

Car, tu entends, je ne lui ai rien avoué ! Il m'a lacéré la poitrine avec son couteau, il m'a crevé les yeux, et moi j'ai tout enduré... J'ai fait semblant d'être mort, mais je suis encore bien vivant !

Le griffard éclata de rire, un rire qui s'acheva en gargouillement dans sa gorge.

— Ecoute, mon fils, retiens bien ce que je vais te dire... L'endroit secret dont je t'ai parlé, eh bien voilà comment on y accède : tu sais, la grande salle souterraine, voûtée, avec des piliers en brique... Oui, tu sais, forcément... Là-bas, derrière la dernière pile de droite, tout au coin, on peut tirer une des pierres du bas... Je cherchais un jour où planquer une bouteille pour que ta mère ne la trouve pas, et j'ai découvert ça. Tu tireras la pierre, tu la dégageras entièrement, à ce moment tu pourras ôter aussi les autres, qui sont au-dessus... Glisse-toi alors dans l'ouverture, n'aie pas peur. Il y a là un passage dérobé. Ensuite c'est simple : marche, continue, toujours tout droit... tu déboucheras pile dans la chambre où se trouve le trésor. L'essentiel, c'est que tu n'aies pas peur...

Sa voix devenait très faible, si bien que Senka dut se pencher, sans compter ce maudit hoquet qui l'empêchait d'entendre.

— Un trésor... Immense... Vous aurez tout. Vous vivrez bien. Vous ne garderez pas rancune à papa...

Sinioukhine n'ajouta rien. Senka le regarda : ses lèvres esquissaient un sourire, mais il ne respirait plus. Il avait passé.

Senka ne hoquetait plus, il tremblait en silence. Pas de peur, non, sa peur, il l'avait oubliée.

Un trésor ! Immense !

COMMENT SENKA S'EN FUT À LA CHASSE AU TRÉSOR

Naturellement, il était hors de lui après pareille histoire.

Tantôt il se disait : la terre porte une véritable bête sauvage, même le petit gosse, il ne l'a pas épargné, et il lui a crevé les yeux par-dessus le marché, ce dégénéré. Et le Prince, il est propre lui aussi ! Un honnête pègre, soi-disant. Alors pourquoi gardait-il auprès de lui un tel vicieux, capable de trouer les châsses à un mec vivant ?

Mais tantôt également sa pensée se détachait soudain de l'horreur dont il avait été témoin, pour vagabonder autour du trésor, sans toutefois en former une image précise. C'était un peu dans son esprit comme les portes saintes[1] à l'église : tout scintillait, chatoyait, mais il était impossible de rien distinguer nettement. Il se représentait encore des coffres, emplis de monnaies d'or et d'argent et de toutes sortes de pierres précieuses.

Il en vint ensuite à évoquer son frère Vania, imaginant le jour où il lui rendrait visite pour lui offrir non pas un cheval de bois à la queue en filasse, ni un de ces canassons nains, comme le juge Kouvchinnikov, mais un

1. Les portes qui séparent la nef du sanctuaire dans les églises orthodoxes.

coursier de sang arabe tout ce qu'il y a de plus vrai, attelé à une calèche à ressorts.

Puis la Mort s'imposa d'elle-même au milieu de ses songes. Si Senka se retrouvait à la tête d'une immense fortune, peut-être le regarderait-elle autrement. Il ne serait plus le berchu grêlé, ni le moustique, ni l'hirondelle, mais Semion Trifonovitch Skorikov, gentleman riche à millions. Et alors...

Alors quoi ? Lui-même n'en savait rien.

Sitôt sorti du sinistre galetas, il retourna en courant sur ses pas, jusqu'à la cave la plus éloignée, celle aux piliers de brique ventrus, car c'était bien d'elle que Sinioukhine avait parlé.

La « dernière pile », c'était laquelle ? Celle-ci ou celle à l'autre bout ?

A priori il s'agissait plutôt de la plus éloignée du logement du griffard.

Bien que Senka fût comme ivre de tout ce qui lui était arrivé, il avait eu l'idée d'emporter avec lui les allumettes et la provision d'éclats de bois qui traînait sur la table.

Parvenu à l'angle du fond, il s'accroupit et craqua une allumette. Il découvrit une assise de pierres de taille, au maçonnage très ancien. Chacune avait la taille d'un coffre – allez donc remuer des trucs pareils...

Quand la flamme s'éteignit, Skorik palpa les joints, tenta de faire bouger un des blocs : peine perdue. Il s'attaqua à la pierre voisine : pas plus de succès.

Bon. Il gagna l'autre coin de la cave, toujours du côté droit. Cette fois-ci ce fut un copeau de bois qu'il enflamma. Il éclaira ici et là. Les pierres étaient identiques aux autres, mais tout au bas du mur, une fente noire se dessinait sur les contours de l'une d'elles. Tiens, tiens !

Il tendit ses muscles, tira, la pierre bougea, et même assez facilement.

Geignant sous l'effort, il la dégagea entièrement et la poussa de côté. Une odeur d'humidité et de moisissure émanait de la cavité.

Senka se prit à nouveau à trembler. Sinioukhine avait dit vrai ! Il y avait bien là quelque chose !

La deuxième pierre, au-dessus, se révéla encore plus facile à ôter : elle était un peu moins large que la première. La troisième l'était encore moins, et pas davantage scellée. Senka réussit à en déplacer cinq en tout, dont la plus massive devait bien peser cent livres, sinon plus.

A présent se détachait devant lui une ouverture tout à fait suffisante pour qu'il pût s'y glisser, tout au moins de profil, et au prix, il est vrai, de quelques contorsions.

Il se signa et s'engagea dans l'anfractuosité.

Sitôt qu'il s'y fut introduit, la cavité se fit plus spacieuse. Il hésita un instant cependant : n'aurait-il pas dû remettre les pierres en place derrière lui ? Mais il y renonça dans l'instant. Qui irait traîner dans cette partie de la cave ? Sans lumière, l'ouverture restait de toute manière invisible, or les habitants de la Erokha avaient coutume de se passer d'éclairage.

Et puis surtout, Senka était impatient d'arriver au plus vite au trésor.

Il ralluma le copeau éteint.

La galerie mesurait environ une aune de largeur ; du plafond, fort bas, pendouillaient des sortes de chiffons gris – toiles d'araignée ou amas de poussière. Par terre, en revanche, ce n'étaient que couinements de rats. Il y en avait d'ordinaire plein les sous-sols, c'était en quelque sorte leur patrie. Mais ceux-là étaient vraiment sans vergogne. L'un lui sauta carrément dessus pour planter les dents dans un pli de sa botte. Secouant la jambe, Senka parvint à lui faire lâcher prise, mais aussitôt un autre le remplaça. Vous parlez d'audacieux !

Il tapa des pieds : fichez le camp, maudites vermines !

Et ensuite, tandis qu'il progressait à l'intérieur du boyau, les bêtes grises au museau pointu ne cessaient de détaler sous ses pas. Leurs petits yeux brillaient dans l'obscurité comme autant de gouttes de feu.

Les gars de la Khitrovka racontaient que l'hiver précédent, les rats, rendus fous par la faim, avaient grignoté le nez et les oreilles d'un poivrot qui s'était endormi dans une cave. On disait aussi qu'il n'était pas rare qu'ils bouffent les mioches laissés dans leur berceau sans surveillance. Ce n'est rien, se rassura Senka. Que je sache, je ne suis ni un poivrot, ni un lardon. Et c'est pas mes bottes qu'ils vont réussir à trouer.

Quand le copeau fut entièrement consumé, il s'abstint d'en allumer un autre. Pour quoi faire ? Il n'y avait qu'un seul chemin.

Combien de temps marcha-t-il dans l'obscurité ? Ce serait difficile à dire, cependant il ne semble pas que le trajet fût bien long.

Bras écartés, il se guidait sur les parois, craignant de rater un tournant ou une bifurcation.

Il eût mieux fait de tâter le plafond : il se heurta le front de plein fouet contre une pierre, des cloches lui sonnèrent dans les oreilles, et il vit des ronds jaunes lui danser devant les yeux. Il baissa alors la tête, avança de trois petits pas, et les murs s'écartèrent de ses mains.

Il alluma un copeau.

L'étroit boyau l'avait conduit à une sorte de cave. Peut-être était-ce là la chambre secrète dont Sinioukhine avait parlé à son fils défunt ?

Le plafond, ici, formait une voûte régulière, maçonnée en brique plate. On ne pouvait prétendre qu'il fût très haut, cependant on ne l'eût pas touché de la main. La brique s'effritait par endroits, des débris traînaient par terre. Le local n'était pas très grand, sans qu'on y fût non plus à l'étroit. D'une paroi à l'autre se comptaient peut-être une vingtaine de pas.

De coffre, en revanche, Senka ne vit nulle trace.

Deux gros tas de bois mort s'élevaient contre chacun des murs de droite et de gauche. Il s'approcha : non, ce n'était pas du bois mort, mais des barres de fer noirci.

En face du courroir par lequel Skorik était arrivé, s'ouvrait autrefois une porte, qu'un amoncellement de pierres, de terre et de briquaillon obstruait aujourd'hui, au point d'interdire tout passage.

Où était-il donc, cet immense trésor qui avait valu à Sinioukhine et à toute sa famille de connaître une mort atroce ?

Peut-être enfoui ? Et Sinioukhine n'aurait pas eu le temps de l'indiquer ?

Senka se mit à quatre pattes et entreprit d'explorer toute la surface du sol, frappant à coups réguliers. Le copeau s'éteignit, il en alluma un autre.

Le sol, lui aussi de brique, rendait un bruit obstinément sourd. Au milieu de la chambre, le garçon découvrit une grande bourse de cuir épais, durci par le temps, toute vieille et moche, totalement hors d'usage. A l'intérieur, cependant, quelque chose cliquetait.

Tiens donc !

Il la retourna, la secoua. Des espèces de pétales ou d'écailles, de la taille de l'ongle du petit doigt, tombèrent en pluie sur le sol en tintinnabulant. Pas beaucoup, deux poignées environ.

Peut-être était-ce de l'or ?

Apparemment non : lesdites écailles étaient noires et ne brillaient pas.

Senka avait entendu dire qu'on éprouvait l'or sous la dent. Il mordit dans un pétale. Le goût en était poussiéreux, mais quant à entamer l'objet, pas moyen. Ah, zut ! Peut-être était-ce bien de l'or finalement ?

Il ramassa les piécettes, en remplit sa poche, et poursuivit son exploration à quatre pattes. Il brûla encore trois copeaux, essuya tout le sol avec ses genoux, mais ne trouva rien d'autre.

Il s'assit sur les fesses et s'épongea le front, affligé.

Ah, tu parles d'un trésor ! La vérité, c'est que Sinioukhine délirait...

Eh, mais si la cachette était dans le mur ?

D'un bond, il fut sur pied ; il prit une barre de fer dans un des tas et s'employa aussitôt à marteler les parois.

Au bout d'un moment, le vacarme fut si assourdissant qu'il se sentit des élancements dans les oreilles. Tel fut tout le bénéfice qu'il en tira, sans qu'il eût rien décelé de suspect.

Il puisa un pétale dans sa poche, l'approcha tout près de la flamme, et en examina la frappe : un type à cheval, des lettres minuscules, illisibles. Une pièce de monnaie apparemment, mais toute tordue, comme si on l'avait mâchonnée.

Dans son désarroi, il fouilla à nouveau au fond de la bourse, en palpa la doublure. Il y trouva encore deux pétales et une pièce, une vraie, bien ronde, plus grande qu'une pièce d'un rouble. Y figuraient un bonhomme barbu et une autre série de lettres bizarres. La pièce était en argent, ça, Senka le comprit tout de suite. Le sac devait en être plein à craquer, avant que Sinioukhine ne les rafle toutes pour les planquer ailleurs. Va donc les retrouver maintenant.

Il n'y avait rien à faire : Senka s'en retourna par le passage souterrain, les mains vides, ou peu s'en faut.

Bon, d'accord, une tune en argent. D'accord, ces drôles de pétales, d'argent ou bien de cuivre, impossible de savoir... Mais même s'ils étaient d'argent, ça ne représentait pas une bien grosse fortune.

Il avait emporté également la barre de fer avec laquelle il avait sondé les murs, pour chasser les rats. Elle pourrait toujours lui servir : elle était agréable au toucher, et facile à manier.

COMMENT SENKA SE FIT PINCER

La galerie ramena Senka à la cave aux piliers ventrus, et bien que la cache se fût révélée vide, il remit chaque pierre en place. Il lui faudrait revenir avec une bonne lampe à huile et chercher un peu mieux. On ne savait jamais : et si quelque chose lui avait échappé ?

A l'endroit où la taupe lui avait demandé vers quelle sortie il désirait être conduit, Senka cette fois-ci prit non pas à droite, mais à gauche, pour éviter de retomber dans la cave aux Changeurs. Passer une nouvelle fois devant la porte derrière laquelle gisaient des cadavres sans yeux ? Merci beaucoup, très peu pour nous.

A présent Skorik s'étonnait lui-même de sa témérité : comment se faisait-il qu'après une telle horreur il ne se fût pas sauvé à toutes jambes de la Erokha, mais qu'en plus il se fût lancé à la chasse au trésor ? De deux choses l'une : ou bien il était malgré tout un gars solide, ou bien il était le jouet de sa cupidité, l'appât du gain, chez lui, l'emportait sur la peur.

C'est à quoi il pensait au moment où il franchissait une porte latérale ouvrant juste en face du cabaret du Tatar.

Il sortit du bâtiment et cligna des yeux tant la lumière était vive. Ça alors, il faisait déjà jour, un soleil splendide arrachait des étincelles au clocher de l'église Nikola-Pokopaï. Ainsi, il avait passé toute la nuit à traîner sous terre.

Senka s'engagea dans le passage Podkolokolny, le nez en l'air. Comme le ciel était limpide, radieux, ourlé de rubans de dentelle blanche ! Mais plutôt que de contempler les nuages, il eût mieux fait de regarder autour de lui, le sot.

Il se heurta brutalement à un passant, un type solide, à l'évidence tout en muscles : Senka se fit mal en se cognant, alors que l'homme n'avait pas vacillé d'un pouce.

Sainte mère, le Chinois !

Les événements s'étaient succédé à une telle allure que Senka l'avait complètement oublié, mais lui, inébranlable, était resté toute la nuit à poireauter dans la rue. Et tout ça pour soixante-dix kopecks ! Si ce fichu collier avait valu trois roubles, il se serait sans doute pendu !

Le bridé se fendit d'un grand sourire :

— Bonjoul, Senka-*koun*.

Et de tendre aussitôt sa patte aux doigts carrés pour l'empoigner par le col !

Polop !

Skorik lui frappa la main d'un coup de barre de fer – cette barre de fer qu'il avait rapportée du souterrain.

L'air piteux, le bougre d'agité retira son bras.

Oh oh oh ! Allez, salut ! Il y avait un bail qu'on n'avait pas joué à chat. Senka tourna les talons et s'élança à toutes jambes dans la ruelle.

Seulement cette fois-ci, il ne se sauva pas bien loin. Comme il croisait un beau monsieur endimanché, qui se promenait par là, canne à la main (quelle idée pour un dandy de ce genre d'aller s'aventurer dans la Khitrovka !), sa poche s'accrocha au pommeau de celle-ci. Et bizarrement, au lieu que la canne fût arrachée de la main du promeneur, comme il eût été normal, ce fut au contraire Senka qui se trouva cloué sur place.

Le dandy tira légèrement la canne à lui, et Senka suivit. L'homme en imposait, avec son chapeau tuyau de poêle en soie noire et son faux col empesé. Il avait plutôt une belle gueule, du reste, l'air bien nourri, même s'il ne devait plus être tout jeune : les cheveux à ses tempes étaient blancs.

— Vite, m'sieur, décrochez-moi ! se mit à hurler Senka, voyant le Chinois se rapprocher dangereusement.

Celui-ci ne courait pas, il s'avançait d'un pas tranquille.

Soudain le beau monsieur afficha un sourire ironique, ses fines moustaches noires parurent frissonner, et il déclara, avec un léger bégaiement :

— Mais b-bien sûr, Semion Skorikov, je vais vous délivrer, mais pas avant que vous m'ayez rendu mon chapelet de jade.

Senka ouvrit des yeux grands comme des soucoupes. Comment ça, il savait son prénom et son nom de famille ? !

— Hein ? répondit-il. Quoi ? Quel chapelet ?

— Celui-là même que vous avez d-dérobé à mon valet de chambre, Massa, il y a huit jours. Vous êtes un jeune homme très dégourdi. Vous nous avez fait perdre pas mal de temps et obligés à courir après vous.

Alors seulement Skorik le reconnut : c'était le monsieur qu'il avait vu de dos, entrant dans un immeuble, rue Achtcheoulov. Mêmes tempes blanches, même bégaiement.

— Ne le prenez pas en mauvaise part, poursuivit le bègue tandis que deux doigts d'acier se refermaient sur la manche de Senka, mais Massa est fatigué de vous d-donner la chasse, il n'a plus seize ans, voyez-vous. Nous allons devoir prendre une mesure de précaution et temporairement vous passer les fers. Permettez que j'emprunte votre st-tick.

Le dandy prit la barre de métal des mains de Senka, l'empoigna solidement par les deux bouts, plissa le front, et d'un coup la tordit si bien qu'il en emprisonna les poignets du garçon ! Sans le moindre effort, comme il l'eût fait d'un simple fil de fer.

Ça, c'était de la poigne ! Skorik en fut si estomaqué qu'il ne songea même pas à protester – eh quoi, vous malmenez un orphelin !

L'hercule, cependant, haussa ses fins sourcils, comme s'il était lui-même étonné de sa force, et dit :

— Très intéressant. Me p-permettrez-vous de savoir d'où vous tenez cette chose singulière ?

Senka répondit, comme il se doit :

— Et votre sœur, elle est malade ?

Ses mains étaient solidement entravées, comme par des menottes, il avait beau les tortiller dans tous les sens, impossible de les libérer de la boucle de fer.

— C'est vrai, vous avez raison, acquiesça le moustachu d'un ton conciliant. Ma question est indiscrète. Vous êtes tout à fait en droit de ne pas y répondre. Cela dit, où est mon chapelet ?

A ce moment, le Chinois s'approcha. Senka serra très fort les paupières : le type allait le cogner, c'était sûr, comme il avait fait avec Mikheïka et les autres gones.

Et le cri lui sortit tout seul de la gorge :

— C'est Tachka qui l'a ! Je le lui ai offert !

— Qui c'est, Taska ? demanda le Chinetoque que le dandy appelait Massa.

— Ma poule.

Le beau monsieur soupira :

— Ma foi, c'est vrai, il est déplaisant autant qu'inconvenant de reprendre un cadeau à une d-dame, mais vous devez aussi me comprendre, Semion Skorikov. Je possède ce chapelet depuis plus de quinze ans. Or, vous savez, on s'habitue aux objets. Qui plus est, celui-ci est lié pour moi à un souvenir bien p-particulier. Allons trouver mademoiselle Tachka.

Senka se sentit offensé par le terme. Comment savait-il que sa poule était une « mamzelle » ? Bon, d'accord, c'était vrai, Tachka était une mamzelle, mais personne n'avait encore dit un mot là-dessus. Elle aurait fort bien pu être une honnête fille. Skorik voulut sur le moment défendre l'honneur de Tachka, lancer une grossièreté, une injure, mais, observant plus attentivement les yeux bleus et tranquilles que l'homme posait sur lui, il y renonça.

— C'est bon, grommela-t-il. On y va.

Et ils se mirent en route, reprenant le passage Podkolokolny dans l'autre sens.

Massa, la face jaune, tenait par un bout la barre de fer qui menottait Senka, tandis que son autre tortionnaire allait paisiblement son chemin, martelant le pavé de sa canne.

Skorik avait honte d'être mené ainsi en laisse, comme un petit chien. Si un pote voyait ça, il serait déshonoré. C'est pourquoi il s'employait à marcher le plus près possible du Chinois, comme s'il y avait eu de l'amitié entre eux, ou qu'ils fussent liés par une affaire. L'autre devina son angoisse : il ôta son veston et le jeta par-dessus les deux bras tendus de son prisonnier. Lui aussi était un être humain, il ne manquait pas de comprenette, même s'il n'avait pas l'âme russe.

Un attroupement s'était formé devant l'entrée principale de la Erokha, à l'angle du passage. Dans l'encadrement de la porte s'apercevait une casquette à insigne. Un sergent de ville ! Il se tenait campé là, l'air important, et ne laissait entrer personne. Senka pigea tout de suite de quoi il retournait : on venait de retrouver les Sinioukhine égorgés, mais c'était une autre rumeur qui agitait la foule.

L'un des badauds, un chiffonnier à en juger par sa mine, de ceux qui récupèrent les vieilleries dans les tas d'ordures, expliquait à qui voulait l'entendre :

— C'est un ordre que viennent de donner les autorités. On doit fermer la Erokha et asperger l'infection, parce que autrement les bacilles qui sortent de là vont se propager dans tout Moscou.

— Qu'est-ce qui en sort, vous dites ? demanda, pleine de frayeur, une bonne femme au nez cassé.

— Les bacilles ! Bon, les souris et les rats, si vous préférez. Or c'est d'eux que découle le choléra, parce que certaines gens qui vivent à la Erokha, quand ils crèvent la faim, eh bien ces bacilles, ils les bouffent, et après ça la viande de rat leur file des gaz. Seulement les autorités ont fini par l'apprendre.

— Que nous contez-vous là, cher monsieur, vous ne faites que semer la confusion dans les esprits ! s'insurgea un bonhomme maigre comme un clou, un griffard à l'évidence, comme le défunt Sinioukhine. Il y a eu un meurtre ici. On attend le commissaire et le juge d'instruction.

— Ben tiens, on ferait pas tant de tintouin pour une simple histoire comme ça ! rétorqua le chiffonnier, incrédule. Au Bagne, tenez, pas plus tard que ce matin, il y en a eu deux, des assassinés, et ça n'a pas fait tant de foin.

Le griffard baissa la voix :

— Un voisin m'a raconté qu'il s'était passé là un truc atroce. On aurait massacré des gosses, il paraît, des enfants en bas âge, du jamais-vu !

Des exclamations s'élevèrent alentour, on se signa. Quant au monsieur, propriétaire du chapelet, il dressa soudain l'oreille et fit halte

— On a tué des enfants, d-dites-vous ? demanda-t-il.

Le griffard se retourna, et voyant l'important personnage, ôta sa casquette.

— Exactement, Votre Excellence. Je ne suis pas moi-même témoin oculaire, mais Ivan Serafimytch, de la cave aux Changeurs, a entendu le sergent de ville accouru du poste déclarer en passant : « Ils n'ont même pas épargné les gosses, ces monstres. » Puis il a ajouté quelque chose à propos d'yeux crevés. Mon voisin est le plus honnête des hommes, jamais il n'irait mentir. Il travaillait autrefois aux impôts, une victime du service, tout comme moi. Contraints de végéter dans ces lieux épouvantables en raison de...

— Des yeux crevés ? coupa l'autre.

Sur quoi il glissa une pièce au griffard :

— Tenez, voilà pour vous. Eh bien, Massa, jetons un coup d'œil, allons voir un peu ce qui s'est p-passé ici.

Et il marcha droit vers la porte de la pension. Le Chinois lui emboîta le pas, tirant son prisonnier derrière lui.

Or s'il était un endroit où pour rien au monde Senka n'avait envie de retourner, c'était bien la cave aux Changeurs.

— Mais y a rien à voir là-bas, geignit-il en traînant les pieds. Les gens dégoisent n'importe quoi.

Cependant le monsieur s'approchait déjà du sergent de ville et le saluait. L'homme n'eut pas un instant l'idée d'arrêter un gentleman d'une si belle prestance et se contenta de lui rendre le salut militaire.

On descendit l'escalier menant au sous-sol et, une fois en bas, le dandy murmura, pensif :

— La cave aux Changeurs ? C'est, je crois, à gauche, puis à droite.

Incroyable, il le savait ! Encore un prodige du Seigneur ! Et les courroirs avaient beau être envahis de ténèbres, il y marchait d'un pas rapide et assuré. Senka en fut extrêmement surpris. Lui-même, à l'arrière, avançait de mauvaise grâce sans cesser de quémander :

— M'sieur le Chinois, on pourrait l'attendre ici, non ? Hein, m'sieur le Chinois, dites ?

L'autre fit halte, se retourna et lui colla une légère chiquenaude sur le front.

— Dze ne suis pas sinois, dze suis dzaponais, complis ?

Et il reprit son chemin, traînant toujours Skorik derrière lui.

Ça alors ! On aurait dit que, Chinois ou Japonais, de toute façon c'était tout face bridée et compagnie, or eux aussi ils se distinguaient les uns des autres, et se fâchaient si on les confondait.

— M'sieur le Japonais, corrigea Senka. Je suis un peu claqué, j'ai plus de forces.

Et, disant ces mots, il fit mine de s'asseoir, comme s'il tombait d'épuisement, mais ce sacré Massa le menaça du poing, de manière très convaincante, et Senka, résigné à son sort, ne protesta pas davantage.

Devant l'entrée de la carrée des Sinioukhine, le Gabelou en personne montait la garde : droit comme un i, grand comme Ivan le Terrible, les mains croisées dans le dos. Une lampe brûlait par terre, une lampe à pétrole.

— Gabrilov ? s'étonna le monsieur. Vous êtes toujours à la Khitrovka ? Ça alors !

Mais le Gabelou paraissait encore plus surpris. Il fixait le dandy en clignant des yeux.

— Eraste Pétrovitch ! s'exclama-t-il enfin. Votre Haute Noblesse ! (Et de se camper au garde-à-vous, la main sur la couture du pantalon.) On disait que vous aviez changé de lieu de résidence, et quitté la Russie pour l'étranger...

— J'en ai changé en effet, vous avez raison. Mais il m'arrive de revenir visiter ma ville natale, à t-titre privé. Que devenez-vous ici, Gabrilov, vous continuez à faire des vôtres, comme autrefois, ou bien vous vous êtes assagi ? Oh, je ne suis pas parvenu jusqu'à vous à l'époque, je n'en ai pas eu le temps...

Le Gabelou sourit, pas franchement, juste un peu, avec prudence.

— Je n'ai plus l'âge pour les bêtises. Il est temps de penser à mes vieux jours. Et au salut de mon âme.

Nom d'une pipe en bois ! Ce monsieur-là, en fin de compte, n'était pas un simple monsieur : le Gabelou lui-même se mettait au garde-à-vous devant lui. Jamais Senka n'avait vu Ivan Fiodotytch se tenir aussi raide devant quelqu'un, même devant le commissaire en personne.

Le Gabelou lorgna Senka du coin de l'œil et fronça ses sourcils en broussaille.

— Et celui-ci, qu'est-ce qu'il fabrique là ? demanda-t-il. Il ne vous aurait pas joué un sale tour, au moins ? Dites-le, et je le réduis en poussière.

L'homme qu'on appelait Eraste Pétrovitch répondit :

— Rien de bien grave, nous avons déjà résolu notre petit d-différend. N'est-ce pas, Senka ?

Skorik opina du bonnet, mais le curieux gentleman ne le regardait pas, ses yeux étaient rivés sur la porte.

— Que s'est-il passé ici ?

— Pour ainsi dire un acte de barbarie criminelle, un truc comme on n'en a jamais vu, même à la Khitrovka, expliqua le Gabelou la mine sombre. Un griffard s'est fait suriner avec toute sa famille, et d'une manière, qui plus est, abominable. Mais vous feriez mieux de quitter les lieux, Eraste Pétrovitch. Il n'y a pas si longtemps encore, les ordres étaient pour tous les agents de la police de signaler votre présence aux autorités sitôt qu'ils vous verraient. Si jamais le commissaire et monsieur le juge d'instruction vous trouvaient ici... Ils ne vont plus tarder à arriver.

Voyez-vous ça, raisonna Senka, cet homme-là serait donc du milieu, mais ce n'est pas un pègre ordinaire, ce serait plutôt un extraordinaire, à côté de qui ceux de Moscou ne sont que de pauvres caves. Ah, on peut dire que tu as été inspiré d'aller chourer un objet souvenir à ce prince général des caïds ! La voilà bien, la veine des orphelins !

Mais le Gabelou ajouta encore :

— Le commissaire chez nous, à cette heure, c'est Innokenti Romanytch Solntsev, vous savez, celui que vous vouliez faire traduire en justice. Je peux vous dire qu'il est bougrement rancunier.

Quoi, il était en mesure de faire gerber un roussin-chef ? Mais alors, ce n'était pas un pègre ? Senka n'y comprenait rigoureusement plus rien.

Eraste Pétrovitch ne parut nullement effrayé par l'avertissement.

— Ce n'est rien, Gabrilov. Et puis nous allons faire vite, juste un p-petit coup d'œil.

Le Gabelou n'opposa pas d'autre argument et s'effaça.

— Si jamais je siffle, ressortez en vitesse, ne me faites pas de sale coup.

Senka aurait préféré rester dehors, mais Massa, ce diable de Japonais, ne le lui permit pas, même sous la surveillance du Gabelou.

— Tlès vif et dégouldi, lui dit-il, et lapide à la coulse.

Quand ils furent entrés, Senka ne voulut pas voir les cadavres (ça suffisait comme ça, il les avait assez contemplés), aussi leva-t-il les yeux au plafond.

La pièce était à présent mieux éclairée que tantôt : une lampe était posée sur la table, à pétrole également, comme celle du courroir.

Eraste Pétrovitch arpenta la pièce en tous sens, se penchant ici et là, faisant entendre un drôle de cliquetis. Il bougeait même les corps, apparemment, tripotait leurs visages, on ne sait pourquoi, mais Skorik s'appliquait à détourner la tête, pour ne pas voir ces mauvais procédés.

Le Japonais n'était pas non plus en reste, il fouillait de son côté, tirant Senka derrière lui. Lui aussi se penchait sur les macchabées en marmonnant dans son langage.

Leur manège dura cinq bonnes minutes.

L'odeur de boucherie rendait Senka un peu nauséeux. S'y ajoutait comme un relent de fumier, provenant sans doute des ventres tailladés.

— Qu'en penses-tu ? demanda Eraste Pétrovitch à son Japonais.

Celui-ci lui fit une réponse incompréhensible, dans son parler étranger.

— Tu supposes qu'il s'agit d'un maniaque ? (Le caïd-gentleman se frotta le menton d'un air pensif.) Tes raisons ?

Cette fois-ci, le Japonais s'exprima en russe :

— Le meultle poul de l'algent est exculu. Cette famille était tlès tlès misélable. Et d'un. Folle culuauté : même le petit galiçon n'a pas été épalgné. Et dze deux. Il y a aussi les dzyeux. Vous avez dit vous-même, maîtle, que la malque d'un clime de maniaque c'est le lituel. Poulquoi clever les dzyeux ? Léponse évidzente : lituel de fou. Et de tlois. C'est maniaque qui a tué, c'est celtain. Comme autlefois Dzécolatol[1].

Skorik ignorait qui étaient Maniac et Dzécolatol (à en juger par leurs noms de famille, sûrement des youpins ou des Boches), et dans l'ensemble, du reste, n'avait pas saisi grand-chose de la démonstration du Japonais. Cependant il semblait évident que ce dernier était rudement fier de son discours.

Son maître, en revanche, avait l'air moins convaincu.

Il s'accroupit près du lit où gisait le corps de Sinioukhine et entreprit de faire les poches du défunt. Un monsieur à la mine si convenable ! Quoique après tout... qui savait ce qu'il était en réalité ? Senka posa les

1. Voir « Le Décorateur » in *Missions spéciales*, du même auteur, chez le même éditeur. (*N.d.T.*)

yeux sur une petite icône accrochée dans l'angle. Il pensa : le Sauveur a vu l'Œil torturer le griffard, et pourtant Il ne l'a pas sauvé, Il n'est pas intervenu. Puis il se rappela la scène du valet balançant son couteau sur les portraits de la Vierge et des saints, là encore visant les yeux, et il soupira : encore heureux qu'il n'ait pas fait subir le même sort à cette image. Ah, le malfaisant...

— Qu'avons-nous là ? fit la voix d'Eraste Pétrovitch.

Senka n'y tint plus et haussa la tête par-dessus l'épaule de Massa.

Le gentleman tenait dans le creux de la paume une petite écaille de métal, en tout point identique à celles que Senka avait dans sa poche.

— Qui sait ce que c'est ? demanda Eraste Pétrovitch en se retournant. Massa ? Ou bien vous, peut-être, Skorikov ?

Massa hocha négativement la tête. Senka haussa les épaules, et pour faire bonne mesure, écarquilla les yeux : de sa vie il n'avait vu pareille chose. Il alla d'ailleurs même jusqu'à s'exclamer :

— Comment je le saurais ?

Le monsieur le regarda.

— Bien, bien, dit-il. Il s'agit d'un kopeck du XVIIe siècle, frappé sous le règne du tsar Alexis. Comment a-t-il atterri dans la poche d'un griffard indigent et ivrogne ?

En entendant le mot « kopeck », Skorik se senti accablé. Tu parles d'un « immense trésor » ! Une poignée de kopecks, remontant à Mathusalem !

La porte donnant sur le courroir s'entrouvrit. Le Gabelou passa la tête dans l'entrebâillement :

— Votre Haute Noblesse, ils arrivent !

Eraste Pétrovitch posa l'écaille sur le lit, bien en vue.

— C'est bon, c'est bon, nous partons.

— Prenez par ici, tenez, si vous voulez ne pas croiser le commissaire, dit le Gabelou. Vous déboucherez en face du cabaret du Tatar.

Le monsieur attendit que Massa et Senka fussent sortis. On ne peut dire qu'il se montrait très pressé d'éviter les nouveaux arrivants. Mais à dire vrai, pourquoi courir ? Quand on entendrait les pas s'approcher, il suffirait de s'écarter dans l'ombre pour devenir invisibles.

— Je ne pense pas qu'il s'agisse d'un maniaque, déclara Eraste Pétrovitch à son serviteur. Pour ma part, je n'exclurais pas le p-profit comme mobile du crime. Mais dis-moi, à ton avis, les yeux des victimes ont-ils été crevés ante ou post mortem ?

Massa réfléchit, puis claqua des lèvres.

— La femme et le petit enfant étaient dézà molts, mais l'homme encole en vie.

— J'étais arrivé à la même c-conclusion.

Senka tressaillit : comment pouvaient-ils savoir que Sinioukhine avait survécu un moment ? C'étaient des sorciers ou quoi ?

Eraste Pétrovitch se tourna vers le Gabelou :

— Dites-moi, Gabrilov, a-t-on déjà relevé des crimes semblables à la Khitrovka, où les victimes avaient les yeux crevés ?

— Il y en a eu, oui, ces tout derniers temps. Un marchand qui s'était bêtement aventuré dans le quartier à la nuit tombée s'est fait assassiner. Ses agresseurs l'ont entièrement dépouillé, ils lui ont fracassé le crâne pour lui faucher son portefeuille et sa montre en or. Et puis ils lui ont crevé les yeux, les crocodiles, on ne sait pourquoi. Et avant ça encore, il y a bien deux semaines, c'est un monsieur, un reporter du journal *La Voix*, qui a été tué. Il voulait écrire un article sur les taudis de la ville.

Il n'avait pris sur lui ni argent ni montre, le gars était expérimenté, ce n'était pas la première fois qu'il venait à la Khitrovka. Seulement il portait une bague en or avec un diamant qu'il n'avait pas réussi à ôter de son doigt. Ils l'ont tué, ces sauvages. Ensuite ils lui ont coupé le doigt pour emporter la bague, et crevé les yeux par-dessus le marché. Voilà quel genre de public nous avons.

— Tu vois, Massa, dit le beau monsieur en levant l'index. Et toi qui disais qu'il était exclu que le vol fût le mobile du crime ! Il ne s'agit pas d'un maniaque, mais d'un assassin très prévoyant. Sans doute a-t-il entendu parler de cette fable qui prétend que le défunt garde imprimée sur la rétine la dernière image qui s'y est formée avant qu'il meure. Alors notre homme prend ses précautions : il crève les yeux de toutes ses victimes, même des enfants.

Le Japonais débita une longue tirade dans son parler grognon et rocailleux – des injures, à coup sûr, adressées au meurtrier – tandis que Senka concluait à part soi : vous vous croyez beaucoup plus malin que vous n'êtes, Votre Haute Noblesse, ou qui que vous soyez. Vous n'avez rien deviné du tout. L'Œil ne prend aucune précaution, il est juste poussé par la folie furieuse dans laquelle la neige le plonge.

— Une image dans l'œil ? s'exclama le Gabelou. Qu'est-ce qu'ils ne vont pas inventer, ces vipères de délinquants.

— Une fable, c'est une non-vélité, n'est-ce pas ? demanda Massa. *Tamoebanasi* ?

Eraste Pétrovitch confirma :

— Bien entendu, c'est absurde. Une hypothèse de cette sorte a bien été formulée, mais rien n'est venu l'étayer. Il y a également ceci d'intéressant...

— On vient ! coupa le Gabelou, tendant l'oreille. Vous avez entendu ? Sidorenko, qui monte la garde à la porte d'entrée, vient de lancer un « Bonjour Vototnoblesse ! » : c'est moi qui lui ai demandé de ne pas ménager sa glotte. Dans une minute, deux tout au plus, ils seront ici. Vous feriez mieux de les éviter. Il a l'air de vous turlupiner, ce meurtre, Eraste Pétrovitch. Ou bien c'est-il que vous allez enquêter dessus ?

— Non, hélas, je ne peux pas. (Le monsieur eut un geste d'impuissance.) Je suis à Moscou pour une tout autre affaire. Transmettez ce que je vous ai dit à Solntsev et au juge. Vous n'aurez qu'à prétendre que ce sont là vos propres conclusions.

— Et puis quoi encore ! répliqua le Gabelou avec une grimace de mépris. Innokenti Romanytch n'a qu'à se creuser la cervelle tout seul. Déjà qu'il passe son temps à essayer d'atteindre le paradis en grimpant sur le dos des autres... Vous en faites pas, Votre Haute Noblesse, je finirai par savoir qui fait des siennes à la Khitrovka, je le trouverai et je le crèverai de mes propres mains, aussi vrai que Dieu est saint.

Eraste Pétrovitch secoua la tête :

— Oh, Gabrilov, Gabrilov. Vous êtes toujours le même, je vois...

Grâce à Dieu, ils quittèrent enfin ce maudit sous-sol. Ils ressortirent à la lumière à deux pas du cabaret du Tatar, et s'en furent trouver Tachka.

Elle logeait avec sa mère passage Khokhlovski : une pièce avec une seule fenêtre, et une porte donnant directement sur rue – idéale pour le métier de mamzelle. Bien d'autres pierreuses vivaient là, mais seule la fenêtre de Tachka était chaque jour garnie de fleurs nouvelles, en exacte harmonie avec l'humeur de la locataire. Skorik savait déjà que s'il y avait des renoncules à gauche et des myosotis à droite, c'était que tout allait bien pour Tachka, qu'elle était occupée à chanter et confectionner des bouquets. Mais si apparaissaient, disons, une giroflée et un épilobe, alors c'était signe qu'elle s'était enguirlandée avec sa mère ou qu'elle était tombée sur un client particulièrement répugnant, et qu'elle en était toute triste.

C'était justement un jour de cette sorte, en outre était accrochée au rideau une branche de genévrier, ce qui dans la langue des fleurs signifiait « les visiteurs sont malvenus ».

Contente ou pas contente, que faire d'autre quand on a été amené de force ?

Ils frappèrent et entrèrent.

Tachka était assise sur le lit, plus sombre qu'une nuée d'orage. Elle grignotait des graines de tournesol, recrachant les écorces dans sa main. Ni « bonjour », ni « comment ça va ? ».

— Qu'est-ce que tu veux ? dit-elle. Qui c'est ces pingouins ? Pourquoi tu me les as amenés ? J'ai bien assez de cette poufiasse ici.

De la tête elle désigna sa mère couchée par terre dans un coin. Celle-ci avait encore dû se soûler à mort quelque part, et maintenant elle crachait du sang, voilà ce qui mettait Tachka en pétard.

Skorik s'apprêtait à lui fournir une explication quand le veston du Japonais glissa de ses mains et tomba par terre. Le voyant ainsi entravé, Tachka bondit aussitôt de son lit et se jeta sur Massa. Elle planta ses ongles dans ses joues charnues, et se mit à hurler :

— Lâche-le, sale gueule d'enflé ! Ou je t'arrache tes yeux de vermine !

Et de l'accabler d'une cascade de noms d'oiseaux, domaine dans lequel elle était une fameuse experte. Senka grimaça sous la violence de la bordée, tandis que l'élégant gentleman en battait des paupières.

Cependant que Massa protégeait d'une main sa jaune figure des assauts de la mamzelle, Eraste Pétrovitch s'écarta et, attentif au flot d'injures déversé par Tachka, déclara d'un air épaté :

— Je dois avouer que, loin de sa patrie, on se désaccoutume de la puissance du verbe russe.

Il fallut intercéder pour le Japonais.

— Ça va, Tachka. Calme-toi. Pourquoi t'embêtes les gens ? Tu te rappelles, le collier que je t'ai offert, le vert ? Il est toujours intact ? Rends-leur, c'est à eux. Autrement ça ira mal pour moi.

Et brusquement il s'effraya :

— Tu l'as pas revendu au moins ?

— Comme si j'allais bazarder ce qu'on m'a offert ! Quoi, tu me prends pour une putain des faubourgs ? répliqua la petite amie de Senka d'un ton offensé. Je crois bien que personne d'autre m'avait jamais rien offert. Les clients, ça compte pas. Ton collier, je l'ai rangé dans le bon endroit.

Skorik savait ce qu'était son « bon endroit » : un petit coffre dans lequel Tachka conservait ses trésors : son livre sur les fleurs, un flacon de cristal ayant contenu du parfum, un peigne en écaille.

Il lui demanda :

— Tu leur rends, d'accord ? Je t'offrirai autre chose, ce que tu veux.

Tachka lâcha le Japonais, soudain toute rayonnante :

— C'est vrai ? Oh, Senka, je voudrais un petit chien, un caniche. J'en ai vu au marché. Les caniches, tu sais comment ils font ? Ils dansent la valse sur les pattes de derrière, ils sautent à la corde et font le beau.

— Oui, je t'en offrirai un, je te le jure, tu l'auras, ton clebs. Mais rends d'abord le collier !

— Non, c'est bon, c'est pas la peine, pas besoin de te mettre en frais, déclara Tachka, magnanime. Je disais ça pour rire. Un caniche comme ça, ça vaut dans les trente roubles, même quand ce n'est qu'un chiot. Je me suis renseignée.

Sur quoi elle soupira, mais sans afficher de tristesse particulière.

Elle rampa sous le lit, son maigre derrière en l'air. Or la chemise de nuit qu'elle portait était trop courte. Skorik eut honte qu'elle se donne ainsi en spectacle. Ah, quelle tête de linotte, cette fille ! Il s'approcha et rabattit le vêtement sur son anatomie.

Tachka resta quelques instants sous le lit à farfouiller dans son coffre (à l'évidence, elle ne tenait pas à exhiber ses richesses devant des étrangers) puis enfin ressortit et lança les perles à Massa.

— Tiens, étouffe-toi avec, vieux grigou.

Le Japonais attrapa le chapelet au vol et le tendit à son maître en s'inclinant. Celui-ci examina les pierres, caressa bizarrement l'une d'elles puis rangea négligemment le tout dans sa poche.

— Parfait ! Tout est bien qui finit b-bien. Quant à vous, mademoiselle, vous n'êtes en rien fautive à mon endroit.

Il glissa la main à l'intérieur de sa veste, en tira un épais maroquin, et du maroquin trois billets de banque.

— Tenez, voilà pour vous trente roubles, vous vous achèterez un caniche.

Tachka demanda, d'un ton professionnel :

— Attends un peu, c'est de quelle manière que t'as l'intention de me baiser, pour me filer trois bardas ?

Parce que, ajouta-t-elle, si c'était comme ci ou comme ça, elle était d'accord, mais s'il voulait du spécial, à savoir ci ou ça, elle était une fille honnête et ne permettait pas qu'on fasse ce genre de saloperies avec elle.

Le beau monsieur recula vivement et battit des mains :

— Que dites-vous là ! Je n'attends rien de tel de vous ! C'est un c-cadeau.

Il ne connaissait pas Tachka ! Elle se campa devant lui, les deux mains sur les hanches :

— En ce cas, tu peux débarrasser le plancher avec tes biftons ! Un cadeau, je l'accepte d'un miché ou d'un camaro. Du moment que tu veux pas baiser, t'es pas un miché, et j'ai déjà un camaro, c'est Skorik.

— Comme vous voudrez, mademoiselle, dit Eraste Pétrovitch en la saluant. N'importe qui serait flatté d'avoir un camarade tel que vous.

A cet instant, Tachka s'écria soudain :

— Tire-toi, Senka !

Elle se rua sur Massa et lui mordit la main gauche – celle qui tenait l'extrémité de la barre de fer.

Sous le coup de la surprise, le Japonais desserra les doigts. Senka en profita aussitôt pour foncer vers la porte et détaler à toutes jambes.

Il entendit le monsieur crier derrière lui :

— Arrêtez ! Je vais d'abord libérer vos mains !

Ben tiens ! Prends-moi pour un cave ! Nous trouverons bien à nous libérer nous-même, monsieur, sans votre aide. Vous ne nous avez encore rien fait payer pour le vol. Comptez-vous ou non nous dérouiller ? Nous n'en savons rien, mais un type bizarre comme vous, que le Gabelou lui-même semble craindre, plus nous en serons loin, mieux nous nous porterons, tel était le raisonnement de Senka.

Mais Tachka, tout de même, Tachka ! Ce n'était pas une fille, c'était de l'or.

COMMENT SENKA DEVINT RICHE

Pour courir, Senka avait couru, mais à présent il lui fallait bien penser pour de bon à se débarrasser d'une manière ou d'une autre de la barre de fer qui l'entravait. Il marchait, les mains collées contre la poitrine, les deux bouts de la tige tournés vers le bas pour que la chose fût moins voyante.

Il devait aussi déguerpir au plus vite de la Khitrovka, non pas même pour fuir le danger que représentait Eraste Pétrovitch, mais pour éviter de croiser des connaissances dans une situation aussi bête. On se moquerait.

Le mieux serait d'aller trouver un maréchal-ferrant et de lui servir un mensonge quelconque – que quelqu'un, par exemple, lui avait tordu la barre autour des poignets pour lui faire une farce ou à la suite d'un pari. Y avait de solides gaillards chez les forgerons. Peut-être pas d'aussi fortiches que le barine, mais ils sauraient bien redresser la tige de métal, ils avaient des outils exprès pour ça. Pas pour ses beaux yeux, évidemment, il aurait à débourser une vingtaine de kopecks.

Ici, il réfléchit : où les prendre, ces vingt kopecks ? Sa dernière pièce, il l'avait refilée la veille à la taupe qui lui avait servi de guide. Que faire ? Monter un bateau au forgeron ? Lui promettre l'argent, et puis décamper en vitesse ? Encore courir... soupira Senka. Et puis si l'homme le rattrapait, avec ses gros poings, il le torcherait, pire que n'importe quel Japonais.

Bref, il marchait, absorbé dans ses réflexions.

Arrivé à hauteur de la rue Marosseïka, il aperçut une enseigne : « SAMCHITOV. Travaux de joaillerie et d'orfèvrerie. Forgeage des métaux précieux. » Mais voilà, c'était exactement ce qu'il lui fallait ! Peut-être que le joaillier lui donnerait un petit quelque chose en échange d'une pièce d'argent provenant de la bourse, surtout que c'était de la monnaie ancienne.

Il tira la porte vitrée et entra.

Il n'y avait personne derrière le comptoir, mais un bel oiseau perroquet, perché dans une cage, brailla d'une voix épouvantable :

— Bonjourrrr monsieur !

A tout hasard, Senka ôta sa casquette et dit à son tour :

— Bien le bonjour à vous aussi.

Ça avait beau n'être qu'un piaf, la bestiole, c'était clair, avait de l'entendement.

— Achotik-*djan*, encore une fois la porte n'est pas fermée ! lança du fond de la boutique une voix de femme, très singulière, riche en modulations. N'importe qui peut entrer !

Il y eut un bruit de pas feutrés, puis un homme de très petite taille avança la tête par l'entrebâillement d'un rideau – le teint bistre, le nez tors, une rondelle de verre cerclée de cuivre collée sur le front. Il demanda, craintif :

— Vous êtes seul ?

Quand il vit que le visiteur était bien seul, il courut bizarrement fermer la porte de la boutique au verrou, puis alors seulement se tourna vers Skorik.

— En quoi puis-je vous être utile ?

Zut ! C'est pas ce nabot qui va redresser ma barre de fer, pensa Senka avec désarroi. Et il parle de forgeage encore ! Mais peut-être a-t-il un apprenti ?

— J'ai un truc à vous vendre, répondit Senka en même temps qu'il fouillait dans sa poche.

Oh ! ce n'était pas simple avec les deux mains serrées l'une contre l'autre.

Le perroquet se mit à rabâcher, exaspérant :

— Vendrrre ! Vendrrre ! Vendrrre !

— Tais-toi, tais-toi, Levontchik, lui dit le petit homme au grand nez.

Puis s'adressant à Senka après l'avoir examiné de la tête aux pieds :

— Excusez-moi, jeune homme, mais je n'achète pas de marchandise volée. Vous avez pour cela vos propres spécialistes.

— J'ai pas besoin de toi pour le savoir. Tiens, regarde, combien tu m'en donnerais ?

Et il fit claquer la pièce sur le comptoir.

Le joaillier loucha sur les poignets de Senka, mais s'abstint de tout commentaire. La monnaie d'argent en revanche ne parut pas éveiller chez lui beaucoup d'intérêt.

— Hum, un *efimok*.

— Quoi, qui ça ? demanda Skorik qui n'avait pas compris.

— Un *efimok*, un *joachimsthaler* autrement dit. Ce n'est pas une pièce rare. Elles s'échangent à un contre deux. La valeur de leur poids d'argent, si vous voulez, multipliée par deux. Votre *efimok* est dans un bon état de conservation.

Il prit la pièce, la posa sur une balance.

— On peut même dire dans un état idéal. Un thaler de bon aloi pèse six gros[1] et demi. Un gros d'argent vaut aujourd'hui vingt-quatre kopecks. Cela nous fait donc... hum... un cinquante-six, multiplié par deux... trois douze. Moins ma commission, de vingt pour cent... Nous obtenons un total de deux roubles cinquante kopecks. Je doute que quelqu'un vous donne davantage.

Deux roubles et demi, c'était déjà une somme. Senka se tortilla à nouveau, alla pêcher les écailles de métal dans sa poche et les étala sur le comptoir.

— Et celles-là, elles valent quoi ?

De ces menus pétales, il en possédait exactement vingt, il les avait déjà comptés pendant la nuit. Pour des kopecks, les pièces étaient petites et vilaines, bien sûr, mais ajoutés aux deux roubles et demi, ça portait le total à deux soixante-dix.

Le joaillier montra plus de considération pour les écailles que pour l'*efimok*. Il rabattit sur son œil le verre qu'il arborait sur le front et entreprit d'examiner l'une d'elles.

— Des kopecks en argent ? Oh ! oh ! des « IA.M. ». Et dans un état parfait. Eh bien, je peux prendre ceux-ci à trois roubles la pièce.

— A combien, à combien ? s'exclama Senka.

— Comprenez-moi, jeune homme, dit le joaillier en regardant Skorik à travers son disque de verre qui lui faisait un gros œil noir des plus effrayants, les kopecks d'avant la réforme de Pierre le Grand ne sont évidemment pas des thalers et sont cotés en conséquence, mais il se trouve qu'on a encore découvert récemment dans le

1. Le gros vaut le huitième de l'once, soit un peu plus de quatre grammes.

quartier de Zamoskvoretchié[1] un trésor enterré à cette époque, comptant trois mille kopecks d'argent, parmi lesquels deux cents estampillés, comme les vôtres, par la Monnaie de la Iaouza, si bien que leur cours a fortement chuté. Bon, si vous voulez, je vous les prends à trois cinquante, ça vous va ? Je ne peux pas en offrir plus.

— Mais ça ferait combien en tout ? demanda Skorik qui ne croyait toujours pas à son coup de chance.

— En tout ? (Samchitov fit claquer son boulier et montra le résultat.) Voilà, avec l'*efimok*, soixante-douze roubles et cinquante kopecks.

Senka en eut la gorge nouée :

— C'est bon, aboule.

Le perroquet battit des ailes :

— Aboule ! Aboule ! Aboule !

Le patron de la boutique ratissa les menues pièces pour les faire disparaître quelque part sous le comptoir, puis fit claquer la serrure de la caisse. Il y eut un bruissement de billets de banque – un vrai délice pour l'oreille ! Tu parles, ça représentait un joli paquet !

Du fond de la boutique parvint à nouveau la voix chantante de la femme :

— Achotik-*djan*, tu viens prendre le thé ?

— Tout de suite, ma chérie, lança le joaillier, tournant la tête pour répondre. Je finis de servir un client.

Le rideau s'écarta et la patronne apparut, un plateau dans les mains. Sur le plateau, un verre de thé dans un porte-verre en argent et une soucoupe pleine de friandises – le luxe ! La rombière était imposante, bien plus

1. Un des plus anciens quartiers de Moscou, situé de l'autre côté de la Moskova, en face du Kremlin. (*N.d.T.*)

grosse que son freluquet de mari, avec de la moustache sous le nez et des bras comme des pains de sucre.

Eh bien voilà ! L'énigme était résolue. Avec une bonne femme pareille, l'artisan n'avait pas besoin d'apprenti.

— Il y a encore une chose... toussota Skorik.

Il montra ses mains et la barre de fer tordue autour.

— Si vous pouviez me débarrasser de ça... Ce sont des potes qui m'ont fait une blague...

La femme considéra les mains entravées, et sans prononcer un mot, s'esquiva derrière le rideau.

Le joaillier, quant à lui, empoigna la barre de ses maigres pattes et d'un coup (Senka en resta comme deux ronds de flan) ouvrit l'anneau qu'elle formait. Pas entièrement certes, mais assez pour lui dégager les poignets. Ah, sacré Achotik !

Tandis que Skorik, de ses mains enfin libres, enfournait dans ses poches pièces et billets, Samchitov observait l'objet qu'il avait entre les mains. Il versa dessus quelques gouttes d'un flacon, puis en gratta la surface. Enfin il le prit par l'autre bout, ajusta le disque de verre devant son œil et, tirant un mouchoir, épongea son crâne chauve.

— D'où tenez-vous cela ? demanda-t-il.

Sa voix tremblait.

Sûr que je vais te le raconter !... Senka s'abstint cependant de s'enquérir de la santé de sa sœur, parce que c'était un brave homme et qu'il l'avait tiré d'affaire.

Il répondit donc poliment :

— D'où il faut.

Et il se dirigea vers la porte. Il lui fallait réfléchir à l'usage qu'il allait faire de cette richesse inattendue. Mais à ce moment, le patron lui lança tout à trac :

— Combien en voulez-vous ?

Farceur ! Pour ce bout de ferraille ?

Pourtant la voix de Samchitov tremblait sérieusement.

— Incroyable ! marmonnait-il tout en frottant la barre avec un chiffon humide. Je connaissais, bien sûr, par les livres, l'existence de la barre de thalers, mais je n'aurais jamais cru qu'il en subsistait une autre en pareil état... Et portant le différent de la Monnaie de la Iaouza !

Senka observait le métal noir qui, sous l'action du chiffon, ressortait blanc et brillant.

— Quoi ? demanda-t-il.

Le joaillier le regardait avec l'air de réfléchir intensément.

— En voulez-vous... deux fois le poids ? Comme pour un thaler, d'accord ?

— Quoi ?

— Ou même trois fois, se hâta de corriger Samchitov. (Il posa la barre sur la balance.) Il y a là presque cinq livres d'argent. Mettons cinq livres pile. (Il manipula rapidement son boulier.) Ça nous fait cent quinze roubles vingt kopecks. Et je vous en donne le triple, soit trois cent quarante-six roubles. Tenez, j'arrondis à trois cent cinquante. Non, quatre cents, même ! Quatre cents roubles tout rond, ça vous va ? Qu'en dites-vous ?

Senka en dit :

— Quoi ?

— Je ne garde pas autant d'argent à la boutique, il faut que je fasse un saut à la banque. (Il sortit précipitamment de derrière son comptoir et planta son regard dans les yeux de Senka.) Vous devez me comprendre, pareille marchandise réclame beaucoup de travail. Le temps de trouver le bon acheteur. Les numismates forment une clientèle un peu à part.

— Quoi ?

— Les numismates, ce sont des collectionneurs qui

s'intéressent plus particulièrement aux signes monétaires, expliqua le joaillier sans que Senka se sentît pour autant beaucoup plus éclairé.

De ces collectionneurs, qui adoraient amasser de l'argent, Senka en avait connu plus d'un au cours de sa vie, à commencer par l'oncle Zot Larionytch, par exemple.

— Et ils sont combien à vouloir de ces trucs-là ? demanda Skorik, soupçonnant toujours une mauvaise blague.

— A Moscou, il doit s'en trouver une vingtaine. A Saint-Pétersbourg, deux fois plus. Mais l'on peut aussi chercher un acheteur à l'étranger, les amateurs y seraient nombreux. (Le petit homme au long nez tressaillit soudain.) Vous avez dit « ces trucs-là » ? Quoi, vous en avez d'autres identiques ? Et vous seriez prêt à les céder ?

— A quatre cents roubles pièce ? demanda Senka, la gorge nouée.

Il se rappelait le monceau de ferraille entassé là-bas, dans le souterrain.

— Oui, oui. Combien en détenez-vous ?

Skorik répondit prudemment :

— Je pourrais peut-être vous en avoir quatre ou cinq...

— Cinq barres de thalers ?! Quand pouvez-vous me les apporter ?

Il fallait ici montrer de la fermeté, du sérieux, ne pas paraître s'agiter. Faire comprendre que l'affaire n'était pas simple, ni à la portée du premier venu.

Il garda un instant le silence puis déclara d'un ton grave :

— Dans deux ou trois heures, pas avant.

— Ninotchka ! hurla le joaillier à sa femme. Ferme le magasin ! Je vais à la banque !

L'oiseau d'outre-mer fut ravi de ce cri, et se mit lui aussi à rabâcher :

— Je vais à la banque ! Je vais à la banque ! Je vais à la banque !

C'est sous ces braillements que Senka se retrouva dans la rue.

Il s'appuya des deux mains contre un mur tant il se sentait chanceler.

Tu parles de barres de fer ! Quatre cents roubles la pièce ! Il nageait en plein rêve.

Avant de s'aventurer à nouveau dans les souterrains, il passa rue Khokhlovski, vérifier si les deux gus n'avaient pas trop embêté Tachka, et aussi pour lui dire merci.

Par bonheur, ils ne l'avaient pas touchée.

Il trouva Tachka assise à la même place, sur le lit, les cheveux démêlés et coiffés – il était bientôt l'heure pour elle d'aller au turbin. Elle s'était peinturluré toute la figure : cils et sourcils noirs, joues rouges, boucles d'oreilles en verroterie.

— L'autre, là, le bridé, m'a demandé de te saluer de sa part, raconta Tachka tout en entortillant sur un bâton les mèches qui tombaient sur ses tempes, pour se faire des anglaises. Et le beau mec, lui, a dit qu'il allait garder un œil sur toi.

Cette information déplut à Senka au plus haut point. Comment ça, « garder un œil » ? C'était une menace ou quoi ? Mais bon, rien à fiche, maintenant on pouvait toujours courir pour le retrouver et l'attraper. A présent, une autre vie s'ouvrait devant lui.

— Ecoute donc, dit-il à Tachka. Tu vas laisser tomber tout ça. T'as plus besoin de faire le trottoir. Je vais t'emmener avec moi loin de la Khitrovka, on vivra ensemble. J'ai du fric à présent, tu peux pas savoir combien...

Tachka d'abord se montra toute réjouie, elle esquissa même quelques pas de valse dans la pièce. Et puis elle s'arrêta.

— Et maman ?

— D'accord, soupira Skorik en regardant la pocharde qui n'avait toujours pas fini de cuver. D'accord, je prendrai aussi ta mère.

Tachka continua encore un moment de danser puis déclara :

— Non, on ne peut pas l'emmener d'ici. Mieux vaut qu'elle meure tranquille. Elle n'en a plus pour bien longtemps, de toute façon. Quand elle sera morte, alors oui, tu me prendras avec toi.

Et impossible de l'en faire démordre. Senka lui remit tous les biffetons qu'il avait reçus du joaillier. Pourquoi être chien ? Bientôt il aurait autant d'oseille qu'il en voudrait.

On était justement en train de transporter les corps des victimes hors du bâtiment de la pension. On balança dans un chariot deux grands sacs de teille tressée, puis un troisième plus petit, et un dernier, minuscule.

Un attroupement s'était formé, on zyeutait le spectacle. Certains se signaient.

Trois hommes sortirent : un fonctionnaire à lunettes, le commissaire Solntsev et un type barbu armé d'un appareil photographique monté sur un trépied.

— Innokenti Romanovitch, je vous prierai de me communiquer au plus tôt les informations recueillies sur le terrain, ordonna le binoclard en même temps qu'il grimpait dans une calèche. Sans votre réseau d'indicateurs, nous n'avancerons pas.

— Je n'y manquerai pas, acquiesça le commissaire, le doigt sur sa moustache frisée.

Sa coiffure à la raie impeccable scintillait au soleil, on en était presque aveuglé. L'homme en imposait, il n'y avait pas à dire, même s'il n'était qu'une infecte vermine – et ça, toute la Khitrovka le savait.

— Et tâchez aussi de... comment dire... refroidir un peu l'ardeur des journalistes. Pas de détails pittoresques. Il y aura bien assez de foin comme ça...

Le fonctionnaire eut un geste découragé.

— Cela va de soi. Ne vous inquiétez pas, Khristian Karlovitch.

Solntsev sortit un mouchoir d'une blancheur parfaite, s'épongea le front puis recoiffa sa casquette.

La calèche s'éloigna.

— Gabrilov ! appela le commissaire. Erochenko ! Où êtes-vous donc ?

Deux autres personnages émergèrent du trou noir : le Gabelou et le propriétaire de la pension, le célèbre Afanassi Loukitch Erochenko. Un grand homme, une tête. Issu lui-même de la Khitrovka, il avait commencé comme serveur dans un troquet, puis s'était hissé au rang de cabaretier, fourguant, cela va de soi, à l'occasion de la marchandise volée, et aujourd'hui il était un citoyen respecté, couvert de croix et médailles de toutes sortes, et allait chaque année fêter Pâques chez le gouverneur général. Des asiles de nuit, il en possédait trois, auxquels s'ajoutaient un commerce de spiritueux et des magasins de farine. En un mot, il était millionnaire.

— Les journaleux ne vont pas tarder à rappliquer au trot, leur dit le commissaire en ricanant. Vous leur raconterez tout par le menu, vous les laisserez tout voir, et leur montrerez le lieu du crime. Et n'allez pas vous mettre en tête de faire le ménage avant. Vous ne répondrez pas en revanche aux questions concernant les progrès de l'enquête, pour ça vous me les enverrez.

Skorik regardait le commissaire, ébahi. Ah, le vicieux, la pourriture ! Il promettait une chose à l'autre binoclard, et l'instant d'après il bonnissait tout le contraire. Et les gens rassemblés là ne le gênaient même pas. Mais sans doute pour lui n'étaient-ce même pas des gens.

Le commissaire n'inspirait aucun respect à la Khitrovka. Il ne tenait pas sa parole, se montrait déloyal, était d'une cupidité sans mesure. Ses prédécesseurs aussi étaient des numismates, mais Innokenti Romanytch les enfonçait tous dans ce domaine. Qu'on prélève sa taxe sur les garnis où exerçaient les mamzelles, rien de plus normal – le bouillon, ça se dégraisse –, mais il n'était encore jamais arrivé qu'un commissaire se servît lui-même des pierreuses, qu'il n'y répugnât pas. Il choisissait, comme de bien entendu, les plus chères, les pouliches à dix roubles, mais quant à rétribuer les filles pour leurs services ou au moins leur laisser un cadeau, rien à faire, jamais. Il fallait même encore qu'il régalât sa meute de chiens. Il n'était en effet rien de pire pour les filles que de se voir embarquées au Troisième Commissariat du district des Bouchers pour une « rupture du jeûne ». Arrêtées sans aucun motif et aussitôt collées au violon, elles devaient subir là les assauts de toute la brigade, ou peu s'en faut. Les « prévôts » de la Khitrovka étaient plusieurs fois allés trouver le Gabelou pour lui demander la permission d'amocher monsieur le colonel, d'un coup de surin par exemple, ou en lui laissant tomber par mégarde un pavé sur le crâne, de manière non pas à le tuer, bien sûr, mais à le ramener au moins à la raison. Le Gabelou n'avait pas voulu. « Patientez, avait-il dit. Sa Haute Noblesse n'est pas là depuis longtemps et elle ne s'attardera pas beaucoup chez nous. Elle vise plus haut, elle fait carrière... »

Solntsev s'adressa à Erochenko :

— Je vous mets à l'amende, Afanassi Loukitch. Vous voudrez bien me faire tenir mille roubles pour le désordre survenu dans votre établissement. Nous avions un accord, vous et moi.

Sans piper, Erochenko s'inclina gravement.

— Et toi aussi, Gabrilov, tu es à l'amende. Je ne me mêle pas de tes affaires, mais tu es responsable devant moi de la Khitrovka. Tu as trois jours pour me trouver l'assassin, autrement tu en seras pour deux cents roubles de ta poche.

Le Gabelou, lui non plus, ne protesta pas, et se contenta de hausser sa blanche moustache.

La calèche du colonel vint s'arrêter à leur hauteur. Sa Haute Noblesse y prit place, brandit un doigt menaçant vers la foule : « Du balai, bande de gueux ! », puis s'en fut. Tout cela pour montrer son importance, car il eût aussi bien pu faire le chemin à pied, le commissariat n'étant qu'à deux pas.

— Ne vous inquiétez pas, Ivan Fiodotytch, dit Erochenko. Je me charge de votre amende, vous pouvez compter sur moi.

— Compter sur toi, je vais t'en fiche ! éructa le Gabelou. N'espère pas, Afonka, être débarrassé de moi pour deux malheureux billets de cent. Je crois que je t'en ai passé plus d'une, voleur !

Voilà comment il était, le Gabelou ! Erochenko avait beau être décoré autant qu'un sapin de Noël, il avait beau embrasser à bouche que veux-tu le gouverneur général, pour le Gabelou, il ne serait jamais que Afonka le voleur.

Sa descente dans le souterrain fut autrement moins laborieuse que la première fois. Au Bagne, il engagea sa casquette contre une lampe à huile – afin d'éclairer son chemin –, et il parvint ainsi rapidement à la chambre secrète. En moins de dix minutes, d'après sa montre.

Il entreprit en premier lieu de compter le nombre de barres d'argent. Il y en avait là plus qu'il ne pourrait jamais en coltiner. Contre l'un des murs, il en dénombra une centaine avant même d'avoir déplacé la moitié du tas. Déjà, il était en nage.

Il découvrit également une vieille semelle de botte, en cuir, à moitié rongée par les rats. Il fit tomber quelques-unes des pierres et des briques qui obstruaient la porte, espérant voir ce qui se trouvait derrière, mais il abandonna très vite, par lassitude.

Tel était son état d'épuisement qu'il prit seulement quatre barres au lieu de cinq. Samchitov s'en contenterait, et puis c'était déjà bien assez lourd à trimballer comme ça : chacune pesait dans les cinq livres.

Sur le chemin du retour, juste devant la boutique du joaillier, alors qu'il tendait déjà la main vers la porte, Senka entendit siffler derrière lui, d'une manière particulière, toute spéciale à la Khitrovka, puis un hibou lança son : hou ! hou ! hou !

Il se retourna : trois zigs traînaient leurs guêtres à l'angle du passage Petroverigski : Prokha, Mikheïka le Hibou et Danka le Bigle. Quelle déveine !

Rien à faire, il dut s'approcher.

Prokha lui dit :

— On racontait que tu t'étais fait pincer.

Le Bigle lui demanda :

— Pourquoi tu trimballes cette ferraille ?

Et Mikheïka, avec un clin d'œil coupable, plaida sa cause :

— M'en veux pas si je t'ai donné à ce Chinois. J'étais mort de trouille quand je l'ai vu démolir les autres. Les Chinois, tu sais comment ils sont...

— C'est une gonzesse qu'a eu la trouille quand elle a pondu une grenouille, grommela Senka mais sans grande méchanceté. Tu mériterais que je t'aplatisse la tronche après une pareille saloperie, mais j'ai pas le temps, je suis sur une affaire.

Prokha lui glissa, perfidement :

— Et c'est quoi tes affaires, Senka ? T'étais chez les pros, mais il paraît que t'as laissé tomber.

Ils savent déjà que je me suis tiré du jeu du Prince, comprit Senka.

— C'est simple, l'Arménien, là, m'a embauché pour que je lui mette une grille à ses fenêtres. Tu vois ces barres de fer ?

— A la joaillerie ? s'étonna Prokha. (Il cligna les paupières.) Tiens, tiens... Mais t'es encore plus malin que je pensais. T'es avec qui maintenant, hein ? Avec ce Chinois ? Vous avez décidé de cambrioler l'Arménoche ? Bien trouvé !

— Je bosse à mon compte, maugréa Senka.

Prokha ne voulut rien en croire. Il l'entraîna à l'écart, lui posa une main sur l'épaule et lui chuchota à l'oreille :

— Si t'as pas envie, dis rien. Seulement sache une chose : le Prince te cherche. Il menace de te buter.

Sur quoi il s'éloigna aussitôt en courant et lui lança d'un ton railleur :

— Allez, à la revoyure, caïd !

Et les trois zigs de détaler à toutes jambes pour disparaître au bas de la rue.

La raison de l'hilarité manifestée par Prokha, Senka ne la comprit vraiment que lorsqu'il porta la main à la montre en argent héritée de l'Anchois, qu'il avait attachée à sa ceinture de falzar : elle avait disparu ! Ah, le saligaud ! Voilà pourquoi il était si pressé de se serrer contre lui !

La perte de la montre ne le chagrina pas outre mesure. Que valait-elle, au fond ? Une centaine de roubles tout au plus. Mais que le Prince sème des menaces à droite à gauche à son propos, voilà qui l'affectait bien davantage. Il allait devoir se montrer prudent désormais dans le quartier. Ouvrir l'œil, et le bon.

Quand il pénétra dans la boutique, chaleureusement accueilli par le perroquet, il était d'humeur bien sombre. Il ne pensait pas à l'argent, mais au surin du Prince.

Il balança les barres de métal sur le comptoir.

— J'en ai apporté que quatre, c'est tout ce que j'ai.

Mais cinq minutes plus tard, quand il ressortit dans la rue Marosseïka, il avait complètement oublié le Prince.

Une somme folle était planquée sous sa limace, tout contre son cœur, quatre *petrouchi*, quatre talbins de cinq cents roubles, billets que Senka voyait de ses yeux pour la première fois de sa vie.

Il les palpait, ces fafiots, à travers la toile de la chemise, tout en s'efforçant d'imaginer ce que c'était que de vivre dans l'opulence.

COMMENT SENKA S'ACCOMMODA D'ÊTRE RICHE

Première histoire. Qui montre qu'il n'y a que le premier pas qui coûte

Il se révéla que ça n'avait rien de facile.

Arrivé place de la Loubianka, où les cochers mènent les chevaux boire à la fontaine, Senka eut soif lui aussi, d'un verre de kvas, de *sbiten* ou d'orangeade. Et son ventre se mit également à gargouiller. Combien peut-on rester de temps sans bouffer ? Il n'avait pas avalé une miette depuis le matin précédent. Il n'était pas un moine tout de même...

Et c'est là que commencèrent les difficultés.

Un homme ordinaire a toute sorte d'argent sur lui : des roubles, des pièces de cinquante et de dix kopecks. Senka, le richard, ne possédait quant à lui que des billets de cinq cents. Autant dire qu'il ne pouvait ni entrer dans un troquet, ni prendre un fiacre. Qui rendrait la monnaie sur une aussi grosse coupure ? Surtout quand vous étiez costumé avec tout le chic khitrovien : chemise par-dessus le pantalon, bottes en accordéon et casquette de grinche sur l'oreille.

Eh, il aurait dû demander au joaillier de lui changer au moins un *petroucha* contre des petits billets, car à présent il risquait de crever de faim comme le roi du conte dont il avait entendu parler un jour à l'école : tout ce que ce roi touchait se transformait en or, si bien que, tout riche qu'il fût, le malheureux n'avait aucun moyen de boire ni de manger.

Skorik retourna sur ses pas, rue Marosseïka. Il pointa son nez à la boutique : fermée. Seul Levontchik le perroquet, perché derrière la vitrine, roulait de gros yeux en braillant des paroles incompréhensibles du dehors.

L'affaire était entendue : Achot Achotytch avait fermé son commerce pour aller courir ces... comment les appelait-il déjà... ces correctionneurs numismates, et se livrer à de la vraie besogne, à savoir revendre les barres d'argent.

Alors quoi ? Retourner voir Tachka ? Récupérer une partie de l'argent qu'il lui avait donné ?

Primo, elle devait déjà être sur le trottoir. Et *deuxio*, il aurait trop honte. Il lui avait offert un collier, il le lui avait repris. Il lui filait de l'argent, il le lui réclamait à nouveau. Non, il fallait qu'il se débrouille tout seul.

Chourer un truc au marché avant qu'il soit fermé ?

Auparavant, ne fût-ce que le matin même encore, Senka aurait tout bonnement tiré de quoi bouffer à l'étal d'un traiteur, sans se poser d'autres questions. Mais on peut voler quand on n'a rien à perdre et du cran à revendre. Si on a peur, en revanche, on est sûr de se faire poisser. Et comment ne pas avoir peur, quand on sent une liasse de billets bruisser et craqueter sur sa poitrine ?

Il avait une faim atroce, une faim à hurler. C'était tout de même se moquer cruellement du monde ! Deux mille roubles en poche, et pas moyen de s'acheter un craquelin à un kopeck !

Senka était si furieux de la perfidie de la vie qu'il en tapa du pied et jeta sa casquette par terre, en même temps que des larmes jaillissaient malgré lui de ses yeux, non pas à torrents comme il est coutume de dire, mais en véritable cascade.

Il s'était arrêté sous un réverbère, et à présent chialait comme un veau.

Soudain retentit une voix d'enfant :

— Glacha, Glacha, regarde : c'est un grand garçon et il pleure !

Un petit mioche en costume de marin s'en revenait du marché, accompagné d'une grosse femme aux joues vermeilles, sa nounou sans doute, qui portait un panier. A l'évidence, elle était allée faire des courses et le petit maître s'était attaché à ses pas.

La femme déclara :

— S'il pleure, c'est qu'il a du chagrin. Il a faim peut-être.

Et hop ! une pièce de monnaie dans la casquette de Senka tombée par terre – quinze kopecks tout rond.

A la vue de la pièce, Senka sanglota de plus belle, cette fois-ci totalement humilié.

Tout à coup, diling ! une autre pièce, cinq kopecks en cuivre. Une vieille coiffée d'un fichu venait de la lui jeter. Elle bénit Senka du signe de croix et poursuivit son chemin.

Il ramassa l'aumône, prêt à courir sur-le-champ acheter pâtisserie ou *kalatch*[1], mais se ravisa. Quand même il s'en collerait deux ou trois dans le buffet, et après, en serait-il beaucoup mieux ? Il ferait mieux d'attendre d'avoir récolté trois ou quatre roubles pour au moins se

1. Petit pain de froment en forme de cadenas. (*N.d.T.*)

procurer un veston convenable. Alors peut-être lui serait-il possible d'échanger un *petroucha.*

Il s'assit à croupetons et se mit à se frotter les yeux avec les poings, non parce qu'il avait de la peine cette fois-ci, mais pour inspirer la compassion. Et que croyez-vous qu'il arriva ? Les bons chrétiens qui passaient par là prirent le pleurnicheur en pitié. Une heure ne s'était pas écoulée que Senka avait déjà devant lui une jolie somme en menue monnaie. Un rouble vingt-cinq pour être précis.

Toujours accroupi, il s'appliquait à renifler tout en méditant, au sens le plus philosophique du terme : quand il n'avait pas un rond, jamais il n'avait mendié, et maintenant, regardez-moi ça ! Voilà bien ce qu'était le sort des riches ! Même dans l'Evangile on le disait bien, que les gens qui possédaient des richesses étaient les plus indigents de tous.

Tout à coup Senka reçut un coup violent sur le coccyx. La douleur fut vive ; il se retourna pour voir derrière lui un infirme appuyé sur des béquilles, qui se mit à hurler :

— Ah, les loups ! Ah, les chacals ! Qui vivent sur le dos des autres ! C'est ma place, ça l'a toujours été ! Crois pas que tu vas te tirer pour aller vider un godet ! Remets-moi ce que t'as récolté, petit voleur, autrement j'appelle les copains !

Et un coup de béquille, et puis un autre.

Skorik ramassa prestement sa gaufre, au risque de répandre toute sa recette par terre, et se sauva à toutes jambes loin du lieu de son crime, sans chercher à parlementer. Les mendiants étaient comme ça : capables de vous tabasser à mort. Ils avaient leur propre « société » et leurs propres lois.

Il traversa la place de la Résurrection, réfléchissant à la manière la moins bête de dépenser ses cent vingt-cinq kopecks.

Et là, il eut une illumination.

Du Grand Hôtel de Moscou, dont l'entrée est toujours gardée par un suisse à la mine imposante, sortit en coup de vent un jeune groom à veston brodé au fil d'or des trois lettres « GHM » et casquette ornée d'une cocarde également dorée. Le gars serrait dans son poing un billet de trois roubles : sûr qu'un client l'avait chargé d'une course.

Skorik le rattrapa et, au terme d'un bref marchandage, obtint de lui louer pour une demi-heure son spencer et sa casquettte. A titre d'acompte, il lui versa dans les mains toute la mitraille qu'il avait grattée au marché en faisant la manche. Et il lui promit qu'il en aurait encore le double quand il reviendrait.

Sur quoi il courut à la Banque russo-asiatique.

Il glissa un billet de cinq cents par la fente du guichet et demanda, dans un débit précipité, comme s'il était pressé par le temps :

— Changez-moi ça contre quatre billets de cent, et cent en petites coupures. C'est ce que demande mon client.

Le caissier se contenta de hocher la tête avec respect :

— Eh bien, on vous fait rudement confiance, au Grand Moscou !

— C'est une confiance qu'on a su gagner, répondit Senka, très digne.

L'employé de banque vérifia le numéro du billet sur une liste, puis lui rendit exactement ce qu'il avait demandé.

Et ensuite, quand Skorik eut renouvelé sa garde-robe à la galerie Alexandrov et se fut offert une coupe de cheveux à la dernière mode au salon de coiffure le Parisien, la vie de riche lui parut un peu moins pénible à supporter.

Deuxième histoire. Qui parle de la vie dans le monde, chez soi et à la cour

Ses moyens lui permettaient tout à fait de s'installer dans ce fameux Grand Hôtel de Moscou, et Senka s'approchait déjà des portes de l'établissement, quand un coup d'œil jeté aux lanternes électriques, aux tapis, aux gueules de lion surmontant les chambranles le fit soudain hésiter. Certes, il était à présent nippé comme un seigneur et sa valise flambant neuve renfermait encore un tas de frusques hors de prix et jamais portées, mais les suisses et les domestiques des hôtels n'étaient pas gens nés de la dernière pluie, ils auraient tôt fait de déceler sous la cheviotte et la soie le gosse des rues de la Khitrovka. Tenez, par exemple, là-bas, une sorte de général à épaulettes dorées trônait derrière le comptoir. Que devrait-il lui dire ? « Je désirerais une carrée tout ce qu'il y a de plus épatante » ? Il lui répondrait : « Où vas-tu traîner comme ça ? T'espères bouffer de la brioche avec ton groin de cochon ? » Et quelle était la manière convenable de l'aborder ? Fallait-il lui souhaiter le bonjour, ou pas ? Et ôter son chapeau ? Ou juste le soulever légèrement comme le faisaient les messieurs dans la rue pour se saluer ? Ensuite, on leur filait, comme qui dirait, des pourboires, à ces gens d'hôtel. Comment s'y prenait-on avec un type important comme celui-là ? Et combien fallait-il lui donner ? Et s'il allait le flanquer dehors sans faire gaffe à sa coiffure parisienne ?

Il piétina un moment devant la porte, sans parvenir toutefois à se décider.

La situation le plongeait dans un abîme de réflexion. Il ressortait que la richesse n'était pas un truc si simple, elle aussi réclamait toute une science.

Senka finit bien sûr par se dégoter un logement : Moscou n'est tout de même pas la Sibérie. Passage du Théâtre, il loua une voiture de remise et demanda où un voyageur était le plus susceptible de trouver une chambre décente, et le cocher le conduisit illico à la pension de Mme Borissenko, rue Troubnaïa.

Ladite chambre était merveilleusement belle, jamais Skorik n'en avait vu de pareille. Immense, avec des petits rideaux blancs aux fenêtres, ; un lit orné aux quatre coins de grosses boules étincelantes ; et sur le lit un véritable édredon. On lui promettait le matin un samovar pour lui tout seul et des petits pains moelleux, et le soir, s'il le désirait, un dîner. Un domestique s'occupait de tout le ménage, vous aviez un lavabo dans le courroir, et un petit coin, non pas aussi chouette que celui de la Mort bien entendu, mais d'une égale propreté, où l'on eût aussi bien pu s'installer pour lire le journal. En un mot, un vrai palais de roi. Le prix, c'est vrai, n'était pas non plus donné, trente-cinq roubles le mois. Comparé à la Khitrovka, où l'on trouvait à dormir pour cinq kopecks la nuit, c'était follement cher, mais quand on avait près de deux mille roubles en poche, ça allait, on pouvait se le permettre.

Skorik défit donc sa valise, admira ses emplettes, rangea ou pendit ses vêtements tout neufs dans l'armoire cirée, puis s'assit à la fenêtre, pour observer la place et gamberger à son aise sur la meilleure manière de mener à présent sa vie dans le monde.

C'est bien connu : tout homme envie le sort de son voisin et tord le nez sur le sien. Ainsi, toute sa vie Senka avait rêvé de richesse, bien qu'il sût pertinemment qu'il ne posséderait jamais rien. Cependant le Seigneur, Lui, Il voit tout, chaque prière, Il l'entend. Qu'Il l'exauce ou non, ça c'est une autre affaire. Il a pour cela ses propres raisons, le Très-Haut, des raisons que ne peuvent comprendre les simples mortels. Un aveugle boiteux rencontré dans une gargote, un de ces vagabonds qui parcourent le monde en chantant pour gagner leur pain, lui avait dit un jour : « L'épreuve la plus pénible à laquelle peut te soumettre le Seigneur, c'est d'exaucer tous tes désirs. Tiens, rêveur, prends ça et étouffe-toi ! Regarde, tu en avais convoité des choses, et à présent, pauvre pécheur, que te reste-t-il à souhaiter ? »

C'est ce qui était arrivé à Senka. Dieu lui avait dit : « Tu voulais tous les trésors de la terre, Senka ? Les voilà, tes trésors. Bon, et maintenant ? »

Sans argent, la vie était pourrie, pas de discussion là-dessus, mais la richesse n'était pas non plus du nanan.

D'accord, Senka s'était empiffré à s'en faire péter la panse, s'enfilant huit gâteaux à la crème dans une pâtisserie (il en avait d'ailleurs l'estomac encore un peu barbouillé), il s'était nippé comme un prince, s'était dégoté un magnifique logement, bien, mais après ? Quels rêves, cher Senka Trifonytch, alliez-vous nourrir à présent ?

Senka ne s'abandonna pas longtemps à la tristesse toute philosophique qu'avaient éveillée en lui les susdits gâteaux, car les rêves en question se dessinaient déjà d'eux-mêmes, au nombre de deux : l'un terrestre, l'autre céleste.

Le premier, terrestre donc, était de trouver le moyen de faire de sa grande richesse une richesse plus grande encore. Puisqu'on t'a surnommé Skorik, ne t'endors pas et remue-toi les méninges !

Même un crétin l'aurait compris : s'il ressortait à l'air libre les deux fagots d'argent qui dormaient sous terre, personne n'achèterait les barres autrement qu'au poids. Où trouver assez de numismates pour en vendre une à chacun ?

Bon, calculons déjà combien donnerait une simple vente au poids. De ces barres, il y en avait... Il ne savait pas trop. Mais bien cinq cents, au bas mot. Chacune contenait cinq livres d'argent, c'est bien ça ? Ça faisait deux mille cinq cents livres en tout, non ? Achot Achotytch avait dit que le gros d'argent valait actuellement vingt-quatre kopecks. Dans une livre, il y avait quatre-vingt-seize gros. Deux mille cinq cents multiplié par quatre-vingt-seize, multiplié par vingt-quatre, ça nous faisait...

Il poussa un gémissement, s'assit pour poser l'opération en colonnes comme on le lui avait appris autrefois à l'école de commerce. Seulement, il n'avait pas suivi les cours bien longtemps, il avait un peu oublié faute de pratique, et les chiffres refusaient de se laisser manipuler.

Il essaya par une autre méthode, plus simple. Samchitov avait dit qu'il y avait pour cent quinze roubles d'argent pur dans chaque barre. Multiplié par cinq cents, ça donnait... dans les cinquante mille, non ? Ou bien cinq cent mille ?

Attends, doucement, se tempéra Skorik. Achot Achotytch m'a payé quatre cents roubles la barre, et on peut supposer qu'il n'y est pas perdant. Peut-être va-t-il les revendre mille roubles à ses numismates.

Si les tiges de métal noirci pouvaient atteindre un tel prix, il serait bon de les négocier soi-même, sans l'entremise de Samchitov. La tâche, évidemment, ne serait pas simple. Il devrait tout d'abord se renseigner sur le cours actuel. Servir tous les acheteurs éventuels de Moscou. Puis ceux de Saint-Pétersbourg. Et alors, pourquoi pas ? chercher aussi à contacter les amateurs étrangers. Il faudrait retenir la marchandise, la fourguer au détail avec une belle culbute à ces imbéciles prêts à la payer plus cher que son poids d'argent. Alors seulement, une fois tous les benêts rassasiés, il pourrait revendre le reste en vrac pour la refonte.

Toutes ces considérations marchandes avaient mis Senka en nage. Il fallait en avoir de la cervelle pour ce genre de commerce ! Pour la première fois il regrettait de n'avoir pas bûché à fond les sciences. Même ses futurs gains, il était incapable de les estimer correctement.

Quelle conclusion en tirer par conséquent ?

Exact ! Il devait rattraper son retard. Se débarrasser de son image de pignouf, apprendre la conversation raffinée, l'orthographe arithmétique, et aussi, ce ne serait pas plus mal, à jaspiner plus ou moins en étranger, au cas où il aurait à commercer dans les Europes.

Cette avalanche d'idées lui coupa le souffle.

Et ce n'était encore là que le rêve terrestre, et non l'essentiel. En songeant au second, celui touchant au ciel, Senka fut carrément pris de vertige.

Au vrai, tout bien réfléchi, il s'agissait aussi d'un rêve terrestre, peut-être même plus terrestre encore que le premier, cependant ce n'était pas la tête qu'il embrasait, qui renferme la cervelle, mais bien le cœur où loge l'âme. Cela dit, dès qu'il y pensait, un même feu ravageait son ventre et diverses autres parties de son anatomie.

Il n'était auparavant qu'un chiot, une demi-portion, et en aucun cas n'aurait pu prétendre à la Mort, alors qu'à présent, s'il ne faisait pas de gaffe, il était en mesure de devenir l'homme le plus riche de tout Moscou. Et alors, rêvassait Senka, toute cette immense fortune qu'il aurait amassée, il la déposerait à ses pieds, il la sauverait du Prince et du Vampire, la guérirait du mal de neige et l'emmènerait loin, loin, à Tver (on disait que c'était une bonne ville) ou autre part, il ne savait où encore. Pourquoi pas même à Paris ?

Ça n'avait pas d'importance, qu'elle fût plus vieille. Lui aussi aurait bientôt barbe et moustache au lieu du duvet qui lui couvrait les joues, et il serait vraiment un homme. Il pourrait même, comme Eraste Pétrovitch, se teindre des mèches blanches aux tempes – eh quoi ? ça donnait de l'allure !

Seulement quand la Mort et lui partiraient se marier, ils auraient intérêt à s'éloigner de la berge où l'on risquait toujours de tomber à l'eau et de se noyer. Dieu protège les prudents.

Et voilà que Senka imaginait déjà la noce, le banquet au restaurant l'Ermitage, et lui-même se rendait bien compte que l'argent n'y suffirait pas. La Mort avait déjà eu des amants pleins aux as, ce n'était pas une nouveauté pour elle. Et elle n'était pas non plus du genre qu'on amadouait par des cadeaux. Il devrait d'abord de petit moineau grisâtre se changer en blanc faucon, et alors seulement il aurait droit de se poser auprès d'un cygne si majestueux.

Et il en revenait à nouveau à l'éducation et la culture, sans lesquelles jamais il ne deviendrait un faucon, si grande que puisse être sa fortune.

Sur la place se trouvait une librairie, il la voyait de sa fenêtre. Senka y descendit et fit l'acquisition d'un savant bouquin intitulé *La Vie dans le monde, chez soi et à la cour : comment se conduire en bonne société pour y être accepté*.

Il en entama la lecture et se prit bientôt à transpirer. Sainte mère de Dieu, que de subtilités étaient décrites là-dedans ! Comment saluer, comment baiser la main si on avait affaire à une ménesse, c'est-à-dire une dame, comment s'habiller selon quelles circonstances, comment entrer dans une pièce et comment en ressortir. Il aurait besoin d'une vie entière pour apprendre ça, jamais il ne se rappellerait tout !

« Il ne convient pas de rendre une visite avant deux heures de l'après-midi ni après cinq ou six, murmurait Senka en ébouriffant sa coiffure parisienne. Avant deux heures, vous risqueriez de trouver les maîtres des lieux occupés à des tâches domestiques ou à leur toilette. Plus tard, vous paraîtriez vouloir vous imposer pour dîner. »

Ou encore ceci : « Quand, venant rendre visite, il ne trouve pas sur place les maîtres des lieux, le gentleman laisse sa carte après avoir pris soin d'en corner largement le coin gauche vers le haut : si le motif de ladite visite est un décès ou quelque autre événement malheureux, il en cornera le coin droit vers le bas. »

Sacré nom d'une pipe !

Mais le plus effrayant à lire, c'était encore la partie consacrée à l'habillement. Quand on était pauvre, tout allait bien : on avait juste une chemise, un pantalon, pas besoin de se casser la tête. Mais pour le riche, quelle complication ! Il devait savoir quand passer un veston, et quand porter une redingote ou un frac ; savoir aussi en quelle occasion ôter ses gants ou au contraire les garder ; quelles pièces du vêtement devaient être à carreaux, ou à rayures, ou même éventuellement à fleurs. Et encore, pour eux, les gens cultivés, toutes les couleurs n'allaient pas ensemble !

Le plus difficile, cependant, se révélait être le choix du chapeau ; Senka entreprit même de prendre des notes pour mémoire.

Voici donc ce qu'il importait de retenir. Dans un bureau, un magasin ou un hôtel, on n'ôtait son couvre-chef que si patrons et employés étaient également tête nue (eh, le renseignement eût été précieux tout à l'heure au Grand Hôtel de Moscou !). Quand on sortait d'une visite, on devait coiffer son chapeau non pas sur le seuil, mais une fois le seuil franchi. Dans l'omnibus ou en voiture, on ne l'ôtait pas, même en présence d'une ou plusieurs dames. En visite, on tenait son chapeau à la main, et si l'on portait l'habit, le haut-de-forme devait impérativement être à ressort, pour pouvoir être plié. Quand on s'asseyait, on pouvait poser son chapeau sur une chaise, et s'il n'y avait pas de chaise libre, sur le plancher, mais, Dieu vous en garde ! surtout pas sur la table.

Ici, Senka se sentit de la peine pour le chapeau : posé par terre, il risquait de s'abîmer. Il regarda son canotier (douze roubles cinquante) qui trônait justement sur la table. Ah ouais, sur le plancher ! Plus souvent !

Fatigué de s'initier aux manières du grand monde, il reprit l'examen de ses nouvelles acquisitions. Une jolie petite redingote en poil de chameau (dix-neuf quatre-vingt-dix), deux gilets de piqué blanc et gris (dix roubles la paire), un pantalon à rayures noires et grises (quinze roubles), un autre à sous-pieds (neuf quatre-vingt-dix), des bottines à boutons (douze), une autre paire en vernis (il avait claqué vingt-cinq roubles pour celles-là, mais elles en jetaient sacrément). Puis encore un miroir à poignée d'argent et de la brillantine dans une petite boîte dorée – pour pommader son toupet et lui donner de la tenue. Mais ce qu'il ne se lassait pas d'admirer, c'était un canif à manche de nacre. Huit lames, un poinçon, et même un cure-dent et une lime à ongles !

Satisfait de son inventaire, il reprit la lecture du bienfaisant ouvrage.

Senka parut au dîner vêtu de sa redingote, ainsi que le réclamait l'étiquette, car « une simple jaquette n'est permise à table que dans le cercle familial ».

Dans la salle à manger, il s'inclina avec toute la distinction requise, dit *bonsouar* en français et posa son chapeau, comme il convient, sur le plancher, en prenant soin cependant d'étendre auparavant par terre une serviette empruntée à sa chambre.

La veuve Borissenko avait le soir une dizaine de pensionnaires à sa table. Ces derniers dévisagèrent d'un œil ébahi le nouveau venu aux manières si courtoises et raffinées, quelques-uns lui rendirent son salut, les autres se contentèrent d'un signe de tête. Aucun n'était en redingote, et le gros frisé assis juste à côté de Senka dînait même en bras de chemise et bretelles. Il se révéla être étudiant à l'Ecole du cadastre ; il se prénommait Georges, et venait des combles où les chambres étaient à douze roubles.

La maîtresse de maison présenta Senka comme *monsieur* Skorikov, négociant moscovite, bien qu'il se fût désigné sous un tout autre titre lorsqu'ils s'étaient entendus sur la chambre, à savoir employé de commerce. « Négociant », évidemment, ça sonnait beaucoup mieux.

Georges le pressa aussitôt de questions : comment se faisait-il qu'un si jeune homme fût déjà dans le négoce, et de quel négoce s'agissait-il au fait, et qui étaient ses parents ? Au moment du dessert (un « entremets », disait-on), l'étudiant lui demanda à l'oreille de lui prêter trois roubles.

Skorik fournit à ses questions des réponses très évasives, et refusa, bien sûr, de lui filer trois roubles comme ça, pour ses beaux yeux, toutefois il lui sembla possible de tirer profit de ce roublard d'étudiant.

On n'apprend pas grand-chose juste avec un bouquin. Il lui fallait un professeur, voilà.

Il entraîna Georges à l'écart et lui débita un conte : il était fils de marchand, avait toujours travaillé à la boutique de sa tante et, par conséquent, n'avait jamais eu le temps d'étudier. Son père cependant venait de mourir, lui léguant toute sa fortune, or qu'est-ce qu'il avait vu dans sa vie, lui, Senka Skorikov, à part son malheureux comptoir ? S'il se trouvait cependant une personne de bonne volonté, prête à lui enseigner à réfléchir bien correctement, à lui apprendre la culture, le français et toutes ces sortes de choses, il serait en mesure de payer une coquette somme en échange de toute cette science.

L'étudiant l'écouta attentivement : il comprenait tout à demi-mot. Ils conclurent aussitôt un accord quant aux leçons. Quand Georges entendit Senka se proposer de payer un rouble l'heure de cours, il déclara sur-le-champ qu'il sécherait désormais l'école pour se tenir toute la journée à son entière disposition.

Ils tombèrent d'accord sur le programme suivant : chaque jour, une heure d'orthographe et de calligraphie ; une heure de français ; une heure d'arithmétique ; au déjeuner et au dîner, les bonnes manières ; le soir, apprentissage de la conduite en société. Compte tenu de l'importance du marché, Senka négocia un rabais : quatre roubles par jour pour le tout. Les deux parties se déclarèrent satisfaites.

On commença immédiatement après le souper, par la conduite en société. Et ce fut au ballet qu'on se rendit, après avoir loué un habit de soirée pour Senka à un voisin musicien.

Au théâtre, Senka se tint très sage et s'abstint de gigoter sur son siège, bien que la vue des types en caleçon étriqué qui galopaient devant lui sur la scène eût tôt fait de le raser passablement. Un peu plus tard, quand un régiment de filles affublées de jupes transparentes eut déboulé des coulisses, le spectacle devint un peu plus vivant, mais la musique continuait malgré tout à lui scier les oreilles. Si Georges n'avait pas emprunté au vestiaire des espèces de verres grossissants (des « jumelles », ça s'appelait), il serait carrément mort d'ennui. Alors qu'ainsi, Senka observa tout en détail très méthodiquement. D'abord les danseuses et les cuisses d'icelles, puis les personnes assises tout autour de la salle dans des box dorés, et enfin tout ce qui lui tombait sous l'œil : par exemple un poireau sur le crâne chauve du chef des musiciens, qui menaçait l'orchestre avec une baguette pour qu'ils s'appliquent bien à jouer ensemble. Lorsque tout le monde applaudit, Senka colla les jumelles sous son bras et frappa lui aussi dans ses mains, encore plus fort que les autres.

Payer sept roubles pour passer trois heures coincé dans un faux col qui vous gratte la peau, ça ne devait guère être du goût de beaucoup de monde. Comme Senka demandait à Georges si les riches allaient se faire suer au théâtre tous les soirs, l'autre le rassura : on pouvait se borner à une fois par semaine. Bon, c'était encore supportable, se dit Senka, ragaillardi. Un peu comme assister à la messe du dimanche, pour qui craint Dieu.

Au sortir du théâtre, ils s'en furent au bordel (c'est le terme raffiné pour désigner un claque ou un bouic) afin de s'initier à la manière cultivée de traiter les dames.

Là, Senka se trouva terriblement gêné par les lampes à abat-jour de soie et les couchettes trop molles à sommier à ressorts. Loretta, la mamzelle qu'on fit asseoir sur ses genoux, était une grosse femme à la chair meuble, qui sentait le sucre en poudre. Elle appelait Senka « mon poussin » et « mon chaton ». Elle le conduisit dans une chambre où elle se mit en tête de lui faire des tas de trucs dont Senka n'avait jamais ouï parler, même de la bouche de Prokha.

Cependant il avait honte que la lumière fût allumée, et surtout, surtout, il y avait loin de cette Loretta, de cette chatte trop grasse, à la Mort.

Peuh !

Il passa ensuite un long moment à apprendre à boire du champagne : on trempe dedans une fraise des bois, on la laisse s'y habituer un peu, s'imprégner, puis on la repêche avec les lèvres. Ensuite on siffle le roteux cul sec, et on s'en ressert un autre verre.

Le lendemain matin, bien sûr, il avait la tête en compote, pire qu'après une murge à la gnôle du commerce. Mais c'était avant que Georges ne passât le voir.

Georges considéra les souffrances de son élève, émit un claquement de langue et envoya sur-le-champ un domestique quérir du champagne et un pâté. Ils déjeunèrent sur le lit, sans s'embarrasser autrement, Senka allongé, l'étudiant assis. Le pâté fut tartiné sur du pain blanc, et le vin absorbé au goulot.

Chacun s'en trouva soulagé.

— Maintenant, cours de langue ! Et à l'heure du déjeuner nous irons affermir nos connaissances dans un restaurant français, dit Georges en se pourléchant les babines.

Ce n'est rien, pensa Senka encore tout ramolli. La tête a peur, mais le corps agit. L'être humain s'accoutume à tout. On peut, on peut s'accommoder d'être riche.

Troisième histoire. Qui parle de Vania, le petit frère

Ces deux grands rêves étaient plaisants à caresser : imaginer comment il allait s'y prendre pour décrocher tout cela, l'amour et une fortune incommensurable. Cependant, même à l'heure présente, quand sa richesse n'était encore que bien modeste, il était un autre rêve immédiatement accessible, qui peu de temps auparavant semblait irréalisable : apparaître en toute sa splendeur devant son petit frère Vania.

Bien entendu, il ne pouvait pas débarquer comme ça à l'improviste, sans préparation : « Bien le bonjour, je suis votre frère aîné, je suis fringué comme un seigneur, mais je sors du fin fond des bas-fonds et je ne cause pas un mot de cultivé. » Et si Vania ne manifestait que mépris pour l'ignare ?

Toutefois, avec un môme, il pouvait encore s'en tirer sans beaucoup de science.

Dès le premier jour, il avait passé un accord avec Georges : celui-ci devrait corriger toutes ses fautes de langage au cours de la conversation. Pour motiver l'étudiant, une récompense lui avait été promise : cinq kopecks par faute relevée.

L'autre, du coup, n'avait pas ménagé sa peine. Il l'arrêtait presque à chaque mot : « Non, Semion Trifonytch, on ne s'exprime pas ainsi en bonne société : on ne dit pas un *courroir*, mais un *couloir.* » Et hop ! une croix sur une feuille spécialement réservée à cet effet. Ensuite, au cours d'une leçon d'arithmétique, Skorik avait lui-même multiplié le nombre de ces croix par cinq. Le 1er septembre 1900, il en avait pour dix roubles et soixante-quinze kopecks, et encore parce qu'il se montrait chiche en paroles superflues. Il commençait comme on dit dans les livres : « Quant à moi, il m'est avis que... », et aussitôt il la refermait.

Skorik gémit à l'énoncé d'une telle somme et exigea de descendre de cinq à un kopeck.

Le 2 septembre, il douilla, ou plutôt il *régla la somme de* quatre roubles trente-cinq kopecks.

Le 3 septembre, il en était à trois vingt.

Le 4, il commençait à prendre le pli pour ce qui était du boniment, autrement dit il *maîtrisait un peu mieux le beau langage*, en sorte qu'il s'en tira pour seulement quatre-vingt-dix kopecks.

A ce moment, Senka décida que cela suffirait pour Vania. Il était à présent capable d'*exposer élégamment ses pensées* durant cinq minutes d'affilée, et même dix, *avec la plus parfaite aisance* – Dieu ne s'était pas fichu de lui, question mémoire.

L'*étiquette du grand monde* réclamait qu'il *adressât* tout d'abord au juge Kouvchinnikov une lettre par la poste : patati, patata, je désirerais rendre visite à Votre Grâce aux fins d'une entrevue avec mon frère chéri Vania. Mais le lait chauffait !

Le matin, à la première heure, Senka se rendit chez le *dentiste* pour se faire mettre une dent en or, tandis qu'il dépêchait Georges à Tioply Stan, avec mission d'avertir qu'à midi, *s'il agréait à Sa Grâce*, Semion Trifonovitch Skorikov, *négociant solvable*, se présenterait chez elle en personne pour une manière de *visite à titre familial*. Georges revêtit son uniforme d'étudiant, récupéra sa casquette laissée en gage au mont-de-piété, loua un fiacre et s'en fut.

Senka *se sentait en proie à une terrible nervosité* (pour dire qu'il pétochait comme un malade). Et si le juge disait : comment se fait-il, nom de Dieu, que mon fils adoptif ait un frangin aussi cloche ? !

Mais ce n'était rien, ça allait passer. Georges revint, la mine grave, et annonça que Senka était attendu pour trois heures. Pas pour le déjeuner, par conséquent, en déduisit Senka, mais il n'en fut nullement fâché, au contraire il s'en réjouit plutôt, car il ne savait pas encore bien se servir des couteaux de table ni distinguer les fourchettes à viande de celles à poisson et à salade.

Il était écrit dans le livre : « Lors d'une visite à des enfants, l'on doit absolument offrir des confiseries dans une bonbonnière. » Aussi bien Senka n'avait pas mégoté, autrement dit ne s'était pas montré avare : il avait acheté rue des Bouchers, chez Perlov, la plus chouette boîte de chocolats, une boîte en métal en forme de petit cheval bossu, comme celui du conte[1].

1. *Le Petit Cheval bossu* : célèbre conte en vers publié en 1834 par le poète Piotr Pavlovitch Erchov (1815-1869).

Il avait loué pour cinq roubles une calèche en bois laqué, mais il était si nerveux qu'il se mit en route bien plus tôt qu'il n'était besoin et entama le chemin à pied tandis que la voiture le suivait.

Il s'appliquait à marcher, comme il était prescrit dans son manuel : « Il est facile de reconnaître dans la rue l'homme bien élevé et raffiné. Sa démarche est toujours égale et mesurée, son pas assuré. Il va tout droit, sans se retourner, ne s'arrête que de temps à autre devant une vitrine, juste un bref instant, et reste ordinairement sur le côté droit de la rue, sans regarder ni en haut ni en bas, mais devant lui, le regard posé à plusieurs pas de distance. »

Il remonta ainsi la rue des Bouchers, traversa la place de la Loubianka, puis enfila la rue du Théâtre. Et quand il sentit son cou s'ankyloser à force de vision rectiligne, il monta dans la calèche.

Il roula lentement jusqu'aux pommeraies de Konkovo, mais juste avant Tioply Stan, il demanda au cocher de forcer l'allure, afin que leur arrivée devant la demeure du juge ne manquât pas de panache, de brio, de *chic*.

Son entrée dans la maison fut exemplaire : il dit *bonne jour* en français et s'inclina sobrement.

Le juge Kouvchinnikov lui répondit : « Bien le bonjour, Semion Skorikov », et l'invita à prendre place dans un fauteuil.

Senka s'assit bien poliment, avec modestie. Comme il est d'usage au début d'une visite, il ôta seulement son gant droit et posa son chapeau par terre, sans serviette par-dessous. Et ce n'est qu'ensuite, une fois tous ces gestes accomplis avec succès, qu'il regarda vraiment le juge.

Hippolyte Ivanovitch avait tout de même un peu vieilli, de près c'était évident. Ses moustaches en fer à cheval avaient blanchi. Ses cheveux, qu'il portait longs, au-dessous des oreilles, étaient également moins poivre que sel. Mais ses yeux, quant à eux, n'avaient pas changé : ils étaient toujours aussi noirs et inquisiteurs.

Du juge Kouvchinnikov, le défunt papa de Skorik disait qu'on n'eût pas trouvé au monde d'homme plus intelligent que lui, et c'est pourquoi, après avoir plongé le regard dans les yeux sévères d'Hippolyte Ivanovitch, Senka décida de laisser tomber l'étiquette mondaine pour s'en tenir à cette vraie courtoisie que ne lui avaient apprise ni Georges ni son manuel de savoir-vivre, mais certaine autre personne, dont l'histoire sera rapportée plus loin – on ne saurait tout raconter en vrac.

Cette personne disait que la vraie courtoisie ne se résumait pas à débiter des paroles convenues, mais consistait avant tout à manifester un respect sincère : tout être humain devait être l'objet du plus grand respect qu'il fût possible, tant qu'il n'avait pas montré qu'il en était indigne.

Senka avait longuement médité sur cette idée pour le moins insolite et avait fini par se l'expliquer de la manière suivante : mieux valait, si l'on veut, flatter un mauvais qu'offenser un bon.

Aussi s'abstint-il de tenir au juge des propos mondains sur l'agréable fraîcheur de la saison, mais il déclara en toute honnêté, en s'inclinant :

— Je vous remercie d'élever mon frère orphelin comme un fils et de faire en sorte qu'il ne manque de rien. Mais de cela Jésus-Christ vous en sera, encore plus que moi, reconnaissant.

Le juge s'inclina lui aussi légèrement et répondit qu'il n'avait pas à être remercié, qu'en leurs vieux jours Vania ne leur apportait, à son épouse et lui, que bonheur et satisfaction. Qu'il était un petit garçon très vif, au cœur tendre, et montrait de grandes capacités.

Bien. Il y eut un silence.

Senka se creusait la cervelle pour trouver le moyen d'orienter la conversation sur le sujet qui l'occupait : lui serait-il permis, oui ou non, de voir son frère ? Il était si concentré sur la question qu'il se laissa aller à renifler, pour se ressouvenir aussitôt que « l'aspiration bruyante de sécrétions nasales était, en société, absolument inadmissible » ; il s'empressa donc de tirer son mouchoir et se moucha.

Le juge déclara tout à trac :

— Ton ami, qui est passé ce matin, t'a qualifié de « négociant solvable »...

Skorik se redressa avec fierté, mais pas bien longtemps, car Hippolyte Ivanovitch poursuivait déjà comme ceci :

— Quels gains te permettent d'avoir cette luxueuse voiture, cet habit et ce haut-de-forme ? J'entretiens, vois-tu, une correspondance avec ton tuteur, Zot Larionovitch Pouzyriov. Je continue depuis toutes ces années à lui verser cent roubles chaque trimestre pour ton entretien, et je reçois de lui des comptes rendus. Pouzyriov m'a écrit que tu avais refusé d'aller au lycée, que tu étais de caractère insociable et ingrat, que tu fréquentais toutes sortes de voyous, et dans sa dernière lettre, il m'informait que tu étais même devenu carrément un voleur et un bandit.

Sous le coup de la surprise, Senka sauta sur ses pieds et s'écria – sottement, bien sûr, il eût mieux fait de se taire :

— Moi, un voleur ? Et il m'a attrapé ?

— Quand on t'attrapera, Senka, il sera trop tard.

— Moi, j'ai refusé d'aller au lycée ?! Et il touchait cent roubles pour mon entretien ? !

Senka suffoquait. Ah, quel salopard, cet oncle Zot ! Ce n'était rien de lui briser sa vitrine, c'était à toute sa satanée maison qu'il aurait dû fiche le feu !

— Alors, d'où te vient cette fortune ? demanda le juge. Je dois le savoir avant de te laisser aller auprès de Vania. Peut-être ce frac, que tu portes, est-il tissé de sang et cousu de larmes.

— Absolument pas. J'ai trouvé un trésor, un trésor ancien, bougonna Senka bien conscient que personne ne pourrait jamais croire chose pareille.

Arriver avec chic, offrir des bonbons à son frère, tu parles ! Papa avait raison : le juge était malin.

Cependant Kouvchinnikov se révéla encore plus malin que ça. Il ne claqua pas des lèvres d'un air incrédule, il ne hocha pas la tête. Il demanda calmement :

— Quel genre de trésor ? Et qui sort d'où ?

— Qui sort d'où, qui sort d'où... des caves de la Khitrovka, répondit Senka d'une voix maussade. J'ai trouvé làbas des espèces de barres d'argent, marquées d'un poinçon. Il y en avait cinq. Elles valent beaucoup d'argent.

— Un poinçon, dis-tu ? Lequel ?

— Comment je le saurais ?... Trois lettres : « IA » et « M ».

Le juge considéra longuement Senka sans rien dire. Puis il se leva.

— Allons dans ma bibliothèque.

C'était une pièce entièrement tapissée de livres du sol au plafond. Il y avait là sans doute plus de bouquins que Senka n'en avait vu au cours de sa vie entière.

Kouvchinnikov grimpa sur un escabeau et tira un gros volume d'une étagère. Toujours perché là-haut, il entreprit de le feuilleter.

— Eh, eh ! fit-il.

Il regarda Senka par-dessus ses lunettes et demanda :

— « IA. M. », hein ? Et où l'as-tu trouvé, ce trésor ? Ce ne serait pas dans le quartier des Orfèvres, par hasard ?

— Non. A la Khitrovka, je vous dis, je vous le jure sur la Croix, se défendit Skorik.

Hippolyte Ivanovitch descendit promptement de son perchoir, posa le livre sur une table et s'approcha d'une gravure accrochée au mur – une gravure rudement bizarre, qui rappelait à Senka le dessin de découpe d'une carcasse de porc qu'il avait vu un jour dans une boucherie allemande.

— Regarde. C'est une carte de Moscou. Voici la Khitrovka, et voilà les Orfèvres, la rue et le quai. D'un quartier à l'autre, il n'y a qu'un pas.

Senka s'approcha à son tour et leva les yeux. A tout hasard, il répondit :

— Oui, c'est sûr.

Le juge, cependant, ne faisait même plus attention à lui, il marmonnait tout seul dans sa barbe :

— Mais oui, c'est évident ! Au XVIIe siècle s'étendait là le village des Orfèvres, où vivaient les maîtres artisans employés à l'Hôtel de la Monnaie de la Iaouza... A quoi ressemblent les barres que tu as trouvées ? A ceci ?

Il entraîna Senka vers la table où était posé le livre. Là, sur une image, Senka découvrit un objet en tout point semblable à ceux qu'il avait vendus au joaillier. Et en gros plan, sur la section du bout, les deux lettres « HM ».

— « HM », c'est pour « Hôtel de la Monnaie », expliqua Kouvchinnikov. On disait encore Monnaie neuve, ou Monnaie anglaise. Dans l'ancien temps, la Russie disposait de très peu d'argent métal, c'est pourquoi on achetait de grosses quantités de pièces de monnaie européennes, des joachimthalers, ou *efimki* en russe. (Senka, à l'évocation de ce nom déjà familier, hocha à nouveau la tête, mais cette fois-ci en toute connaissance de cause.) Les thalers étaient fondus en barres d'argent comme celle-ci, lesquelles étaient ensuite étirées, puis découpées en morceaux qui, aplatis et frappés, donnaient les fameux kopecks surnommés « écailles ». Des kopecks de cette sorte, il nous en est parvenu beaucoup, des thalers encore plus, mais des barres d'argent servant à leur fabrication, bien entendu, il n'en est resté aucune, elles ont toutes été utilisées et transformées.

— Mais celle-ci alors ? demanda Skorik en montrant l'image.

— Bravo ! le félicita le juge. Tu as l'esprit vif. C'est juste, Senka. Une seule et unique barre est parvenue jusqu'à nous, fondue à la Monnaie neuve.

Senka réfléchit un instant.

— Mais ces orfèvres, pourquoi ils ont balancé les ébauches que j'ai trouvées, pourquoi ils ne s'en sont pas servi pour frapper des pièces ?

Kouvchinnikov écarta les mains :

— Ça, mystère ! (Son regard à présent n'était plus inquisiteur, ni ses paupières mi-closes, ses yeux étaient grands ouverts et brillaient comme si le juge éprouvait un vif étonnement, ou une forte joie.) Quoique après tout l'énigme ne soit pas si grande, si l'on y réfléchit un peu. Les vols étaient très fréquents au XVIIe siècle, bien plus encore qu'aujourd'hui. Ainsi, tiens, il est écrit dans l'encyclopédie... (Il promena son doigt sur les lignes :) « Pour l'argent dit "brûlé", les maîtres artisans étaient fouettés impitoyablement, à certains même on arrachait les narines, et cependant ils n'étaient pas relevés de leur tâche, car on manquait d'orfèvres. » Apparemment, ils n'étaient pas assez fouettés, puisque l'un d'eux s'était constitué une réserve secrète d'« argent brûlé ». Ou peut-être n'était-ce pas les artisans qu'on aurait dû corriger, mais les clercs.

Le juge poursuivit sa lecture pour lui-même. Soudain il émit un sifflement. Senka en fut étonné : un homme pareil, et il siffle !

— Senka, pour quelle somme as-tu vendu tes barres ?

Skorik ne chercha pas à mentir. Kouvchinnikov était lui-même riche, il ne lui porterait pas envie.

— Quatre cents roubles chacune.

— Eh bien là, il est écrit que cette barre, représentée sur la page, a été acquise il y a cinquante ans, lors d'une vente aux enchères à Londres, par un collectionneur numismate, pour la somme de sept cents livres sterling. Cela représente sept mille roubles au cours d'aujourd'hui, peut-être même davantage.

Skorik en resta bouche bée. Ah, sacré Achot Achotytch, ah, vermine !

— Tu vois, Senka, si tu avais remis ton trésor à l'Etat...

— Et en quel honneur je lui aurais remis ? s'emporta le garçon, peinant encore à se remettre de la perfidie du joaillier.

— Le fait est, vois-tu, que cet argent a été volé au gouvernement. Même si c'était il y a deux cents ans, l'Etat russe, lui, est toujours le même. Or quand un trésor est restitué aux autorités, conformément à la loi, son inventeur a droit au tiers de sa valeur. Par conséquent, pour tes cinq barres d'argent, ce n'est pas deux mille roubles que tu aurais touchés, mais bien davantage. En outre, tu aurais ainsi prouvé que tu étais un honnête sujet, soucieux de soutenir sa patrie.

Senka faillit répondre que la chose était réparable, mais il retint sa langue à temps. Il devait d'abord solidement potasser la question, il verrait ensuite s'il pouvait bavarder. Ce Kouvchinnikov était un sacré futé, il cherchait à tout savoir d'un coup.

Au reste, le juge observait Skorik d'un œil rusé, insistant.

— Très bien, dit-il. Réfléchis à qui tu irais porter ces barres d'argent si par hasard tu en découvrais d'autres : à ton revendeur ou au Trésor impérial. Si tu décides d'observer la loi, je t'indiquerai comment t'y prendre et à qui t'adresser. Les journaux parleront de ton patriotisme.

— De mon quoi ?

— Du fait que tu n'aimes pas seulement ton ventre, mais aussi ta patrie, voilà de quoi.

En ce qui concernait la patrie, Senka n'était pas bien sûr de lui. Où était-elle, sa patrie ? Etait-ce la Soukharevka ou bien la Khitrovka ? Et pourquoi aurait-il dû les aimer, ces pouilleux ?

Mais Kouvchinnikov encore une fois le surprit. Il soupira :

— Bon, si je comprends bien, Zot m'a menti en ce qui concerne le lycée ? Et menti également sur le reste, j'imagine... Très bien, il m'en répondra.

Et tout à coup il se rembrunit et courba sa tête grise.

— Pardonne-moi, Senka, dit-il, d'avoir voulu racheter ma conscience pour cent malheureux roubles. J'aurais dû aller au moins une fois vérifier moi-même comment tu étais traité là-bas. Quand ton père est mort, je voulais, vois-tu, vous prendre tous les deux, mais Pouzyriov a terriblement insisté pour te garder : c'est mon neveu, disait-il, le sang et la chair de ma sœur. Or, visiblement, il n'en avait qu'après l'argent.

A ce moment, Senka oublia soudain ses grands rêves de fortune pour laisser sa pensée dériver dans une tout autre direction : comment sa vie aurait-elle tourné si, au lieu de tomber entre les pattes de Zot Larionovitch, il avait été recueilli par le juge Kouvchinnikov ?

Mais où allait-il comme ça ? A quoi bon se faire du mal pour rien... ?

Il demanda, maussade :

— Vous ne me laisserez pas voir Vania ?

Le juge ne répondit pas tout de suite.

— Eh quoi ! Tu m'as parlé honnêtement, et tu me parais être un bon garçon. Vous allez vous voir. Pourquoi vous en empêcherais-je ? Vania vient juste de terminer sa leçon de français. Rejoins-le donc dans sa chambre. La bonne va t'y conduire.

Et quant à la réaction de son petit frère, Senka avait bien tort de se faire du mouron.

Quand on eut dit à l'enfant que son frère aîné était là, il courut à sa rencontre et lui sauta au cou.

— Ah, je le savais ! C'est moi, c'est moi qui lui ai écrit une lettre ! Senka, tu es exactement comme je t'imaginais. (Il se corrigea :) Pas comme je t'imaginais, mais comme dans mon souvenir. Tu n'as pas du tout changé. Tu as même toujours la même cravate !

Il s'y entendait pour mentir, le chenapan.

Skorik lui donna la bonbonnière, et puis d'autres cadeaux : une paire de jumelles et un canif – le sien, celui avec la lime à ongles. Vania, bien entendu, oublia sur-le-champ la présence de son frère, trop occupé qu'il était à sortir et replier les lames, mais ça n'avait pas d'importance : on ne peut pas en demander trop à un mioche.

Senka prit congé du juge sur une poignée de main, non sans avoir promis de revenir dans deux ou trois jours.

Il fit le chemin du retour à pied, presque jusqu'à la barrière de Kalouga : il avait besoin de cogiter sérieusement.

Sept mille roubles la barre d'argent ! Si le prix ne baissait pas, une seule suffisait à bâfrer comme un prince pendant un an.

Il fallait qu'il se creuse les méninges, qu'il travaille rudement du bulbe.

Comme le lui avait enseigné la personne déjà évoquée plus haut : « Qui léfléchit peu velse beaucoup de lalmes. »

Quatrième histoire. Qui parle du Japonais Massa

Cela pour dire : « Qui réfléchit peu verse beaucoup de larmes. » Ladite personne ne savait pas prononcer le r russe, parce que cette lettre n'était pas en usage dans leur parler. Ils se débrouillaient sans, ils arrivaient à s'en passer.

Il est temps, par conséquent, de parler du second professeur de Senka, professeur qu'il n'avait pas embauché mais qui s'était bel et bien imposé tout seul.

Les choses s'étaient passées ainsi.

Le jour même où Skorik, après sa soirée au théâtre puis au bordel, avait au matin soigné sa gueule de bois au champagne et au pâté, il avait reçu une visite inattendue.

On avait frappé à sa porte, tout doucement, poliment. La propriétaire, avait pensé Senka.

Il ouvre : c'était le Japonais de la veille.

Senka fut pris d'une terreur panique. C'était sûr, il venait le tabasser : tu croyais pouvoir décamper sans avoir douillé pour ton barbotage ?

Le Japonais le salue et lui demande :

— Poulquoi tu tlembles ?

Senka lui répondit honnêtement :

— Je tremble parce que j'ai peur pour ma vie. J'ai peur que vous ayez décidé de me supprimer, m'sieur.

L'autre s'étonna :

— Quoi, Senka-*koun*, tu as peul de la molt ?

— Qui n'en a pas peur ? répondit Senka en reculant vers la fenêtre, affolé par la menace que contenait la question.

Une idée lui traversa l'esprit : et s'il sautait par la fenêtre ? C'était joliment haut, autrement il l'aurait déjà fait.

Affectant un étonnement encore plus grand, le Japonais en rajouta pour achever de le terroriser :

— Mais poulquoi la ledouter ? Tu n'as tout de même pas peul de dolmil la nuit ?

L'allusion était si funeste que Senka cessa de penser au danger que représentait la hauteur. Il battit en retraite jusqu'à la fenêtre dont il ouvrit le battant en grand, comme s'il avait trop chaud. A présent, si l'on tentait de le tuer, d'un bond il pourrait grimper sur le rebord.

— De dormir, non, dit-il, on sait qu'on va se réveiller le lendemain.

— Mais aplès la molt aussi on se léveille. Si tu as bien vécu, tu te léveilles bien.

Voilà qu'il s'était trouvé un pope maintenant ! Il fallait qu'un mécréant vienne prêcher à un chrétien le paradis et la résurection !

La proximité de la fenêtre rendit à Skorik un peu de son audace.

— Comment que vous m'avez retrouvé, d'abord ? demanda-t-il. Vous connaissez une formule magique ou quoi ?

— Oui, dz'en connais une. « Louble », ça s'appelle. Dz'ai donné un louble à un galçon, il a coulu dellièle toi.

— Quel garçon ? demanda Senka, interloqué.

Massa plaça la main à une aune au-dessus du plancher :

— Tlès ptit. Molveux. Mais qui coult tlès vite.

Le Japonais inspecta la chambre du regard et hocha la tête d'un air approbateur.

— Blavo, Senka-*koun*, tu as bien fait d'installer toi ici. C'est tout plès du passage Asseoulov.

Il parle du passage Achtcheoulov, où Eraste Pétrovitch et lui ont leur carrée, devina Senka. En effet, ce n'était pas loin.

— Qu'est-ce que vous voulez de moi ? Je vous ai rendu le collier, non ? geignit-il.

— Le maîtle l'a oldonné, expliqua Massa d'un ton sévère et même solennel, puis soudain il soupira : Et il y a aussi, Senka-*koun*, que tu me lessembles. Moi aussi dz'étais comme toi autlefois, moi aussi dz'étais petit bandit. Si je n'avais pas lencontlé le maîtle, je selais devenu gland bandit. Il est mon plofesseul. Et moi, dze selai ton plofesseul aussi.

— J'en ai déjà un, de professeur, grommela Skorik, qui ne craignait déjà plus tant de se faire massacrer…

— Il t'apprend quoi ? demanda vivement Massa.

En réalité, il demanda plutôt quelque chose comme : « Ytaplokwa ? », mais Senka était déjà capable de décrypter son parler bizarre et ne peinait plus guère à le comprendre.

— Ben, les bonnes manières, tout ça…

Le courtaud s'en réjouit au plus haut point. C'était l'essentiel, lui dit-il. Et de lui expliquer ce qu'était la vraie courtoisie, qui découle d'un respect sincère pour tout être humain.

Au beau milieu de son discours, une mouche vint bourdonner au-dessus de la tête de Senka. Celui-ci avait beau la chasser, cette entêtée, elle revenait toujours. Le Japonais esquissa un bond, lança la main en l'air et captura l'insecte dans son poing.

Sidéré par une telle vivacité, Skorik lâcha un cri perçant, s'accroupit et se couvrit la tête des deux mains, convaincu que l'autre à présent allait le battre.

Massa considéra le garçon recroquevillé par terre :

— Qu'est-ce qui te prend ?

— J'ai eu peur que vous me frappiez.

— Pourquoi ?

Senka lui répondit dans un sanglot :

— N'importe qui peut s'en prendre à un orphelin.

Le Japonais leva un doigt en l'air d'un air doctoral : il faut, dit-il, savoir se défendre. Surtout si on est orphelin.

— Comment ça, « savoir » ?

L'autre éclata de rire. Et qui a dit qu'il n'avait pas besoin de professeur ? Veux-tu que je t'apprenne comment te défendre ?

Skorik se rappela la manière dont l'Asiate se servait de ses mains et de ses pieds, et eut envie d'être capable de faire de même.

— Ouais, ça serait pas mal... Mais ça doit être dur, non, de cogner avec autant d'agilité ?

Massa s'approcha de la fenêtre et rendit sa liberté à la mouche.

Non, répondit-il, cogner, ce n'est pas difficile. Ce qui est difficile, c'est de connaître la Voie.

Senka, en réalité, mit du temps à comprendre que le mot « Voie » était prononcé, pour ainsi dire, avec une majuscule, sur le moment il ne pigea pas.

— Hein ? fit-il. Connaître quoi ?

Massa entreprit alors de lui expliquer ce qu'était la Voie. La vie, lui dit-il, était comme un chemin menant de la naissance à la mort, et ce chemin demandait à être parcouru correctement, autrement on finissait toujours par arriver, sans doute, car il n'était pas d'autre issue, seulement ensuite on ne devait pas aller se plaindre. Si l'on parcourait ce chemin à la manière d'une mouche, on était condamné à être mouche lors de sa vie suivante, comme celle-ci qu'on entendait bourdonner. Si l'on rampait à plat ventre dans la poussière comme un serpent, on était sûr de renaître serpent.

Senka pensa sur le moment qu'il disait cela à titre d'image, pour illustrer son propos. Il ignorait encore que Massa parlait des mouches et des vipères avec le plus grand sérieux.

— Mais quelle est la bonne façon de suivre la Voie ? demanda-t-il.

Il apprit alors que la bonne façon, c'était de se faire violence.

En tout premier lieu, dès qu'on ouvrait les yeux le matin, il fallait se dire : « Aujourd'hui, la mort m'attend », et ne pas s'en effrayer. Et y penser constamment, à la mort. Car personne, n'est-ce pas ? ne savait quand son chemin allait finir, aussi devait-on toujours se tenir prêt.

Senka ferma très fort les paupières, prononça les mots magiques et ne ressentit aucune frayeur, car il vit paraître devant lui la Mort, belle à en mourir justement. Pourquoi avoir peur, si c'était elle qui vous attendait ?

Mais ensuite, ça allait de mal en pis.

Il était défendu de mentir, défendu de rester oisif, défendu de dormir sur un édredon moelleux (de manière générale il n'était pas question de se prélasser), mais on devait en revanche user de tous les moyens possibles pour se tourmenter, se mettre à l'épreuve, s'endurcir et se mener la vie dure.

Senka écouta, écouta, et ne se sentit pas trop désireux de souffrir pareil martyre. Il avait déjà bien assez crevé la faim et la misère, et commençait juste à s'accoutumer au parfum de la vraie vie.

— Et on ne peut pas faire plus simple, sans la Voie, je veux dire ? Pour juste savoir se bagarrer ?

La question parut plonger Massa dans un grand désarroi. Il secoua la tête. On peut, bien sûr, dit-il, mais alors tu ne vaincras jamais le tigre, seulement le chacal.

— Ça ne fait rien, le chacal me suffit, déclara Skorik. Le tigre, je pourrai toujours l'éviter en passant à l'écart, j'ai de bonnes jambes, elles ne vont pas se détacher.

Le Japonais afficha une mine encore plus désolée. Je vois, déclara-t-il, tu as l'âme paresseuse, le démon est avec toi. Ote ta veste, tu vas recevoir ta première leçon.

Et il entreprit de lui enseigner comment tomber correctement quand on prenait un coup violent en pleine figure.

Senka assimila très vite cette science : il chutait à la perfection, culbutait en l'air et retombait sur ses pieds, mais lui-même guettait constamment le moment où Massa lui demanderait d'où le purotin, le claque-dent de la Khitrovka, avait tiré sa fortune.

Mais non, le Japonais ne posa aucune question.

Avant de s'en aller, cependant, il lui dit :

— Le maître demande si tu n'as rien, Senka-*koun*, à lui raconter. Non ? Alors *sayonara*.

Ce qui chez eux veut dire « à la revoyure ».

Et il prit l'habitude de venir à la pension, chaque jour sans exception.

Quand Senka descendait pour le petit déjeuner, Massa était déjà installé à côté du samovar, tout rouge d'avoir bu trop de thé, tandis que la propriétaire lui resservait de la confiture. La sévère Mme Borissenko semblait tout attendrie devant lui, elle en avait les joues toutes roses. Comment s'y était-il donc pris pour la séduire ?

Ensuite commençait la leçon de gymnastique japonaise. A dire vrai, Massa passait plus de temps à user de la salive qu'à enseigner pour de bon. Visiblement, il avait malgré tout formé le projet, le rusé Asiate, d'entraîner Skorik sur sa fameuse Voie.

Par exemple, il apprenait à Senka à sauter du haut du toit de la remise. Senka grimpait sur la toiture, mais se trouvait incapable de sauter, tant il avait peur. Ça faisait tout de même deux toises de haut ! Il allait se briser les jambes.

Massa se tient immobile à côté, il le sermonne. C'est la peur qui te gêne, dit-il. Chasse-la, elle est sans utilité pour l'homme. Elle ne fait qu'empêcher la tête et le corps d'effectuer leur travail. Tu sais bien comment sauter, je te l'ai montré et expliqué. Alors n'aie aucune crainte, ta tête et ton corps feront tout d'eux-mêmes si la peur n'est pas là pour les gêner.

Facile à dire !

— Quoi, *senseï*, il n'y a absolument rien au monde dont vous ayez peur ? (C'était ainsi qu'il fallait l'appeler, *senseï*. Ça voulait dire « professeur ».) Je croyais, moi, que ça n'existait pas, les gens qui ne connaissent jamais la peur.

C'était rare, avait répondu l'autre, mais ça existait. Le maître, par exemple, n'avait peur de rien. Lui, en revanche, redoutait terriblement une chose, une seule.

A ces mots, Senka se sentit un peu soulagé.

— Quoi donc ? Les revenants ?

Non, dit Massa. J'ai peur un jour de décevoir, de trahir la confiance que m'aura accordée le maître ou une autre bonne personne. Par sottise personnelle, ou à cause de circonstances qui m'échappent. C'est affreux comme j'en ai peur. La sottise, ce n'est rien encore, elle passe avec les ans. Mais les circonstances, seul Butsu en est le maître.

— Qui ça ? demanda Skorik.

Massa pointa le doigt en l'air :

— Butsu.

— Ah ! Jésus-Christ.

Le Japonais hocha la tête. C'est pourquoi, poursuivit-il, je lui adresse chaque jour une prière. Comme ceci.

Il plissa les paupières, joignit les mains et nasilla quelques mots qu'ensuite il traduisit lui-même en ces termes : « J'espère en Butsu, mais je ferai pour ma part tout ce qu'il m'est possible. » Telle était la prière des Japonais.

Senka pouffa :

— Des Japonais, tu parles ! Je la savais déjà. Aide-toi, le ciel t'aidera.

Une fois encore, par la suite, ils reparlèrent métaphysique.

Les mouches étaient de plus en plus nombreuses dans la chambre de Senka. Elle étaient à l'évidence attirées par les miettes – il adorait s'empiffrer de pâtisseries et de brioches.

Massa n'aimait pas les mouches. Il les capturait, comme un chat, d'un coup de patte, mais pour rien au monde il n'en eût écrasé une. Chaque fois, il allait à la fenêtre et relâchait l'insecte.

Skorik lui demanda un jour :

— Pourquoi, *senseï*, faites-vous tant de cérémonies avec elles ? Vous pourriez les aplatir d'une seule claque, et tout serait dit.

L'autre lui répondit alors qu'on ne devait tuer personne, si on pouvait l'éviter.

— Même une mouche ?

Quelle différence ? répliqua Massa. Une âme est une âme. Aujourd'hui c'est une mouche, mais si elle se conduit bien dans sa vie de mouche, peut-être renaîtra-t-elle sous la forme d'un être humain. Comme toi, par exemple.

Senka se sentit vexé :

— Pourquoi ça, comme moi ? Pourquoi pas comme vous ?

A cette objection, Massa répliqua que s'il continuait d'être insolent avec son professeur, il était sûr de devenir une mouche après sa mort. « Bien, maintenant, tâche d'esquiver », ajouta-t-il, sur quoi il lui allongea un coup en pleine figure – allez donc esquiver ça ! Senka en eut les oreilles qui tintèrent.

Ainsi s'initiait-il également à la sagesse japonaise.

Et chaque fois, à la fin, son bizarre professeur lui posait la même question : n'avait-il rien, vraiment, à transmettre au maître ?

Senka battait des paupières et gardait le silence. Il ne parvenait pas à saisir ce qu'on attendait de lui. Qu'il parle du trésor ? Ou bien d'autre chose ?

Massa, cela dit, se gardait d'insister. Il attendait trente secondes, saluait d'un signe de tête, prononçait son *sayonara* puis s'en allait regagner ses pénates.

Les jours filaient à toute allure. Leçon de gymnastique, leçon de grammaire, leçon d'arithmétique, cours de langue, suivi d'une révision des connaissances acquises dans un restaurant français, puis promenade dans les magasins, de nouveau leçon, de bonnes manières cette fois-ci, avec Georges, et il était déjà temps de dîner et de s'attaquer aux travaux pratiques. Georges nommait « travaux pratiques » leurs expéditions à l'opéra bouffe, à la salle de bal, au bordel et autres lieux de réunion mondains.

Le matin, Senka roupillait jusqu'à une heure assez tardive. Il se levait, faisait un brin de toilette, et voilà Massa qui arrivait. C'était reparti pour un tour, un vrai écureuil dans sa roue !

Deux ou trois fois, au lieu de travaux pratiques, Senka était allé faire un tour à la Khitrovka, pour voir

Tachka – à la nuit tombée, et bien entendu pas en costume-redingote, mais vêtu de ses oripeaux d'avant. En *apache*, comme disait Georges.

Voici comment il procédait.

Place Troubnaïa, il louait un fiacre dont le cocher lui paraissait sobre et posé, et qui surtout affichait une plaque avec un numéro. Il se rendait ainsi place de la Loubianka. Il se changeait alors dans la voiture après avoir pris soin de bien rabattre la capote.

Une fois métamorphosé de négociant en apache, il descendait en demandant au cocher de l'attendre. Ce n'était pas pour celui-ci une mauvaise affaire : il n'avait qu'à rester là assis, payé un rouble de l'heure pour dormir. Avec une condition seulement : il ne devait quitter son siège sous aucun prétexte, autrement on eût tôt fait de faucher les vêtements qu'il laissait sur la banquette.

Obstinée, Tachka refusait d'accepter l'argent que Senka lui offrait, quelle que fût la somme. Et ne voulait pas davantage abandonner ses activités d'arpenteuse, parce qu'elle était fière. « Quelle fille, disait-elle, prend l'argent d'un homme juste comme ça et pas pour se payer de son boulot ? C'est ou bien sa poule, ou bien sa régulière. Je peux pas devenir ta poule, puisque nous sommes camarades, toi et moi. Et je suis pas non plus d'accord pour être ta régulière, à cause que je suis plombée (ce n'était pas que Senka lui eût proposé le conjungo, Tachka avait imaginé toute seule cette éventualité). Je gagnerai toute seule ce que j'ai besoin. Et si j'ai pas assez, alors, oui, tu m'aideras, en tant que camarade. »

Cependant les récits que lui faisait Senka de sa nouvelle vie mondaine avaient titillé son ambition, ou pour mieux dire son amour-propre. Elle avait eu envie elle aussi de progresser dans sa carrière, de s'élever du rang de mamzelle des rues à l'état de « collégienne », d'autant plus qu'elle en avait tout à fait l'âge.

Les collégiennes ne faisaient pas le trottoir, c'était une rabatteuse qui leur procurait les clients. Leur turbin était incomparablement moins pénible et plus lucratif que celui des pierreuses.

La première chose à faire était d'acheter une robe de collégienne, ainsi qu'une pèlerine, mais Tachka avait mis assez de côté pour ça.

Elle connaissait aussi une rabatteuse. Une honnête femme, sur laquelle on pouvait compter, et qui ne prenait pas plus d'un tiers des gains pour fournir des clients. Or des clients amateurs de collégiennes, il y en avait plus que plein. Des hommes sérieux, dans la force de l'âge, qui avaient de l'argent.

Une seule difficulté se présentait, la même que pour Senka : elle manquait d'éducation et était incapable de soutenir une conversation *de bon ton*. Or le client, il avait besoin de croire qu'on lui avait amené une vraie collégienne, et pas une mamzelle travestie.

C'est pourquoi Tachka s'était mise à son tour à apprendre des mots français et toutes sortes d'expressions élégantes. Elle s'était rédigé une histoire de sa vie qu'elle avait entrepris de raconter à Senka. Pour le moment, elle n'en savait pas encore par cœur tous les termes, et elle devait jeter de temps à autre un coup d'œil sur sa feuille. Quand elle était en quatrième, un inspecteur l'avait dévoyée, avait cueilli la fleur de son innocence et lui avait appris des tas de trucs compliqués, alors maintenant, en cachette de sa *maman* et de son *papan*, elle gagnait à la sueur de son bazar de quoi s'acheter des gâteaux et des bonbons.

Skorik écouta l'histoire et, riche de son expérience du grand monde, proposa d'en corriger deux ou trois détails. Il conseilla en particulier de ne pas y placer de mots d'argot.

Pareil conseil plongea Tachka dans le plus grand étonnement : pur produit de la Khitrovka, elle était incapable de saisir la différence qui existait entre expressions convenables et obscènes. Alors il lui nota sur une feuille tous les mots grossiers de son répertoire, afin qu'elle se souvînt desquels il s'agissait. Tachka se prit la tête entre les mains et commença à répéter : ..., ..., ..., ... Les oreilles de Senka, habituées à présent à un discours cultivé, ou pour mieux dire civilisé, s'en trouvèrent littéralement écorchées.

Tachka, avec ce que Senka lui avait donné la première fois, s'était également offert un caniche. C'était un petit chien tout blanc, facétieux, infatigable, et doué d'un flair prodigieux. A la deuxième visite de Senka, il le reconnaissait déjà, et manifestait sa joie de le revoir en bondissant comme un furieux. Son nom était Pomponius, ou simplement Pompon.

Quand Skorik retourna pour la troisième fois à la Khitrovka, pour raconter à Tachka sa visite à son petit frère et lui montrer sa dent toute neuve (et aussi pour une autre affaire, d'argent celle-là), sa copine lui sauta dessus :

— Qu'est-ce qui te prend de rappliquer ici ? Quoi, t'as pas vu que j'ai mis un pavot rouge à la fenêtre ? T'as oublié ce que ça veut dire ? Je te l'ai pourtant appris ! Danger, voilà ce que ça veut dire ! Ne viens plus à la Khitrovka, le Prince te cherche !

Senka le savait déjà, mais comment ne pas revenir ? Les leçons de savoir-vivre, et surtout les travaux pratiques imposés par Georges, étaient cause que sur les deux mille roubles qu'il possédait au départ, il ne lui en restait pas cinq cents. En une semaine, il avait claqué mille cinq cents roubles. Telle était l'ampleur du désastre. Il avait besoin de consolider d'urgence sa situation financière.

Il descendit dans le souterrain, et la consolida.

Il voulut d'abord prendre deux barres, mais il se ravisa : une seule suffirait. Il était inutile de faire de l'épate pour rien, l'argent aime à être compté. Il était temps de vivre suivant le bon principe.

Le joaillier Achot Achotytch se réjouit de revoir Senka, autant que s'il se fût agi d'un vieil ami. Il confia au perroquet le soin de surveiller la boutique, entraîna son visiteur derrière le rideau et servit cognac et biscuits.

Skorik mâchonna un biscuit, trempa ses lèvres dans le cognac, de la manière la plus civilisée du monde, et alors seulement présenta la barre au joailler, mais sans la lui mettre entre les mains. Il en réclama non pas quatre cents, mais mille roubles. L'autre allait-il accepter ou pas ?

Samchitov lui donna les mille roubles, et sans rechigner !

Par conséquent le livre du juge Kouvchinnikov disait vrai quant à la véritable valeur de l'objet.

Le joaillier ne cessait de lui remplir son verre. Ce niais finira par être ivre, se disait-il sans doute, et il sera facile de lui tirer les vers du nez. Il lui demanda s'il y aurait d'autres barres, et quand.

Senka lui répondit d'un air rusé :

— Des barres à mille roubles, sûrement pas, il n'y en avait qu'une seule. Mais mettez-moi en relation avec un client, monsieur Samchitov, et peut-être alors en trouverai-je d'autres.

Achot Achotytch cligna ses yeux d'un noir d'encre, souffla par le nez, cependant il avait bien compris que le temps des imbéciles était passé.

— Et ma commission ? demanda-t-il.

— Comme convenu : vingt pour cent.

L'autre s'agita. Vingt, c'était trop peu. Il était le seul à connaître les bons clients, sans lui Senka n'avait aucune chance d'entrer en contact avec eux. Il devait lui accorder au moins trente pour cent.

Ils marchandèrent et tombèrent d'accord sur vingt-cinq.

Skorik laissa au joaillier son adresse, au cas où il aurait besoin de lui faire parvenir un mot, puis il prit congé, très satisfait de lui-même.

Samchitov lui lança, comme il franchissait la porte :

— Alors, n'est-ce pas, je peux compter sur vous, monsieur Skorikov ?

Et le perroquet Levontchik, de sa voix rauque :

— Monsieur Skorrrikov ! Monsieur Skorrrikov !

Il regagna le fiacre qui l'attendait, se changea à nouveau pour retrouver une tenue décente mais renonça à rentrer chez lui en voiture et prit le chemin de la pension à pied. Pas d'épate, ça voulait dire pas d'épate. Certes, cinquante kopecks de plus, ça n'avait rien d'une dépense somptuaire, cependant dès lors qu'on s'en tenait à un principe, on ne devait pas en dévier.

Au coin du boulevard aux Fleurs, il se retourna, d'instinct, alerté par un détail entrevu.

Il regarda mieux : une silhouette familière se dessinait sous un réverbère. Prokha ! Quoi, il l'avait suivi depuis la Khitrovka ?

Skorik se précipita sur son voleur et l'empoigna par le plastron.

— Rends-moi ma bogue, salopard !

Il y avait près d'une semaine qu'il se trimballait avec une montre neuve, en or, mais ça, ce n'était pas ses oignons, à Prokha. Il avait tiré sa bobe à un copain, maintenant il devait payer.

— Te v'là joliment déguisé, Skorik, grinça Prokha entre ses dents avant de se libérer d'une brusque secousse. Tu veux pas que je t'arrange aussi la tronche, sale cloporte ?

Déjà il plongeait la main dans sa poche, où Senka savait qu'il gardait son casse-tête ou pire encore.

Un coup de sifflet retentit, suivi d'un bruit de cavalcade. Un sergent de ville arrivait en courant, pour défendre le jeune homme à la mine si convenable qu'un voyou agressait.

Prokha détala aussitôt, remontant le passage du Sonneur pour s'évanouir dans l'obscurité.

Tu fais bien, prolétaire de mes deux. C'est pas la Khitrovka ici, c'est un quartier propre. Voyez-moi ce qu'il avait imaginé : « T'arranger la tronche ! » Laissez-moi rigoler.

COMMENT SENKA DEVINT L'AMANT DE LA MORT

De toutes les leçons dispensées par Massa, celles que préférait Senka et qu'il écoutait avec un intérêt pour de bon dévorant touchaient à la plus essentielle des sciences, à savoir la manière de subjuguer le cœur des femmes.

En ce domaine, le Japonais se révélait un vrai expert aussi bien du point de vue baratin que du point de vue antiflage. Non, mieux valait dire ainsi : aussi bien en théorie qu'en pratique.

Senka s'était longtemps étonné de voir Mme Borissenko paraître se pâmer devant ce bonhomme aux jambes torses, aux yeux réduits à deux fentes, et lui témoigner autant de sympathie. Un matin, entrant dans la salle à manger avant l'heure usuelle, alors que les autres pensionnaires n'étaient pas encore descendus pour le petit déjeuner, il eut un choc. La propriétaire était assise sur les genoux de Massa, dont elle couvrait les grosses joues de baisers, tandis que lui se contentait de plisser les paupières. Elle aperçut Skorik, poussa une exclamation, rougit comme une pivoine et se sauva hors de la pièce, comme une petite fille prise en faute. Or elle devait bien avoir la trentaine, sinon plus.

N'y tenant plus, il demanda au Japonais, le jour même, pendant la récréation qui suivait le cours de castagne matinal : « Comment vous y prenez-vous, Massa-*senseï*, pour remporter un tel succès auprès des femmes ? Enseignez un orphelin, accordez-lui cette faveur. »

Sans se faire autrement prier, l'autre lui tint sur-le-champ une véritable conférence, comme celle de la faculté à laquelle Georges avait un jour traîné Senka. A cette différence près que Massa, bien qu'il fût étranger, parlait de manière beaucoup plus intelligible que le professeur d'université.

Pour résumer brièvement, sa philosophie était la suivante.

Pour ouvrir le cœur d'une femme, enseignait Massa, il fallait trois clefs. Celles-ci se nommaient confiance en soi, mystère et *approche*. Il était simple de se procurer les deux premières, étant donné qu'elles ne dépendaient que de soi. La troisième était plus ardue à obtenir, parce qu'il fallait là deviner à quelle sorte de femme on avait affaire. Force était de recourir pour cela à la science de l'âme, ou, pour employer un terme scientifique, à la psychologie.

Les femmes, expliqua Massa, n'étaient pas toutes pareilles. Elles se partageaient en deux catégories.

— Seulement deux ? s'étonna Senka, qui écoutait avec beaucoup d'attention et regrettait juste de ne pas avoir une feuille de papier sous la main.

Seulement deux, répéta le *senseï* d'un ton grave. Celles qui ont besoin de trouver en l'homme un papa, et celles qui ont besoin d'un fils. L'essentiel est de déterminer correctement quelle sorte de femme on a devant soi, et lorsqu'on n'en a pas l'habitude, la chose n'est pas si simple, car les femmes aiment à faire semblant. En revanche, sitôt qu'on a deviné juste, tout le reste est enfantin. Avec une femme de la première espèce, il suffit de jouer les papas : ne poser aucune question sur sa vie, de manière générale parler le moins possible, et manifester une sévérité toute paternelle ; avec une femme de la seconde espèce, il convient de faire les yeux tristes, de soupirer et de lever le plus souvent possible le regard au ciel, afin qu'elle comprenne que sans maman, tu es totalement perdu.

Si tu ne te soucies pas de conquérir le cœur de la femme, mais que son corps seul te suffirait, poursuivit le professeur, alors c'est encore plus simple.

Senka s'exclama vivement :

— Oui, oui, ça me suffirait !

En ce cas, dit Massa en haussant les épaules, les mots sont inutiles. Respire bruyamment, fais des yeux comme ça, ne réponds pas aux questions intelligentes. Bref, ne dévoile pas ton cœur. Autrement le résultat serait malhonnête, puisque aussi bien ce n'est pas le cœur de la femme que tu désires posséder. Pour elle tu ne dois pas être un homme, mais une *betsisovadzo*.

— Une quoi ? fit Skorik, d'abord interloqué. Ah ! une bête sauvage…

Massa répéta avec plaisir la savoureuse expression. Oui, dit-il, une bête sauvage. Qui accourt, renifle la femelle sous la queue et aussitôt lui grimpe dessus. Tout le monde voudrait des femmes qu'elles soient timides et jouent les prudes, les femmes en sont fatiguées et s'ennuient. Or pourquoi se montrer timide avec une bête sauvage ? Ce n'est jamais qu'un animal.

Le *senseï* passa encore un long moment à exposer ses théories, et Senka, bien qu'il n'eût rien noté, retint toute la leçon mot pour mot.

Or le lendemain, justement, l'occasion se présenta de mettre sa science toute neuve en pratique.

Georges l'invita à aller à Sokolniki en pique-nique (on nomme ainsi le fait d'aller en voiture dans la forêt, et là de s'asseoir dans l'herbe et de tortorer avec les mains, à la bonne franquette). Il ajouta qu'il amènerait avec lui deux étudiantes.

— L'une, ça fait un moment que j'ai l'œil dessus, dit-il, et l'autre est faite pile pour toi (ils avaient déjà vidé le verre de la fraternité, et pour simplifier étaient passés au tutoiement). Une demoiselle moderne, sans préjugés.

— Quoi, une pute ? demanda Senka.

— Pas tout à fait, répondit Georges d'un ton évasif. Tu verras par toi-même.

Ils montèrent dans une calèche et s'en furent. Senka, cependant, ne tarda pas à comprendre que l'étudiant l'avait couillonné. Lui s'était réservé une fille toute potelée et délurée, qui riait tout le temps, tandis qu'il refilait à son pote une greluche sèche comme un hareng saur, avec des lunettes et des lèvres pincées. A l'évidence, il l'avait fait exprès pour ne pas être gêné par cette tocasse quand il ferait du gringue à sa copine.

En chemin, la binoclarde ne cessa de dégoiser des discours incompréhensibles : des trucs à propos de Nietzsche ou bitsche, Marx-schmarx.

Skorik n'écoutait pas, il réfléchissait dans son coin. D'après la théorie de Massa, si l'on prenait soin d'agir avec intelligence, avec psychologie, on pouvait se farcir n'importe quelle gonzesse, même une pimbêche de cette espèce. Que lui avait-il enseigné, déjà ? Les femmes simples, avait-il dit, aiment la galanterie et les mots savants, mais avec les cultivées, mieux vaut se montrer, au contraire, fruste et même grossier.

Et s'il essayait, juste pour vérifier ?

Allons, essayons.

Elle lui demande :

— Semion, que pensez-vous de la théorie de l'évolution sociale ?

Lui ne desserre pas les dents, se contente d'esquisser un sourire ironique.

Elle commence à devenir nerveuse, à battre des paupières, la mine perplexe.

— Vous êtes partisan, sans doute, de réformer par la force les institutions de la société ?

Il incline légèrement la tête et remonte encore la commissure de ses lèvres de près d'un pouce et demi – telle est toute sa réponse.

Au parc, quand Georges eut emmené sa joyeuse luronne faire un tour en barque (celle de Senka, quant à elle, avait refusé, au prétexte que l'eau lui donnait des vertiges), vint le temps de passer à l'action.

Les airs mystérieux de Senka avaient plongé la demoiselle dans une véritable rage : elle jacassait, jacassait, sans plus pouvoir s'arrêter. Au milieu d'une interminable tirade où revenaient sans cesse les noms d'un certain Proudhon et d'un Bakounine, il se pencha en avant, enlaça les osseuses épaules de la binoclarde et l'embrassa solidement sur la bouche. Elle poussa juste un petit couinement et tenta de le repousser des deux mains. Senka était prêt à battre en retraite, il n'était pas un violeur, loin de lui pareille intention. Il était même tout disposé à prendre une gifle. Avec des bras pareils, elle ne risquait pas, de toute façon, de lui dévisser la tête.

Seulement elle avait beau paraître se défendre, elle ne le repoussait nullement. Etonné, Senka redoubla d'ardeur à l'embrasser, et commença à lui palper les côtes et à déboutonner sa robe par-derrière : peut-être reprendrait-elle ses esprits ?

L'étudiante bredouilla :

— Semion, voyons... Semion... Mais alors Georges dit vrai quand il prétend que... Ah ! mais que faites-vous !... Que vous êtes un prolétaire ?...

Senka, pour mieux jouer la bête sauvage, poussa un grognement étouffé et s'enhardit pour de bon : il glissa la main sous l'étoffe, là où la robe était à présent déboutonnée. Il trouva qu'à cet endroit la demoiselle avait le dos nu, les vertèbres saillantes, et plus bas du linge de soie.

— Tu es fou... murmura l'étudiante, le souffle coupé.

Ses lunettes glissèrent de son nez, ses paupières se fermèrent à demi.

Senka promena encore un instant les mains ici et là sur sa peau, afin de s'assurer bien complètement de la justesse de la théorie massaïenne, puis il s'écarta. La fille était beaucoup trop maigre, et en outre son projet n'était pas de se livrer à la bagatelle, mais de procéder à un essai ou, pour s'exprimer de manière plus cultivée, à une expérimentation scientifique.

Quand ils revinrent de Sokolniki, la savante pucelle n'ouvrait plus la bouche : elle gardait les yeux rivés sur Senka, comme en l'attente de quelque miracle, mais lui l'avait déjà totalement oubliée, bouleversé qu'il était par la révélation qui s'imposait à son esprit.

Voilà ce qu'était la force de l'enseignement ! La science pouvait tout vaincre !

Le lendemain, dès potron-minet, il attendait Massa devant la porte de la pension.

Sitôt le Japonais arrivé, il l'entraîna dans sa chambre, sans même lui laisser le temps de prendre le thé.

Invoquant le Christ fils de Dieu, il le supplia : « Apprenez-moi, *senseï*, comment conquérir le cœur d'une personne qu'on adore. »

Massa ne parut nullement étonné et ne se permit aucune moquerie devant l'émotion manifestée par Senka. Il lui ordonna d'exposer en détail qui était cette personne. Skorik lui raconta alors tout ce qu'il savait de la Mort, et à la fin s'enquit d'une voix tremblante :

— Alors, m'sieur Massa, pensez-vous qu'il me soit absolument impossible de frapper pareil cygne de la flèche de l'Amour ?

Le professeur croisa les mains sur son ventre et claqua des lèvres. Pourquoi impossible ? dit-il. Pour un vrai chevalier, tout est possible au contraire. Sur quoi il ajouta cette phrase mystérieuse : « Molt-*san* est femme dze la lounou. » Il voulait dire « femme de la lune ». Il existe, poursuivit-il, des femmes du Soleil et des femmes de la Lune, elles naissent sur terre ainsi. Pour ma part, je préfère les femmes du Soleil, mais c'est affaire de goût. Toutefois, pour approcher les femmes de la Lune, comme ta Mort-*san*, voilà comment il faut s'y prendre... et il expliqua tout à Senka par le menu, le Seigneur lui donne santé et prospérité !

Le soir du même jour, Senka se rendit chez la Mort quérir son bonheur.

Il n'y alla pas comme il en avait eu premièrement l'intention, avec cravate blanche et bouquet de chrysanthèmes, mais observa scrupuleusement pour se vêtir les instructions de Massa.

Il passa la vieille chemise naguère reprisée par la Mort, et la déchira exprès à l'aisselle. Il acheta aux puces une paire de bottines éculées et cousit une pièce à un pantalon qui n'en avait nul besoin.

En se regardant dans le miroir, il faillit fondre en larmes. Il regretta seulement sa dent en or toute neuve : berchu, il eût inspiré encore davantage la pitié. Mais il réfléchit que s'il se gardait d'ouvrir la bouche trop grand, on ne verrait pas l'éclat du métal.

Cependant tout était propre, lavé et repassé, et lui-même était allé faire un tour aux bains. Massa avait bien insisté : « Pauvle, mais plople, elles n'aiment pas les chevaliers sales. »

Il descendit du fiacre à l'angle de la rue Solianka, et remonta à pied le boulevard de la Iaouza. Il frappa, fort, mais son cœur, de toute façon, battait encore plus bruyamment.

La Mort ouvrit à nouveau sans rien demander, comme la première fois.

— Ah ! fit-elle. L'hirondelle est revenue. Il y a longtemps que tu avais disparu, entre.

Senka eut l'impression qu'elle était contente de le voir, et l'étau qui lui serrait le cœur se relâcha un peu.

A cause de sa dent en or, il se garda d'ouvrir la bouche, mais son *senseï* lui avait recommandé de toute façon de ne pas bavarder sans nécessité. Il était censé montrer un regard limpide et confiant, cligner des paupières le plus souvent possible, et c'était tout.

Ils entrèrent dans le salon, prirent place sur le divan, l'un tout près de l'autre (ce qui parut bon signe à Senka).

Passage Neglinny, on lui avait fait une coiffure spéciale, baptisée en français *Mon Ange* : quelque chose d'un peu ébouriffé, avec une mèche pendant sur le front, mais le tout très léger, très émouvant.

— Je pensais justement à toi, dit la Mort. Je me demandais si tu étais toujours en vie, si tu n'étais pas mort de faim. Tu ne devras pas rester longtemps ici. Quelqu'un pourrait t'avoir vu et avertir le Prince. Il est en fureur contre toi, l'animal.

C'était le moment idéal pour prononcer la phrase qu'il avait préparée. Senka la regarda par-dessous sa mèche blonde et poussa un soupir.

— Je suis venu te dire adieu. De toute manière je ne pourrai pas sauver ma tête, ils finiront par me retrouver et me régler mon compte. Mais tant pis, c'est au-dessus de mes forces, je ne veux plus être complice de leurs scélératesses.

La Mort s'étonna :

— Où es-tu allé pêcher des mots pareils ?

Aïe ! Il ne s'était pas exprimé de la bonne manière. Il devait s'abstenir de faire le bel esprit, ne pas dévoiler son savoir tout neuf, mais tout miser sur la pitié.

— Je crève la faim, ma jolie Mort, à vagabonder dans les rues. (Skorik battit des cils, au cas où une larme aurait bien voulu couler.) J'ai honte de voler, et encore plus honte de mendier. Les nuits à présent sont froides, c'est l'automne déjà. Permets-moi de me réchauffer un peu, de manger un bout de pain, et puis je m'en irai.

Il se sentit lui-même tout apitoyé et éclata en sanglots.

Voilà, ça c'était juste. Les yeux de la Mort brillèrent eux aussi d'un éclat humide.

Elle lui caressa la tête, puis se hâta de mettre la table.

Senka avait beau être déjà rassasié (il avait englouti avant de sortir une poularde aux artichauts), il montra le plus grand zèle à faire disparaître pain et saucisson, le tout abondamment arrosé de lait. La Mort était assise, la joue calée dans la main. Elle soupirait.

— Tu es bien propre, observa-t-elle d'un air attendri. Même ta chemise paraît toute fraîche. Qui t'a fait ta lessive ?

— Qui me fait ma lessive ? Je me débrouille tout seul, répondit Senka en levant sur elle un regard lumineux. Le soir, je vais à la rivière laver ma chemise et mon futal, au matin ils sont secs. Je claque un peu des dents, évidemment, à poil toute la nuit, mais il faut bien se garder en état. Le seul problème, c'est que ma limace commence à tomber en loques. Je m'en ficherais, mais il y a ta broderie, ça me ferait de la peine de la perdre. (Il caressa la fleur de fils multicolores.) Regarde, le tissu a craqué sous le bras.

La Mort, comme il s'y attendait, répliqua :

— Enlève-la, je vais la recoudre.

Il obéit.

Mamzelle Loretta, celle des travaux pratiques, disait : « Vous avez de très jolies épaules, mon cher petit monsieur, on croirait du sucre, et la peau si douce qu'on en mangerait. » Aussi Senka déploya-t-il ses épaules de sucre, en même temps qu'il serrait les bras autour de son torse, d'un air parfaitement misérable.

La Mort jouait de l'aiguille avec application, mais levait la tête de temps à autre, l'œil attiré par la blancheur de ce corps.

— Je n'ai connu qu'un seul instant de bonheur dans ma chienne de vie, un seul dans toute ma fichue existence, prononça Skorik à mi-voix, d'un ton pénétré. C'est quand tu m'as embrassé, tout orphelin que je suis...

— Vraiment ? s'exclama la Mort, si surprise qu'elle en avait cessé de coudre. Ce fut vraiment un tel bonheur pour toi ?

— Les mots ne suffisent pas à le dire...

Elle posa la chemise.

— Seigneur, dit-elle, en ce cas je vais t'embrasser encore, ça ne me coûte rien !

Il rosit de la tête aux pieds (de manière toute naturelle cette fois-ci).

— Ah ! alors je n'aurai même plus peur de mourir...

Mais il serrait encore ses bras contre lui et clignait des paupières d'un air bien plus timide qu'effronté.

La Mort s'approcha et se pencha sur lui. Ses yeux étaient humides, pleins de douceur. Elle lui caressa la joue, puis l'épaule, et tendrement, en toute bonté, posa sa bouche sur les lèvres de Senka.

Il crut à cet instant qu'on le précipitait dans un four au beau milieu des flammes. Il oublia d'un coup toute la science du *senseï*, se releva d'un bond à la rencontre de la Mort, l'étreignit de toutes ses forces et se prit à la couvrir de baisers, en même temps que, transporté de passion, il s'emplissait les poumons de l'enivrante odeur de menthe de sa chevelure, au point – ah ! ah ! – de suffoquer presque, tant il aurait voulu garder en lui ce parfum.

Et il se produisit alors quelque chose, ma parole oui, quelque chose ! Qui ne dura pas longtemps, certes, peut-être quelques secondes tout au plus, mais soudain le corps de la Mort s'embrasa en retour d'un même feu, et ses baisers, de tendres et maternels qu'ils étaient, se firent avides, exigeants, vigoureux, tandis que ses mains couraient sur le dos de Senka.

Ces quelques secondes, hélas, prirent fin : elle s'arracha à l'étreinte de Senka et recula d'un pas chancelant.

— Non, dit-elle, non. Assez, petit démon, ne me tente pas. Ce qui est impossible est impossible.

Elle secoua la tête comme pour en chasser quelque chimère (ce sont les termes qu'on emploie quand on a cru voir un truc qui n'existe pas), passa la main sur ses yeux et redevint comme elle était toujours, aussi calme et froide. Elle regarda Senka avec un sourire malicieux.

— Ouh, le vilain serpent ! Pas haut comme trois pommes, mais rusé comme un renard. Les filles vont se noyer dans leurs larmes avec toi.

Mais Skorik, lui, n'était pas sorti de sa fournaise, il n'avait pas encore compris que tout était fini, aussi voulut-il l'embrasser à nouveau. Elle ne chercha pas à s'écarter, elle ne bougea pas d'un pouce, mais c'était de toute façon comme de vouloir embrasser une statue.

Tout à coup une voix retentit derrière eux, vibrante :

— Ah, voilà avec qui tu couches, putain !

Senka se retourna et resta paralysé.

Le Prince se tenait sur le seuil, la gueule grimaçante, les yeux brillant d'un éclat mauvais. Mais oui ! la porte d'entrée n'était pas verrouillée, il était entré, et occupés comme ils l'étaient, ils ne l'avaient pas entendu.

— Qui tu prends pour amant, salope ! Un avorton ! Une mauviette ! C'est pour te foutre de moi, hein ?

Il marcha sur Senka, toujours pétrifié, l'empoigna par le cou et le souleva de terre, en sorte qu'il ne touchait plus le sol que de la pointe des pieds.

— Je vais te tuer, siffla-t-il. Te dévisser la tronche.

Et il était bien clair qu'il allait mettre dans l'instant sa menace à exécution. Au moins, c'était un moindre mal, Skorik ne souffrirait pas longtemps. Car l'autre aurait aussi bien pu avoir l'idée de lui couper les oreilles, comme au maquignon de Volokolamsk, pour les lui fourrer dans la bouche, ou pire, de lui crever les yeux.

Senka détourna la tête pour ne plus voir le visage du Prince. La situation était bien assez atroce comme ça. Il avait décidé que mieux valait au dernier moment regarder la Mort, en attendant que son âme s'échappe de son enveloppe charnelle.

Mais ce qu'il vit, ce fut un miracle d'entre les miracles, un prodige d'entre les prodiges : il vit la Mort saisir sur la table la cruche de lait encore à moitié pleine et l'abattre à toute volée sur le crâne du caïd.

Le Prince ouvrit de grands yeux stupéfaits, lâcha Senka, et s'assit par terre. Il se tenait la tête à deux mains, du sang mêlé de lait coulait entre ses doigts.

La Mort cria :

— Ne reste pas planté là ! Sauve-toi !

Et elle lui fourra la chemise à moitié recousue entre les mains.

Mais Senka ne se sauvait pas. Quelqu'un d'autre, comme un second Senka, à l'intérieur de lui, déclara :

— Viens avec moi. Il va te tuer.

— Non, il ne me tuera pas, répondit-elle d'une voix si tranquille que Senka la crut sur-le-champ.

Le Prince leva la tête vers eux, les yeux troubles, emplis d'une rage folle. Il tenta de se relever, vacilla, se rattrapa à la table : il n'avait pas encore recouvré tout à fait ses esprits, ses jambes le trahissaient. Il parvint cependant à articuler d'une voix grinçante :

— Même si je dois retourner tout Moscou, je te retrouverai. Même sous terre tu ne trouveras pas à te planquer. Et je t'arracherai les veines, une à une, avec les dents !

Il était si effrayant que Skorik lâcha un cri. Il détala à toutes jambes, dégringola les marches du perron et s'élança au hasard des rues : mais où aller, cependant, où ?

Mais là-bas, justement, souffla le second Senka, tapi à l'intérieur de lui, et qui se révélait bien plus malin et plus solide que le premier. Là où le Prince t'a dit : sous la terre. Tu risques fort d'être obligé d'émigrer de Moscou. Le Prince ne plaisante pas et il n'aura plus de cesse, à présent, qu'il n'ait liquidé l'orphelin.

Or s'il en est ainsi, il faut faire provision d'argent.

Il retourna visiter le souterrain secret. Il y prit le plus grand nombre de barres qu'il en pouvait porter, soit cinq au total. Il avait décidé de s'abstenir de marchander avec le joaillier, il les lui céderait pour mille roubles la pièce. Puisse Achot Achotytch bien profiter de sa fortune !

Mais il était dit que Samchitov ne profiterait pas de la générosité de Senka.

Comme Senka débouchait dans la rue Marosseïka, il aperçut deux sergents de ville devant la porte de la joaillerie, et à l'intérieur, à travers la vitrine, toute une troupe d'uniformes bleus.

Zut alors ! Achot Achotytch avait fini de trafiquer avec l'argent de l'Etat. Sûrement quelqu'un l'avait dénoncé. A moins que le juge Kouvchinnikov ne se soit révélé encore plus marle qu'il n'en avait l'air. Il avait réussi à savoir chez quel numismate étaient apparues des barres d'argent estampillées par la Monnaie de la Iaouza, et s'était informé du nom de la personne qui les lui avait vendues, c'était aussi bête que ça !

Tant pis, ce n'était pas si terrible, en fait. Senka n'avait pas laissé son adresse au juge. Et à part lui, personne ne savait où se trouvait le trésor.

Allez, les limiers, vous pouviez toujours chercher !

Aïe, non ! Il avait parlé à l'Arménien de la pension de Mme Borissenko. L'homme allait le trahir, c'était obligé !

Senka ne s'attarda pas davantage. Il était inutile de rester à parader dans ce mauvais lieu. Il courut héler un fiacre.

Il devait déménager de la pension au plus vite, avant de se faire agrafer.

Dans son existence se dessinait une nette tendance à la dégradation de ses conditions de vie, ou pour parler de manière plus directe, les choses commençaient à sacrément tourner au vinaigre : le Prince et les flics étaient à ses trousses, et il n'avait plus personne à qui vendre les barres. Cependant Senka était dans un tel état d'euphorie que tout cela à ses yeux n'était que pipi de chat.

Le cheval remuait la queue, au rythme du martèlement de ses sabots, le vent soufflant de face achevait de mettre à mal la coiffure *Mon Ange* du jeune passager, et la vie, en dépit de tout, était formidable. Senka se balançait sur le siège de la calèche, parfaitement heureux.

Même si ça n'avait duré qu'un instant, quelques secondes éphémères, il avait néanmoins été l'amant de la Mort, presque le seul vrai !

COMMENT SENKA EUT LA LANGUE DÉLIÉE

Le soir même, Skorik changeait de logement. Il voulut faire ses adieux à Georges, mais celui-ci se révéla introuvable. Il prit donc congé à l'anglaise, comme le dernier des goujats. Seule Mme Borissenko, qui avait reporté une partie de son affection pour Massa sur l'élève de ce dernier, l'accompagna jusqu'au fiacre.

— Mais Massaïl Mitsouïevitch... il ne viendra plus désormais ?

— Il passera demain matin, sans faute, promit Senka, qui n'avait pas encore décidé s'il préviendrait le Japonais de son changement d'adresse. Transmettez-lui que Semion Skorikov le remercie de ses bons soins et lui souhaite le bonjour.

Afin de s'éloigner le plus possible du Prince, il s'en fut loger au diable vauvert, carrément au-delà de la Presnia. Il descendit dans un hôtel fréquenté par les employés du chemin de fer. L'endroit était parfait : personne n'y connaissait personne, il n'y avait là que des clients de passage.

Il en profita pour changer aussi d'identité, de manière à renforcer son incognito et brouiller totalement les pistes. Il pensa tout d'abord adopter un nom ordinaire et courant, mais se ravisa : quitte à changer, autant choisir quelque chose de distingué, qui sonne bien, en accord avec sa nouvelle vie. Il s'inscrivit donc sur le registre de l'hôtel sous le nom d'Apollon Sekandrovitch Schopenhauer, commis voyageur.

Durant la nuit, il lui vint toutes sortes de rêves. Tantôt brûlants, voluptueux – où apparaissait la Mort –, tantôt angoissants et sinistres – où le Prince se glissait dans sa chambre par la fenêtre, un couteau entre les dents, alors que lui, Senka, s'empêtrait dans sa couverture et ne parvenait pas à sortir du lit.

Mais après cette nuit tourmentée, il fallut encore qu'à l'aube Senka fût réveillé par des coups violents frappés à la porte.

Il s'assit, la main sur le cœur. C'est le Prince et l'Œil qui m'ont retrouvé, pensa-t-il. Il s'apprêtait déjà à filer par le tuyau de descente, tel qu'il était, autrement dit à poil, quand du couloir lui parvint la voix de Massa.

— Senka-*koun*, ouvle vite !

Ouf ! On ne peut exprimer quel soulagement ce fut pour Senka. Il ne se demanda même pas comment le Japonais l'avait déniché si vite dans sa nouvelle retraite.

Il tira le verrou, et Massa s'engouffra aussitôt dans la chambre, suivi (ça alors !) par Eraste Pétrovitch en personne. Tous deux affichaient une mine sombre et sévère.

Massa se campa contre le mur tandis que son maître empoignait Senka par une épaule et le forçait à se tourner face à la fenêtre (la lumière était encore faible, quasi crépusculaire) :

— Allons, Apollon Sekandrovitch, lui dit-il d'un ton pressé, assez joué les imb-béciles. Je n'ai plus de temps à perdre à m'occuper de votre énigmatique personne. Racontez-moi tout ce que vous savez aussi bien sur le meurtre des Sinioukhine que sur celui des Samchitov. Il faut mettre un terme à tout cela !

— Des Sam... Des Samchitov ? ! s'étrangla Skorik. Mais je c-croyais...

Lui aussi se mettait à bégayer – c'était contagieux ou quoi ?

— Habillez-vous, ordonna Eraste Pétrovitch. Nous partons.

Et, sans ajouter un mot d'explication, il sortit dans le couloir.

Tandis qu'il enfilait chemise et pantalon, Senka demanda à son *senseï* :

— Mais comment m'avez-vous retrouvé ?

— Numélo du fiacle, répondit l'autre brièvement.

Senka comprit aussitôt : Mme Borissenko avait retenu le numéro de plaque du cocher, et celui-ci avait raconté où il avait conduit son client.

Tu parles d'un incognito, tu parles de brouiller les pistes !

— Et où allons-nous ?

— Inspecter le lieu du clime.

O Seigneur ! quelle drôle de lubie ! Senka, cependant, n'osa pas moufter. Ces deux-là pouvaient aussi bien user de la manière forte et l'y traîner par le collet – il le savait pour y avoir déjà goûté.

Durant tout le chemin jusqu'à la rue Marosseïka, Senka se sentit extrêmement nerveux, et plus ils approchaient, plus son inquiétude grandissait. Ainsi, fallait-il conclure, Achot Achotytch n'avait pas été arrêté ? On l'avait assassiné ? Eraste Pétrovitch avait parlé « des » Samchitov, cela voulait-il dire qu'on avait tué aussi son épouse ? Mais qui ? Des cambrioleurs ? Et qu'avait-il à voir là-dedans, lui, Senka Skorikov ?

Il n'y avait plus de policiers devant la boutique, mais à la porte était pendue une ficelle lestée d'un cachet de cire, et à l'intérieur la lumière était allumée. La rue pour l'instant était déserte, les magasins n'avaient pas encore ouvert, autrement il y aurait forcément eu un attroupement.

Ils pénétrèrent dans la maison du côté cour, par l'entrée de service. Là, un fonctionnaire en uniforme bleu les attendait – discret, effacé, les yeux dissimulés derrière de petites lunettes.

— Vous en avez mis du temps... dit-il à Eraste Pétrovitch sur le ton du reproche. Je vous avais pourtant demandé... Je vous ai téléphoné à minuit, et il est à présent six heures et demie. Je risque gros.

— Excusez-nous, Sergueï Nikiforovitch. Nous avons dû d'abord retrouver un t-témoin important.

Même si on le qualifiait d'« important », Senka ne se sentit guère rassuré. Pourquoi ce terme de « témoin » ?

— Racontez, demanda Eraste Pétrovitch au fonctionnaire. Qu'a-t-on pu établir lors des premières constatations ?

— Venez par ici, je vous prie, repondit le fonctionnaire à lunettes en leur faisant signe de le suivre.

Ils pénétrèrent dans le bâtiment.

— Ici, dans l'arrière-boutique, le joaillier avait installé une manière de bureau. Les pièces d'habitation sont à l'étage. Cependant le meurtrier n'y est pas monté, tout s'est déroulé ici. (Il consulta son bloc-notes.) Le médecin légiste suppose que Samchitova Nina Akopovna, quarante-neuf ans, a été tuée la première, d'un coup à la tempe porté avec un objet pesant. Le corps était étendu là, tenez.

Sur le plancher, devant la porte, une silhouette humaine était dessinée à la craie, pas très ressemblante à dire vrai, tandis qu'à côté s'étalait une tache sombre. Du sang, devina Skorik, et il tressaillit

— Samchitov Achot Achotovitch, cinquante-deux ans, a été retrouvé ici, dans ce fauteuil, où l'assassin l'avait ligoté. Comme vous voyez, il y a du sang partout : sur le dossier, sur les accoudoirs, par terre. Qui plus est, il s'agit de sang aussi bien veineux qu'artériel, correspondant à différentes valeurs d'élasticité pulsatoire... Pardonnez-moi, Eraste Pétrovitch, je ne suis pas très clair dans mon rapport, je maîtrise mal la terminologie médicale, s'excusa le fonctionnaire d'un air confus. Vous me le reprochiez déjà à l'époque et m'encouragiez à apprendre, mais, la nouvelle hiérarchie ne l'exigeant pas, je ne m'en suis jamais donné la peine...

— Ce n'est pas grave, coupa Eraste Pétrovitch. J'ai compris : Samchitov a été torturé avant d'être tué. On a utilisé un c-couteau ?

— Probablement. Ou bien un objet pointu.

— Et les yeux ?

— Quoi, les yeux ?

— Les yeux des cadavres... étaient-ils crevés ?

— Ah ! vous faites allusion aux meurtres de la Khitrovka... (Sergueï Nikiforovitch secoua la tête.) Non, leurs yeux étaient intacts, et de manière générale, le tableau du crime est quelque peu différent. C'est pourquoi il a été décidé d'ouvrir un nouveau dossier d'instruction distinct de celui portant sur l'affaire de l'Aveugleur de la Khitrovka.

— L'Aveugleur de la Khitrovka ?! s'exclama Eraste Pétrovitch en fronçant les sourcils. Qu'est-ce que c'est que ce nom id-diot ! Je pensais que seuls les journalistes l'employaient.

— C'est le commissaire du Troisième Commissariat du district des Bouchers, le colonel Solntsev, qui l'a imaginé, quoique d'un point de vue strictement grammatical, bien sûr...

— C'est bon, au diable la grammaire... coupa Eraste Pétrovitch tout en inspectant rapidement la pièce. On passe à l'étage ?

— Inutile. Il est absolument évident que le meurtrier n'y est pas monté.

— *Le* meutrier ? Pas *les* meurtriers ? Il est établi que le c-criminel était seul ?

— Apparemment, oui. Les voisins ont témoigné que Samchitov ne servait jamais et même ne laissait jamais entrer dans sa boutique plus d'un client à la fois, qu'il refermait aussitôt sa porte à clef. Il avait très peur des agressions, la Khitrovka est à deux pas.

— Des traces de c-cambriolage ?

— Aucune. Même dans la partie donnant sur rue, rien n'a été pris, alors que plusieurs babioles y étaient exposées en vitrine, de faible valeur il est vrai. C'est pourquoi je le répète : tout s'est déroulé dans cette pièce.

Eraste Pétrovitch hocha la tête, puis passa dans la boutique. Le fonctionnaire et Massa l'y suivirent, imités par Senka, qui préférait ne pas rester seul dans la pièce éclaboussée de sang.

— Et ça, c'est quoi ? demanda Eraste Pétrovitch en désignant une cage à oiseau.

A l'intérieur de la cage, Levontchik, le perroquet, gisait, inerte, sa tête huppée renversée en arrière.

Sergueï Nikiforovitch haussa les épaules.

— Les perroquets sont des oiseaux nerveux, très sensibles au bruit. Or là, il a dû y avoir des cris, des gémissements… Son cœur trop fragile ne l'a pas supporté. Ou bien peut-être ne l'a-t-on pas nourri à temps…

— La porte est ouverte. Et puis… Eh ! eh ! regarde ça, Massa.

Eraste Pétrovitch prit le petit cadavre dans ses mains et le remit au Japonais.

Celui-ci émit un claquement de langue :

— On lui a toldu le cou. Assassinat.

— C'est ma foi vrai, dommage que l'expert ne l'ait pas examiné, répliqua le fonctionnaire sur un ton un peu ironique.

Il devait croire que l'Asiate plaisantait, mais Senka savait bien que pour le *senseï* une âme était une âme, qu'elle soit d'homme ou d'oiseau.

— Le niveau de compétence de la police moscovite a bien baissé, déclara tristement Eraste Pétrovitch. Il y a dix ans, pareille négligence eût été impensable.

— Ne m'en parlez pas, soupira Sergueï Nikiforovitch d'un air encore plus chagrin. Ce n'est plus comme de votre temps. Croirez-vous qu'on ne tire plus aucun plaisir de son travail ? On ne nous réclame que du résultat, mais personne ne se soucie de la solidité des preuves. Quant au triomphe de la vérité et de la justice, il n'en est même plus question. Nos chefs ont d'autres chats à fouetter. A propos… (Il baissa la voix.) Je n'ai pas voulu vous en parler au téléphone… mais votre présence à Moscou n'est plus un secret. J'ai par hasard vu sur le bureau du grand maître de la police un ordre confidentiel enjoignant de découvrir votre lieu de résidence et d'établir une surveillance discrète autour de votre personne. Quelqu'un vous aura vu, reconnu et dénoncé.

Eraste Pétrovitch ne parut nullement affecté par cette nouvelle, il s'en montra même flatté :

— Ce n'est pas étonnant, je suis assez connu à Moscou. Et apparemment on ne m'oublie pas. Je vous remercie, Soubbotine. Je sais ce que vous risquez, et j'apprécie. Ad-dieu.

Il serra la main du binoclard, tandis que l'autre bredouillait, confus :

— Ce n'est rien du tout, voyons. Mais vous devriez tout de même être prudent... Qui sait ce qu'ils peuvent avoir en tête ? Son Altesse est rancunière.

Qui étaient ces « ils » et cette « altesse » ? Senka ne le comprit pas.

De la cour des Samchitov, ils débouchèrent par une ruelle dans le passage de la Loubianka et prirent la direction du square.

Au premier banc rencontré, Eraste Pétrovitch invita d'un geste ses compagnons à s'asseoir.

On s'installa. Senka au milieu, les deux autres de chaque côté. On aurait dit un prisonnier accompagné de son escorte.

— Eh bien, mon cher monsieur Schopenhauer, dit Eraste Pétrovitch en se tournant vers lui. Nous nous décidons à parler ?

— Qu'est-ce que j'ai à voir là-dedans ? ronchonna Skorik, prévoyant un sale quart d'heure à passer. Je sais rien de rien.

— Par déduction, nous sommes convaincus du contraire.

— Par qui, par qui ? s'exclama Senka, tout réjoui. Mais je l'ai jamais vue de ma vie, votre Déduction. Elle fait rien que mentir, la salope !

Eraste Pétrovitch eut un sourire en coin.

— Cette dame, Skorikov (si vous le permettez, je préfère tout de même vous appeler ainsi), cette dame, dis-je, ne ment jamais. Vous vous rappelez le kopeck en argent du XVIIe siècle que j'avais trouvé dans la poche du défunt Sinioukhine ? Oui, bien entendu, vous vous rappelez : vous avez même alors manifesté une indifférence marquée pour le sujet. D'où un g-griffard réduit à la misère tenait-il pareille rareté numismatique ? Et d'un. Poursuivons. Sur les lieux du crime en question, Skorikov, vous vous appliquiez constamment à détourner la tête quand vous ne fermiez pas carrément les yeux, alors que selon les observations de Massa vous ne souffrez guère d'un grand manque de curiosité. Vous n'avez alors trahi ni stupeur ni effroi, réactions qui eussent pourtant été très naturelles devant un tel spectacle. Convenez que c'est tout de même étrange. Et de deux. Ensuite : ce même jour, on entendait tinter de l'argent dans votre poche, comme dans celle de Sinioukhine, et de manière assez bruyante. A en juger par le son, il devait s'agir de pièces de très petit diamètre, comme on n'en frappe plus de nos jours. Et vous aviez dans la main une barre d'argent pur, ce qui est, pour le coup, tout à fait inhabituel. Comment un g-gavroche de la Khitrovka tel que vous était-il entré en possession de terrains argentifères ? Et de trois.

— Vous m'insultez, hein ? Vous traitez de « gars moche » un orphelin ? maugréa Senka d'un air renfrogné. Vous devriez avoir honte. Et ça se prétend encore un monsieur convenable…

Massa le poussa du coude :

— Quand maîtle dzit : « Et dz'un, et dze dzeux, et dze tlois », tsu te tais. Tsu lisques d'efflayer dzédzuction.

Skorik jeta un coup d'œil à la ronde : il n'y avait aucune dame dans les parages. Qui risquait-il d'effrayer ? Cependant, il préféra à tout hasard garder sa langue dans sa poche. Le *senseï* pour l'instant ne lui flanquait que de légers coups de coude, mais il pouvait aussi bien décider de cogner plus fort.

Eraste Pétrovitch poursuivait déjà, comme s'il n'avait pas été interrompu :

— Bien que je n'eusse pas l'intention d'enquêter sur ce crime, étant actuellement occupé par une t-tout autre affaire, votre conduite m'a intrigué, et j'ai chargé Massa de vous surveiller. Le nouveau meurtre atroce dont m'a informé cette nuit mon ancien collaborateur m'amène cependant à modifier mes plans. Je dois intervenir dans cette histoire, car les autorités locales sont manifestement hors d'état de découvrir l'assassin. L'instruction ne voit même pas que ces meurtres sont les maillons d'une seule et même chaîne. Quelles raisons ai-je de penser cela, brûlez-vous de me demander ? (Senka ne voulait rien demander de tel, néanmoins il s'abstint de contredire le sévère personnage. Qu'il parle donc à son aise !) Je n'avancerai même pas le fait que la rue Marosseïka est à cinq minutes de marche de la Khitrovka, où les Sinioukhine ont été tués. Nous sommes dans ces deux crimes en présence de deux éléments de n-nature semblable, qui se rencontrent trop rarement pour qu'on puisse les considérer comme de simples coïncidences. L'assassin poursuit à l'évidence quelque dessein si grandiose qu'il ne se laisse pas distraire par des broutilles telles que les chaînes et les médaillons exposés dans la vitrine d'une joaillerie. Et d'un. On est également impressionné par la diabolique circonspection dont fait preuve le meurtrier, qui le pousse à ne laisser derrière lui aucun témoin, aucune créature vivante, même aussi inoffensive qu'un petit enfant de trois ans ou un malheureux p-perroquet. Et de deux. Bien, à présent, parlez-nous de vous, Skorikov. Je suis absolument certain que vous en savez beaucoup et que vous pouvez m'aider.

Cette conclusion abrupte fit sursauter Senka, qui se disposait déjà à écouter la suite du raisonnement concernant le meurtrier. Il rentra la tête dans les épaules sous le poids des yeux bleus qui le fixaient avec insistance, puis il s'écria :

— D'accord, on a buté ce joaillier, mais moi, qu'est-ce que j'ai à y voir ? !

Massa le poussa à nouveau du coude, plus durement cette fois-ci.

— Le galçon molveux, tsu l'as oublié ? Celui qui a gagné un louble glâce à toi ? Il t'a vu polter la balle d'aldgent à la boutsique.

Skorik dut se rendre à l'évidence : il ne servirait à rien de nier, aussi passa-t-il du cri de harangère au larmoiement :

— Ce que vous voulez savoir, demandez-le clairement... Là on me flanque la trouille, on me file des coups de coude dans les côtes...

— Cessez de jouer les m-malheureux, dit Eraste Pétrovitch. Massa vous décrit de la manière la plus flatteuse. Il affirme que vous n'avez pas le cœur méchant, que vous avez l'esprit curieux et – trait de caractère le plus précieux chez l'être humain – que vous aspirez à vous élever et vous perfectionner. Avant ce dernier crime, Massa se contentait de vous demander si vous n'étiez pas décidé à partager avec nous votre secret. Il était persuadé qu'il mériterait tôt ou tard votre confiance, et que vous voudriez soulager votre cœur devant lui. Mais à présent, nous n'avons plus le temps d'attendre. J'exige de vous, cette fois-ci de manière impérieuse, une réponse aux deux questions suivantes. Un : que cherche le meurtrier ? Deux : que savez-vous de cet individu ?

Massa hocha la tête : allez, semblait-il lui dire, n'aie pas peur, parle.

Alors Senka déballa tout, comme à confesse. Le « jeu », l'Œil, ce cinglé dangereux, la Mort, et le Prince qui, par jalousie, voulait le supprimer, lui, Senka.

Enfin, c'est-à-dire... non, pas tout, bien sûr. S'il mentionna l'existence d'un trésor, ce fut en termes très évasifs : un bruit courait à ce sujet, mais était-ce vrai ou non, ça, Skorik l'ignorait. Mais bon, même à confesse, on ne dit pas toujours toute la vérité, n'est-ce pas ?

— Par conséquent, d'après vous, Skorikov, c'est ce Prince, secondé par son valet, qui aurait tué Sinioukhine en cherchant à lui arracher par la torture le secret du trésor ? demanda Eraste Pétrovitch après avoir écouté le récit moyennement cohérent de Senka. Et le Prince encore qui aurait rendu visite au joaillier pour connaître votre adresse ?

— Ça coule de source. Prokha lui aura tout cafté, le sale rat. Il m'a vu près de la boutique, je vous l'ai dit ! C'est pourquoi rien n'a été volé : les babioles, même en jonc, le Prince s'en contretape. C'est moi qu'il veut.

— Et vous êtes bien sûr que le Prince vous recherche uniquement par jalousie ? (Eraste Pétrovitch fronça les sourcils, comme s'il y avait là quelque chose qui lui échappait.) Ne serait-ce pas plutôt à cause du trésor qu'il aurait besoin de vous ?

Senka sentit ses tripes se nouer : il avait deviné, il avait tout deviné, le subtil monsieur ! Maintenant, il n'allait plus le lâcher : « Allez, parle ! Dis où est caché le tas de barres d'argent. »

Dans l'espoir de gagner du temps, Skorik se mit à débiter à toute allure :

— C'est horrible comme il est jaloux ! Il ferait mieux de se méfier de son valet ! Lui aussi va souvent traîner chez la Mort. Il lui refile de la neige, et elle, en échange, on imagine bien ce qu'elle lui donne... Mais c'est pas faire la pute. Elle peut pas autrement, les camés, ils sont pas bien maîtres d'eux-mêmes. C'est comme une maladie qu'ils ont...

— Il me semble qu'il y avait autrefois aux abords de la Iaouza un Hôtel de la Monnaie où on frappait de la monnaie d'argent... prononça Eraste Pétrovitch d'un air rêveur quand Skorik se fut enfin arrêté de parler – pour reprendre souffle. Mais bon, le trésor pour l'instant ne m'intéresse pas. Dites-moi plutôt, Skorikov, pourriez-vous me présenter à cette intrigante personne qui semble affoler tout le *beau monde* de la pègre ? Vous dites qu'on l'appelle la Mort ? Quel surnom décadent !

Senka se sentit le cœur soulagé.

— Oui, je le peux. Mais qu'est-ce que vous allez faire de moi, hein ? Vous n'allez pas me livrer au Prince ?

COMMENT SENKA ASSISTA À UN DÉFILÉ DE CHIENS EN RUT

En homme juste qu'il était, Eraste Pétrovitch n'abandonna pas l'orphelin au caprice du sort. Mieux : il lui commanda de rassembler ses quelques affaires et de les porter chez lui, à son appartement, dans ce même passage Achtcheoulov où Senka, pour son malheur (ou peut-être tout au contraire pour son bonheur, comment savoir ?), s'était mis dans la tête de tirer son baluchon à un « Chinetoque ».

Ledit appartement était rudement bizarre, pas comme chez des gens ordinaires.

Une des pièces ne contenait aucun meuble : des matelas à rayures étalés par terre et c'est tout. C'est là que le maître des lieux et Massa pratiquaient le *renju*, la gymnastique japonaise. C'était un spectacle effrayant à regarder. Ils se cognaient dessus l'un l'autre à coups de poing et de pied, au risque un jour de se tuer. Massa avait bien invité Senka à se joindre à eux pour la castagne, mais le garçon, épouvanté, avait couru se réfugier à la cuisine.

Celle-ci ne manquait pas non plus d'intérêt. C'était le domaine de Massa. Il ne s'y trouvait aucun fourneau, et pas davantage de tonnelets emplis de choucroute ou de concombres en saumure. En revanche trônait dans un angle une grosse armoire de fer baptisée réfrigérateur. A l'intérieur, il faisait toujours froid, comme dans une glacière, et sur les étagères était conservé du poisson cru. Les deux locataires du logement coupaient ce poisson en morceaux puis l'aspergeaient d'une sorte de vinaigre brun avant de le briffer tel quel, accompagné de riz. Senka s'en voyait également servir au petit déjeuner, mais, n'étant pas tombé si bas, il se contentait de mâchonner le riz. Il ne buvait pas non plus de thé, car celui-ci n'était pas du vrai : il avait une vague couleur jaunâtre et n'était pas du tout sucré.

On avait assigné à Senka pour dormir la chambre à coucher de son *senseï*. Pas de lit, pourtant, dans cette pièce : juste deux cadres de bois posés sur le plancher, comme à la pension Koulakov. C'est pas bien grave, raisonna Skorik, mieux vaut pioncer par terre que dans la terre humide avec un surin dans le buffet. Prenons notre mal en patience.

Mais le plus insolite, le plus fantastique, c'était le bureau du maître. Simple appellation du reste, car l'endroit ressemblait bien davantage à un atelier de mécanique. Il y avait là des livres rangés sur des étagères, ouvrages techniques pour la plupart, rédigés en des langues étranges ; une table disparaissant sous des feuilles de papier couvertes de dessins (ça s'appelait bizarrement des « épures » alors qu'on n'aurait pu imaginer figures plus embrouillées) ; entassés contre les murs : toutes sortes de pièces métalliques, de ressorts, de bandages en caoutchouc, et autre fatras. C'était parce que Eraste Pétrovitch était ingénieur : il avait étudié en Amérique, figurez-vous. Au reste, son nom de famille n'était pas russe : mister Nameless. Senka avait très envie de l'interroger sur l'utilité et l'emploi de tous ces machins, mais en ce premier jour de son établissement passage Achtcheoulov, ce n'était vraiment pas le moment.

Après une nuit pareille, on dormit jusqu'à une heure tardive. Mais sitôt qu'ils furent réveillés, M. Nameless et Massa s'employèrent à bondir sur leurs matelas, et à se tabasser l'un l'autre en poussant des cris. Après quoi, ils déjeunèrent de poisson cru, et Senka emmena Eraste Pétrovitch faire connaissance de la Mort.

En chemin, une discussion s'amorça entre eux sur la nature de celle-ci : était-elle bonne ou mauvaise ?

Eraste Pétrovitch la prétendait mauvaise.

— A en juger d'après ce que vous m'avez raconté, Skorikov, cette femme se délecte de son habileté à m-manipuler les gens, et pas seulement les gens, mais les plus cruels, les plus impitoyables criminels. Elle est informée de leurs méfaits, elle mène une existence aisée grâce au produit de leurs brigandages, et cependant elle-même affecte la plus parfaite innocence. Je connais ce genre de personnes, il s'en rencontre dans tous les pays et toutes les couches sociales. Ces femmes qu'on dit fatales sont absolument dénuées de sens moral, elles jouent avec la vie et le destin d'êtres humains, et seul ce jeu leur procure du plaisir. Vous ne voyez donc pas qu'elle a joué aussi avec vous, c-comme le chat avec la souris ?

Et il prononçait ces paroles d'un air si courroucé et qui lui ressemblait si peu qu'on aurait pu croire qu'il avait lui-même terriblement souffert de ces femmes fatales, qu'elles avaient même saccagé sa vie.

Seulement la Mort n'était ni fatale ni immorale, elle était malheureuse. Elle ne se délectait de rien, elle s'était simplement perdue et ne parvenait pas à se retrouver.

C'est ce que répondit Senka à M. Nameless. Ou plutôt même, c'est ce qu'il lui cria à pleine voix.

Eraste Pétrovitch soupira et esquissa un sourire, mais un sourire triste et non moqueur.

— D'accord, Skorikov, conclut-il. Je ne voulais pas heurter vos sentiments, seulement j'ai peur que ne vous attende une douloureuse déconvenue. Quoi, elle est effectivement aussi jolie que ça, cette C-Carmen de la Khitrovka ?

Qui était Carmen, Senka le savait : il était allé avec Georges la voir au Bolchoï. L'Espagnole en question était grosse, braillarde, et ne cessait de trépigner sur ses lourdes jambes, une main sur sa hanche grasse, comme si elle avait mal quelque part. Eraste Pétrovitch avait beau être intelligent et avoir tout pour lui, il n'entendait rien aux femmes. Il aurait dû prendre des cours auprès de son valet de chambre.

— Peuh ! Votre Carmen à côté de la Mort, ce n'est qu'un affreux crapaud, déclara Skorik en crachant par terre pour mieux appuyer son propos.

Au croisement du boulevard Pokrovski et du boulevard de la Iaouza, Senka se haussa sur son siège pour aussitôt replonger à l'intérieur de la calèche et s'y tenir blotti.

— C'est là sa maison, chuchota-t-il. Seulement on ne peut pas aller la voir maintenant. Les deux types qui se baladent là, vous voyez ?... C'est Gros-bec et le Bûcheron, ils font tous les deux partie du jeu du Vampire. S'ils me voient, c'est la catastrophe.

Eraste Pétrovitch se pencha et toucha l'épaule du cocher :

— Poursuivez jusqu'au coin et arrêtez-nous rue Solianka.

Puis, s'adressant à Senka :

— On dirait qu'il se passe quelque chose d'intéressant, non ? Il serait bon d'aller jeter un c-coup d'œil.

Quand les hommes du Vampire furent passés, Skorik se redressa.

— Jeter un coup d'œil, ça me paraît difficile, mais on peut toujours écouter ce qui se dit.

Et, passant par les cours intérieures, il conduisit Eraste Pétrovitch jusqu'à la demeure où ils se proposaient d'entrer.

Le tonneau dont s'était servi Senka la fois précédente pour atteindre la fenêtre des water-closets était toujours à la même place, il n'avait pas bougé.

— Vous pourrez vous y glisser ? demanda Skorik en désignant la lucarne entrouverte.

M. Nameless sauta sur le tonneau, à pieds joints, sans même prendre d'élan, puis bondit à nouveau, se hissa par les bras et, sans le moindre effort, comme si c'était pour lui un jeu d'enfant, se vissa dans la petite ouverture carrée, si promptement que c'est à peine si on eut le temps de voir ses semelles disparaître. Senka s'y glissa à son tour, avec moins d'agilité, certes, mais assez tout de même pour se retrouver un bref instant après dans le cabinet d'aisances.

— Singulier moyen de s'introduire chez une dame, murmura Eraste Pétrovitch entre ses dents tandis qu'il aidait Senka à poser le pied par terre. Qu'y a-t-il derrière cette porte ?

— Le vivoir, souffla Senka. Enfin, le salon, je veux dire. On peut entrouvrir tout doucement, mais juste à peine.

— Hum ! Je vois que vous avez déjà breveté cette méthode d'observation.

Là prit fin leur conversation.

Eraste Pétrovitch poussa très légèrement le battant, de la largeur d'un cheveu, et colla son œil à la fente. Skorik se tortilla un peu dans tous les sens (lui aussi était curieux, après tout) pour finalement trouver une position commode : accroupi, collé contre la cuisse de M. Nameless, le front contre le chambranle. Bref, il occupait une place au parterre.

Et ce qu'il vit lui fit douter de ses organes de perception : est-ce que ses yeux ne lui mentaient pas ?

Au milieu de la pièce, la Mort et le Vampire se tenaient enlacés, et ce mollusque aux cheveux crasseux lui caressait l'épaule !

Senka laissa échapper un sanglot, ou bien renifla – lui-même ne sut pas très bien –, et reçut sur-le-champ une tape sur la nuque de la part de M. Nameless.

— Ma toute belle, ronronnait le Vampire de sa voix grasse. Tu m'as consolé, tu m'as donné du plaisir. Bien sûr, je ne suis pas le Prince, je n'ai pas les moyens de t'offrir des pierres précieuses, mais je t'apporterai un châle de soie indien. D'une beauté indescriptible !

— Donne-le à ta poule, répliqua la Mort en se dégageant.

Il se fendit d'un large sourire :

— Tu es jalouse ? Ma Manka, elle, ne l'est pas. Tiens par exemple, je suis là chez toi, et elle en ce moment, elle est au coin de la rue à faire le guet.

— Eh bien, tu vois, tu n'as qu'à lui refiler, pour le dérangement. Quant à moi, je n'ai rien à faire de tes cadeaux. Ce n'est pas pour ça que tu me plais.

— Pour quoi alors ? demanda le Vampire en souriant cette fois-ci jusqu'aux oreilles (Senka fit la grimace : il avait les dents jaunes, toutes pourries). Comme qui dirait que le Prince a beau faire le lascar, finalement je vaux mieux que lui, c'est ça ?

Elle eut un rire bref, déplaisant :

— Pour moi, il n'y a personne qui vaille mieux que toi.

L'autre la regarda fixement, cligna des yeux.

— Je te comprendrai jamais... Quoique pour comprendre les bonnes femmes, faut se lever tôt...

Il l'empoigna par les épaules et l'embrassa à pleine bouche. Senka, de chagrin, se cogna le front contre le montant de porte – bruyamment. Eraste Pétrovitch lui flanqua une chiquenaude sur le sommet du crâne, mais trop tard.

Le Vampire se retourna brusquement, un revolver à la main.

— Qui est là chez toi ? !

— Ce que tu peux être nerveux ! Et ça se dit un caïd encore... (La Mort essuyait ses lèvres avec sa manche d'un air dégoûté.) Il y a un courant d'air dans toute la maison, les portes claquent.

A ce moment quelqu'un siffla. Et tout près. Dans l'entrée peut-être ?

Une voix bizarre (ce devait être Gros-bec, avec son nez enfoncé) dit :

— Y a de l'acret, d'après Manka : le commissaire rapplique du côté de la rue Podkolokolny. Avec des fleurs. C'est pas qu'il viendrait par ici ?

— Dans la Khitrovka, tout seul ? s'étonna le Vampire. Sans ses clebs ? Eh bien, quelle tête brûlée !

— Le Gabelou est avec lui.

Le Vampire, dans l'instant, disparut du champ de vision de Senka, comme soufflé par le vent. Il lança, sans doute depuis l'entrée :

— C'est bon, ma petite chérie, on finira de causer plus tard. Mon salut au Prince, ce grand cocu !

La porte claqua, tout devint silencieux.

La Mort se servit une rasade d'une sorte d'eau brune contenue dans une carafe (Senka savait ce que c'était : du rhum de la Jamaïque), elle but, mais au lieu d'avaler le liquide, elle s'en rinça la bouche et le recracha dans le verre. Puis elle tira un bout de papier de sa poche, le déplia et le porta à son nez. Alors seulement, quand elle eut aspiré la poudre blanche, elle parut se détendre et souffler un peu.

Skorik, lui, n'avait pas de neige à sa disposition, aussi restait-il immobile, totalement paralysé, comme pris dans une gangue de glace. Ainsi l'honnête jeune homme, aux épaules de sucre et à la coiffure *Mon Ange* ne lui convenait pas, avec lui c'était impossible. Mais avec cette ignoble sangsue gluante, ça l'était ?

Senka parvint enfin à remuer, et de nouveau les doigts de l'ingénieur tambourinèrent sur son crâne pour le mettre en garde : tiens-toi tranquille, ce n'est pas encore le moment de se montrer.

Qu'est-ce que ça voulait dire, Seigneur ? ! Eraste Pétrovitch avait donc raison à son sujet, quand il la traitait de catin sans morale...

Mais ce n'était encore là que le début des souffrances de Senka.

Une minute s'écoula, peut-être deux, et on frappa à la porte.

La Mort chancela, croisa son châle sur sa poitrine, puis cria avec force :

— C'est ouvert !

On entendit un tintement d'éperons, et une énergique voix d'officier déclara :

— *Mademoiselle Mort*, me voici. Je vous avais promis d'être là pile à cinq heures pour recueillir votre réponse, et en homme d'honneur, j'ai tenu parole. Décidez-vous : voici un bouquet de violettes, et voici un mandat d'arrêt à votre nom. Je vous laisse le choix.

Que venaient faire là les violettes ? se demandait Skorik, mais déjà le commissaire Solntsev (c'était sa voix) poursuivait ainsi :

— Comme je l'ai déjà dit, les renseignements confidentiels que j'ai en ma possession confirment de manière certaine que vous entretenez une liaison criminelle avec le bandit et assassin Dron Vesselov, surnommé le Prince.

— Pourquoi gaspiller l'argent de l'Etat à payer des indics ? Mes relations avec le Prince ne sont un secret pour personne, répondit la Mort d'un ton négligent, où se décelait même une note d'ennui.

— Elles ne sont peut-être pas un secret, certes, mais ce dont je dispose là, c'est de témoignages irréfutables, solidement étayés, ajoutés à des clichés photographiques réalisés discrètement, selon une toute nouvelle méthode. Autrement dit, *Fräulein Tod*, vous tombez ainsi sous le coup de deux articles du Code pénal. Six ans de déportation. Et un bon procureur n'aura aucun mal à vous épingler encore une double accusation de complicité de vol et de meurtre. Ce serait alors le bagne, sept années, chère mademoiselle ! Ce que feraient de vous, simple jeune femme sans titre ni relations, les gardiens et leurs divers acolytes, je n'ose même y penser sans trembler. Ce serait dommage pour votre beauté. Assignée à résidence, une fois votre peine purgée, vous ne seriez plus qu'une ruine.

Cette fois-ci le colonel apparut dans la fente de la porte, l'allure crâne, le cheveu étincelant. Il tenait effectivement dans une main un bouquet de violettes de Parme (qui signifiaient « malice » dans le langage des fleurs), et dans l'autre une feuille de papier.

— Bon, et que voulez-vous ? demanda la Mort en se campant les deux mains sur les hanches, si bien qu'en effet elle ressemblait tout à coup à l'Espagnole de l'Opéra. Que je vous livre mon amant ?

— Je m'en contrefiche, de votre Prince ! s'exclama le commissaire. Quand viendra l'heure, je saurai bien le capturer tout seul ! Tu sais parfaitement ce que je réclame de toi. Auparavant, je te suppliais, mais aujourd'hui j'exige. Ou tu seras mienne, ou tu iras au bagne ! Parole d'officier !

Senka sentit sous sa joue la jambe d'Eraste Pétrovitch se raidir, ses muscles d'acier frémir, tandis que lui-même serrait les poings. Quelle ordure, vraiment, ce commissaire !

Mais la Mort se contenta d'éclater de rire :

— Quel galant cavalier ! Vous vous y prenez toujours ainsi pour convaincre les demoiselles ?

— Jamais ni avec personne. (La voix de Solntsev vibrait de passion.) Ce sont les filles qui courent après moi. Mais toi... toi, tu me rends fou ! Qu'as-tu à faire de ce criminel ? Un jour prochain, on le retrouvera étendu dans le ruisseau, criblé de balles par les policiers. Alors que moi, moi, je te donnerai tout : de quoi assurer ton existence, une protection contre tes anciens amis, une situation digne. Je ne peux pas t'épouser, je ne vais pas te mentir, et de toute façon tu ne me croirais pas. Cependant amour et mariage, ce sont deux matières différentes. Quand viendra pour moi le temps de me marier, la femme que je choisirai n'aura pas besoin d'être belle, et mon cœur de toute façon t'appartiendra toujours. Oh, j'ai des plans grandioses ! Sois à moi, et je t'élèverai à des hauteurs inouïes ! Un jour viendra où tu seras la reine non couronnée de Moscou, et peut-être plus encore ! Alors ?

Elle se taisait, le regardant, la tête légèrement inclinée, comme si elle voyait devant elle quelque animal curieux.

— Parle encore un peu, répondit-elle enfin. Je n'arrive pas à me décider.

— Ah, c'est comme ça ! (Le commissaire jeta son bouquet par terre.) En amour, comme à la guerre, tous les moyens sont bons. Non seulement je t'expédierai à l'ombre, mais je ferai fermer cet asile pour orphelins que tu subventionnes en douce, et en disperserai les pensionnaires à tous les diables. Il n'existe que grâce à de l'argent volé, il nourrit de futurs voleurs ! Et sache-le bien, je n'ai qu'une parole !

— Ah, voilà qui est mieux, dit alors la Mort avec un drôle de sourire. Maintenant, oui, c'est convaincant. Je suis d'accord. Dis-moi quelles sont tes conditions, cher Innokenti Romanytch.

Le colonel parut désarçonné par une si soudaine reddition, il recula d'un pas en arrière, et de nouveau disparut de leur champ de vision.

Il eut tôt fait, cependant, de se reprendre en main. Il y eut un grincement de bottes, une main gantée de blanc se tendit vers le bouquet de violettes et le ramassa.

— Je ne vous comprends pas, *señora la Muerte*, mais *passons*, c'est sans importance. Prenez bien note seulement : j'ai de la fierté et je ne permettrai pas qu'on cherche à se payer ma tête. Si jamais il vous venait l'idée de jouer au plus fin avec moi… (Son poing se resserra si fortement sur les violettes que les tiges en furent brisées.) Tant que je n'ai pas capturé le Prince, tu resteras vivre ici. Je viendrai te voir en cachette, chaque nuit. Et tu as intérêt à te montrer tendre ! Je ne tolère pas la froideur en amour !

Il ôta ses gants, les jeta eux aussi, mais sur la table, et tendit les mains vers la jeune femme.

— Mais tu n'auras pas peur de venir chez moi ? demanda la Mort. Ça ne t'effraie pas ?

Le commissaire baissa les bras.

— Ça ira. Je prendrai le Gabelou avec moi. En sa présence, le Prince n'osera pas montrer son nez.

— Je ne parle pas du Prince, dit-elle à mi-voix en se rapprochant. Tu n'as pas peur de jouer avec la Mort ? Tu ignores encore ce qui arrive à mes amants ?

Il s'esclaffa :

— Foutaises ! Inventions pour nigauds ignares.

Elle aussi se prit à rire, mais si bizarrement que Senka sentit des frissons lui courir dans le dos.

— Vous êtes un matérialiste, Innokenti Romanytch. C'est bien, j'aime les matérialistes. Eh bien, allons dans ma chambre, puisque vous êtes si audacieux. Je vous dorloterai comme je sais le faire.

Senka gémit en entendant ces paroles, gémit en lui-même bien entendu, en silence, mais son gémissement n'en fut que plus douloureux. Georges disait vrai à propos des femmes : « Au fond, ce sont toutes des putes, *mon cher*. Il suffit d'insister, et elles se couchent. »

Il pensait que le commissaire, à ces mots, se précipiterait dans la chambre, cependant l'autre fit claquer le couvercle d'une montre et soupira :

— Je brûle de désir, mais je ne puis maintenant satisfaire ma flamme, je suis convoqué à six heures et demie par le grand maître de la police pour mon rapport. Je repasserai tard dans la soirée. Mais attention : pas de coup fourré.

Il se permit de tapoter la joue de la Mort, ce sale chien arrogant, puis se dirigea vers la porte dans un tintement d'éperons.

Une fois seule, la Mort tira un mouchoir, le porta à son visage et fit le geste de l'essuyer, mais elle y renonça aussitôt. Elle s'assit à la table et posa la tête sur ses bras croisés. Si elle avait pleuré, Senka lui eût tout pardonné, mais elle ne pleurait pas : ses épaules ne tremblaient pas, non plus qu'on ne l'entendait renifler. Elle restait juste assise, comme ça.

Skorik renversa la tête en arrière et regarda tristement M. Nameless. Vous aviez raison, Eraste Pétrovitch. Je suis le dernier des imbéciles.

Mais l'ingénieur hocha pensivement la tête, puis remua les lèvres pour prononcer ces deux mots que Senka devina plus qu'il n'entendit :

— Intéressante personne...

Sur quoi Eraste Pétrovitch adressa soudain un clin d'œil à Senka, comme pour lui dire : « Allons, courage ! », et le repoussa légèrement de la main. Visiblement, l'heure pour lui était venue d'intervenir dans l'affaire.

Mais à cet instant des pas à nouveau retentirent, non point nets, comme ceux du commissaire, mais pesants et même un peu traînants.

— Euh... je m'excuse, fit une profonde voix de basse.

Le Gabelou ! Senka s'agrippa au genou de M. Nameless : restez là, n'y allez pas !

— Sa Haute Noblesse a oublié ses gants. Elle m'a envoyé les chercher, n'ayant pas souhaité se déplacer elle-même.

La Mort releva la tête. Non, il n'y avait pas trace de larmes sur son visage, seuls ses yeux brûlaient d'un feu plus vif qu'à l'ordinaire.

— Ça ne m'étonne pas, dit-elle avec un sourire amusé. Innokenti Romanytch est sorti d'ici avec un air si important ! Revenir récupérer ses gants, c'était ruiner tout son effet. Tenez, prenez, Ivan Fiodotytch.

Elle ramassa les gants sur la table et les lança au Gabelou. Mais celui-ci ne se retira pas aussitôt.

— Eh, ma fille, ma fille, que fais-tu donc de toi ? Le Seigneur t'a donné cette beauté magnifique, et toi, tu la traînes dans la boue, tu bafoues ce don de Dieu. Je vois le paon qui me sert de chef ressortir de chez toi aussi rayonnant qu'une paire de bottes bien cirées. C'est donc que tu ne lui as rien refusé. Or c'est une saleté que cet homme-là, même pas un paon, une poule mouillée. Et le Prince, ton soupirant, ce n'est rien qu'un furoncle purulent. Qu'on appuie dessus, et il crève. C'est-il bien un type comme ça qu'il te faut ? Tu as la nuit dans la tête, du brouillard dans le cœur. Ce qu'il te faudrait, c'est un homme lucide, solide, très riche, contre lequel tu pourrais te blottir, reprendre souffle, reposer les pieds sur terre.

La Mort haussa un sourcil étonné :

— Qu'est-ce que vous me chantez là, Ivan Fiodotytch ? Vous faites l'entremetteur sur vos vieux jours ? Je serais curieuse de savoir avec qui vous cherchez à me marier. Qui est-ce donc, ce richard ?

A ce moment s'éleva une voix furieuse, un peu étouffée, provenant sans doute du vestibule.

— Gabrilov, fainéant, tu n'as pas encore fini ?

Alors le Gabelou acheva dans un débit précipité :

— Je ne te veux que du bien, malheureuse idiote. J'ai en vue un homme qui pourrait être pour toi comme une forteresse, une protection et une planche de salut. Je repasserai plus tard, nous causerons.

Il y eut un piétinement de bottes, puis une porte claqua.

A nouveau la Mort se retrouva seule dans le salon, mais elle ne retourna pas s'asseoir à table. Elle alla dans le coin le plus éloigné de la pièce, où était accroché le miroir brisé, se campa devant la glace et s'y observa avec attention. Elle hochait par instants la tête, et semblait même formuler des commentaires, sans qu'aucun mot pourtant ne s'entendît.

— Mm-oui, Semion Skorikov, chuchota M. Nameless. Ma foi, c'est là, pardonnez la vulgarité de l'expression, un vrai défilé de chiens en rut. Eh bien, que voulez-vous, je vais m'y joindre à mon tour, et tenter ma chance. Je vous fais le pari que mon apparition sera encore plus impressionnante que la sortie du colonel Solntsev. Quant à vous, reprenez le chemin inverse, vous n'avez rien à faire ici. Hop ! par la fenêtre ! ajouta-t-il en montrant la direction à suivre.

Senka ne chercha pas à protester. Il monta sur le vase de porcelaine (on disait une « cuvette », il y avait les mêmes au bordel ; et aussi un autre vase, pour le rinçage des femmes, qui portait le nom de « bidet ») et fit mine de se hisser jusqu'à la lucarne, mais dès qu'Eraste Pétrovitch, après avoir frappé à la porte, fut entré dans la pièce, il redégringola de son perchoir. Et reprit, pour ainsi dire, son poste d'observation.

COMMENT SENKA SE TROUVA DÉÇU PAR L'HUMANITÉ

Eraste Pétrovitch s'avança sans hâte au milieu du salon et souleva son couvre-chef (il portait ce jour-là une casquette à carreaux à oreillettes rabattues vers le haut).

— N'ayez pas peur, mademoiselle. Je ne vous ferai aucun mal.

La Mort ne se retourna pas, elle considéra le visiteur importun dans le miroir brisé. Elle secoua la tête, passa la main sur la surface réfléchissante. Puis elle jeta un coup d'œil par-dessus son épaule. Son visage parut étonné.

M. Nameless s'inclina légèrement.

— Non, je ne suis pas une v-vision ni une hallucination.

— Alors va au diable, jeta-t-elle en se tournant à nouveau face à la glace. Voyez-moi ce culot ! Sache que je n'ai qu'un mot à dire pour que tu sois mis en pièces, qui que tu puisses être.

Eraste Pétrovitch se rapprocha.

— Je vois que vous n'êtes nullement effrayée. Vous êtes en vérité une femme bien singulière.

— Ah ! voilà donc pourquoi la porte grinçait, murmura-t-elle comme pour elle-même. Et moi qui pensais qu'il s'agissait d'un courant d'air. Qui es-tu ? Et d'où sors-tu ? Tu n'es pas passé par la canalisation d'égout, tout de même ?

Mais à cette question, il répliqua d'un ton sévère :

— Pour vous, mademoiselle, je suis l'envoyé du destin. Or le destin passe par là où bon lui semble, et quelquefois même par des lieux très incongrus.

Alors enfin, elle lui fit front. Et son regard n'était plus empreint de mépris, mais plutôt de perplexité, et même, crut deviner Skorik, d'un certain espoir. Elle répéta :

— L'envoyé du destin ?

— Quoi, je n'y ressemble pas ?

Elle s'avança vers lui et le dévisagea soigneusement.

— Je ne sais pas... Peut-être, en effet.

Senka gémit. Ils étaient à présent extrêmement mal placés : M. Nameless, avec sa haute taille, la dissimulait complètement, et lui-même n'offrait plus à voir que son dos.

— Parfait, dit l'ingénieur. En ce cas je vais vous parler en termes poétiques, comme il appartient à un vrai messager du sort. Mademoiselle, un nuage de mal s'est accumulé au-dessus de cette partie de Moscou où nous nous trouvons vous et moi. Il menace de crever d'un instant à l'autre et de déverser sur la terre une p-pluie de sang. Cette nuée pesante comme une masse de fer ne sera pas emportée par le vent, car elle est retenue ici par une sorte d'aimant. Et je soupçonne que cet aimant n'est autre que vous.

— Moi ? ! s'exclama la Mort, troublée, en s'écartant d'un pas.

Ah ! cette fois-ci, on la voyait bien. Son visage paraissait à présent désemparé, tout différent de ce qu'il semblait à l'ordinaire.

Eraste Pétrovitch changea de place lui aussi, comme s'il désirait maintenir une certaine distance entre eux.

— Magnifique nappe, observa-t-il. Je n'avais jamais vu de motifs aussi étonnants. Qui a brodé ceci ? Vous ? Si c'est vrai, vous possédez là un véritable t-talent.

— Ce n'est pas de cela que vous parliez, coupa-t-elle. Qu'est-ce qui vous fait dire que le sang va couler à cause de moi ?

— Mais le simple fait, madame la Mort, que vous avez concentré autour de vous les plus dangereux criminels de la ville. Un voleur doublé d'un assassin, surnommé le Prince, qui vous entretient. Un détraqué, baptisé l'Œil, qui vous fournit en cocaïne. Un extorqueur, vrai rebut de la société, dit le Vampire, dont, je ne sais pourquoi, vous avez également besoin. Quel intérêt a donc pour vous ce *Kunstkammer*, cette collection de monstres ?

Elle demeura un long moment silencieuse. Senka pensait déjà qu'elle ne répondrait pas. Et cependant, elle finit par dire :

— Il le faut, voilà tout.

— Mais qui êtes-vous ? s'exclama M. Nameless avec colère. Une thésauriseuse dévorée de cupidité ? Une ambitieuse aimant à s'imaginer en reine des m-malfaiteurs ? Une misanthrope ? Une malade mentale ?

— Je suis la Mort, prononça-t-elle d'un ton égal et solennel.

Il marmonna, de manière à peine audible :

— Encore une ? Ça ne fait pas beaucoup pour une seule ville ?

— De quoi parlez-vous ?

Alors il s'approcha tout près d'elle et lui déclara d'un ton brusque et impérieux :

— Que savez-vous du meurtre des Sinioukhine et des Samchitov ? Ces crimes présentent les indices d'une sorte de rituel satanique : dans un cas on a crevé les yeux des victimes, dans l'autre on a exterminé tous les êtres vivants présents sur les lieux, jusqu'à un perroquet dans sa cage. Un véritable festin de mort.

Elle haussa nerveusement les épaules.

— Je ne sais rien de tout cela. Qui êtes-vous, un policier ? (Elle le regarda dans les yeux.) Non, il n'y a pas d'hommes comme vous dans la police.

Il secoua la tête, mi-agacé, mi-confus.

— Je vous demande p-pardon, j'ai oublié de me présenter. Eraste Pétrovitch Nameless, ingénieur.

— Ingénieur ? Mais alors qu'avez-vous à faire de ces histoires ?

— Il est deux phénomènes qui ne me laissent jamais indifférent. L'impunité d'un crime, et le m-mystère. Le premier soulève en mon être une colère qui ne me laisse plus respirer calmement avant que justice ait été rétablie. Le second me prive de tranquillité et sommeil. Dans cette affaire, les deux phénomènes sont présents : un forfait monstrueux, et une énigme : vous. Cette énigme, je dois la déchiffrer.

Elle eut un sourire moqueur :

— Et comment comptez-vous vous y prendre pour me déchiffrer ? A la manière des autres déchiffreurs peut-être ?

— Tout dépendra des circonstances, répondit-il après une brève hésitation. Cependant vous avez raison, il y a un terrible courant d'air ici.

Il pivota sur ses talons, marcha droit sur Senka, ferma étroitement la porte et la bloqua de surcroît de l'autre côté avec une chaise. A présent Skorik ne voyait plus rien et n'entendait plus guère ce qui se passait dans le salon.

Au reste, il ne souhaitait pas en entendre davantage. Il se glissa à nouveau dehors par la lucarne, le cœur empli de tristesse. On peut même dire le cœur brisé.

Senka venait d'être frappé d'une totale désillusion à l'endroit du genre humain. Prenez cet Eraste Pétrovitch, par exemple : un homme sérieux à première vue, solide et respectable, et voilà qu'il se révélait aussi coureur que les autres. Ah, misère de misère ! Qui croire en ce monde ? Qui respecter ?

Maintenant, M. Nameless, naturellement, allait la déchiffrer en deux coups de cuiller à pot. Une pareille traînée, fallait vraiment être feignant pour pas la déchiffrer. Oh, les femmes ! Des saloperies, des traîtresses ! Y en avait qu'une seule sur qui on pouvait compter : Tachka. Elle avait beau être qu'une mamzelle, elle était honnête, elle. Ou bien était-ce qu'elle était encore jeunette ? Sûrement, qu'elle grandisse encore un peu, et elle deviendrait comme toutes les autres.

COMMENT SENKA TIRA TROP FORT SUR LE LEVIER D'ÉTRANGLEUR

Skorik était si triste et désenchanté qu'il marchait sans autre but que celui où le portaient ses jambes, regardant non pas autour de lui mais à l'intérieur de son être. Or ses jambes, les sottes, le conduisirent jusqu'à la place du marché Khitrov, où il n'avait aucune raison d'aller traîner ses guêtres à l'heure présente. Si on l'y voyait, le Prince serait immédiatement rencardé, et alors adieu, Semion Trifonovitch, n'espérez pas vivre plus longtemps.

Quand il se rendit compte de l'endroit où il était, il sentit l'angoisse monter en lui. Il releva le col de sa veste, renfonça son canotier sur ses yeux et se dirigea à pas rapides vers le passage des Trois-Saints, depuis lequel il lui serait facile, pensait-il, d'atteindre un lieu où il serait en sûreté.

Tout à coup, il aperçut Tachka qui venait à sa rencontre, tombant à point nommé. Pas seule cependant, avec un client. Un commis de bureau, à en juger par son allure. Ivre, la trogne rouge, il tenait maladroitement Tachka par l'épaule et parvenait à peine à remuer les cannes.

Vous parlez d'une idiote entêtée ! Quel plaisir avait-elle à se laisser tripoter pour trois roubles ? Et impossible de lui expliquer que c'était avilissant et indigne : elle ne comprenait pas. Rien d'étonnant, elle vivait à la Khitrovka depuis qu'elle était née. Sa mère était putain, et sa grand-mère l'avait été.

Skorik voulut l'aborder, lui dire bonjour. Elle aussi l'avait vu, mais elle ne lui adressa ni sourire ni signe de tête. Elle lui fit de gros yeux terribles et porta la main à ses cheveux. Or une fleur y était fichée, exprès, visiblement, pour pareil cas : un pavot rouge, qui dans le langage des fleurs signifie « danger ».

Danger pour qui, pour elle ou pour lui, Senka ?

Il s'approcha malgré tout et ouvrit la bouche pour le lui demander, mais Tachka siffla entre ses dents :

— Fiche le camp d'ici, imbécile. Il te cherche.

— Qui ça ?

Le commis s'en mêla. Il tapa du pied et se mit à proférer des menaces.

— Qu'est-ce que tu veux ? brailla-t-il. Qui que t'es ? La mamzelle est à moi ! Gaffe, ou je vais te péter la gueule !

Tachka le repoussa d'une bourrade dans les côtes et chuchota :

— Cette nuit... Viens cette nuit, je te raconterai un truc...

Sur quoi elle entraîna plus loin son cavalier.

Tous ces mystères déplurent à Senka au plus haut point. Tachka n'était pas fille à effrayer les gens pour rien. Apparemment il était arrivé quelque chose. Il fallait qu'il passe la voir.

Il se disposait à attendre la nuit sur le boulevard quand lui vint une idée plus futée.

Puisque de toute manière il était là, à la Khitrovka, pourquoi ne pas retourner visiter le souterrain, et se faire une autre provision d'argent ? Les cinq barres de l'autre fois étaient planquées à l'intérieur de sa valise, enroulées dans des caleçons. Il ne serait pas mauvais de leur adjoindre quelques sœurs. Qui savait ce que l'avenir lui réservait, et s'il ne serait pas contraint de prendre ses cliques et ses claques du jour au lendemain ?

Il prit encore quatre barres. Ça lui en faisait donc à présent neuf en réserve. Un bon petit capital, on dira ce qu'on voudra. Achot Achotytch, le royaume des cieux soit à lui, le malheureux, n'était plus, mais Senka pouvait espérer dénicher tôt ou tard un autre intermédiaire. C'était péché, bien sûr, que de raisonner ainsi, mais force était de rendre aux vivants et aux morts ce qui était dû à chacun

Une fois ressorti du boyau, dans la cave aux piles de briques (les gens cultivés disent des « colonnes »), Senka remit les pierres en place, prit deux barres dans chaque main et s'en fut dans l'obscurité des lieux, en direction de la sortie donnant passage Podkolokolny.

Il suivait le couloir et n'avait plus que deux tournants à prendre quand une chose terrible se produisit.

Un objet pesant frappa Skorik à la nuque, avec tant de violence qu'il s'affala nez contre terre, sans même avoir eu le temps de crier. Il n'avait pas encore bien compris quelle tuile venait de lui tomber dessus qu'il se sentit plaqué au sol : quelqu'un chaussé de bottes à semelles ferrées lui écrasait le dos.

Skorik se débattit pour pouvoir respirer. Les barres qu'il tenait à la main gauche lui échappèrent et s'en furent valdinguer sur la pierre du dallage avec un tintement sonore.

— Aaaah ! hurla le pauvre Senka alors que des doigts de fer l'empoignaient par les cheveux et lui tiraient la tête en arrière, si brutalement qu'il entendit ses vertèbres craquer.

Mû non par son courage, mais par la seule terreur animale qui s'était emparée de lui, Senka brandit les barres qu'il serrait encore dans la main droite, battant l'air en tous sens. Rencontrant un obstacle, il frappa encore une fois au même endroit, de toutes ses forces. Le coup porta à nouveau. Il y eut un rugissement caverneux, comme celui d'un ours, la grosse pogne cramponnée aux cheveux de Skorik relâcha son étreinte, tandis que la botte qui pesait sur son dos se déplaçait légèrement.

Senka roula vivement sur le côté, se mit à quatre pattes, puis debout, et toujours hurlant s'élança dans les ténèbres. Il heurta un mur de plein fouet et repartit aussitôt dans l'autre sens.

Il escalada quatre à quatre les marches menant à la rue et courut dans la nuit noire jusqu'à la place de la Loubianka. Là, il tomba à genoux devant la margelle du bassin, plongea sa figure dans l'eau, se rafraîchit un peu, puis alors seulement remarqua qu'il avait laissé tomber dans sa course les deux barres qui lui restaient encore.

Le diable les emporte. L'essentiel, c'était d'être vivant.

— Où étiez-vous passé, Skorikov ? demanda M. Nameless en ouvrant la porte de l'appartement.

Et aussitôt il prit Senka par le bras et l'attira dans la lumière de la lampe.

— Mais qui vous a fait ça ? Que s'est-il passé ?

Il venait de découvrir la bosse qui ornait le front de Senka, et son nez tuméfié – conséquences de sa chute brutale à plat ventre.

— Le Prince a voulu me tuer, répondit Senka, le visage renfrogné. Il a failli me péter le cou.

Sur quoi il raconta sa mésaventure, en se gardant bien, cependant, de mentionner l'endroit où il s'était d'abord rendu, et les barres d'argent qu'il en avait rapportées. Il prétendit être allé faire un tour dans les caves de la Erokha, par pure curiosité, et y avoir été par hasard victime de ce cauchemardesque précédent.

— *Incident*, corrigea machinalement Eraste Pétrovitch. (Un pli à présent barrait son front.) Il s'agissait du Prince, vous êtes sûr, vous l'avez vu distinctement ?

— Comme si j'avais besoin de le voir ! (La mine défaite, Skorik examinait sa physionomie dans le miroir. Son nez, regardez-moi ça, ressemblait maintenant à une patate cuite au four.) Qui d'autre aurait eu intérêt à me basourdir ? La racaille de la Erokha se jette pas comme ça sur le premier venu sans crier gare, ils regardent d'abord à qui ils ont affaire. Alors que celui-là a cogné tout de suite, sans avertir, et pour de bon. Ou bien c'était le Prince, ou bien quelqu'un de son jeu. Mais pas l'Œil : l'Œil aurait pas cherché à me faire des mamours, il m'aurait aussi sec balancé sa sacagne ou filé un coup d'épée dans les châsses. Mais où est Massa-*senseï* ?

— A un rendez-vous. (M. Nameless prit Senka par le menton, lui tourna la tête à gauche, à droite, comme s'il ne se lassait pas de l'admirer.) Il faudrait poser ici une compresse. Et passer là du désinfectant. Et comme ça, ça fait mal ?

— Ouiii ! hurla Skorik, qu'Eraste Pétrovitch venait d'empoigner solidement par le nez.

— Ce n'est rien, ce sera guéri avant vos noces. Il n'y a pas de f-fracture.

M. Nameless était vêtu d'une longue robe de chambre en soie et portait sur ses cheveux une fine résille destinée à maintenir sa coiffure en place. Senka en possédait une toute pareille, la chose s'appelait un « garde-façon ».

Comment ça s'est arrangé entre lui et la Mort ? se demanda Skorik en lorgnant en coin la tronche glabre de l'ingénieur. Mais allons, tu le sais bien... Pareil étalon n'aura pas laissé passer l'aubaine.

— Bon, écoutez-moi bien, *Herr* Schopenhauer, déclara Eraste Pétrovitch quand il eut fini de tartiner la figure de Senka d'un machin bizarre puant le parfum. A partir de maintenant, vous ne vous éloignez plus de nous d'un seul pas. C-compris ?

— Evidemment...

— Parfait. Alors allez vous coucher... et dans les bras de Morphée !

Si Senka n'eut aucun mal à se mettre au lit, avec Morphée, en revanche, il mit du temps à s'entendre. Tantôt ses dents jouaient des castagnettes, tantôt il était secoué de frissons et grelottait, incapable de se réchauffer. Pas étonnant. La mort était passée tout près de lui et avait frôlé son âme de son aile glacée.

Il lui revint qu'il n'était pas passé voir Tachka finalement. Or elle voulait lui communiquer quelque chose, l'avertir. Il faudrait qu'il lui rende visite, mais à la seule idée de retourner à la Khitrovka, il se mettait à grelotter encore plus fort.

La nuit porte conseil. Peut-être, le lendemain matin, toute cette histoire lui paraîtrait-elle moins effrayante.

Il s'endormit sur cette pensée.

Mais le lendemain, la peur ne l'avait pas quitté. Et le surlendemain non plus. Elle lui colla longtemps aux basques, une semaine entière. Le matin et dans la journée, ça allait encore : « Aujourd'hui, se disait-il, dès qu'il fera nuit, j'irai, sans faute », mais avec la venue du soir l'angoisse montait en lui, et ses jambes, intraitables, refusaient de le conduire à son ancien quartier.

On ne saurait dire cependant que durant tous ces jours Senka passait son temps à ne rien faire que trembler de frousse. D'occupations, il n'en manquait pas, et de nature, qui plus est, à lui faire oublier le monde entier.

Tout avait commencé le jour où Eraste Pétrovitch lui avait proposé :

— Veux-tu voir mon tapis volant ?

Juste avant, ils avaient eu une conversation au cours de laquelle Senka l'avait supplié, par le Christ Notre-Seigneur, de ne plus le vouvoyer et de ne pas l'appeler « Skorikov », parce que c'était blessant.

— Blessant ? s'était étonné M. Nameless. D'être vouvoyé ? Mais pourtant, vous vous considérez, je crois, comme adulte. Entre personnes adultes, le tutoiement n'est possible que sur une base de réciprocité, or personnellement, je ne suis pas p-prêt à vous dire « tu ».

— Mais jamais de la vie je pourrai vous tutoyer ! s'exclama Skorik avec effroi. D'ailleurs, j'en ai aucun besoin. Mais vous dites bien « tu » à Massa, vous lui faites cette faveur. Alors que moi, je suis même pas un domestique pour vous.

— Voyez-vous, Skorikov... Pardon, je veux dire monsieur Skorikov, répondit l'ingénieur, apparemment résolu à s'acharner sur le garçon, je dis « tu » à Massa, mais lui me dit « vous », parce que au Japon maître et serviteur ne peuvent se parler que de cette manière, et pas autrement. Au Japon, les nuances de discours sont très sévèrement régies par l'étiquette. Il y existe une bonne dizaine de niveaux d'adresse entre le « tu » et le « vous », chacun réservé à un certain type de relations. S'adresser à un serviteur autrement que le prévoit l'usage serait une ineptie et une faute de grammaire.

— Mais chez nous, seule l'intelligentsia vouvoie les gens du peuple, sans doute pour leur montrer son mépris. C'est d'ailleurs pour ça que le peuple ne l'aime pas.

Il n'avait qu'à moitié convaincu. Et quant à se faire appeler tout bonnement Senka : impossible. Au lieu de Skorikov, on lui donnait à présent du « Senia », comme à un petit gosse de riche en culottes courtes. Il n'avait plus qu'à prendre son mal en patience.

Quand l'ingénieur vit Skorik ouvrir des yeux comme des soucoupes en l'entendant parler de tapis volant (d'Eraste Pétrovitch, il attendait n'importe quel miracle, même le plus fabuleux), il sourit :

— Ce n'est pas celui du conte de fées, bien sûr. C'est le nom que j'ai donné à mon mototripode, un véhicule automobile de ma propre c-conception. Allons, viens jeter un coup d'œil.

Dans le hangar, au fond de la cour, était rangée une voiture, pareille à une simple calèche à suspension à ressorts, à ceci près que le nez en était plus étroit et qu'elle n'avait que trois roues au lieu de quatre : une à l'avant, pas très haute, à jante large, deux grandes à l'arrière. Là où aurait dû se trouver le tablier était fixé une sorte de bouclier orné d'un chiffre, derrière lequel se dressait une tige de fer verticale surmontée d'une petite roue, et entourée de divers leviers et autres tortillons. Le siège était en box-calf et assez large pour trois passagers. L'ingénieur expliqua :

— Là, à droite, où se trouve le volant, c'est la place du *chauffeur*. A gauche, celle de l'*assistant*. Le chauffeur, c'est l'équivalent du cocher, à cette différence qu'il ne commande pas à des chevaux mais à un m-moteur. Quant à l'assistant, c'est son aide. Il arrive parfois qu'il faille être deux pour manœuvrer le volant, ou qu'on ait à retenir une manette, ou simplement à agiter un fanion pour faire dégager la route.

Senka mit un peu de temps à admettre que cette guimbarde pût rouler toute seule, sans être tirée par un cheval. Dans le coffre métallique installé sous le siège, d'après les dires (ou plutôt les bobards) d'Eraste Pétrovitch, se dissimulait une force égale à celle de dix chevaux, et de là venait que ce mototripode était prétendument capable de filer sur la route plus vite que n'importe quelle berline de luxe.

— Bientôt plus personne ne voudra user de la traction hippomobile pour se déplacer, racontait encore M. Nameless. On ne roulera plus que dans des « autos » comme celles-ci, mues par un moteur à combustion interne. Quant aux chevaux, ils seront délivrés de leur pénible besogne et, pour les remercier d'avoir si fidèlement servi l'humanité durant tant de m-millénaires, on les enverra pâturer dans les prairies en toute liberté. Bon, peut-être gardera-t-on les plus beaux et les plus fringants pour les courses et les promenades romantiques au clair de lune, mais tous les autres auront droit à la retraite et une pension.

Ouais, une pension, ça m'étonnerait, se dit Skorik. Si les chevaux un jour ne servent plus, c'est à l'abattoir qu'on les enverra, pour leur peau et pour leur viande, mais sûr qu'on les nourrira pas pour leurs beaux yeux. Cependant il se garda de contredire l'ingénieur, trop curieux d'entendre la suite.

— Vois-tu, Senia, l'idée d'un m-mototripode tout-terrain était le sujet de mon projet de diplôme, l'an dernier, à l'Institut de Technologie...

— Quoi, quoi, vous venez tout juste de finir vos études ? ! s'exclama Skorik, surpris.

Vu comme ça, Eraste Pétrovitch paraissait drôlement vieux. Il devait bien avoir dans les trente-cinq ans, sinon plus, la preuve : ses tempes étaient blanches.

— Non, j'ai suivi des cours de génie mécanique à Boston, en tant qu'auditeur libre. Et maintenant le temps est venu de donner vie à mon idée, de l'éprouver dans la p-pratique.

— Et si elle ne marchait pas ? demanda Senka tout en admirant la lanterne de cuivre rutilant fixée à l'avant de la machine.

— Mais non, elle roule très bien, m-mais ça ne suffit pas. J'ai l'intention avec mon mototripode d'établir un record : relier Moscou à Paris. Le départ doit avoir lieu le 23 septembre, de sorte que nous avons peu de temps pour nous préparer, à peine plus de deux semaines. Or c'est une entreprise dangereuse, presque impossible. Un exploit semblable a été tenté récemment par le baron von Liebniz, mais son auto n'a pas supporté les routes de Russie, elle est tombée en ruine. Cependant mon « Tapis-volant », lui, y résistera, parce qu'un engin à trois roues est plus maniable qu'un véhicule à quatre roues, c'est ce que je p-prouverai. Et tiens, regarde encore ça.

Jamais Senka n'avait vu Eraste Pétrovitch aussi animé. Ses yeux, d'ordinaires froids, impassibles, à présent pétillaient, tandis que ses joues s'étaient colorées de rose. M. Nameless était véritablement méconnaissable.

— Au lieu des bandes pneumatiques à la nouvelle mode, idéales pour les chaussées asphaltées mais absolument inadaptées à l'épouvantable état de nos routes, j'en ai conçu en c-caoutchouc moulé d'une seule pièce autour d'une âme en acier.

Skorik tapota la matière noire. Elle était agréable au toucher, un peu papuleuse, à la fois dure et élastique.

— L'ensemble de l'engin est basé sur le tripode « Patent-motorwagen » de la firme Benz à Mannheim, toutefois le « Tapis-volant » est b-beaucoup plus perfectionné ! La nouvelle « Velo » de *Herr* Benz est équipée d'un moteur de trois chevaux seulement, et la transmission par engrenage est solidaire de l'essieu arrière, alors que chez moi, regarde, elle est déportée sur le châssis, et le moteur a presque mille centimètres cubes de cylindrée ! Ce qui doit me permettre d'atteindre une vitesse de près de trente verstes à l'heure. Et jusqu'à trente-cinq sur l'asphalte ! Peut-être même quarante ! Tu imagines seulement !

La fièvre de l'ingénieur avait gagné Senka. Il renifla le siège qui exhalait une odeur mêlée de cuir et d'essence. Délicieux !

— Mais comment on s'en sert, de ce « tapis » ?

— Assieds-toi ici. Voilà... entreprit d'expliquer Eraste Pétrovitch avec un plaisir évident tandis que Senka se trémoussait, béat, sur le siège à ressorts. Dans un instant, un tout petit instant, tu vas rouler. C'est une jouissance qu'on ne saurait comparer à rien. Seulement attention, ne te p-presse pas. Pose le pied droit sur la pédale d'embrayage. Appuie à fond. Bien. Ça, c'est le régulateur d'allumage. Tourne-le. Tu entends ? L'étincelle vient d'enflammer le liquide carburant. Avec les manettes, tu ouvres les soupapes. Bravo. Maintenant tire le frein à main pour libérer les roues. Enclenche la transmission – ici, avec cette manette. A présent, très doucement, relève ton pied de la pédale d'embrayage et en même temps actionne le levier d'étrangleur qui...

Senka empoigna la tige de métal au nom si singulier et la tira vers lui d'un coup sec. La calèche automobile fit un brusque bond en avant.

— Aaaaah ! hurla Skorik, à la fois de peur et d'enthousiasme.

Il se sentit un grand vide au creux de l'estomac, comme s'il descendait à skis une montagne de glace. Le tripode franchit tout seul les portes du hangar en même temps que le mur de la maison volait à sa rencontre, à une allure folle. L'instant d'après, Senka se voyait projeté en avant, la poitrine contre la roue du volant. Il y eut un bruit de tôle froissée, un autre de vitre brisée, et là s'acheva la course de la voiture.

Juste devant Skorikov s'étageaient des briques rouges sur lesquelles rampait une chenille verte. Les oreilles lui tintaient, sa poitrine était douloureuse, mais ses os semblaient intacts.

Senka entendit derrière lui des pas se rapprocher sans hâte, il s'aperçut que le verre d'un des cadrans était fendu, qu'un autre manquait totalement, et il rentra la tête dans les épaules. Battez-moi, Eraste Pétrovitch. Jusqu'à me laisser sur le carreau, si vous voulez, ce sera encore trop peu pour l'idiot que je suis.

— ... qui régule l'arrivée de c-carburant, aussi faut-il le manier avec beaucoup de douceur, acheva M. Nameless, comme s'il n'avait pas été interrompu. Toi, Senia, tu as tiré dessus beaucoup trop brutalement.

Senka, tête basse, descendit de la voiture. Quand il vit la lanterne aplatie, elle qui un instant plus tôt affichait encore une élégance si rutilante, il ne put retenir un sanglot. Ah, malheur de malheur !

— Ce n'est pas grave, le consola l'ingénieur tout en s'accroupissant. Les bris de matériel sont monnaie courante en automobilisme. Nous allons tout réparer sur-le-champ. Sois aimable, Senia, apporte-moi la boîte à outils. Tu veux bien m-m'aider ? A deux, nous n'aurons aucun mal à démonter le *dash board*. Si tu savais comme je manque d'une personne pour me seconder...

— Mais... et le *senseï* ? fit Senka, s'arrêtant net alors qu'il s'élançait déjà vers le hangar. Il ne vous aide pas ?

— Massa est un conservateur et, par principe, un ennemi du p-progrès, répondit Eraste Pétrovitch en soupirant, tandis qu'il enfilait des gants de cuir.

C'était la pure vérité. A cause de ce fameux progrès, l'ingénieur et Massa se pétardaient presque chaque jour.

Par exemple, Eraste Pétrovitch venait de lire dans le journal du matin un article sur l'inauguration d'une voie de communication ferroviaire à l'est du lac Baïkal ; il déclarait : « Voilà une excellente nouvelle pour les habitants de la Sibérie. Auparavant ils mettaient un mois entier pour faire le voyage entre Irkoutsk et Tchita, à présent il leur faudra moins de vingt-quatre heures. C'est un mois entier qui leur est ainsi offert ! A eux d'en disposer comme ils l'entendent. Voilà, ajoutait-il encore, en quoi réside le véritable sens du progrès : économie de temps et d'inutile gaspillage d'énergie. »

Mais le Japonais lui rétorqua aussitôt : « On ne leur a pas offert un mois de vie, on le leur a confisqué, au contraire. Auparavant, vos habitants d'Irkoutsk ne quittaient leur maison que pour des affaires d'importance, à présent ils s'en vont se promener par toute la surface de la terre. Si encore c'était la tête dans les nuages, en arpentant le globe pas à pas, en escaladant les montagnes et franchissant les rivières à la nage... Mais non, ils prendront place sur un siège moelleux, piqueront aussitôt du nez, et ce sera là tout leur voyage. Avant, quand on voyageait, on comprenait bien que la vie, c'est la Voie, or désormais on pensera que la vie se résume à une place confortable dans un wagon de chemin de fer. Avant, les gens étaient secs et robustes, bientôt ils seront tous faibles et gras. De la graisse, voilà ce que c'est, votre progrès. »

M. Nameless commença alors à se fâcher. Tu es de mauvaise foi, dit-il. De la graisse ? Très bien, de la graisse, parfait ! Au reste, la graisse est l'élément le plus précieux que recèle l'organisme, elle est une réserve de force et d'énergie en cas d'accident. Il convient seulement de veiller à ce qu'elle ne s'accumule pas en des zones spécifiques de l'organisme social, mais qu'elle se répartisse régulièrement, de manière qu'il existe un progrès social, encore dénommé « évolution sociale ».

Massa ne se rendit pas pour autant. La graisse, dit-il, appartient à la chair, or l'essence de l'être humain, c'est l'âme. A cause du progrès, l'âme finira noyée par la graisse.

Non, objecta Eraste Pétrovitch. Pourquoi mépriser le corps ? C'est lui qui porte la vie, alors que l'âme, si tant est qu'elle existe, appartient à l'éternité, autrement dit à la mort. Ce n'est pas pour rien qu'en slavon « vie » se dit *jivot* qui en russe d'aujourd'hui signifie « ventre ». Cela étant, vous aussi, les Japonais, vous placez l'âme au même endroit, à savoir dans le ventre, ce que vous appelez *khara*.

A ce moment, Senka s'en mêla. Mais alors, demanda-t-il, où c'est qu'ils ont leur âme, les Japonais : dans le buffet ou dans la carafe ? Faudrait savoir !

L'ingénieur ne comprit pas tout de suite la question, et quand il eut compris, il lâcha une bordée de jurons, et ordonna qu'à l'avenir une carafe ne fût plus nommée « carafe », ni « tronche », ni « gueule », mais « face » ou « visage ». En toute dernière extrémité, si l'on désirait vraiment s'exprimer de manière plus énergique, on pouvait utiliser le terme de « physionomie ».

Ou bien un autre jour, Eraste Pétrovitch et le *senseï* s'étaient disputés pour savoir si les valeurs changeaient avec le progrès ou non.

M. Nameless disait qu'elles changeaient, que leur niveau s'élevait du fait que l'homme commençait à s'estimer lui-même davantage, à estimer son temps et ses efforts, mais Massa n'était pas d'accord. Pour lui, c'était tout le contraire : à présent, peu de choses dépendaient de l'individu et de son travail, de sorte que les valeurs s'effondraient. Quand le progrès effectuait la moitié des choses à votre place, vous pouviez bien vivre toute votre vie sans que votre âme s'éveille, sans rien comprendre à ce que sont les vraies valeurs.

Skorik écoutait, mais ne savait trop dans quel camp se ranger. D'un côté, Eraste Pétrovitch semblait avoir raison. Il n'y avait qu'à voir combien il y avait de progrès à Moscou : le tramway électrique bientôt en service, les nouveaux réverbères qui éclairaient vraiment, le cinématographe... Quant aux valeurs, elles augmentaient bel et bien tous les jours. Les œufs qui, au marché, se vendaient deux kopecks la dizaine, en valaient trois aujourd'hui. Alors que les cochers vous prenaient auparavant cinquante kopecks pour vous conduire de la Soukharevka à Zamoskvoretchié, à présent il était inutile d'espérer s'en tirer avec eux à moins de soixante-dix, voire quatre-vingts kopecks. Sans même parler des cigarettes...

Mais on ne pouvait non plus prétendre que les valeurs ne faisaient qu'augmenter. Le progrès avait aussi ses avantages. C'était une chose que des souliers fabriqués à la main, c'en était une autre quand ils sortaient d'usine. Les premiers revenaient bien sûr plus cher, c'est pourquoi on n'en voyait presque plus.

Cependant, Senka ne tarda pas à s'apercevoir qu'en matière de valeurs, Eraste Pétrovitch n'y entendait rien du tout.

Ils étaient en train de roder le « Tapis-volant » dans la rue Mytnaïa. Ils tournent au coin à pleine vitesse – Eraste Pétrovitch au volant, Senka à la trompe d'avertisseur – et tombent là sur un troupeau de vaches. Les sottes bêtes, savent-elles ce que c'est qu'une trompe d'avertisseur ? La voiture percuta en pleine course celle qui fermait la marche.

Elle n'eut pas le temps de meugler qu'elle était déjà par terre. Etendue raide, la pauvrette.

Senka, il est vrai, eut moins de peine pour la vache que pour le tablier du véhicule. Ils venaient juste d'y monter une lanterne neuve en remplacement de la précédente, aplatie contre le mur de brique. Une lanterne à cinquante roubles, cela dit, ce n'est pas rien.

Pendant que, poussant des exclamations, il s'affairait à ramasser les bouts de verre, l'ingénieur, pour le dédommager de sa perte, comptait au vacher – à votre avis, combien diriez-vous ? – cent roubles ! Avait-on jamais vu un truc pareil ! Tout ça pour une cornante qui, un jour de foire, ne se serait pas vendue le tiers !

Mais ce n'est pas tout. Alors que le vacher, cette tronche de saligaud, ou plutôt, pardon, ce visage de saligaud, escamotait le billet sous sa gaufre, la vache se releva et s'en fut rejoindre les autres. Comme si de rien n'était, d'un pas peinard, en ballottant du pis.

Skorik, bien sûr, retint l'homme par la manche : allez, raboule le fric.

Mais Eraste Pétrovitch intervint :

— Premièrement, on ne dit pas « Raboule le fric », mais « S'il vous plaît, rendez-nous l'argent ». Et deuxièmement, ça ne se fait pas. Qu'il le garde à titre d'indemnité pour le préjudice moral.

Préjudice moral de qui, je vous le demande ? De la vache ?

Cet *in-ci-dent* eut d'importantes conséquences, et de ces importantes conséquences découlèrent des *résultats déterminants.*

Les conséquences furent l'œuvre de Senka, les résultats celle d'Eraste Pétrovitch.

Le jour même, Senka dessina sur papier une sorte d'étrier de métal destiné à être fixé au-devant du phare, de manière à pouvoir renverser vaches, chèvres ou chiens sans dommage pour le matériel. Puis, après le dîner, il soumit M. Nameless et son Japonais à un interrogatoire, pour savoir ce qu'ils achetaient et à quel prix, et quelles personnes ils rémunéraient et combien. Il écouta leurs réponses et resta confondu. Eraste Pétrovitch avait beau être un ingénieur américain, dans les affaires les plus simples il se montrait le dernier des idiots. Il achetait tout au prix fort, payait ce qu'on lui demandait sans même avoir l'idée de marchander ! La location de l'appartement de la rue Achtcheoulov lui coûtait trois cents roubles par mois ! Le *senseï* ne valait guère mieux. Sorti de sa Voie et des bonnes femmes, rien ne le préoccupait. Et ça se disait valet de chambre encore !

Skorik leur apprit un peu, à ces deux gugusses, à remettre les pieds sur terre, il leur enseigna le vrai prix des choses, et eux, les fameux experts en matière de valeurs, l'écoutèrent avec un immense intérêt.

L'ingénieur regarda Senka et hocha la tête d'un air appréciateur. Et c'est là que se dessinèrent, justement, les susdits résultats.

— Tu es un jeune homme étonnant, Senia, déclara Eraste Pétrovitch d'un ton solennel. Tu possèdes bien des t-talents. Ton idée d'étrier amortisseur de choc pour l'auto est excellente. Il conviendrait de faire breveter cet accessoire et de le baptiser en ton honneur, mettons, « amortisseur Skorikov ». Ou bien « antichoqueur » ou encore « bampeur », de l'anglais *bump*. Tu es un inventeur-né. Et d'un. Tes compétences économiques sortent également du commun. Si tu acceptes de d-devenir mon intendant, je te confierai volontiers la charge de gérer toutes nos dépenses, car tu es un véritable homme de finance. Et de deux. Je suis en outre épaté par ton intelligence technique. Tu es si habile à déboucher un carburateur en soufflant dedans, si rapide à changer une roue ! Alors voilà, Semion Skorikov : je te propose d'occuper ici le poste de mécanicien jusqu'à mon départ pour Paris. Et de trois. Ne te presse pas pour répondre, réfléchis bien.

La chance, on le sait, vient en vrac. Tout est moche, le ciel noir et maussade, pas une étoile, de quoi hurler.

Mais si d'aventure les étoiles se montrent, c'est toute la voûte du ciel qui est illuminée.

Qui était Senka Skorik seulement quelques jours plus tôt ? Personne, un minuscule insecte sur un tas de fumier. Or à présent il était tout : il était l'amant de la Mort (non, non, il ne l'avait pas rêvé), il était riche, il était inventeur, et puis intendant, et puis mécanicien. Voilà quelle carrière lui était échue – une carrière un peu plus enviable que celle de numéro six dans le jeu du Prince.

Senka était à présent occupé à ne plus savoir où donner de la tête. Il n'oubliait pas qu'il devait aller voir Tachka, même s'il en crevait de frousse, mais il n'y pensait que le soir, avant de s'endormir. Dans la journée, il n'en avait pas le temps.

Besoin d'astiquer le tripode et de vérifier son état de marche ? Pas de problème.

Besoin de courir boutiques et magasins pour des achats ? Il y allait.

Besoin de surveiller l'homme de peine, le concierge, la cuisinière (il avait engagé une vieille pour préparer de la nourriture humaine, il n'allait pas tout le temps bouffer cru) ? Rien de plus simple.

Senka était si prompt à exécuter n'importe quelle tâche que le *senseï* se laissait complètement aller à la paresse. Soit il passait des heures entières à genoux, paupières mi-closes (c'était là chez les Japonais une manière de prière, de moyen pour chacun d'observer son âme, laquelle chez eux loge dans leur ventre). Soit il disparaissait on ne sait où en compagnie d'Eraste Pétrovitch. Soit il avait un rendez-vous. Soit, tout soudain, il se mettait en tête d'initier Senka au cassage de gueule nippon.

Et on était alors prié de laisser tout le reste en plan. Il n'était plus question que de galoper avec lui dans la cour comme un furieux, qui plus est presque à poil, de grimper à la gouttière, et de jouer des pieds et des mains.

Peut-être était-ce là une activité nécessaire, utile pour la santé, ou bien pour se défendre des mauvaises gens, mais *primo*, il n'avait pas le temps, *secundo*, il avait ensuite des courbatures partout, au point de ne plus pouvoir se déplier.

Tenez, à la Khitrovka, il y avait un vieux qui avait travaillé autrefois comme infirmier dans un hôpital psychiatrique. Quand il parlait des pensionnaires de là-bas et de leurs diverses lubies, on ne se lassait pas de l'écouter. Eh bien Senka, de temps à autre, se sentait un peu dans la peau de cet infirmier. Il avait l'impression de vivre avec des fous. En apparence, c'étaient des gens comme tout le monde, parfaitement sensés, mais quelquefois il ouvrait les yeux : il se serait vraiment cru à l'asile.

Prenez, par exemple, M. Nameless lui-même, Eraste Pétrovitch autrement dit. A priori, il n'était pas japonais, c'était un homme normal, et cependant il avait des façons qui n'étaient pas les nôtres. Qu'il passe des heures à son bureau à noircir du papier ou à dessiner ses plans magiques, ça se comprenait, mais un jour Senka avait jeté un coup d'œil par-dessus son épaule, curieux de voir ce qu'il dessinait là, et il n'avait pu retenir une exclamation : l'ingénieur n'écrivait pas à la plume, mais avec un pinceau de bois, comme ceux qui servent à passer la colle, et traçait non pas des lettres mais des espèces de signes bizarres, d'aspect et de signification totalement mystérieux.

Ou bien il se prenait à arpenter la pièce en faisant claquer de temps à autre les perles de son chapelet de jade, et pouvait se promener de la sorte pendant un bon moment.

Ou encore il s'asseyait devant un mur, le regard fixé en un point. Senka avait essayé une fois de distinguer ce qu'il y avait là, sur ce mur. Il n'avait rien vu, mais ce qui s'appelle rien de rien, même pas un cafard ni aucune petite bête, et quand il avait voulu demander à Eraste Pétrovitch ce qui le captivait tant que ça, Massa, surgissant à côté de lui, l'avait empoigné par le col de la plus révoltante manière, pour l'entraîner hors du bureau et lui dire : « Quand le maîtle est en contemplatsion, il ne faut pas le délandzer. » Mais qu'y avait-il là à contempler, puisqu'il n'y avait rien ?

Outre les divers soucis causés par la préparation du « Tapis-volant » au raid automobile, M. Nameless était encore occupé par d'autres affaires dont Senka n'était pas tenu informé. Presque chaque soir, à neuf heures, Eraste Pétrovitch disparaissait pour ne rentrer que fort tard, quand il ne restait pas absent jusqu'au matin. Senka en était tourmenté par de funestes visions. Une fois même il tira du ballot de linge sale destiné à la blanchisserie le maillot de corps de l'ingénieur et le renifla pour s'assurer qu'il n'était pas imprégné de l'odeur de la Mort (un parfum de menthe, enivrant, impossible à confondre avec un autre). Mais non, apparemment, il ne sentait rien.

Il arrivait que le maître de maison s'éclipsât également en pleine journée, et pour quelle raison, pour quel besoin : mystère.

Un jour qu'Eraste Pétrovitch, avant de sortir, rectifiait son faux col et se recoiffait devant la glace plus longuement qu'à l'ordinaire, Skorik fut saisi d'un irrépressible accès de jalousie. Ce fut plus fort que lui, il fila hors de la maison comme s'il partait en courses, mais une fois dans la rue il emboîta le pas à l'ingénieur et le suivit pour voir s'il ne se rendait pas, par hasard, à un rendez-vous avec certaine créature dénuée de moralité.

Il se trouva qu'il avait bien un rendez-vous, mais Dieu merci, pas avec la personne à laquelle il pensait.

M. Nameless entra dans le café Rivoli, s'assit à une table et entama la lecture des journaux – à travers la vitrine, Senka voyait tout. Au bout d'un moment, Senka remarqua qu'il n'était pas le seul à s'intéresser à Eraste Pétrovitch. A quelque distance, devant une boutique de mode, se tenait une demoiselle qui regardait dans la même direction que lui. Il perçut tout d'abord comme un tintement étouffé, sans parvenir à comprendre d'où celui-ci provenait. Puis il remarqua que la jeune fille avait des petits grelots cousus à ses manchettes, et au cou un collier en forme de serpent, si bien imité qu'on aurait dit un vrai. Aucun doute : une décadente, des filles comme ça, on en voyait de plus en plus, ces derniers temps, à Moscou.

Senka crut d'abord que la demoiselle attendait quelqu'un et que son regard avait été attiré par le beau brun – rien de plus banal. Mais au bout d'un moment elle secoua la tête, traversa la rue et entra tout droit dans le café.

Eraste Pétrovitch posa son journal, se leva pour accueillir la nouvelle venue et lui offrit un siège. Ils échangèrent deux ou trois mots, puis l'ingénieur entreprit de lire à haute voix à la demoiselle divers passages de son canard.

Alors ? c'est pas qu'il était à moitié fou ?

Senka ne s'attarda pas à en regarder davantage, car il était à présent rassuré. A quoi bon se torturer, si de toute façon M. Nameless n'avait pas les yeux en face des trous ? Il avait vu la Mort de ses propres yeux ; il avait parlé avec elle, il avait plongé son regard dans ses yeux scintillants, et il allait maintenant faire la cour à cette espèce de pimbêche mal fagotée.

Non, décidément, la conduite de l'individu échappait à son entendement.

Prenez encore, par exemple, l'histoire du déménagement.

Deux jours avant que Skorik fût témoin du rendez-vous au Rivoli, il avait été décidé tout à trac de déménager – ordre de M. Nameless. Ils quittaient le passage Achtcheoulov pour aller s'installer derrière la place Soukharev, à la caserne Saint-Sauveur, dans le logement d'un officier. Pourquoi ? Dans quel but ? Personne ne l'avait expliqué à Senka. On venait tout juste de prendre vraiment ses aises : Senka avait fixé des rayonnages dans le bureau, embauché des frotteurs pour cirer et astiquer les parquets, commandé une nouvelle demi-carcasse de veau – et il en était finalement pour ses frais. En outre, l'appartement était payé pour deux mois d'avance, c'était six cents roubles sur lesquels on pouvait s'asseoir !

Ils rassemblèrent leurs affaires comme s'il y avait eu le feu, casèrent leurs malles dans deux fiacres et partirent.

Le nouvel appartement n'était pas mal non plus, avec une entrée séparée, seulement il ne fut pas possible de trouver tout de suite un abri pour le tripode. Senka passa deux jours à cajoler le concierge Mikheïtch, vida avec lui quatre samovars de thé, lui refila six roubles puis encore un billet de trois plus une pièce de cinquante kopecks, avant de réussir à obtenir de lui les clefs de l'écurie (laquelle de toute manière était vide, tout le régiment étant parti en Chine pour en faire la conquête).

Pendant que Senka s'appliquait à convaincre le cloporte, Massa-*senseï* de son côté entreprenait la femme dudit cloporte, et parvenait à la séduire en un délai beaucoup plus bref. De sorte qu'au bout du compte ils se trouvèrent assez commodément installés, c'eût même été péché de se plaindre : ils avaient un toit au-dessus de leur tête, le « Tapis-volant » était rangé bien au chaud et au sec, ils jouissaient de la considération de Mikheïtch, et l'épouse de celui-ci, Fiodora Nikitichna, leur apportait chaque jour des beignets et des compotes.

Le dernier jour de vie tranquille, avant que tout culbutât derechef, Senka reçut des invités dans sa nouvelle résidence : son petit frère Vania et le juge Kouvchinnikov. Lorsqu'ils avaient déménagé du passage Achtcheoulov, il avait immédiatement expédié par la poste une lettre pour annoncer qu'il vivait à présent à telle adresse, que ce serait pour lui un bonheur de recevoir chez lui son cher frère Ivan Trifonovitch, et priait d'agréer, etc. Hippolyte Ivanovitch lui avait répondu par la même voie qu'il le remerciait, et promettait de venir très bientôt.

Et il avait tenu parole, il était venu.

Au début, le juge promena autour de lui un regard soupçonneux : n'était-il pas tombé dans quelque bouge ou tripot ? Quand Massa déboula dans l'entrée juste vêtu d'un caleçon blanc pour le *renju*, le juge se renfrogna et posa une main sur l'épaule de Vania. L'enfant fixa lui aussi sur l'Oriental de grands yeux ébahis, et quand Massa se tapa des deux mains sur le ventre avant de s'incliner, il lâcha un cri d'effroi.

L'affaire était bien mal engagée. Le juge reculait déjà vers la porte (il avait pris soin à tout hasard de ne pas renvoyer le cocher), mais par bonheur, à cet instant, Eraste Pétrovitch sortit de son bureau, et à la seule vue de ce monsieur à la mine si sérieuse, de son veston d'intérieur en velours et du livre qu'il tenait à la main, Kouvchinnikov oublia sur-le-champ ses préventions. Il était évident qu'un tel homme ne pouvait vivre dans un repaire de voleurs.

Ils firent connaissance de la manière la plus convenable du monde. Eraste Pétrovitch présenta Senka comme son aide et invita le juge à fumer dans son bureau des cigares de La Havane. Ce qu'ils se dirent là demeura un mystère pour Senka, car il profita de ce moment pour emmener Vania à l'écurie. Il lui montra l'engin, puis l'y fit monter pour le promener dans la cour. Il actionna tout seul les différentes manettes, tira en douceur le perfide levier d'étrangleur ; c'est lui également qui manœuvrait le volant tandis que Vanka se contentait de presser la poire de l'avertisseur en hurlant de ravissement.

Ils roulèrent ainsi longtemps, brûlant près de douze litres d'essence, mais qu'importe, il s'en fichait. Puis le juge ressortit : il était l'heure de ramener Vania à la maison. Au moment de prendre congé, il serra la main de Senka et lui adressa un drôle de clin d'œil encourageant.

Sur quoi ils s'en allèrent.

Le soir, avant de se coucher, Senka s'approcha du miroir pour regarder si d'autres poils de barbe lui avaient poussé, et en découvrit quatre tout neufs sur ses joues : trois à droite et un à gauche. Ça lui en faisait à présent trente-sept, et sans compter ceux de la moustache.

Par habitude, il pensa à Tachka et se fit attentif à ce qu'il ressentait : d'un instant à l'autre son cœur allait se serrer d'effroi.

Mais non, il continuait de battre normalement.

Il se força alors à évoquer le Prince, et aussi les circonstances qui l'avaient conduit à se carapater du souterrain. Quoi le Prince ? Quoi il s'était carapaté ? Allait-il trembler désormais toute sa vie ?

Durant plus d'une semaine, il n'avait même osé envisager l'idée de retourner à la Khitrovka, mais maintenant, brusquement, il sentait que l'heure était venue, qu'il pouvait.

COMMENT SENKA PLEURA

Il gagna le passage Khokhlovski en se faufilant par les cours, depuis la rue Pokrovka, en coupant par le passage Kolpatchny. La nuit était parfaite, sans lune, avec un léger crachin et un épais brouillard. On n'y voyait goutte à cinq pas. Et Skorik, pour passer encore plus inaperçu, avait enfilé une chemise noire sous son veston noir, et s'était même barbouillé la tronche, ou plutôt, pardon, le visage, avec de la suie. Quand, franchissant un dernier porche, il surgit dans la ruelle pile en face d'un feu de bois auprès duquel deux indigènes du quartier se réchauffaient à grand renfort d'alcool, ces derniers lâchèrent une exclamation à la vue de l'homme noir et se signèrent. Ils ne poussèrent aucun cri cependant, car ils n'étaient plus guère en état de le faire. Ou peut-être pensèrent-ils avoir rêvé.

Senka tourna la cafetière, bon, la tête, si vous préférez, à droite et à gauche, et procéda à une *re-con-nais-sance.* Il ne releva rien de suspect. Les fenêtres des maisons étaient faiblement éclairées, quelque part on chantait, du Bagne parvenaient des sortes d'aboiements qui n'étaient que des bordées d'injures. La Khitrovka n'avait pas changé. Senka eut même honte d'avoir chié dans son froc, ou, pour s'exprimer de manière plus cultivée, de s'être montré si pusillanime durant tant de jours.

Sans prendre d'autres précautions, il s'engagea aussitôt dans la cour sur laquelle donnait la porte de Tachka. Il portait sous son bras un paquet rempli de cadeaux : un uniforme neuf de collégienne à tablier blanc, destiné à Tachka, pour sa nouvelle carrière, une balle de tennis pour Pompon, le petit chien, et une bouteille de « double forte » pour la maman poitringue (si elle pouvait enfin se soûler à en crever, elle mourrait heureuse, et sa fille serait délivrée d'elle).

Des fleurs étaient posées sur le rebord de l'unique fenêtre. Il n'y avait pas de lumière. C'était bon signe. Si Tachka avait eu un client, elle aurait laissé allumée sur sa table de chevet une petite lampe à pétrole à abat-jour rouge, et le rideau en aurait été lui aussi coloré. Manière de dire : « Que personne ne dérange, y a une fille qui travaille. »

Senka frappa d'un doigt au carreau et appela :

— Tachka, c'est moi, Skorik...

Silence.

Alors il appela encore, plus fort, mais tout de même pas à pleine voix : il se méfiait malgré tout, les murs ont des oreilles.

Elles pionçaient. Même le caniche restait coi, il n'avait pas senti la présence du visiteur. Sans doute avait-il trop galopé dans la journée.

Skorik se gratta la nuque. Que faire ? Enclencher la transmission sur la marche arrière ?

Tout à coup il s'aperçut que la porte était légèrement entrouverte.

Il en fut si réjoui qu'il ne se demanda même pas pourquoi Tachka avait omis de pousser le verrou pour la nuit. Comme si elle ne vivait pas à la Khitrovka.

Il se glissa prestement à l'intérieur, referma la porte, lança :

— Tachka, réveille-toi ! C'est moi !

Toujours le même silence.

Elles étaient parties ou quoi ? Mais pour aller où, au beau milieu de la nuit ?

Une idée alors le transperça.

Elles avaient déménagé ! Il était arrivé quelque chose à Tachka et elle avait abandonné sa crèche. (Senka savait à présent qu'il valait mieux dire « son logement », mais ça c'était quand il s'agissait d'une vraie maison, avec des tas de meubles et des doubles rideaux. Tachka, elle, avait une crèche et pas plus.)

Il était impossible cependant qu'elle eût déménagé sans laisser au moins un petit mot à son camarade.

Senka chercha à tâtons la lampe dans l'obscurité, puis tira une allumette de sa poche.

Il alluma.

Tachka n'était partie nulle part.

Elle gisait là, attachée au lit. La moitié de son visage était recouverte de sparadrap ; ses yeux figés fixaient rageusement le plafond, tandis que sa pauvre chemise de nuit était en loques et maculée de taches brunes.

Il se précipita pour la délivrer, mais Tachka était toute raide, toute froide. Comme la carcasse de veau dans la cave du boucher.

Il s'assit alors par terre, colla son front contre le flanc rigide de la morte et fondit en larmes. Non pas tant de chagrin ni d'effroi, il fondit en larmes tout simplement, parce que son cœur le réclamait. Et il ne pensait à rien. Il reniflait, essuyait ses larmes de sa main, sa morve de sa manche, et poussait par instants un sanglot étouffé.

Il pleura jusqu'à n'en plus pouvoir, longtemps. Et ce n'était encore rien, car lorsque ses larmes furent taries, Senka se sentit encore plus mal.

Il releva la tête et vit tout près de lui la main de Tachka ligotée contre le cadre du lit. Les doigts de cette main n'étaient pas comme ceux d'un vivant, ils partaient dans tous les sens, telles les branches d'un arbre, et à la vue de cette bizarrerie Skorik sentit monter en lui une insupportable angoisse. Il recula à quatre pattes le plus loin possible de ces doigts écartelés, et heurta du talon quelque chose de mou.

Il se retourna.

Contre le mur, la mère de Tachka était étendue sur son éternelle paillasse. Elle avait les yeux fermés, mais la bouche, au contraire, grande ouverte, et du sang avait coagulé sur son menton.

Il pensa mal à propos : je ne l'aurai jamais vue autrement que sur cette paillasse en loques. Certes, auparavant elle y traînait ivre morte, alors qu'à présent la voilà morte tout court. Sur un tas de loques elle a vécu, sur un tas de loques elle a passé.

Ce n'était plus vraiment Skorik qui pensait ainsi, mais un autre qui réfléchissait à sa place. Ce même autre qui déjà auparavant se manifestait quelquefois et refusait de pleurer. Il lui murmura à l'oreille : « Il serait trop intolérable que l'ordure qui a infligé ça à Tachka continue à vivre en ce monde. Attends donc, vermine sanguinaire, Eraste Pétrovitch et moi finirons bien par te faire payer ton crime. »

Voilà ce que dit le second Senka en attendant que le premier eût séché ses larmes. Et il avait raison de parler ainsi.

Comme il sortait, Senka remarqua tout à côté de la porte une sorte de petite pelote de laine blanche. Se penchant, il reconnut le cadavre du chiot Pomponius, et il se révéla alors que le premier Senka était loin de s'être vidé de toutes ses larmes. Il lui en restait encore beaucoup. Assez pour faire tout le chemin jusqu'à la caserne Saint-Sauveur.

— Même tableau que pour les Sinioukhine et les Samchitov, déclara M. Nameless, la mine maussade, en recouvrant le visage de Tachka d'un mouchoir blanc. Massa, quelle est ton opinion concernant le déroulement des faits ?

Le *senseï* montra la porte :

— Il a enfoncé la polte d'un seul coup d'épaule. Il est entlé. Vite. Le sien lui a sautsé dessus. Il l'a tué avec le pied, comme ceci. (Massa tapa du pied comme s'il voulait imprimer la marque de son talon dans le sol.) Puis il a malsé dzusqu'ici. (Le Japonais, en deux grandes enjambées, s'approcha du corps de la mère.) Elle dolmait. Il l'a flappée à la tempe. Molt instantanée. Il l'a tuée tout de suite. Puis il a empoigné la fillette, l'a attassée au lit et s'est mis à la maltyliser.

— S'est mis à quoi ? demanda Skorik avec une grimace douloureuse.

— A la martyriser, la torturer, traduisit Eraste Pétrovitch. Comme il avait torturé auparavant Sinioukhine et Samchitov. Regarde dans quel état sont ses doigts. Le meurtrier les lui a brisés l'un après l'autre. Et ses cheveux ?

Senka s'enquit d'une voix éteinte :

— Quoi, ses cheveux ?

L'ingénieur écarta le mouchoir. Sa voix était impassible, comme de glace.

— Vois ici, sur le haut du crâne : du sang. Et ici. Et ici. Et les touffes par terre. Certaines avec des lambeaux de peau. Il lui a arraché les cheveux.

— Mais pourquoi ? Qu'est-ce qu'elle lui avait fait ?

C'était honteux, c'était mal que leur conversation fût aussi détachée et indifférente, comme s'il n'était question que d'inconnus, mais toute la personne de M. Nameless semblait dire : maintenant, nous travaillons, seul le cerveau participe, les sentiments seront pour plus tard. Quant à Senka, il n'avait de toute façon plus la force de pleurer, et s'était vidé de tout ce qu'il ressentait en même temps que de ses larmes.

— Elle a peut-être racolé un client fou ? dit-il en replaçant le mouchoir. Ça arrive à la Khitrovka. La mamzelle amène le type chez elle : vu comme ça, il a l'air normal, mais en fait c'est un cinglé.

L'ingénieur hocha la tête comme pour approuver les efforts de déduction déployés par Senka.

— L'hypothèse du client sadique pourrait être considérée comme fondée sans la ressemblance de ce meurtre avec les deux affaires précédentes. Elimination de tout être vivant. Et d'un. Usage de la torture. Et de deux. Même quartier. Et de trois. En outre... (D'une main intrépide, il retroussa la robe sur les jambes de Tachka, se pencha et sortit une loupe de sa poche. Skorik s'empressa de détourner la tête et toussa pour chasser la boule qui lui encombrait la gorge.) M-m-oui. Aucune trace de viol ni d-d'outrages sexuels. La victime n'intéressait pas le meurtrier à titre d'objet de concupiscence. Examinons les lèvres, voulez-vous...

Massa s'approcha, mais Senka s'abstint de regarder.

Il y eut comme un très léger craquement : c'était Eraste Pétrovitch qui sans doute venait d'arracher le sparadrap de la bouche de Tachka.

— C'est bien ça. La bande adhésive a été plusieurs fois décollée et recollée. Le tortionnaire posait encore et encore la même question, mais la fillette ne lui répondait pas.

Alors ça, ça m'étonnerait, pensa Skorik, que Tachka n'ait rien répondu à ce malade. Et comment qu'elle a dû lui répondre, et même lui en balancer des tonnes, de gros mots épouvantables. Seulement ici, passage Khokhlovski, tu peux toujours hurler, jurer, personne ne viendra à ton aide.

— Ah, voilà qui est intéressant ! Massa, regarde un p-peu ses dents.

— Blavo ! s'exclama le *senseï* avec un claquement de langue approbateur. Elle lui a sopé le doigt.

— Dommage que nous ne disposions pas d'un laboratoire, soupira l'ingénieur. On prélèverait une particule de sang du criminel pour l'analyser. Mais la police moscovite n'a probablement pas entendu parler de la méthode de Landsteiner... Il faudrait malgré tout trouver un moyen d'attirer l'attention des enquêteurs sur ce détail...

Pendant que Massa et lui étaient penchés sur Tachka, Senka, pour ne pas rester planté là, bras croisés, fit le tour de la pièce. Trois narcisses blancs étaient exposés à la fenêtre. Dans le langage des fleurs, ça signifiait quelque chose. « Je t'aime » ? Ou peut-être « Allez tous vous faire voir, bande de salauds » ? Désormais personne ne lui fournirait plus la traduction...

— Eh ! J'aurais dû venir plus tôt, avant la nuit, se reprocha Senka tout haut, plus pour lui-même que pour être entendu. J'ai pris des tas de précautions, et finalement je suis arrivé trop tard.

Eraste Pétrovitch jeta un bref coup d'œil derrière lui.

— Avant la nuit ? Le meurtre a été commis il y a au moins deux jours, trois même, plus p-probablement. De sorte, Senia, que tu es arrivé encore plus en retard que tu ne le crois.

C'était vrai. Les narcisses, tenez, sur la fenêtre étaient déjà complètement fanés. Si quelqu'un crevait, il restait étendu là tout seul, jusqu'à ce que les voisins reniflent l'odeur de pourriture.

— Si c'est pas un cinglé, alors qu'est-ce qu'il lui voulait, à Tachka ? demanda Skorik, les yeux rivés sur les fleurs défuntes. Il imaginait lui prendre quoi ?

— Pas « quoi », mais « qui » ! répondit l'ingénieur qu'on eût dit même surpris par la question. Toi, Senia. Ce persévérant monsieur semble avoir un immense besoin de ta compagnie. Pourquoi ? Je n'ai pas besoin de te l'expliquer, je crois.

— Malheur ! s'exclama Senka en levant les bras au ciel. J'ai parlé de vous et de M. Massa à Tachka. Je lui ai dit aussi que vous habitiez passage Achtcheoulov ! Si ce salopard est aussi obstiné, il finira forcément par savoir où nous avons déménagé ! Il retrouvera les camionneurs qui ont transporté nos affaires, il les cuisinera... Trois jours ont passé déjà ! Il faut filer !

— Pas « il les cuisinera », mais « il les interrogera », corrigea sévèrement l'ingénieur tout en ôtant les minces gants en caoutchouc dont il s'était muni. Et nous ne filerons nulle part. Cela pour deux raisons. Nous n'avons pas peur de ton b-bienveillant ami, qu'il vienne, ce n'en sera que plus simple pour nous. Et d'une. Ensuite, tu me parais avoir une bien piètre opinion de Mlle Tachka.

Elle ne t'a pas donné, elle n'a rien dit à son bourreau. Et de deux.

— Comment vous le savez, qu'elle m'a pas donné ?

— N'oublie pas : j'ai eu l'honneur d'être présenté à cette très singulière personne. Elle était pour toi une véritable c-camarade. Et en outre, si elle avait parlé, on lui aurait ôté le sparadrap de la bouche. Puisqu'il y était encore, c'est qu'elle est restée muette jusqu'à la fin.

Et là le temps imparti à la déduction, visiblement, se trouva écoulé, car le visage de M. Nameless, d'absorbé et concentré qu'il était, se peignit soudain d'une infinie tristesse.

— Pauvre petite fille, déclara Eraste Pétrovitch en posant une main sur l'épaule de Senka.

Ladite épaule dans l'instant se mit à trembler, toute seule, sans qu'il fût possible de l'en empêcher.

Massa, quant à lui, ramassa par terre le petit chiot, et soigneusement l'installa sur le rebord de la fenêtre, juste à côté des narcisses.

— Dommaze aussi poul petit sien. Il était blave. Dans sa plossaine vie, il lenaîtla samoulaï.

Mais le fort peu sentimental ingénieur lui ordonna de reposer Pomponius par terre « pour ne pas altérer la scène du crime au risque d'égarer les enquêteurs qui déjà ne sont pas trop f-futés ».

COMMENT SENKA S'EXERÇA À LA DÉDUCTION

Senka et Massa étaient assis dans le bureau, bien sagement. Ils regardaient Eraste Pétrovitch agiter son chapelet en arpentant la pièce. Senka savait déjà qu'il fallait se taire et attendre patiemment la suite.

A un moment, l'ingénieur s'arrêta au milieu du local, rangea son chapelet de jade dans sa poche et frappa rapidement dans ses mains, trois fois de suite, comme sous l'effet d'une joie intense.

Mais le *senseï* porta un doigt à ses lèvres : reste tranquille, ne dis rien, tout n'est pas fini.

Cependant, quelques instants après, M. Nameless cessait de piétiner le tapis, se carrait dans son fauteuil et déclarait, d'un ton pensif, comme pour lui-même :

— Résumons. Trois meurtres sanglants ont été commis : le premier et le troisième à la Khitrovka, le deuxième à cinq minutes de marche dudit quartier, mais toujours sur le territoire dépendant du Troisième Commissariat du district des Bouchers. Au total, le criminel a tué huit personnes : deux hommes, trois femmes, trois enfants, et également, on ne sait pourquoi, un perroquet et un chien. Chaque fois l'une des victimes a été cruellement torturée, sans doute pour lui arracher des renseignements n-nécessaires à l'assassin. Aucun indice, aucun témoin. Telles sont brièvement les données du problème que nous avons à résoudre. L'objectif, vous le connaissez. Retrouver ce monstre et le remettre entre les mains de la justice.

— Et si impossible à plendle vivant, alols le lemettle à la dzustice en état de cadavle, s'empressa d'ajouter Massa.

— Si, lors de son arrestation, le c-criminel oppose une résistance, alors, *une fois épuisées les mesures d'autodéfense permises par la loi* (l'ingénieur en cet endroit leva l'index et posa sur son valet de chambre un regard lourd de sens), il se peut qu'on ne parvienne pas à éviter l'issue que tu viens d'évoquer.

— Il faut le retrouver, ce dégueulasse, et lui éclater la tronche, intervint Senka, désireux de placer son mot.

— Pas la « t-tronche », mais la « tête ». Mais quoi qu'il en soit, il faut d'abord mettre la main dessus. (Eraste Pétrovitch regarda l'un après l'autre les participants à la réunion.) Y a-t-il des questions avant que nous passions à la phase de déduction et aux mesures p-pratiques ?

Senka ne savait trop que demander, mais le Japonais, après s'être gratté l'épais paillasson de cheveux qui lui couvrait le crâne, prononça d'une voix pensive :

— *Sa-a.* Maîtle, poulquoi « l'assassin » et pas « les assassins » ?

Eraste Pétrovitch hocha la tête, comme pour montrer qu'il reconnaissait la pertinence de la question.

— Tu as décrit de manière tout à fait convaincante comment le c-criminel a agi, passage Khokhlovski. Pourquoi aurait-il eu besoin d'un complice ?

— Ce n'est pas un algument, coupa Massa.

— Je suis d'accord. Je devrais plutôt demander : pourquoi aurait-il eu besoin d'un complice dans ce cas particulier, alors qu'il s'était parfaitement débrouillé tout seul les fois précédentes ? Dans le souterrain, Senka n'a été agressé que par une seule personne. Et d'un. (M. Nameless avait ressorti son chapelet, il en fit claquer une perle.) A la joaillerie, l'assassin était seul également, ainsi que la police l'a établi. Et de deux. (Deuxième claquement de boule.) Enfin, à la pension Erochenko, notre homme s'est encore une fois très bien tiré d'affaire sans le secours de personne. Si tu te rappelles le témoignage de Senia, Sinioukhine parlait du criminel en usant du singulier. N'est-ce pas, Semion ?

— Oui, se souvint Skorik. Sinioukhine l'a traité aussi de bête sauvage.

Il avait un peu honte de ne pas avoir dévoilé alors toute la vérité à Eraste Pétrovitch, de s'être tu à propos du trésor.

L'ingénieur sembla avoir entendu les remords de Senka.

— Eh bien, maintenant, si vous n'avez plus d'autres questions, passons à l'essentiel : établissons un plan de m-mesures de recherche. Or le mot-clef ici est : « trésor ».

Skorik tressaillit et battit des cils, en revanche le *senseï* ne parut nullement étonné et même opina du chef :

— Oui, oui, tlésol.

— La conduite du c-criminel, tous ses actes monstrueux cessent de sembler absurdes si on les relie par ce fil. (M. Nameless se concentra sur son chapelet.) On obtient alors l'enchaînement logique suivant. Un griffard des caves de la Erokha trouve un trésor ancien. [Une perle – un claquement.] Le futur assassin l'apprend. [Clac !] Il tente d'arracher son secret à Sinioukhine, mais en vain. [Re-clac !] En revanche, avant de mourir, le griffard révèle à notre Senia le moyen de parvenir à la cachette. [Clac ! – quatrième fois. Là, Skorik rentra la tête dans les épaules et, à en juger par la chaleur cuisante de ses joues, dut vivement rougir, mais Eraste Pétrovitch ne le regardait pas : il parlait comme s'il savait déjà tout sans avoir besoin de son aide.] P-poursuivons. L'assassin vient à apprendre, on ne sait comment, que Senka connaît l'emplacement du trésor. [Cinquième clac !] Je veux dire, on ne sait *par quel biais* le criminel est venu à l'apprendre, mais on sait *d'où* il a tiré ses informations. La piste qui a permis à monsieur le chercheur de trésor de remonter jusqu'à Senka part en effet de la joaillerie. [Sixième clac !] Je suppose que Samchitov a révélé à l'assassin ton identité et l'endroit où l'on pouvait te trouver. Certaine visite rendue à la pension de Mme Borissenko nous en apporte confirmation. [Et encore clac ! septième fois.]

Skorik battit à nouveau des paupières : comment ça ? quelle visite ? L'ingénieur échangea un regard avec le Japonais, puis déclara :

— Oui, Senia, oui. Tu n'as été sauvé que parce que tu as déménagé le soir même, sans laisser d'adresse, et ensuite parce que nous avons réussi à te récupérer quelques heures plus tard. Mme Borissenko a confié le lendemain à Massa que quelqu'un avait visité ta chambre pendant la nuit. L'individu avait forcé la porte, n'avait touché à rien et était reparti. Nous ne t'en avons pas parlé, car tu paraissais déjà bien assez terrorisé comme ça.

Senka appuya son menton sur son poing, comme pour mieux réfléchir, mais en réalité pour empêcher ses dents de claquer. Sainte mère de Dieu, s'il était resté une nuit de plus, s'il avait écouté le proverbe selon lequel la nuit porte conseil, il se serait retrouvé ligoté à son lit, comme Tachka.

— Avec ta d-disparition, l'assassin s'est retrouvé le bec dans l'eau. Mais quelques jours plus tard tu as réapparu à la Khitrovka, il en a été informé aussitôt, par hasard ou non, je l'ignore. D'une manière ou d'une autre, en tout cas, il a appris que tu étais entré à la Erokha et il t'a tendu une embuscade non loin de la sortie. Ton imprudence a bien failli cette fois te coûter la vie. [Clac !]

— Bah ! personne me chopera jamais comme ça, répondit Senka pour se redonner du courage. Il voulait me tuer, mais je lui ai glissé entre les doigts, je me suis dégagé et je lui ai flanqué un coup de canne. Il s'en souviendra.

— S'il avait voulu te tuer, il t'aurait tué. Et sur-le-champ, lui rétorqua l'ingénieur d'un ton glaçant. Il sait parfaitement s'y prendre, que ce soit au couteau ou à mains nues. Non, Senia, il avait besoin de toi vivant. Il t'aurait forcé à dévoiler l'emplacement du trésor, et ensuite il t'aurait supprimé.

A ces mots, Senka sentit à nouveau le besoin de soutenir son menton, non plus avec le poing cette fois-ci, mais avec les deux.

— Ayant perdu à nouveau ta trace après le meurtre du joaillier, l'assassin a d-décidé d'attaquer par un autre côté. A la Khitrovka, beaucoup de monde était au courant de ton amitié pour Mlle Tachka. Ton ad-dmirateur était de ce nombre. [Clac ! neuvième fois.] Il a sans doute d'abord essayé de lui soutirer des informations sans recourir à des mesures extrêmes. C'est de cela qu'elle comptait te parler quand elle t'a glissé un mot à l'oreille en passant : elle voulait t'avertir du danger. A l'évidence, le criminel est retourné lui rendre visite après t'avoir manqué dans les caves de la Erokha. Tachka avait de bonnes raisons d'exposer des narcisses à sa fenêtre. Si ma mémoire ne me trompe pas, trois narcisses blancs dans le langage des fleurs valent signal de « sauve-toi, sauve-toi, sauve-toi ».

Mais oui, c'est vrai, se souvint Skorik. Tachka lui avait parlé un jour des narcisses blancs, et du fait qu'un signal répété doublait ou triplait la force du message, un peu comme des points d'exclamation.

— Finalement… (L'ingénieur considéra son chapelet, mais s'abstint d'en faire claquer à nouveau les perles.) … notre homme a décidé de s'occuper de la fillette sérieusement.

— Et elle ne m'a pas donné… (Senka ne put se contenir davantage et poussa un sanglot.) Mais il peut bien aller au diable, ce trésor ! Tachka aurait mieux fait de lui dire que j'avais promis de passer la voir, peut-être qu'il l'aurait laissée tranquille alors. Moi, je lui aurais tout donné à cette ordure, et qu'il s'étouffe avec son argent ! C'est le Prince, hein ? Ou l'Œil ? (Il essuya ses larmes avec sa manche, puis demanda :) Vous avez sûrement déjà tout déductionné, non ?

— Non, répondit M. Nameless à la grande déception de Senka. Je ne possède pas assez d-d'éléments. Le défunt griffard était trop porté sur la boisson et, semble-t-il, ne savait pas tenir sa langue. Si les hommes de la bande du Prince ont entendu parler du trésor retrouvé, d'autres pouvaient fort bien être au courant également.

Après quoi, un grand silence s'installa. Skorik luttait de toutes ses forces contre la sensiblerie de son organisme : contre ses dents, pour qu'elles cessent de claquer, contre ses genoux, pour qu'ils cessent de trembler, contre ses larmes, pour qu'elles cessent de couler. Eraste Pétrovitch, suivant son absurde habitude, s'était pris tout soudain à barbouiller du papier. Il avait trempé un pinceau dans un flacon d'encre de Chine, et peignait à grands traits sur sa feuille des zigzags compliqués. Massa suivait avec attention la course du pinceau. Il secoua la tête :

— Pas bon.

— Je le vois bien, marmonna l'ingénieur avant de recommencer son gribouillage, mais cette fois plus vite. Et comme ça ?

— Mieux.

Non, mais de vrais gamins, ma parole ! Avec tout ce qui se passe, c'est tout ce qu'ils trouvent à faire !

— Qu'est-ce que vous branlez comme conneries ? s'exclama Senka, n'y tenant plus. Alors qu'est-ce qu'on décide finalement ?

— Pas « qu'est-ce que vous branlez comme conneries », mais « pourquoi perdez-vous votre temps à ces bêtises ». Et d'un. (Eraste Pétrovitch pencha la tête pour mieux admirer sa peinturlure.) Or je ne perds pas mon temps à des bêtises, je concentre ma pensée à l'aide de la calligraphie. Et de deux. Impeccablement tracé, cet idéogramme signifiant « justice » m'a aidé à passer de la déduction à la p-projection. Et de trois.

Skorik réfléchit un instant :

— Hein ?

M. Nameless soupira :

— Quand on n'a pas bien compris ou qu'on a mal entendu, on dit : « Pardon, comment ? » Le terme de projection, dans le cas présent, s'applique au fait de passer des considérations analytiques à une phase purement p-pratique. Bien. Grâce à la fermeté d'âme de Mlle Tachka, l'assassin n'a abouti à rien. Il ignore où te chercher et comment. D'un côté c'est bien, d'un autre c'est assez ennuyeux.

— Pourquoi ennuyeux ? s'étonna Senka.

— Le criminel (je propose pour l'instant de lui donner le nom de Chercheur-de-trésor) est dans l'impossibilité d'agir, et par conséquent ne saurait ni se manifester ni se trahir. (Eraste posa sur Senka un regard appréciateur.) On pourrait, bien sûr, tenter de le pêcher au vif, autrement dit, faire en sorte que tu croises son chemin, mais ce monsieur est beaucoup trop b-brutal. La pêche serait trop risquée.

Senka ne chercha pas à disputer sur ce point. Il avait déjà vu pêcher avec des appâts vivants, ablette ou autre petit poisson : d'abord le brochet happait sa proie, plantait ses dents crochues dans son échine, et ensuite seulement on le tirait hors de l'eau, le bandit, pour lui réclamer des comptes.

— Mais est-ce qu'on ne pourrait pas pêcher autrement, sans appât ? s'enquit-il prudemment.

— On peut, répondit le *senseï*. Pas au vif, mais au molt. Hein, maîtle ? J'ai bien deviné ?

Eraste Pétrovitch fronça les sourcils.

— Oui, tu as bien deviné. Mais combien de fois t'ai-je dit de ne pas essayer de faire des calembours. Tu ne maîtrises pas encore assez bien le russe pour cela.

Senka plissa le front. Apparemment il était le seul imbécile dans la pièce, quand tous les autres étaient intelligents.

— Comment ça, au mort ? Quel mort ?

— Massa veut parler de la dame surnommée la Mort, expliqua l'ingénieur. D'une manière que pour l'instant nous n'expliquons pas, tous les c-crimes survenus à la Khitrovka au cours du dernier mois sont liés à cette personne. De même que tous les acteurs principaux dc cette histoire : le Prince, l'Œil, les autres coryphées du monde de la pègre, ce commissaire excessivement débrouillard, et également la cible numéro un de notre Chercheur-de-trésor.

Là, il parle de moi, devina Skorik.

— Vous voulez le capturer par l'intermédiaire de la Mort ? Vous pensez qu'elle est de mèche avec cette ordure ? demanda-t-il, incrédule.

— Non, je ne le p-pense pas. D'autant plus qu'elle a accepté de m'aider.

En voilà une nouvelle ! Par conséquent, après que Senka, déçu par le genre humain, était ressorti par la lucarne, ils étaient tous les deux tombés d'accord. Ou plutôt *il* l'avait fait tomber d'accord, corrigea Senka, réveillant la blessure de son cœur. Et, n'y tenant plus, il demanda d'un air négligent :

— Quoi, vous vous l'êtes faite ? Ç'a pas dû être bien difficile.

Sa voix, la traîtresse, avait tremblé.

L'ingénieur lui colla une légère chiquenaude sur le front.

— On ne pose pas ce genre de questions, Senia, et de toute façon on n'y répond pas. Et d'un. De manière générale, on ne parle pas non plus des femmes en pareils termes. Et de deux. Mais puisque nous sommes tous appelés, elle y compris, à œuvrer pour la même cause, dans le vœu d'éviter toute amb-biguïté je te répondrai néanmoins : je ne me suis pas « fait » cette demoiselle, je n'ai même pas essayé. Et de trois.

Fallait-il le croire ou non ? Peut-être devrait-il lui demander de jurer

Skorik posa sur M. Nameless un œil inquisiteur et conclut qu'un homme de cette sorte n'irait jamais mentir. Aussitôt, il se sentit soulagé d'un poids énorme.

— Mais comment la Mort peut nous aider ? demanda-t-il, adoptant un ton pratique. Si elle savait quelque chose sur le Chercheur-de-trésor, elle l'aurait sûrement déjà dit. Elle n'approuve pas toutes ces atrocités.

Massa émit un gémissement expressif, comme pour dire : attention, préparez-vous, je vais faire une déclaration importante. Senka se tourna vers le Japonais, et celui-ci prononça alors ces mots, impossibles à comprendre autant qu'à discerner :

— *Taïfu-no mè.*

Mais l'ingénieur, lui, comprit.

— Exactement. Excellente m-métaphore. L'œil du typhon. Sais-tu, Senia, ce que c'est ? (Il attendit que Senka eût secoué négativement la tête pour le lui expliquer :) Un typhon, c'est un terrible ouragan qui parcourt les mers et les terres, en semant sur son passage l'horreur et la dévastation. Mais le centre de ce tourbillon abrite un foyer de calme absolu. A l'intérieur de l'œil du typhon règne la paix, et cependant, sans ce centre statique, il n'y aurait pas non plus de tornade déchaînée. La Mort n'est pas une criminelle, elle ne tue personne, elle se contente de rester assise à sa fenêtre et de broder sur la toile des motifs fantastiques. Mais les malfaiteurs les plus sanguinaires d'une ville d'un million d'habitants se pressent autour d'elle, comme des abeilles autour d'un pavot.

— Belle compalaison également, approuva Massa. Mais la mienne leste mieux.

— P-plus romantique en tout cas. Ces jours-ci, je suis allé plusieurs fois lui rendre visite chez elle, boulevard de la Iaouza, et j'ai eu tout loisir de la connaître mieux.

Ah tiens ?! Senka afficha à nouveau une moue boudeuse. Eh bien, Eraste Pétrovitch, sacré roublard, vous savez être partout à la fois. « La connaître mieux », ça voulait dire quoi ?

— Lors de notre dernière entrevue, poursuivit M. Nameless sans paraître remarquer les souffrances de Senka, elle m'a confié se sentir surveillée, même si elle ne comprenait pas qui précisément pouvait l'espionner. En sortant sur le boulevard, j'ai moi aussi perçu dans l'angle de mon champ de vision une ombre qui se dissimulait au coin d'un bâtiment. Cela nous donne de l'espoir. Mlle la Mort représente désormais notre unique chance. M. le Chercheur-de-trésor, en tuant Tachka, a rompu de ses propres mains le fil qui conduisait à toi. A présent qu'il se retrouve Gros-Jean comme d-devant...

— Hein ? Je veux dire : pardon, comment ? Qui c'est, ce gros Jean ? demanda Skorik qui écoutait avec une intense attention.

Eraste Pétrovitch, d'un coup, se fâcha bizarrement :

— Je t'avais dit d'acheter un recueil de Pouchkine et de lire au moins les contes !

— Mais je l'ai fait ! répliqua Senka, vexé. Y en avait même des tas, des Pouchkine. J'ai choisi celui-là, tenez.

Et pour preuve, il tira de sa poche un petit volume acheté l'avant-veille au marché aux puces. Le bouquin était intéressant, il y avait même des images.

— « Pouchkine interdit. Epigrammes et poèmes circulant autrefois sous le manteau », lut l'ingénieur sur la couverture.

Il fronça les sourcils et entreprit de feuilleter les pages.

— Et les contes, je les ai lus ! s'exclama Senka, encore plus outré d'une telle défiance à son endroit. Celui de l'archange et de la Sainte Vierge, et puis celui du tsar Nikita et de ses quarante filles. Vous me croyez pas ? Vous voulez que je vous les raconte ?

— Inutile, dit vivement Eraste Pétrovitch en refermant le livre d'un coup sec. Ah, quelle crapule !

— Qui ça, Pouchkine ? fit Senka, étonné.

— Non, pas Pouchkine, mais l'éditeur. On ne devrait pas publier ce qu'un auteur n'a pas destiné à l'être. Autrement on peut aller loin sur cette voie. Retenez bien mes paroles : un jour viendra bientôt où ces messieurs les éditeurs iront jusqu'à publier la c-correspondance intime des écrivains ! (L'ingénieur jeta le livre sur la table d'un geste furieux.) Au fait, c'est justement de correspondance que je voulais m'entretenir avec toi, Senia. Dès lors que la Mort est surveillée, il nous est impossible de retourner chez elle. Je doute par ailleurs que nous réussissions à établir un contrôle permanent autour de sa maison : tout individu étranger au quartier serait repéré sur-le-champ. Par conséquent, nous allons désormais communiquer à d-distance.

— Comment ça, à distance ?

— Eh bien, de manière épistolaire, si tu préfères.

— Quoi, on va se mettre en embuscade avec des pistolets ? (L'idée plaisait énormément à Senka.) Et à moi aussi, vous en passerez un ?

Eraste Pétrovitch le regarda, interloqué.

— Que viennent faire des p-pistolets là-dedans ? Nous allons échanger des lettres. Je ne peux plus rendre visite à la Mort. Massa non plus, il est trop voyant. Senka

Skorik n'a également aucun intérêt à se montrer là-bas. Je me trompe ?

— Ben non.

— Nous en sommes donc réduits à nous écrire des lettres. Elle et moi sommes convenus de ceci. Chaque jour elle ira à l'église Saint-Nicolas, pour la messe. Toi, tu te tiendras assis sur le parvis, déguisé en mendiant. Au lieu d'aumônes, la Mort te remettra ses messages. Je suis presque certain que le Chercheur-de-trésor se manifestera. Il a certainement entendu raconter comment tu as fait le Prince cocu.

— Qui, moi ? ! s'écria Senka, horrifié.

— Eh bien, oui, toi. Toute la Khitrovka en parle. C'est même parvenu aux oreilles des services de renseignements ; un fonctionnaire de police de ma connaissance, travaillant pour la Sûreté, m'a montré un rapport. « Le bandit Dron Vesselov (dit le Prince), figurant sur la liste des individus recherchés, menace de retrouver et de tuer l'amant de sa compagne, un adolescent surnommé Skorik, dont on ignore la véritable identité et le lieu de résidence. » De sorte que pour tout le monde, Senka, tu es l'amant de la Mort.

COMMENT SENKA LUT DES LETTRES QUI NE LUI ÉTAIENT PAS DESTINÉES

Dans le bureau d'Eraste Pétrovitch se trouvait un grand miroir. Celui-ci, pour être plus précis, n'y était pas à l'origine, c'était l'ingénieur qui avait donné instruction de placer sur une table de travail un trumeau devant lequel il avait disposé toutes sortes de flacons, pots et autres boîtes – comme dans un vrai salon de coiffure. Au reste, il y avait là aussi des perruques, de toutes les teintes, et imitant tous les genres de chevelures. Quand Senka lui avait demandé à quoi lui servait ce bazar, M. Nameless lui avait répondu d'un air énigmatique : « Pour nous commence la saison des mascarades. »

Skorik avait pensé qu'il plaisantait. Et cependant c'est à lui que revint l'honneur d'être le premier à jouer les déguisés.

Le lendemain du jour consacré à la déduction-projection, dans la matinée, Eraste Pétrovitch fit asseoir Senka devant la glace et s'en donna à cœur joie aux dépens du pauvre garçon. Il commença par lui tartiner le crâne d'on ne sait quelle cochonnerie, ruinant ainsi en un instant une coiffure qui lui avait coûté trois roubles.

La mauvaise qualité de la pommade fut cause que ses cheveux perdirent aussitôt leurs jolis reflets dorés pour virer au gris souris et prendre un aspect emmêlé, poisseux et pendouillant.

Massa, qui observait la scène d'humiliation, émit un claquement de langue satisfait et déclara :

— Il faut *shirami*.

— Je le sais bien, répondit l'ingénieur concentré sur sa besogne.

Il plongea deux doigts dans une des boîtes posées là et colla sur la nuque de Senka ce qui semblait être des graines ou de minuscules boulettes.

— Qu'est-ce que c'est ?

— Des poux séchés. Un mendiant ne saurait se p-passer de cette faune. Mais ne t'inquiète pas, après nous te laverons à l'essence.

Skorik en resta la mâchoire pendante. Le perfide M. Nameless en profita aussitôt pour repeindre sa dent en or d'une atroce couleur de chicot pourri, puis fourrer dans sa bouche toujours béante une espèce de boudin de gaze qu'il lui cala entre la joue et la gencive. Le résultat fut que Senka en eut toute la tronche, tout le visage de travers. Mais Eraste Pétrovitch enduisait déjà le front, le nez et le cou du martyr d'une crème qui lui rendit la peau terreuse et lui en dilata les pores.

— Oleilles, souffla le *senseï*.

— Ça ne sera pas trop ? fit l'ingénieur, dubitatif, qui cependant se mit à fourgonner avec une baguette dans les oreilles de Senka.

— Ça chatouille !

— Je crois que c'est mieux en effet si elles ont l'air de puruler, murmura Eraste Pétrovitch, pensif. Passons maintenant à la g-garde-robe.

Il tira de l'armoire une guenille comme Senka, de sa vie, n'en avait porté, même aux pires heures de son séjour chez l'oncle Zot.

Skorik se regarda dans le triple miroir, se tourna d'un côté puis de l'autre. Rien à dire, il faisait un splendide mendiant. Et surtout, si une personne de sa connaissance le voyait, jamais elle ne le reconnaîtrait. Un seul détail le chiffonnait toutefois.

— Eux, les mendiants, ils ont tous leurs places réservées, expliqua-t-il à Eraste Pétrovitch. Faudrait s'entendre avec leur doyen. Si je me pointe comme ça tout bêtement sur le parvis, les autres vont me chasser, et me dérouiller par-dessus le marché.

— S'ils cherchent à te faire partir, tu mâcheras ça, tiens. (L'ingénieur lui remit une petite boule toute lisse.) C'est du banal savon pour enfant, au goût de fraise. Un truc simple, mais qui produit son effet. Je l'ai emprunté à un célèbre escroc. Dès que l'écume te sortira de la b-bouche, n'oublie pas de révulser tes yeux.

Au début, Skorik nourrissait tout de même quelques appréhensions. Il arriva à l'église Saint-Nicolas-Thaumaturge, située passage Podkopaevski, s'assit tout au bord du parvis, et à tout hasard fit tout de suite les yeux blancs. Une épileptique et un sans-nez qui exerçaient leur industrie dans le voisinage se mirent aussitôt à râler : « Tire-toi d'ici, on te connaît pas, déjà que c'est pas de trop bon rapport ici, le Gabelou sera là dans pas longtemps, sois sûr qu'il te fera passer un sale quart d'heure, etc. »

Mais quand le Gabelou arriva et que les mendiants se plaignirent à lui de la présence d'un nouveau, Senka laissa de la mousse couler entre ses lèvres, secoua les épaules et se prit même à chouiner d'une voix grêle. Le Gabelou l'observa un bon moment puis déclara : « Alors quoi, bande de fripouilles, vous ne voyez pas qu'il est malade pour de vrai ? Fichez-lui la paix, qu'il gagne de quoi se nourrir, vous n'aurez pas à me payer l'impôt pour lui. » Voilà comment il était, le Gabelou : toujours juste et équitable. C'est pourquoi d'ailleurs il était encore en vie après vingt ans passés à la Khitrovka.

Les mendiants laissèrent Skorik tranquille. Il se détendit un peu, reprit un regard normal et se mit à rechâsser autour de lui. On lui donnait, c'est vrai, fort peu, essentiellement des pièces d'un et d'un demi-kopeck. Un fois, le Hibou passa devant lui. Senka, par ennui (et aussi pour vérifier si le déguisement était bon), l'attrapa par un pan de sa chemise en geignant : « Donne, donne un peu d'argent à un infirme. » Le Hibou non seulement ne lui fila rien mais l'abreuva copieusement d'injures. Cependant il ne le reconnut pas, et Skorik s'en trouva tout à fait rassuré.

Comme les cloches sonnaient pour annoncer l'office et qu'une file de bonnes femmes pénétrait lentement dans l'église, la Mort apparut au coin du passage Podkolokolny. Elle était vêtue de manière plutôt moche – robe grise, fichu blanc –, mais ce fut malgré tout comme si un rayon de soleil surgissait d'entre les nuées.

Elle parcourut du regard la troupe de mendigots sans s'arrêter sur Senka. Puis elle franchit à son tour les portes de l'édifice.

Aïe ! se dit-il, soudain inquiet. Eraste Pétrovitch n'en aurait-il pas trop fait ? Comment la Mort saura-t-elle à qui elle doit remettre son message ?

Alors quand il vit les bigotes ressortir une fois la messe terminée, Senka se prit à nasiller, en bégayant exprès pour que la Mort comprît bien l'allusion :

— Eh, b-bonnes gens ! N'en v-veuillez pas à un p-pauvre orphelin s'il d-demande la charité ! Aidez-le c-comme vous p-pouvez. Je suis p-pas d'ici, je c-connais p-personne ! D-donnez-moi un q-quignon de pain ou une p-petite pièce !

Elle dévisagea Senka et pouffa de rire. C'était donc qu'elle avait deviné. Elle fit à chaque mendiant l'aumône d'une pièce de monnaie. Et à Skorik, en plus de cinq kopecks, elle glissa également un bout de papier plié en quatre.

Puis elle s'en fut, dissimulant sa bouche dans les coins de son foulard, décidément mise en joie par la nouvelle allure de Senka.

Quant à lui, sitôt qu'il eut quitté la Khitrovka en clopinant, il s'accroupit au pied d'une colonne d'affichage, déplia la feuille de papier et la lut. L'écriture de la Morte était régulière, facile à déchiffrer même si les lettres étaient tracées en tout petit.

« Bonjour Eraste Pétrovitch. J'ai fait tout ce que vous m'aviez demandé. Comme promis j'ai accroché le pétale à mon cou et il l'a tout de suite remarqué. [Quel pétale ? se demanda Senka en se grattant la nuque. Et qui c'est ce "il" ? Bon, peut-être que c'est expliqué dans la suite.] *Il a fait la grimace et il a dit tu es drôlement bizarre. Tu te colles n'importe quelle saloperie au cou et tu ne portes pas ce que je t'ai donné. Il a essayé de savoir qui me l'avait offert. Comme convenu j'ai dit Senka Skorik. Il s'est mis à crier. La sale petite vermine il a dit. Que je mette la main dessus et je le réduis en bouillie.* [Mais alors, c'est du Prince qu'elle parle ! Le bout de papier froissé se mit à trembler

tout seul entre ses mains. Mais qu'est-ce qu'elle fiche ? Pourquoi elle lui raconte des craques ? Je sais pas ce que c'est, moi, que ce pétale. Non seulement je le lui ai pas offert, mais je l'ai même jamais vu ! Elle veut vraiment ma mort ! Ses yeux parcoururent la suite à toute allure.] *Il est très pénible à supporter. Il est tout le temps à moitié ivre maussade et menaçant. Il est très jaloux de moi. Heureusement qu'il n'en a qu'après Skorik.* [Mais oui, tant mieux ! se dit Senka avec une moue désespérée.] *Mais s'il apprenait pour les autres alors c'est sûr que le sang coulerait. J'ai essayé d'aborder le sujet avec lui de différentes manières. Il refuse d'avouer. Il prétend qu'il n'a aucune idée de l'auteur de ces atrocités qu'il aimerait bien lui-même savoir qui c'est. "Si je l'apprends je te le dirai si ça t'intéresse." Mais est-ce qu'il dit la vérité est-ce qu'il ment je ne peux pas me prononcer car il n'est plus du tout comme avant. Ce n'est plus un être humain on dirait mais une bête féroce. Toujours à montrer les crocs. Mais je voudrais aussi vous demander Eraste Pétrovitch après notre dernière conversation de ne pas m'accuser d'immoralité. Ce qui est écrit dans la destinée de chacun personne n'est libre d'en décider ce qui est dicté d'en haut on est seulement libre de le tourner en bien ou en mal. Et ne me parlez plus jamais comme ça et ne m'écrivez rien à ce sujet parce que c'est inutile.*

La Mort. »

De quoi il ne fallait plus parler ni écrire ? Sûrement de son sale dévergondage avec le Vampire et les autres vermines.

Senka replia la feuille en quatre, comme elle était, et s'en fut la porter à Eraste Pétrovitch. Il brûlait d'envie d'interroger le subtil M. Nameless, de lui faire dire pourquoi il avait imaginé d'exciter encore davantage le

Prince contre le malheureux orphelin qu'il était, dans quel intérêt. Et ce que c'était que ce fameux pétale, que lui, Senka, aurait soi-disant offert à la Mort.

Seulement poser la question, c'était se trahir et avouer qu'on avait fourré son nez là où on ne devait pas.

L'ingénieur n'eut qu'à regarder le morceau de papier pour aussitôt secouer la tête d'un air de reproche :

— Ce n'est pas bien, Senia. Pourquoi l'as-tu lu ? C'est à toi que c'est adressé ?

— J'ai rien lu du tout, répliqua Skorik, buté. Pour ce que j'en ai à faire...

— Ben voyons... (Eraste Pétrovitch passa le doigt sur les plis.) La feuille a été dépliée et repliée. Et qu'est-ce qui est resté collé ici ? Ne serait-ce pas un pou ? Je doute que ce soit la p-propriété de Mlle la Mort.

Pouvait-on cacher quoi que ce fût à un type pareil ?

Le lendemain matin, Skorik se vit à nouveau confier une lettre par M. Nameless, mais pas une simple feuille de papier, une vraie lettre dans une enveloppe.

— Puisque tu es si curieux, déclara l'ingénieur, je vais c-cacheter mon envoi. Ne tente pas d'y passer la langue dans l'espoir de l'ouvrir. C'est une colle brevetée américaine, extraforte.

Il badigeonna longuement la minuscule enveloppe avec un petit pinceau, puis pesa dessus avec le presse-papiers.

Senka n'en revenait pas. On avait bien raison de le dire : il n'est si bon sage qui ne faille.

A peine franchi le seuil de la maison, il déchira l'enveloppe et la jeta. Des comme ça, à dix kopecks, pour les billets doux, il s'en vendait dans toutes les boutiques de fournitures pour bureau. En acheter une neuve, y glisser la lettre et refermer le tout sans aucune colle compliquée, c'était un jeu d'enfant. De toute façon, l'enveloppe ne portait ni l'adresse ni le nom du destinataire...

Lire ou ne pas lire... Senka ne se posa même pas la question. Lire, bien sûr ! Qu'on le veuille ou non, c'était son sort, après tout, qui était en jeu.

La lettre était rédigée sur du papier à cigarettes, mais l'écriture d'Eraste Pétrovitch était belle, ornée d'élégantes volutes.

« Bonjour, chère S.

Permettez-moi de vous appeler ainsi : votre pseudonyme m'est insupportable, et vous refusez de me révéler votre vrai nom. Pardonnez-moi, mais je ne puis croire que vous l'ayez oublié. Cela dit, qu'il en soit comme bon vous semble. J'en viens à présent à notre affaire.

Pour le premier, le doute est levé. A présent agissez de même avec le deuxième, mais abordez le sujet de manière moins explicite. Pour autant que je puisse en juger, cet individu semble un peu plus subtil que le Prince. Il suffirait qu'il voie simplement l'objet que vous savez. Et s'il vous pose lui-même une question, alors parlez-lui comme convenu de SS. [Qui c'est encore que ce « SS » ? Senka frotta son front barbouillé de suie, si bien qu'une paire de poux séchés tomba de ses cheveux. Ah, mais c'est « Senka Skorik », évidemment ! Qu'est-ce que ces deux intrigants avaient donc encore mijoté dans son dos ?] *Pardonnez-moi de revenir sur un sujet qui vous déplaît, mais je suis à la torture à l'idée que vous vous exposiez à la souillure et aux tourments – oui, oui, je suis certain que c'est pour vous une atroce souffrance – au nom de concepts qui échappent à mon entendement et qui à coup sûr sont faux. Pourquoi vous punir de manière si cruelle, pourquoi noyer votre corps dans la boue ? Il n'est en rien coupable à votre endroit. Le corps de l'être humain, c'est un temple, et un temple doit toujours être gardé en état de pureté. Certains répliqueront à cela : « Un temple, allons donc ! Juste une maison comme une autre : de la pierre et du mortier, le tout est de ne pas souiller son âme, mais qu'est-ce que le corps ? Dieu ne réside pas dans la chair, c'est dans nos âmes qu'il est présent. » Cependant jamais le mystère de Dieu ne s'accomplira dans un temple sale et souillé. Et quant au fait que la destinée de chacun serait déjà écrite à sa naissance, vous vous trompez. La vie, ce n'est pas un livre qui ne permettrait de se mouvoir qu'en suivant les lignes écrites pour vous par un autre. La vie, c'est une plaine sillonnée d'une infinité de routes ; à chaque pas se présente une nouvelle fourche, et l'on est toujours libre de choisir de prendre à gauche ou à droite. Et ensuite viendront une autre bifurcation et un autre choix. Chacun avance dans cette plaine, en établissant lui-même sa route et sa direction : qui au couchant, vers l'obscurité, qui au levant, vers la source de la lumière. Et jamais, même à l'ultime instant de notre vie, il n'est trop tard pour prendre une direction totalement opposée à celle qu'on suivait jusqu'alors depuis de longues années. De telles volte-face ne sont pas si rares, où l'on voit une personne qui toute sa vie a marché vers les ténèbres de la nuit finalement se retourner tout à coup face au levant, de telle sorte que son visage et la plaine tout entière se trouvent inondés d'une autre lumière, inondés de l'éclat d'un jour neuf. Le contraire, bien sûr, arrive également. Je m'explique mal, en des termes confus, mais il me semble, je ne sais pourquoi, que vous me comprendrez.*

E. N. »

Pour résumer, il y avait là bien peu de détails intéressants. On avait bien besoin de tartiner les gens de crèmes dégueulasses et de leur faire traverser toute la ville juste pour du lantiponnage philosophique !

Senka sacrifia dix kopecks pour racheter une enveloppe, puis courut à l'église Saint-Nicolas-Thaumaturge.

La Mort ce jour-là portait un fichu non pas blanc mais bordeaux, et son visage s'en trouvait comme éclairé d'un halo d'incendie. En entrant dans l'église, elle lui lança un regard si brûlant que Senka vacilla sur ses genoux. Il se rappela (pardon, Seigneur, ce n'était ni l'endroit, ni le moment) les baisers qu'elle lui avait donnés, et comme elle l'avait serré dans ses bras.

Quand elle ressortit, ses yeux étaient toujours aussi espiègles. Elle se pencha vers lui pour lui donner la pièce et prendre le message, et lui murmura à l'oreille :

— Bonjour, mon petit amoureux. Réponse demain.

Il revint à la caserne Saint-Sauveur en titubant.

Mon petit amoureux !

Seulement le lendemain il n'y eut pas de réponse de la Mort. Elle ne vint pas au rendez-vous. Skorik s'usa les genoux à quémander presque jusqu'à la nuit, récolta pour près de deux roubles d'aumônes, et tout ça pour rien. Le Gabelou, faisant lui-même sa ronde dans le quartier pour la dixième ou peut-être la quinzième fois, lui dit : « Tu es bien âpre au gain aujourd'hui, l'infirme. Tu peux faire la manche, mais sache garder la mesure. » Alors seulement, il quitta les lieux.

Le quatrième jour tombant un dimanche, Eraste Pétrovitch le réexpédia à l'église. Qu'il n'y eût pas eu de réponse à sa dernière lettre paraissait moins le surprendre que l'attrister.

Au moment où Senka partait, l'ingénieur lui dit :

— Si aujourd'hui elle ne se montre pas, nous devrons renoncer à cette correspondance et imaginer autre chose.

Mais elle vint.

Certes, elle ne regarda même pas Skorik. En distribuant ses dons, elle tournait la tête ailleurs, et ses yeux semblaient pleins de colère. Senka aperçut à son cou une écaille d'argent pendue à une chaîne, une écaille toute pareille à celles trouvées à côté du trésor. Auparavant, la Mort ne portait pas de parures de cette sorte.

Cette fois-ci, Senka se retrouva avec, dans la main, non pas un papier, mais un mouchoir de soie plié.

Il se réfugia dans un coin tranquille et déplia le carré de tissu, pour tout de même découvrir à l'intérieur une lettre. Avec beaucoup de précaution, en veillant à ce que rien ne tombe de ses cheveux et que les plis de la feuille restent intacts, il entreprit de la lire.

« Bonjour Eraste Pétrovitch. Je n'ai rien tiré de lui je n'en ai obtenu aucune information. Il a remarqué mon nouveau bijou il l'a longuement reluqué de ses pupilles vides mais n'a posé aucune question. Il a marmonné des vers dans sa barbe il a cette habitude. J'ai tout retenu mot pour mot. De l'acier nous avons acheté et vendu et puis de l'or et puis de l'argent purs mais à présent pour nous l'heure a sonné et nous attend bien longue traversée. Je ne sais pas quel sens il y a là-dedans. Peut-être comprendrez-vous. [C'est du Pouchkine, Alexandre Sergueïevitch, et il n'y a rien à comprendre, pensa Skorik avec condescendance, lui qui venait justement de lire la veille *Le Conte du tsar Saltan.* Quant au personnage dont il est question,

il n'y a aucun doute : c'est l'Œil. C'est lui qui adore parler en vers.] *Mais ne vous avisez plus de m'écrire comme vous l'avez fait à propos du corps et tout ça autrement ce sera la fin de notre correspondance. J'ai d'ailleurs déjà failli y mettre un terme. Hier je ne suis pas venue j'étais très en colère contre vous. Mais aujourd'hui une fois qu'il était parti il m'est venu une vision. J'étais étendue au milieu de la plaine dont vous parliez dans votre lettre et je ne pouvais pas me relever. Je restais ainsi longtemps des jours et des jours. Et l'herbe poussait à travers moi l'herbe et puis des fleurs de toute espèce. Je les sentais à l'intérieur de moi et ça n'était pas déplaisant au contraire j'aimais qu'elles se fraient un chemin dans mon corps pour éclore au soleil. Cette vision, je l'ai brodée ensuite de mon mieux sur ce mouchoir. Acceptez-le en cadeau.*

La Mort. »

Ledit mouchoir, que Skorik n'avait d'abord pas bien regardé, était en effet entièrement brodé : en haut le soleil, en bas une jeune fille couchée toute nue, et toutes sortes de plantes et de fleurs qui perçaient à travers son corps. Cette image complètement bizarre, ou, pour parler cultivé, cette *allégorie*, lui déplut terriblement.

Eraste Pétrovitch, à la différence de Senka, commença par examiner le mouchoir, et ensuite seulement déplia la lettre. Il y jeta un coup d'œil et dit :

— Oh, Senia, Senia, que vais-je faire de toi ? Tu y as encore fourré ton nez.

Skorik battit des paupières pour y faire perler des larmes.

— Pourquoi vous m'insultez ? C'est moche de votre part. Je crois pourtant pas ménager ma peine, comme le dernier misérable. Par la vérité et par la foi...

L'ingénieur se contenta d'agiter la main dans sa direction : va, cesse de m'ennuyer, le diable t'emporte.

Mais la réponse d'Eraste Pétrovitch à la Mort disait ceci :

« *Chère S.*

Je vous en supplie, ne prisez plus cette saleté. Je n'ai goûté d'un stupéfiant qu'une seule et unique fois, et cela a failli me coûter la vie. Un jour je vous raconterai cette histoire. Mais le problème n'est même pas le danger que recèle en elle la substance perverse. Celle-ci n'est utile qu'aux gens qui ne comprennent pas s'ils vivent réellement sur terre ou si ce n'est qu'une illusion. Or vous, vous êtes vraie, bien vivante. Vous n'avez nul besoin de stupéfiants. Pardonnez-moi de me lancer à nouveau dans un sermon. Ce n'est pas du tout ma manière, mais vous agissez sur moi d'une si étrange façon...

Aux deux autres, si leur attention était attirée par l'objet, ne parlez pas de SS [ah, merci beaucoup ! pensa Senka], *mais d'un nouveau soupirant, un bègue aux tempes blanches. C'est pour les besoins de l'affaire.*

Votre E. N. »

La Mort cette fois-ci arriva non pas fâchée comme la veille, mais toute joyeuse. En se penchant pour prendre la lettre, elle glissa à Senka au lieu d'une pièce de cinq kopecks une sorte de gros jeton rond, et lui murmura : « Régale-toi. »

Il regarda ce que c'était : une médaille en chocolat ! Non, c'est pas vrai, elle le prenait pour un gamin ou quoi !

Le dernier jour où Skorik se livra à la mendicité, le sixième si l'on compte bien, la Mort, au moment où elle passait près de lui, laissa tomber son mouchoir. Comme elle se penchait pour le ramasser, elle lui souffla d'une voix à peine audible : « On me suit. Là-bas au coin. » Puis elle entra dans l'église. Par terre, à côté de Senka, traînait un carré de papier. Il se rapprocha, posa un genou dessus, et lorgna vers l'endroit indiqué par la Mort.

Son cœur se mit à battre la chamade.

Là-bas, au croisement avec le passage Podkolokolny, adossé contre une descente de gouttière, se tenait Prokha, occupé à décortiquer des graines de tournesol. Ses yeux étaient braqués sur la porte de l'église. Dieu merci, les mendiants ne semblaient pas l'intéresser.

Ah, le saligaud ! Voyez donc ça !

Et s'ensuivit dans la tête de Senka une déduction fulgurante.

Le jour même où il était allé porter les barres d'argent au joaillier, qui avait-il rencontré, rue Marosseïka justement ? Prokha. Et d'un.

Ensuite, place Troubnaïa, qui traînait là, à deux pas de la pension ? Le soir où un sergent de ville était accouru à son aide ? Encore Prokha. Et de deux.

Qui était au courant de l'amitié qui liait Senka et Tachka ? De nouveau Prokha. Et de trois.

Et c'était Prokha qui à présent espionnait la Mort ! Et de quatre.

Par conséquent, c'était lui, ce sale mollusque, qui était coupable de tout ! C'était lui qui avait causé la mort du joaillier, et de Tachka ! Il ne les avait pas tués de ses mains, bien sûr. Il faisait les courses pour quelqu'un, et très probablement pour le Prince.

Que faire alors, hein ? Quelle projection devait découler de cette déduction ?

Très simple ! Puisque Prokha surveille la Mort, nous allons, nous, surveiller Prokha. A qui ira-t-il ensuite faire son rapport, *exposer une relation des faits* ? Nous le saurons. Et nous montrerons à M. Nameless que Senka Skorik peut servir à autre chose qu'aller aux commissions.

Quand elle ressortit de l'église, la Mort détourna la tête exprès, elle ne lui donna même pas la pièce cette fois-là, elle passa devant lui, tel un cygne, mais l'effleura cependant d'un pan de sa robe. Ce ne fut sûrement pas un hasard. Ne t'endors pas, voulait-elle dire. Ouvre l'œil, et le bon.

Il compta jusqu'à vingt puis s'en fut derrière elle en claudiquant, boitant des deux jambes à la fois. Prokha marchait juste devant lui, sans se retourner un instant : à l'évidence, il n'imaginait même pas qu'on pût le suivre lui aussi.

Ils arrivèrent ainsi boulevard de la Iaouza, à la manière d'un vol de grues : en avant et au milieu, la Mort, puis quelques pas en retrait sur la gauche, Prokha, et une quinzaine de pas encore plus loin, mais à droite, Skorik.

Devant la porte de la maison, Prokha parut hésiter et se gratta la nuque. On aurait dit qu'il ne savait trop quoi faire à présent : rester là en faction ou bien partir. Senka se posta au coin de la rue et attendit.

Mais voilà soudain Prokha qui relève la tronche (non, la tête, la tête), fourre les pognes dans ses poches, pivote sur les talons et s'en retourne fissa sur ses pas. Faire son rapport au Prince, pensa Skorik. Ou peut-être pas au Prince, mais à quelqu'un d'autre.

Quand Prokha passa près de lui, Senka lui tourna le dos, les mains collées au bas du ventre comme s'il était en train de régler une affaire pressante. Puis il se mit en marche derrière son ancien ami.

Celui-ci botta un trognon de pomme, lança un long sifflement modulé devant des pigeons qui picoraient un tas de fumier (ils battirent des ailes, tout effarouchés), puis tourna dans une cour intérieure par où l'on pouvait couper facilement jusqu'à la place du marché Khitrov.

Senka lui emboîta le pas.

Il avait à peine passé le premier porche donnant sur une courée sombre et humide qu'une main l'empoigna par l'épaule et, tirant avec violence, le força à se retourner.

Prokha ! Il s'était senti suivi, le rusé renard.

— Pourquoi que tu me colles après, saloperie ? Qu'est-ce que tu veux ?

Il le secoua si énergiquement par le col que Senka sentit sa tête valdinguer en tous sens ; le boudin de gaze calé derrière sa joue pour lui déformer la physionomie glissa hors de son logement, et il se vit contraint finalement de recracher cet artifice de mascarade.

— Toi ? ! s'écria Prokha dont les narines soudain se dilatèrent férocement. Skorik ? Ça tombe bien, j'avais justement besoin de toi !

Et hop ! il lui mit l'autre main au collet : va t'échapper à présent. Prokha avait une solide poigne. Senka le savait : pas la peine de vouloir rivaliser avec lui en force et en adresse. C'était le gars le plus fortiche de toute la Khitrovka. Si Senka cherchait à jouer des poings, l'autre le démolirait. S'il parvenait à s'enfuir, l'autre le rattraperait aussi sec.

— Allons, suis-moi, dit Prokha avec un petit sourire malin. Tu viens sans faire d'histoires ou tu préfères une avoinée pour commencer ?

— C'est où qu'on va ? demanda Senka, qui ne parvenait toujours pas à se remettre du fiasco rencontré par son plan, pourtant remarquablement imaginé. Et pourquoi que tu me cramponnes comme ça ? Lâche-moi !

Prokha lui fila un coup dans le mollet, de la pointe de sa botte – aïe ! la brute !

— On y va gentiment. Je connais un brave homme qui a envie de faire la causette avec toi.

S'il avait voulu se bagarrer pour de vrai, à la mode de la Khitrovka – à coups de poing ou à la rigueur à coups de ceinture –, Prokha l'aurait assommé en moins de deux. Mais Senka avait-il étudié pour rien les subtilités du cassage de gueule japonais ?

Quand Massa-*senseï* avait compris que Skorik ne ferait jamais un véritable combattant – il était pour cela bien trop paresseux, et trop sensible à la douleur –, il lui avait déclaré : « Senka-*koun*, je ne vais pas t'apprendre à te battre comme un homme, je vais t'apprendre à te battre comme une femme. Voilà une leçon sur la manière dont une femme doit se protéger si un insolent la saisit au collet et s'apprête à la déshonorer. » Skorik s'en souvenait à présent.

« C'est simpolo comme bondzoul », avait dit le *senseï*.

Il convenait de frapper l'agresseur à la base du nez, de bas en haut, avec le tranchant de la main gauche, et au moment où sa tête basculait en arrière, de lui porter un coup à la pomme d'Adam avec les phalanges repliées de la main droite. Senka avait dû répéter le geste un bon millier de fois, cognant dans le vide pour l'exercice : une-deux, gauche-droite, nez-pomme d'Adam, nez-pomme d'Adam, une-deux, une-deux.

C'est ce même « une-deux » qu'il exécuta ici, une demi-seconde lui suffit.

Comme on écrit dans les bouquins, le résultat dépassa toutes ses espérances.

Sous l'impact reçu par le nez – pourtant peu violent, presque glissant –, la tête de Prokha fut projetée en arrière, tandis que du sang jaillissait des narines. Et quand Senka acheva la deuxième partie du mouvement pile sur la gorge ainsi offerte, Prokha émit comme un râle et s'effondra.

Il s'assit par terre, une main sur sa gorge, l'autre pressant son nez, bouche bée, les yeux ronds comme des billes. Et du sang, du sang, qui n'arrêtait pas de couler !

Skorik en fut carrément effrayé : il ne l'avait pas tué, au moins ?

Il s'accroupit :

— Eh ! Prokha, tu fais quoi, t'es pas en train de mourir, quand même ?

Il le secoua un peu.

L'autre articula d'une voix rauque :

— Non... Ne frappe plus ! Ah ! ah ! ah !

Il cherchait à aspirer de l'air, mais pas moyen.

Avant qu'il eût recouvré ses esprits, Senka revint lourdement à la charge.

— Parle, fumier, pour qui tu fais les courses ? ! Parle, ou je t'en colle une sur les oreilles, à t'en faire sortir les châsses du crâne ! Alors ? C'est pour le Prince, hein ?

Et il brandit les deux mains (il existait encore une méthode de cette sorte : pour se défendre d'un mauvais homme, frapper juste au-dessous des deux oreilles à la fois).

— Non, c'est pas pour le Prince... (Prokha tâta son nez trempé de sang.) Tu me l'as pété... T'as pété l'os... Ouuuh !

— Alors pour qui ? Tu vas parler, oui ? !

Et de lui allonger un coup de poing en plein milieu du front. Ce truc-là, ce n'était pas le *senseï* qui le lui avait enseigné, il lui était venu tout seul. Prokha, cela dit, n'eut pas l'air d'en souffrir beaucoup, mais Senka crut s'être cassé tous les doigts. Néanmoins ce fut efficace.

— Non, c'est pour un autre mec, bien plus terrible que le Prince, renifla Prokha en se protégeant des deux bras.

— Plus terrible que le Prince ? répéta Skorik d'une voix mal assurée. Qui c'est ?

— Je sais pas. Il a une grande barbe noire qui lui tombe jusqu'au nombril. Des yeux noirs aussi, brillants. Il me fout la trouille.

— Mais qui c'est ? D'où il sort ? demanda Skorik, pour de bon effrayé. Une barbe jusqu'au nombril, des yeux noirs... Tu parles d'une horreur !

Prokha pressa ses doigts sur son nez dans l'espoir de stopper l'hémorragie. Il répondit en nasillant :

— Gui z'est et d'où il zort, z'en z'ai drop rien, mais zi tu beux aller boir, ze beux te bondrer. Ze dois le redrouber doud à l'heure. Dans les gabes de la Erokha...

Les caves de la Erokha, encore elles ! Ah, quel endroit maudit ! Les Sinioukhine y avaient été assassinés et Senka lui-même avait manqué y laisser la vie.

— Le retrouver ? Pour quoi faire ? demanda Skorik, encore hésitant sur la conduite à suivre. Tu vas lui faire ton rapport sur ce que t'as vu en suivant la Mort, c'est ça ?

— Oui, z'est za.

— Et pourquoi il s'intéresse à elle, ton barbu ?

Prokha haussa les épaules, renifla un peu. Le sang ne coulait plus.

— Moi, j'ai qu'un tout petit rôle là-dedans. Alors, je t'y conduis ou pas ?

— D'accord, je te suis, décida Senka. Mais fais gaffe, au moindre pet, je te tue à mains nues. Je sais le faire, j'ai appris avec un sorcier.

— Eh ben, c'est un bon prof, tu peux assommer n'importe qui maintenant, dit Prokha avec un large sourire obséquieux. Mais t'inquiète, je ferai tout comme tu dis. Je suis pas encore fatigué de vivre.

Ils marchèrent jusqu'au cabaret du Tatar et s'arrêtèrent devant l'entrée de la Erokha. Skorik fila deux ou trois bourrades dans les côtes de son prisonnier et, pour achever de lui faire bien peur, menaça de lui régler son compte si jamais il tentait de jouer des flûtes. A dire vrai, il n'était lui-même pas trop rassuré, craignant à chaque instant de voir l'autre se retourner et lui flanquer un coup au plexus. Mais apparemment ses appréhensions étaient vaines. La leçon de science japonaise avait rendu Prokha parfaitement docile.

— Allez, viens, répétait celui-ci. Tu verras quel genre de mec que c'est. Moi, si je fais ça, c'est juste parce qu'il me fout la trouille, je te dis. Mais si tu me délivrais de ce malfaisant, Skorik, je te dirais seulement merci.

Une fois dans les sous-sols, ils tournèrent une fois, puis une autre. Ils n'étaient plus à présent qu'à deux pas de la salle où se trouvait l'entrée de la cachette au trésor. Et à deux pas également du couloir où Senka avait failli être assassiné. Au souvenir de la main puissante l'empoignant par les cheveux pour lui briser le cou, Skorik se prit à trembler de tous ses membres et s'immobilisa. De la formidable audace qui l'avait porté au début à décider de démêler seul toute l'affaire, il ne lui restait soudain plus grand-chose. Mille excuses, Eraste Pétrovitch, mais à l'impossible nul n'est tenu.

— Je n'irai pas plus loin... Va le retrouver... Ensuite tu me raconteras.

— Mais non, allez, insista Prokha en le tirant par la manche. On est tout près maintenant. Y a une espèce de renfoncement, t'auras qu'à t'y planquer.

Mais pour Senka, pas question.

— Vas-y sans moi.

Il voulut faire demi-tour, mais Prokha le tenait solidement et ne semblait pas disposé à le lâcher.

Et puis brusquement, il lui passa les deux bras autour des épaules et, l'écrasant contre lui, se mit à brailler :

— Le v'là, le Skorik ! J'ai réussi à le choper ! Venez vite ici !

Il l'agrippait bien, l'ordure. Pas moyen de cogner, et pas moyen de se dégager.

Or du fond de l'obscurité parvenait déjà un bruit de pas, pesants, rapides, de plus en plus proches.

Le *senseï* lui avait enseigné ceci : si un mauvais homme te saisit par les épaules, le plus simple, sans chercher à finasser, est de le repousser d'un coup de genou dans les parties génitales, et s'il se tient de telle manière que tu ne peux pas lever le genou ou qu'il est hors d'atteinte, alors renverse la tête le plus possible en arrière et cogne-lui le nez avec le front.

Il cogna, donc, et de toutes ses forces. Une fois, deux fois. Comme un bélier contre un mur.

Prokha poussa un hurlement (il avait déjà le nez cassé) et cacha sa physionomie dans ses mains. Senka s'élança aussitôt. Juste à temps ! Déjà une main, derrière lui, l'empoignait par le collet. Usée jusqu'à la trame, l'étoffe craqua, les fils cédèrent, et Skorik, laissant dans la main de l'inconnu un lambeau de guenille, fonça droit devant lui dans le noir.

D'abord il galopa sans réfléchir, avec pour seule idée de s'éloigner au plus vite. Puis comme le martèlement de bottes, derrière lui, s'atténuait quelque peu, une question lui traversa brutalement l'esprit. Où courait-il comme ça ? Devant lui se trouvait la fameuse salle aux colonnes de briques, or après celle-ci, c'était l'impasse ! Les deux issues lui étaient coupées, aussi bien la porte principale que celle donnant sur le cabaret du Tatar.

Dans un instant ils allaient le rattraper, le coincer et lui faire sa fête !

Ne lui restait plus qu'un seul espoir.

Arrivé dans la salle, Senka se précipita vers l'entrée du passage secret. A la hâte, au prix de quelques ongles cassés, il tira les deux pierres du bas, se glissa à plat ventre dans la brèche et se tint immobile. La bouche ouverte toute grande, toute grande, pour qu'on ne l'entendît pas respirer.

Un écho se répercuta sous la voûte basse : deux personnes venaient de faire irruption dans la cave : l'une lourde, bruyante, l'autre beaucoup plus légère.

— Il ne peut pas aller plus loin ! fit la voix haletante de Prokha. Il est ici, le petit fumier ! Je vais longer le mur de droite, vous, prenez celui de gauche. On va le trouver en un rien de temps !

Skorik prit appui sur les coudes pour s'enfoncer davantage dans le boyau, mais au premier mouvement, la poussière de brique crissa sous son ventre. Impossible ! Il risquait de faire repérer sa cachette, et avec elle, celle du trésor. Il devait rester couché bien sagement sans bouger, et prier Dieu pour que personne ne remarque le trou au ras du sol. Si jamais l'un des deux avait une lampe, c'en était terminé, on n'entendrait plus parler de lui.

Cependant, à en juger par la fréquence de certains brefs craquements qu'il entendait, les poursuivants de Senka ne devaient guère avoir que des allumettes pour s'éclairer.

Ah ! voilà des pas qui s'approchent, tout près, tout près, encore plus près.

C'est Prokha, c'est sa manière de marcher.

Tout à coup, un choc, une bordée de jurons, presque juste au-dessus de Skorik étendu par terre.

— C'est rien ! C'est moi qui me suis cogné le pied contre une pierre. Elle a dû se détacher du mur.

Maintenant Prokha allait se pencher et voir le trou, et puis les deux semelles qui en dépassaient. Senka se tint prêt à se redresser à quatre pattes pour filer en avant dans le boyau. Il ne se sauverait pas bien loin, mais ce serait toujours du temps de gagné.

L'autre cependant passa son chemin sans avoir rien relevé de suspect. L'obscurité avait tiré Senka d'affaire, ou peut-être le Seigneur Dieu avait-il eu pitié de lui. Va donc te faire voir, avait-Il pensé, vis encore un peu, j'ai bien le temps de te rappeler auprès de moi.

La voix de Prokha lui parvint de l'autre bout de la salle :

— Il a dû se plaquer contre le mur dans le courroir, et on est passés à côté de lui sans le remarquer. Il est malin, ce Skorik. Mais c'est rien, je finirai bien par lui remettre la main dessus, vous pouvez en être s…

Prokha n'acheva pas sa phrase, il toussota comme embarrassé. Mais l'autre, celui à qui il tenait ce discours, n'ajouta rien non plus. On entendit des pas pesants s'éloigner. Puis le silence revint.

Senka était si effrayé qu'il resta encore un bon moment étendu sans bouger. Est-ce qu'il ne devrait pas s'avancer plus loin dans le passage ? se demandait-il. Il pourrait pousser jusqu'à la chambre secrète, récupérer une ou deux barres.

Cependant il s'en abstint.

Premièrement, il n'avait pas d'allumettes sur lui. Comment s'éclairerait-il, là-bas, dans la cave ?

Et deuxièmement, il fut pris soudain d'une angoisse : était-ce bien la peine de rester planqué plus longtemps ? Ne valait-il pas mieux déguerpir pour de bon et au plus vite ? Et s'ils étaient partis chercher des lanternes ? Ils repéreraient l'entrée du passage en moins de deux.

Progressant à la manière d'une écrevisse, il s'extirpa du boyau. Il tendit l'oreille. Le silence semblait régner.

Alors il se remit debout, ôta ses savates et sans bruit, sur la pointe des pieds, se dirigea vers le couloir. A chaque instant, il s'arrêtait, aux aguets, certain d'avoir perçu un frôlement ou un souffle derrière une colonne.

Tout à coup quelque chose craqua sous son pied. Senka s'accroupit, effrayé. Qu'est-ce que c'était ?

Il tâtonna par terre : une boîte d'allumettes. Etaient-ce eux qui l'avaient laissée tomber ou bien quelqu'un d'autre ? Peu importe, elle ferait toujours l'affaire.

Il avança encore d'un ou deux pas et distingua soudain sur sa droite une sorte de tas informe, entre amoncellement de vieux chiffons et corps affalé sur le sol.

Il gratta une allumette, se pencha.

Prokha ! Etendu sur le dos, la gueule tournée vers le plafond. Cependant, comme il l'examinait de plus près, Senka lâcha une exclamation. Si Prokha avait bien la gueule tournée vers le haut, c'est sur le ventre qu'il était couché ! Aucun être humain n'était capable de tourner le cou de cette manière, d'un demi-tour complet.

Sûrement, c'étaient les siennes, à Prokha, les allumettes ! – telle fut la première pensée qui lui vint, encore préoccupé qu'il était par la question. Ensuite seulement Senka se signa comme il convient et battit en retraite. Et il fallut encore que l'allumette, la traîtresse, lui brûle les doigts. Voilà pourquoi il n'avait pas fini sa phrase, Prokha. On lui avait dans l'instant dévissé la tête, au sens le plus littéral du terme. Et Prokha en avait été si retourné qu'il était mort sur le coup.

Et le diable l'emporte, Senka ne le regretterait pas beaucoup. Mais tout de même, qu'est-ce que c'était que ce monstre capable de faire des trucs pareils aux gens ?

Puis Senka se fit une autre réflexion. Sans Prokha, il devenait impossible de retrouver ce malfaisant. Une barbe jusqu'au nombril, c'était bien sûr un sacré signe particulier, mais à l'évidence c'étaient des salades que lui avait bonnies Prokha, le royaume des cieux l'accueille en son sein, l'enfoiré. Des salades, oui, sûr comme deux et deux font quatre.

Toute sa savante déduction-projection se terminait en Gros-Jean comme devant, comme pour la vieille rapiate de chez Pouchkine (Senka avait lu ce conte mais ne l'avait pas beaucoup aimé, il avait préféré de loin celui du tsar Nikita[1]). Au lieu de prendre Prokha en filature, il aurait mieux fait d'aller tout raconter à Eraste Pétrovitch. Il avait voulu se distinguer, on peut dire que c'était réussi. Il avait rompu, de ses propres mains, le seul fil susceptible de les mener au coupable.

1. La vieille cupide est l'épouse du pêcheur dans le bien connu *Conte du pêcheur et du petit poisson doré* de Pouchkine. Le tsar Nikita est le héros d'un conte licencieux du même auteur, père de quarante filles qui seraient les plus parfaites si leur anatomie ne souffrait d'un minuscule défaut...

Dans son désarroi, Senka faillit oublier de lire la lettre de la Mort. Il s'en ressouvint brusquement, alors qu'il était déjà presque arrivé à la caserne Saint-Sauveur.

« Bonjour Eraste Pétrovitch. Hier soir j'ai reçu la visite du commissaire. De lui-même il m'a interrogée sur la monnaie d'argent. J'ai dit c'est un cadeau. Il a répondu un nouveau rival ? je ne le tolérerai pas. Qui est-ce ? Comme vous l'aviez ordonné j'ai répondu un homme riche avec des pièces comme ça plein les poches. Très beau même s'il n'est plus tout jeune et il a des cheveux blancs aux tempes. J'ai ajouté aussi il bégaie un peu. Le commissaire a oublié sur-le-champ la pièce de monnaie et ne m'a plus ensuite interrogée que sur vous. Il a les yeux bleus ? il demande. Je réponds oui. Et sur la tempe une petite cicatrice comme ça ? Je réponds oui je crois. Ça lui a fait un effet incroyable il s'est mis comme à trembler. Où habite-t-il et puis ci et puis ça. J'ai promis de chercher à l'apprendre et de tout lui rapporter. Quant au Vampire je suis allée moi-même le trouver je ne voulais pas recevoir son araignée chez moi. Celui-là s'est montré surtout curieux de la pièce d'argent il m'a demandé quel genre d'homme vous étiez et si vous étiez très riche et comment parvenir jusqu'à vous. A lui aussi j'ai promis de me renseigner. Nous avons vous et moi fait un nœud et je ne comprends pas comment nous allons maintenant le débrouiller. Il est temps de nous revoir et de parler de tout ça de vive voix. On ne peut pas tout écrire dans une lettre. Venez cette nuit et emmenez Senka avec vous. Il connaît tous les coins et les recoins de la Khitrovka. En cas de danger il vous sera utile. Je tiens aussi à vous informer que je ne laisse plus aucun d'eux m'approcher même si le commissaire a essayé hier de me faire peur et s'est répandu en jurons. Mais à présent il s'intéresse plus à vous qu'à moi. J'ai menacé de ne vous poser aucune question sur

rien et il m'a fichu la paix. Et sachez que je ne laisserai plus jamais aucune de ces sangsues me toucher parce que je n'en ai plus la force. Chaque être a ses limites. Venez cette nuit. Je vous attends.

La Mort. »

Senka se sentit terriblement ému, une horreur, il en avait la bouche toute sèche. Cette nuit même, tout à l'heure, il allait la revoir !

COMMENT SENKA SE RÉJOUIT DU MALHEUR D'AUTRUI

L'ingénieur et Massa écoutèrent son récit sans prononcer un mot. Ils ne proférèrent aucun juron, ne le traitèrent pas d'imbécile, mais ne lui témoignèrent non plus aucune compassion. C'est en vain qu'il attendit de ces deux glaçons un « ah, pauvre garçon, combien tu as souffert ! » ou au moins une exclamation comme « mon Dieu, mais c'est affreux ! ». Et pourtant il n'avait pas ménagé sa peine pour impressionner.

Mais quoi, c'était bien vrai qu'il était coupable.

— Je vous demande pardon, Eraste Pétrovitch, et à vous aussi, monsieur Massa, dit honnêtement Senka en manière de conclusion. J'ai eu là une chance unique, et j'ai tout gâché. Allez retrouver maintenant ce malfaisant !

Il avait baissé la tête d'un air contrit, mais continuait à jeter des coups d'œil par-dessous ses sourcils : étaient-ils très en colère ou non ?

— Ton opinion, Massa ? demanda Eraste Pétrovitch quand Senka eut fini de parler.

Le *senseï* ferma ses petits yeux étroits, comme s'il les noyait dans les replis de sa peau, et se tint ainsi immobile sur son siège durant deux ou trois minutes. M. Nameless resta lui aussi silencieux, attendant la réponse. D'impatience, Skorik, quant à lui, ne cessait de se tortiller sur sa chaise.

Enfin le Japonais déclara :

— Blavo, Senka-*koun*. A plésent tout est clail.

L'ingénieur opina, la mine satisfaite :

— C'est aussi ce que je pense. Tu n'as à t'excuser de rien, Senia. Grâce à ton action, nous savons désormais qui est l'assassin.

— Comment ça ? ! sursauta Skorik. Et qui donc ?

Cependant M. Nameless ne répondit pas à la question. Il se lança sur son dada :

— A dire vrai, d'un point de vue d-déductif, le problème, dès le début, ne paraissait guère compliqué. Un juge d'instruction un tant soit peu expérimenté, disposant de ton témoignage, l'aurait résolu sans beaucoup de peine. Toutefois, le juge d'instruction ne se préoccupe que de la loi, alors que mon champ d'intérêt, à moi, dans cette affaire, est beaucoup plus vaste.

— Oui, acquiesça Massa. La loi, c'est moins que la dzustice.

— Que la justice et la miséricorde, corrigea Eraste Pétrovitch.

Ces deux-là avaient l'air de parfaitement se comprendre l'un l'autre, mais Senka, lui, ne pigeait pas un traître mot de ce qu'ils disaient.

— Mais qui est l'assassin alors ? demanda-t-il, n'y tenant plus. Et comment l'avez-vous démasqué ?

— Grâce à ton récit, répondit distraitement l'ingénieur qui, à l'évidence, pensait déjà à autre chose. Fais faire de la gymnastique à ton cerveau, c'est utile au développement de la personnalité…

Sur quoi il se mit à marmonner entre ses dents :

— Oui, sans aucun doute, la justice et la miséricorde sont plus importantes... Dieu merci, je ne suis plus à présent qu'un simple particulier et je puis agir sans respecter la lettre de la l-loi... Mais le temps... je dispose de très peu de temps... Et puis cette prudence maniaque... comment faire pour ne pas effaroucher... Sans prévenir, d'un seul coup. D'un seul geste, sept d'un coup... Eurêka ! s'exclama-t-il soudain en tapant de la main sur la table, si violemment que Senka sursauta. J'ai un plan d'opération ! C'est décidé : justice et miséricorde.

— L'opélation va s'appeler comme ça ? demanda le *senseï*. « Dzustice et misélicolde ? » Tlès dzoli.

— Non, répondit gaiement M. Nameless en se levant. Je trouverai un nom plus intéressant.

— Quoi, quelle opération ? demanda Senka avec une grimace douloureuse. Vous dites vous-même que c'est grâce à moi que vous avez tout résolu, et vous ne m'expliquez rien !...

— Nous irons cette nuit, toi et moi, b-boulevard de la Iaouza, là-bas tu sauras tout.

Telle fut la réponse qu'il reçut.

La Mort ouvrit sitôt qu'ils frappèrent à la porte. Les attendait-elle dans l'entrée ? Elle ouvrit tout grand le battant et, toujours muette, regarda M. Nameless, sans ciller, avec une sorte d'avidité, comme si on venait de lui ôter un bandeau des yeux, ou qu'elle fût restée longtemps enfermée dans l'obscurité, ou encore même qu'elle eût recouvré la vue après avoir été longtemps aveugle. Voilà quel regard elle posa sur lui. Alors qu'à Senka, elle n'adressa même pas un coup d'œil – encore pire que si elle lui avait dit « Salut, Senia » ou « Comment va la santé ? ». Eraste Pétrovitch, c'est vrai, à son « Bonsoir, mademoiselle », ne reçut lui non plus aucune réponse. Elle fronça même légèrement les sourcils, comme si elle attendait de lui d'autres paroles.

Ils entrèrent dans le salon, prirent des sièges. Ils étaient censés se rencontrer pour une conversation pratique, mais quelque chose ne collait pas, comme si le sujet abordé n'était pas celui dont ils auraient dû parler. La Mort, du reste, restait silencieuse, elle ne cessait de regarder Eraste Pétrovitch, tandis que celui-ci contemplait principalement la nappe et, s'il lui arrivait de lever les yeux sur la jeune femme, c'était pour aussitôt les baisser à nouveau. Il bégayait plus qu'à l'ordinaire, comme s'il était embarrassé, mais peut-être ne l'était-il nullement, allez savoir avec lui...

Ce jeu d'échange de coups d'œil auquel se livraient ces deux-là et dont Senka était exclu avait plongé ce dernier dans un état de profonde détresse, de sorte qu'il n'écoutait M. Nameless que d'une oreille, l'esprit ailleurs. Pour résumer, l'idée de l'ingénieur, ou, comme il l'avait dénommé lui-même, son « plan d'opération », consistait à rassembler tous les suspects dans un même endroit bien particulier, où le criminel se ferait lui-même connaître et se trahirait. Skorik fixa Eraste Pétrovitch : comment ça ? vous avez dit vous-même que l'assassin était démasqué ! Mais l'ingénieur, d'un regard, lui intima de se taire. Alors Senka se tut.

Et quand Eraste Pétrovitch dit : « Malheureusement, dans cette affaire, je ne pourrai me passer de vous, mademoiselle, ni de toi, Senia. Je n'ai personne d'autre pour me seconder », la Mort – nouvelle vexation ! – ne regarda pas davantage Senka. Il s'en trouva affreusement désemparé. A tel point qu'il ne fut même pas effrayé quand l'ingénieur entreprit d'énumérer les terribles atrocités auxquelles ils allaient s'exposer.

La Mort non plus ne parut ressentir aucune crainte. Elle secoua la tête avec impatience :

— Vous dites des bêtises. Venez-en plutôt au fait.

Sur quoi Senka, ne voulant pas être en reste, ajouta :

— C'est bon, allez, on ne connaît qu'une seule mort de toute façon, et on ne lui échappe pas.

Il branla fièrement du chef et jeta un coup d'œil en coin à la maîtresse des lieux. Et c'est alors seulement qu'il prit conscience de toute l'ambiguïté de son propos, selon qu'il évoquait la mort avec ou sans majuscule.

— Bien, soupira Eraste Pétrovitch. Alors répartissons-nous les rôles quant à qui tiendra chacun des coins du filet. Vous, mademoiselle, vous amènerez à l'endroit convenu le Prince et l'Œil. Senia amènera le Vampire. Moi, le commissaire Solntsev.

— Mais pourquoi celui-là ? demanda Senka, surpris.

— Parce qu'il est s-suspect. Tous les meurtres ont été commis sur le territoire de son ressort. Et d'un. Lui-même, Solntsev, est un individu cruel, cupide et absolument d-dénué de moralité. Et de deux. Enfin, et surtout... (L'ingénieur de nouveau contempla la nappe.) ... il est lui aussi en relation avec vous, mademoiselle. Et de trois.

La Mort esquissa une grimace, comme sous l'effet d'une vive douleur.

— Ne reparlez pas de ça, dit-elle sèchement. Expliquez-moi plutôt comment attirer le Prince et l'Œil. Ce sont tous deux des loups rompus aux ruses des chasseurs, ils n'entreront pas tout seuls dans l'enclos.

— Et moi ? s'alarma Skorik qui venait soudain de prendre conscience qu'il devrait se mesurer seul au

Vampire. Il ne m'écoutera jamais ! Vous savez comment il est ? Il ordonnera à ses hommes de me prendre par les pieds et de me déchirer en deux morceaux ! Qui je suis pour lui ? Un hotu ! Jamais il voudra me suivre !

— Non seulement il voudra, mais il filera au pas de course, c'est d'ailleurs bien mon p-problème, lui répondit M. Nameless tout en regardant la Mort. Et quant à vous, dit-il à celle-ci, vous n'aurez pas besoin de faire du charme aux deux vôtres. Vous aurez juste à leur donner rendez-vous et à les accompagner à l'endroit prévu.

— Et quel est cet endroit ? demanda la Mort.

Alors enfin l'ingénieur se tourna vers Skorik, et qui plus est lui posa une main sur l'épaule.

— Cet endroit, une seule personne le connaît. Eh bien, Ali Baba, es-tu disposé à nous révéler l'emplacement de ta grotte ?

Si Eraste Pétrovitch ne l'avait pas traité de « baba » devant la Mort, peut-être Senka n'aurait-il rien dit encore une fois. Seulement à quoi bon faire le radin quand peut-être votre vie entière est en jeu ? Et puis la Mort venait de poser ses grands yeux sur lui, elle haussait très légèrement les sourcils, comme si elle était surprise de son hésitation... C'est ce qui le décida.

— Eh ! fit-il, résigné. Je vais vous la montrer, c'est sans regret ! Vous ne connaissez pas encore Senka Skorik !

Il prononça ces mots, et aussitôt se sentit plein de regret justement, pas pour les millions qu'il allait y perdre, mais pour le rêve. Car qu'est-ce que la richesse au fond ? Pas des gueuletons à se faire péter la panse, ni des paires de bottines vernies par centaines, ni même l'auto personnelle avec moteur de vingt chevaux. La richesse, c'est le rêve du paradis sur terre, où tout ce qu'on désire, on l'obtient dans l'instant.

Ce qui est aussi, bien sûr, une couillonnade. Car la Mort, par exemple, vous pouviez bien rappliquer devant elle avec tous les millions que vous vouliez, ce n'est pas pour ça qu'elle allait vous regarder comme elle regardait Eraste Pétrovitch.

Personne ne s'extasia sur la folle générosité de Senka, personne ne l'applaudit. Il n'eut pas même droit à un « merci ». La Mort se contenta d'un signe de tête avant de détourner les yeux comme s'il ne pouvait, de toute façon, en aller autrement. Quant à M. Nameless, il se leva.

— Alors allons-y, dit-il. Nous n'avons pas de temps à perdre. Guide-nous, Senka, tu vas nous montrer ça.

Dans la salle souterraine où quelques heures plus tôt Prokha, voulant livrer son ancien ami à une mort certaine, avait lui-même perdu la vie, il n'y avait déjà plus de cadavre. A coup sûr, des habitants des sous-sols l'avaient emporté : ils lui ôteraient ses vêtements et ses grolles et abandonneraient le corps dépouillé dans la rue – rien que de très banal.

En compagnie d'Eraste Pétrovitch et de la Mort, Senka se sentait en sécurité. S'éclairant d'une lampe à pétrole, il montra comment ôter les pierres qui fermaient l'entrée du passage.

— Seul le début du couloir est étroit, ensuite ça va. Il suffit de le suivre et d'aller jusqu'au bout.

L'ingénieur inspecta l'ouverture, passa le doigt sur l'une des dalles.

— Maçonnerie ancienne, bien antérieure au reste du bâtiment... Cette partie de Moscou ressemble à un ggâteau feuilleté : sur les premières fondations, on en a construit de nouvelles, et par-dessus celles-ci d'autres encore. Et cela durant près de mille ans...

— Alors quoi, on y va ? demanda Skorik qui brûlait à présent de montrer son trésor.

— Inutile, répondit M. Nameless. Nous aurons tout loisir d-d'admirer les lieux la nuit prochaine. Ainsi, résumons, poursuivit-il en s'adressant à la Mort. Pile à trois heures un quart du matin, vous vous trouverez ici dans cette salle. Le Prince et l'Œil arriveront. Ils vous verront, s'étonneront, commenceront à vous poser des questions. Surtout, aucune explication ! Sans rien dire, vous leur montrerez le passage, dont l'entrée aura été dégagée. Ensuite vous les entraînerez simplement à votre suite, et c'est tout. J'arriverai bientôt après et ce sera là le début de l'opération baptisée... Je ne lui ai pas encore trouvé de nom. L'essentiel est de ne pas perdre votre présence d'esprit et de n'avoir aucune crainte.

La Mort ne quittait pas l'ingénieur des yeux. Que dire ? Même dans la lueur vacillante de la lampe, il était beau comme un astre.

— Je n'ai pas peur, dit-elle d'une voix un peu rauque. Je ferai tout ce que vous ordonnerez. Et maintenant, venez.

— Où d-donc ?

Elle sourit d'un air moqueur et le singea :

— Surtout aucune explication ! Ne perdez pas votre présence d'esprit et n'ayez aucune crainte.

Et elle quitta la salle sans prononcer un mot de plus. Eraste Pétrovitch, déconcerté, jeta un coup d'œil à Senka, puis s'élança pour la rattraper. Skorik fit de même, mais en prenant soin d'emporter la lampe. Qu'est-ce qu'elle avait donc inventé ?

Sur le perron de sa maison, juste au seuil de sa porte, la Mort se retourna. Son visage à présent n'était plus ironique comme dans les souterrains, mais altéré, eût-on dit, par une sorte de souffrance, malgré l'intolérable perfection de sa beauté.

— Pardonnez-moi, Eraste Pétrovitch. Je me suis contenue, autant que j'ai pu. Peut-être le Seigneur aura-t-il pitié, peut-être accomplira-t-il un miracle... Vous n'avez écrit que la vérité. Même si je suis la Mort, je suis bien vivante. Tant pis si je suis malfaisante, mais je suis au bout de mes forces. Donnez-moi votre main.

Elle prit par la main un M. Nameless silencieux, comme intimidé, et l'attira à elle. L'autre grimpa une marche, puis une autre.

Skorik le suivit. C'était sûr, quelque chose allait se produire !

Mais la Mort le rembarra :

— Fiche le camp, pour l'amour de Dieu ! Tu me rends la vie impossible !

Et la porte se referma à son nez – clop ! Senka, devant une si cruelle injustice, demeura paralysé. Or derrière la porte s'entendit alors un bruit étrange, comme celui d'une bousculade, et encore des sortes de sanglots ou peut-être de gémissements. Aucun mot n'avait été prononcé : Senka l'aurait entendu, car il avait collé l'oreille au trou de la serrure.

Quand il eut enfin compris ce qui était en train de se passer là, les larmes coulèrent toutes seules de ses yeux.

Il posa lourdement la lampe sur le trottoir, s'accroupit et cacha son visage dans ses mains. Et puis aussi il ferma les yeux très fort, pour ne plus voir ni entendre ce monde ignoble, cette vie de chien, où les uns ont tout, et les autres peau de balle. Et Dieu n'existait pas, s'il admettait qu'on tourne ainsi les gens en ridicule. Et s'il existait, on n'avait pas besoin d'un dieu comme ça !

Cependant il ne resta pas longtemps à se consumer de chagrin et à blasphémer, pas plus d'une minute.

Soudain la porte s'ouvrit toute grande, et Eraste Pétrovitch déboula sur le perron comme si on l'avait poussé dans le dos.

L'ingénieur avait la cravate tirée sur le côté, la chemise déboutonnée, et son visage méritait une description à part, car Senka n'avait encore jamais observé que la figure de M. Nameless, d'ordinaire si calme et impassible, pût se décomposer à ce point, ni même soupçonné que pareille chose fût possible ; ses paupières tressautaient sur des yeux ahuris, une mèche noire pendouillait devant son nez, et sa bouche béait, trahissant un complet désarroi.

Eraste Pétrovitch se retourna et s'exclama :

— Mais... Qu'est-ce qu'il y a ?

La porte claqua, et beaucoup plus fort que tout à l'heure, quand elle s'était refermée au nez de Senka. De l'intérieur parvenaient des sanglots étouffés.

— Ouvrez ! cria l'ingénieur.

Il voulut pousser le battant, mais recula tout aussitôt la main comme s'il avait été de fer chauffé au rouge.

— Je ne veux pas m'imposer mais... Je ne comprends pas ! Ecoutez ! (Et, à mi-voix :) Seigneur, je ne peux m-même pas l'appeler par son nom ! Expliquez-moi ce que j'ai fait de mal !

Le verrou fut tiré, inexorablement.

Senka regardait la scène et n'en croyait pas ses yeux. Dieu existait ! Il existait ! Le voilà, le véritable Miracle de la Prière entendue !

Alors, le vin amer est-il à votre goût, hein, bel Apollon ?

— Eraste Pétrovitch, demanda Skorik d'une voix d'une douceur extrême, voulez-vous qu'on enclenche la transmission sur le réverseur ?

— Va au diable ! ! ! explosa l'ingénieur, perdant soudain son éternelle courtoisie.

Mais Senka ne se sentit nullement offensé.

COMMENT SENKA DEVINT JUIF

Au matin, Massa vint le secouer. Tout sale, puant la sueur, et les yeux rouges comme si, au lieu de dormir, il avait passé toute la nuit à charger des briques.

— Que se passe-t-il, *senseï* ? demanda Senka étonné. Vous revenez d'un rendez-vous avec une bonne amie, c'est ça ? Vous étiez chez Fiodora Nikitichna ou vous en avez rencontré une nouvelle ?

C'était là une question anodine, et même plutôt flatteuse pour un amour-propre masculin, cependant le Japonais, on ne sait pourquoi, se fâcha.

— Ça ne te legalde pas, où dz'étais ! Lève-toi, fainéant, il est dédza midi !

Et de lever la main comme pour le frapper, le mécréant. Pour quelqu'un qui prétendait vous enseigner la politesse !

Ensuite les choses n'allèrent qu'en empirant. Massa fit asseoir le garçon encore tout ensommeillé sur une chaise et lui enduisit les joues de savon.

— Eh ! eh ! brailla Senka à la vue du rasoir que tenait le *senseï*. Ne me touchez pas ! J'ai la barbe qui commence juste à pousser.

— Oldle du maîtle, répondit le Japonais d'un ton bref.

Il passa son bras gauche autour des épaules de l'orphelin pour l'empêcher de gigoter, et de la main droite rasa non seulement les cinquante-quatre poils de barbe que Senka avait comptés, mais aussi son début de moustache.

Senka ne bougea pas de peur d'une estafilade. Le Japonais, quant à lui, tout en raclant sous le nez de sa victime les derniers vestiges d'une virile parure naissante, bougonnait : « Tlès honnête vlaiment. Les uns font la fête pendant que les autles cassent des bosses. » De quoi parlait-il, qu'était-ce que cette bosse qu'il fallait casser ? Skorik ne le comprit pas, mais il s'abstint de poser des questions. Il avait d'ailleurs décidé de ne plus jamais adresser la parole à cette brute aux yeux bridés, qui exerçait sur lui une violence si déloyale. Il lui déclarerait le boycott, comme au Parlement anglais.

Cependant ce n'était là que le début des humiliations que sa personne était appelée à subir ce jour-là. L'opération de rasage terminée, il fut conduit au bureau d'Eraste Pétrovitch. L'ingénieur n'y était pas. A sa place, un vieux juif, vêtu de la longue redingote traditionnelle et le crâne couvert d'une calotte, était assis devant le trumeau, occupé à admirer le long nez qui décorait sa physionomie et à gratter ses sourcils pourtant déjà terriblement broussailleux.

— Tu t'es rasé ? demanda le vieillard avec la voix de M. Nameless. Parfait. J'ai déjà p-presque fini. Viens t'asseoir ici, Senia.

Sous cet accoutrement, Eraste Pétrovitch était méconnaissable. Même la peau de son cou et de ses mains était à présent jaune, fripée, couverte de taches de vieillesse. Complètement estomaqué, Senka en oublia toute idée de boycott, il attrapa le *senseï* par le bras et s'exclama :

— Ça c'est chouette ! Et moi, vous me transformez en Tsigane, d'accord ?

— Nous n'avons pas besoin de Tsigane aujourd'hui, dit l'ingénieur venu se camper derrière Skorik et commençant déjà à lui frictionner la tête avec une sorte d'huile dont l'effet immédiat fut que ses cheveux lui collèrent au crâne et que ses oreilles parurent tout à coup deux fois plus grandes.

— Ajoutons des taches de rousseur, dit Eraste Pétrovitch au Japonais.

Celui-ci tendit à son maître un petit pot de verre. Quelques énergiques et expertes frictions plus tard, la physionotronche de Skorik semblait avoir bronzé à travers une passoire.

— P-perruque numéro quatorze.

Massa tendit une espèce de bouchon de filasse rougeâtre qui, une fois sur la tête de Senka, se changea en tignasse rousse dont deux mèches trop longues lui pendouillaient sur les tempes. S'armant d'un petit pinceau, l'ingénieur lui chatouilla ensuite les cils et les sourcils qui eux aussi prirent une teinte rousse.

— Que faire de son nez slave ?... s'interrogea alors M. Nameless d'un ton pensif. Un rajout ? P-pourquoi pas ?

Il lui appliqua sur la racine du nez un morceau de cire collante qu'il barbouilla d'une teinture couleur chair puis sema d'éphélides, transformant le discret appendice du garçon en un magnifique et solide tarin.

— Pourquoi tout ça ? demanda gaiement Senka tout en se contemplant dans la glace.

— Tu es désormais un jeune juif appelé Motia, répondit Eraste Pétrovitch en même temps qu'il lui enfonçait sur le crâne une calotte pareille à la sienne. Massa va te fournir le costume correspondant.

— Ah, non, je veux pas être un youpin ! s'indigna Senka qui venait seulement de comprendre ce qu'étaient les deux longues mèches rousses qui lui pendaient sur les oreilles : des péotes. Je refuse !

— Et p-pourquoi ?

— Parce que je les aime pas ! Je peux pas blairer leurs tronches à nez crochu ! Je veux dire : leurs visages !

— Et quels visages aimes-tu ? s'enquit l'ingénieur avec curiosité. Ceux qui ont le nez en trompette ? En d'autres termes, si une personne est russe, tu l'adores immédiatement pour cette seule raison ?

— Ben, non, évidemment, ça dépend qui c'est.

— Bonne réponse, approuva Eraste Pétrovitch tout en s'essuyant les mains. Il convient d'aimer avec grand discernement. Et de haïr avec plus de prudence encore. Mais assez d-discuté. Dans une heure, nous avons rendez-vous avec M. le Vampire, le plus dangereux de tous les bandits de Moscou.

En entendant ces paroles, Senka fut secoué de frissons et oublia les juifs sur-le-champ.

— A mon avis, le Prince est bien plus terrible, énonça-t-il d'un ton négligent, allant même jusqu'à étouffer un bâillement.

C'était écrit dans son manuel de savoir-vivre : « Si le thème d'une conversation vous touche au vif, il convient de ne pas trahir votre émotion. Formulez d'un air détaché quelque remarque très neutre sur le sujet, afin de montrer à vos interlocuteurs que vous ne perdez nullement votre sang-froid. On admettra même un bâillement, mais des plus mesurés, il s'entend, et à la condition expresse de couvrir sa bouche de sa main. »

— C'est une question de point de vue, répliqua l'ingénieur. Le Prince, c'est vrai, fait couler beaucoup plus de sang, mais parmi les malfaiteurs, le plus dangereux est toujours celui à qui l'avenir appartient. Or l'avenir du crime à Moscou n'appartient pas aux casseurs, mais aux t-trayeurs. Un simple calcul arithmétique le prouve. L'entreprise montée par le Vampire présente moins de risques que celle du Prince, car elle irrite moins les autorités et se révèle même lucrative pour certains représentants du pouvoir. Par ailleurs, les bénéfices du trayeur sont plus élevés.

— Comment ça, plus élevés ? Le Prince, tenez, en une fois ramasse dans les trois sacs, alors que le Vampire ne récolte qu'un seul rouble par boutique et par jour !

Massa venait d'apporter les hardes : chaussures éculées, pantalon rapiécé, veston usé jusqu'à la trame. Grimaçant de dégoût, Senka entreprit de s'habiller.

— Un seul, c'est vrai, convint M. Nameless, mais *par* boutique et *par* jour. Or des brebis de cette sorte, prêtes à être tondues, le Vampire en dispose de deux bonnes centaines. Ça lui rapporte donc combien en un mois ? Au moins deux fois plus que ce que le Prince peut rafler en moyenne au cours d'une opération.

— Mais le Prince goupine pas qu'une seule fois dans le marcotin, objecta Skorik, tenace.

— Et combien de fois alors ? D-deux ? Trois, pour être généreux ? Or sache que le Vampire ne se contente pas toujours d'une si faible taxe. Les gens, par exemple, chez lesquels nous allons à présent nous rendre, le Vampire a l'intention de les rançonner de vingt mille roubles, ni plus ni moins.

Senka lâcha une exclamation :

— Qu'est-ce que c'est, ces gus auxquels on peut soutirer autant de fric ?

— Des juifs, répondit Eraste Pétrovitch tout en fourrant un paquet dans un sac. Ils ont bâti une synagogue il y a déjà pas mal d'années à proximité de la Khitrovka. Quand il a été nommé à Moscou, il y a neuf ans, l'actuel gouverneur général leur a refusé la permission de c-consacrer l'édifice et a chassé presque tous les juifs hors des murs de la capitale. Aujourd'hui, cependant, la communauté juive a grandi, s'est consolidée et cherche à obtenir l'ouverture de son lieu de prière. Elle a enfin décroché l'autorisation des autorités, mais à présent les juifs connaissent des difficultés avec les b-bandits. Le Vampire menace d'incendier le bâtiment, lequel n'a vu le jour qu'au prix d'énormes sacrifices. Il exige d'eux cette somme pour abandonner son projet.

— Ah, l'ordure ! s'indigna Senka. Qu'un chrétien puisse pas blairer les youpins et veuille fiche le feu à leur cavée, d'accord, mais c'est un truc gratuit, il a pas à leur piquer leur oseille. Pas vrai ?

Eraste Pétrovitch ne répondit pas à la question, il se contenta de soupirer. Cependant, Skorik réfléchit et demanda :

— Mais pourquoi, ces youpins, ils vont pas se plaindre à la police ?

— Pour les protéger des bandits, la police leur réclame encore plus d'argent, expliqua M. Nameless. C'est pourquoi les *gvir*, les membres du conseil de patronage, ont préféré passer un accord avec le Vampire, et pour mener les pourparlers ont désigné deux représentants extraordinaires. Ces deux rep-présentants, Senia, je veux dire Motia, c'est nous.

— Qu'est-ce que je dois faire ? demanda Senka alors qu'ils descendaient la rue Spasso-Glinichtchevski.

Cette mascarade lui plaisait mille fois moins que la précédente, où il jouait les mendiants. Tant qu'ils avaient roulé en fiacre, ça allait encore, mais depuis qu'ils en étaient descendus pour s'engager à pied dans la rue Marosseïka, ils s'étaient déjà fait traiter deux fois de « sales youtres » et un mauvais drôle leur avait balancé une souris crevée. Il aurait fallu lui frotter les oreilles, à ce petit sagouin, pour lui apprendre à ne pas s'attaquer aux gens sans aucune raison, mais l'importante mission dont ils étaient chargés obligeait à ne pas répondre.

— Ce que tu dois faire ? répéta M. Nameless en même temps qu'il saluait le gardien de la synagogue. Te taire et garder la bouche grande ouverte. Tu sais baver ?

Senka montra son savoir-faire.

— Eh bien voilà, b-bravo.

Ils entrèrent dans une maison voisine de la synagogue. Dans une pièce fort propre et très décemment meublée attendaient deux messieurs nerveux à calotte et redingote, mais sans pince-nez – l'un chenu, l'autre très brun.

Il ne semblait pas cependant que ce fussent Eraste Pétrovitch et Senka qu'ils espéraient voir arriver. Le vieux agita la main à leur adresse et prononça d'une voix courroucée quelques mots qui n'avaient rien de russe mais dont le sens était néanmoins très clair : fichez le camp d'ici, ce n'est pas le moment.

— C'est moi, Eraste Pétrovitch, dit alors l'ingénieur, provoquant chez les deux hommes (les fameux *gvir,* sans aucun doute) un immense étonnement.

Le noiraud leva l'index d'un air satisfait.

— Je vous le disais bien qu'il était juif. D'ailleurs, son nom de famille est juif, c'est une altération de Nakhimles.

Le vieux déglutit, faisant un instant saillir une pomme d'Adam particulièrement pointue. Il posa sur l'ingénieur un regard inquiet et demanda :

— Vous êtes sûr de réussir, monsieur Nameless ? Peut-être vaudrait-il mieux payer ce bandit ? Cela éviterait un malheur. Nous n'avons pas besoin de désagréments.

— Il n'y aura aucun désagrément, lui assura Eraste Pétrovitch en glissant son sac sous la table. Cependant il est déjà d-deux heures. Le Vampire ne devrait pas tarder.

Et en effet, à cet instant, on entendit derrière la porte une voix se lamenter :

— Oh, il arrive, il arrive !

Skorik jeta un coup d'œil par la fenêtre. En bas, venant de la Khitrovka, le Vampire s'approchait sans hâte, une cigarette aux lèvres, regardant autour de lui avec un mauvais sourire.

— Il est venu seul, sans son jeu, observa calmement M. Nameless. Il est sûr de lui. Et il ne veut pas partager avec ses hommes, l'oc-casion est trop belle.

— Je vous en prie, monsieur Rosenfeld, dit le noiraud en montrant un rideau derrière lequel se dissimulait un coin de pièce garni d'un divan (une « alcôve », ça s'appelait). Non, non, seulement après vous...

Les deux hommes s'éclipsèrent derrière la portière. Le vieux eut encore le temps de chuchoter :

— Ah, monsieur Nameless ! Nous vous avons fait confiance, ne causez pas notre perte !

Et des pas résonnèrent dans l'escalier.

Le Vampire poussa la porte sans prendre la peine de frapper, puis entra. Il cligna des yeux, encore ébloui par la lumière du dehors, et dit à Eraste Pétrovitch :

— Eh bien, les guinaux ! Vous avez préparé les dentelles ? Alors quoi, l'ancêtre, tu vas te décider à bavouiller ?

— Prèmièrement, bonjour joune homme, répondit M. Nameless d'une voix chevrotante de vieillard. Daixièmement, il est inutile de fouiller la pièce des youx, il n'y a pas d'argeint ici. Troisièmement, asseyez-vous ploutôt à cette table, et parlons, vous et moi, entre geins raisonnables.

Le Vampire poussa d'un coup de botte la chaise qu'on lui proposait, et celle-ci alla dinguer dans un coin avec fracas.

— Tu te fous de ma gueule, hein ? grinça-t-il entre ses dents, tandis que ses yeux glauques s'étrécissaient. Tant pis, vous l'aurez voulu. Le Vampire n'a qu'une parole. Demain vous ferez cuire votre pain azyme sous la cendre. Celle de la synagogue. Et pour que tes frangins pigent mieux, je vais te raboter un peu le portrait, vieille bique.

Il tira vivement de sa botte un couteau à cran d'arrêt et s'avança vers Eraste Pétrovitch.

Celui-ci ne bougea pas d'un pouce.

— Aïe, messire l'extorqueur, vous me faites perdre mon temps pour rien, avec des bêtises. Dè toute façon, il nè mè reste pas à vivre beaucoup plus long que la queue d'un porcèlet, pouah ! l'animal impir !

Et il cracha par terre d'un air dégoûté.

— T'as mis dans le mille, l'ancêtre. (Le Vampire empoigna l'ingénieur par sa fausse barbe et pointa la lame tout contre sa figure.) Pour commencer je vais te crever les châsses. Ensuite je te rectifierai le blair, t'as pas besoin d'un crochet pareil ! Et pour finir je vous effacerai, toi et ton morveux.

M. Nameless considérait le terrible personnage avec le plus grand calme, mais Skorik était si effrayé qu'il en restait bouche bée. Bonjour à vous, fini la mascarade !

— Cessez de faire pir à Motia, il est déjà *mischiger*, dit Eraste Pétrovitch. Et rangez cè bout de fer. On voit tout de suite, messire lè bandit, que vous connaissez mal les juifs. Cè sont des gens très malins, vous savez ! Avez-vous prêté attention aux personnes qu'ils ont dépêchées auprès de vous ? Voyez-vous ici lè président du conseil dè patronage Rosenfeld, ou le *rebe* Beliakovitch, ou encore lè marchand dè la prèmière guilde Chendybou ? Non, vous voyez lè vieux Naoum Roubintchik, qui est bien malade, et le *schlemazel* Motia, que personne au monde nè règrettera. Moi-même, je n'aurai guère de peine de mourir, j'en ai jisque-là dè cette vie. (Il passa l'index sur son cou.) Et si vous « effacez », comme vous dites, Motia, vous soulagèrez beaucoup ses pauvres parents, ils vous diront : « Grand merci, messire Vampire. » Aussi, cessons, voulez-vous, de nous faire pir l'un à l'autre, et causons comme des gens sérioux. Vous savez cè què disent les paysans rousses ? Les paysans rousses disent : vous avez la marchandise, nous avons le marchand, faisons échange. Vous êtes, messire Vampire, un joune homme, vous avez bisoin d'argeint, et les juifs ont bisoin que vous les laissiez en paix. N'est-ce pas ?

— C'est vrai. (Le Vampire baissa la main qui tenait le couteau et passa la langue sur ses lèvres luisantes.) Alors c'était des craques, ton histoire, qu'y avait pas de biffetons ?

— Non, nous n'avons pas dè billets à vous donner... (Une lueur rusée passa dans les yeux du vieux Roubintchik qui se tut un instant.) Mais en revanche nous avons dè l'argeint métal, énormément d'argeint métal. Est-ce que ça vous conviendrait, énormément d'argeint métal ?

Le Vampire rangea son couteau dans sa botte, fit craquer ses doigts.

— Arrête de tourner autour du pot. Viens-en au fait ! Quel argent ?

— Vous avez entendi parler d'un trésor souterrain ? Je vois à l'éclat dè vos pitits yeux què vous en avez entendi parler. Ce trésor a été enterré par les juifs quand ils sont arrivés dè Pologne pour s'installer à Moscou, sous lè règne dè Catherine II – Dieu lui pardonne tous ses péchés pour les avoir laissés en paix. Aujourd'hui on ne fond plous dè si bon argeint, d'une si grinde poureté. Tènez, écoutez comme il tinte.

Il tira de sa poche une poignée d'écailles d'argent, de ces fameux kopecks anciens que Senka connaissait à présent (ou peut-être en était-ce d'autres qui leur ressemblaient seulement, allez faire la différence !), et les agita sous le nez du bandit.

— Dourant plis de ceint ans, cet argeint a dormi tranquille, tout sè passait bien. Dè temps en temps, les juifs allaient en prélèver un peu si c'était vraiment nécessaire. Mais aujourd'hui, nous n'y avons plous accès. Un *potz* de la Khitrovka a découvert notre trésor.

— J'ai entendu parler de cette fable, opina le Vampire. Alors comme ça, c'est vrai ? Et donc, c'est les vôtres qui ont crevé le griffard et toute sa famille ? Culotté ! Et on dira encore que les youpins feraient pas de mal à une mouche !

— Ah ! Jè vous en prie ! s'exclama Roubintchik d'une voix courroucée. Pourquoi dire dè telles saletés, c'est avoir oune langue dè vipère ! Il nè manquerait plous qu'on mette encore ça sir lè dos des juifs. Peut-être est-ce vous qui avez assassiné lè pauvre *potz*, comment savoir ? Ou lè Prince ? Vous savez qui est lè Prince ? Oh, c'est oune terriblè bandit. Sans vouloir vous vexer, encore plous terriblè què vous.

— Holà, holà ! protesta le Vampire en agitant la main. T'as pas encore vu les vraies horreurs dont je suis capable !

— Et jè n'en ai pas bisoin. Jè veux bien vous croire comme ça. (Le vieux tendait ses deux paumes en avant, en manière d'écran.) Lè problème n'est pas là. Lè problème, c'est què messire lè Prince a eu connaissance dè l'existence dou trésor, et lè cherche jour et nouit, si bien que nous avons pir, à présent, de nous aventirer là-bas…

— Oh ! le Prince, le Prince… grommela le Vampire en découvrant ses dents jaunes. Eh bien, l'ancêtre, continue…

— C'est tout, jè n'ai rien à ajouter. Mais j'ai oune proposition pratique à vous faire. Nous vous montrons la cachette, vous et vos gars vous emportez l'argeint, et ensuite nous partageons honnêtement : la moitié pour nous, l'autrè moitié pour vous. Et croyez-moi, joune homme, cè n'est pas vingt mille roubles què vous en tirerez, mais beaucoup, beaucoup plous.

Le Vampire ne réfléchit pas longtemps.

— D'accord. Je ferai le boulot tout seul, j'ai besoin de personne. Montrez-moi juste l'endroit.

— Vous avez oune montre ? demanda Naoum Roubintchik en fixant d'un œil sceptique la chaîne d'or qui pendait de la poche du Vampire. C'est oune bonne montre ? Elle marche correctèment ? Vous devrez vous trouver cette nouit, dans les sous-sols dè la pension Erochenko, dans la cave la plous éloignée, celle qui a des gros piliers de brique comme ça. A trois heures exactèment. Cè même Motia què vous voyez là, cè pauvre garçon muet, vous y attendra et vous condouira à la cachette. (Senka rentra la tête dans les épaules sous le regard insistant et vipérin dont le gratifia le Vampire, et laissa couler un filet de salive de sa lèvre tombante.) Et jè veux encore vous dire oune chose, pour terminer, què vous dèvrez bien rètènir, poursuivit le vieux juif d'une voix amicale en attrapant prudemment le truand par la manche. Quand vous aurez vou lè trésor et què vous l'aurez transporté en lieu soûr, vous vous direz : « Pourquoi en céder la moitié à ces idiots de juifs ? Què peuvent-ils mè faire ? Jè fèrais mieux dè garder lè tout pour moi, et dè mè moquer d'eux. » Vous pourriez penser cèla, n'est-ce pas ?

Le Vampire tourna la tête vers chaque coin de la pièce, à la recherche d'une icône. N'en trouvant pas, il décida de s'en passer pour prêter serment :

— Que je sois foudroyé sur place ! Que je passe le reste de ma vie en taule ! Que je chope la vérole ! Quand on est réglo avec moi, je suis réglo moi aussi. Je le jure par Dieu le Christ !

Le vieux écouta, écouta, hochant la tête, puis soudain demanda :

— Vous avez connou Alexandre lè Promier ?

— Qui ça ? fit le Vampire, ouvrant des yeux tout ronds.

— Lè tsar. L'arrière-grind-oncle dè notre souvèrain emporeur. Vous avez connou Alexandre lè Promier, jè vous dèmande ? A votre visage, jè vois què vous n'avez pas connou cè grind homme. Mais moi, jè l'ai vou, presquè comme jè vous vois à présent. Ce n'est pas qu'Alexandre lè Promier et moi nous fréquentions, oh non, absoliment pas. Et d'ailleurs loui nè m'a jamais vou, parce qu'il rèposait mort dans son cercueil[1]. On lè transportait dè Taganrog à Saint-Pétersbourg.

— Et pourquoi que tu me causes de ça, l'ancêtre ? demanda le Vampire en plissant le front. Qu'est-ce que j'en ai à foutre, de ton tsar ?

D'un geste solennel, le vieux leva en l'air un doigt couleur de parchemin :

— Cè què vous en avez à faire, messire lè brigand, c'est què si vous nous trompez, on vous transportèra, vous aussi, dans un cercueil, et Naoum Roubintchik viendra vous règarder. C'est tout, jè souis fatigué. Allez votre chèmin. Motia vous condouira à l'endroit convenou.

Il s'écarta, s'assit dans un fauteuil et laissa retomber sa tête sur sa poitrine. Un instant après s'élevait un ronflement aigu et plaintif.

— Solide, l'ancêtre ! s'exclama le Vampire en adressant un clin d'œil à Senka. Mais fais gaffe, le rouquin, d'être cette noye où on t'a dit. Avise-toi de me poser un lapin, et je te noue la langue autour du cou.

Il tourna les talons avec la souplesse d'un chat et sortit de la pièce.

A peine la porte eut-elle claqué en bas, les deux juifs surgirent de derrière le rideau.

— Qu'êtes-vous allé lui conter là ? se mirent-ils à jacasser en chœur. De quel trésor parlez-vous ? Pourquoi avez-vous inventé cette histoire ? Où allons-nous prendre autant de monnaies anciennes ? C'est une vraie catastrophe !

1. La tradition orthodoxe veut qu'on ne referme le cercueil qu'au moment de la mise en terre. Le tsar Alexandre Ier est mort en 1825 à Taganrog d'une crise de paludisme. (*N.d.T.*)

Aussitôt réveillé, Eraste Pétrovitch s'était remis debout et, sans interrompre les vitupérations des deux *gvir,* s'absorbait à son affaire : il ôta sa calotte, sa perruque blanche, décolla sa fausse barbe, puis tira de son sac un flacon et mouilla de son contenu un tampon d'ouate dont il entreprit de se frotter la peau, faisant disparaître à mesure, comme par magie, rides et taches de vieillesse.

Profitant d'une accalmie, il déclara d'un ton bref :

— Non, je n'ai rien inventé. Ce t-trésor existe réellement.

Les membres du conseil le regardèrent fixement, comme pour s'assurer qu'il ne plaisantait pas. A voir M. Nameless, il était pourtant évident que non, il ne plaisantait pas du tout.

— Mais… lui dit alors le noiraud d'un ton très prudent, comme s'il s'adressait à un malade mental, mais vous avez bien conscience que ce bandit va vous tromper ? Qu'il gardera tout le trésor pour lui et n'en cédera rien ?

— Ça ne fait pas l'ombre d'un doute, acquiesça l'ingénieur tout en ôtant sa redingote, ses claques et son pantalon de velours fané. Et il arrivera alors ce qu'a prophétisé Naoum Roubintchik : on transportera le Vampire dans un cercueil. Pas à Saint-Pétersbourg cependant, mais à M-Maison-Dieu, à la fosse commune.

— Pourquoi vous êtes-vous déshabillé ? demanda le vieux avec inquiétude. Vous n'allez tout de même pas sortir ainsi dans la rue ?

— Je vous demande pardon, messieurs, de me montrer ainsi en tenue légère, mais je ne dispose que de fort peu de temps. Ce jeune homme et moi avons à présent à rendre une autre visite.

Eraste Pétrovitch se tourna vers Skorik.

— Senia, ne reste pas planté là comme le monument à P-Pouchkine perdu dans ses pensées. Déshabille-toi. Adieu, messieurs.

Les deux *gvir* échangèrent à nouveau un regard, et le plus âgé répondit :

— Eh bien, nous nous en remettons à vous. De toute façon, nous n'avons maintenant plus le choix.

Ils se retirèrent après avoir salué l'ingénieur. Celui-ci tira alors de son sac une *tcherkeska* avec cartouchières cousues sur la poitrine, des bottes de cuir souple, une *papakha*[1], un poignard pendu à une fine ceinture, et en un clin d'œil se trouva métamorphosé en montagnard du Caucase. Senka regarda avec de grands yeux M. Nameless coller par-dessus ses fines moustaches de grosses bacchantes d'un noir de suie et s'affubler d'une barbe de brigand de même teinte.

— Vous êtes le portrait craché de l'imam Chamil[2] ! s'exclama Skorik, admiratif. Je l'ai vu en image dans un bouquin !

— Je ne m'appelle pas Chamil, mais K-Kazbek. Et je ne suis pas un imam, mais un rebelle descendu de ses montagnes pour conquérir la ville des giaours infidèles, répondit Eraste Pétrovitch tout en décollant ses sourcils blancs pour les remplacer par des noirs. Alors, déshabillé ? Non, non, enlève tout.

— Qui va-t-on voir maintenant ? demanda Senka, les deux bras serrés autour du torse, car il ne faisait décidé-

1. *Tcherkeska* et *papakha* : la longue tunique et le haut bonnet poilu des Cosaques et des montagnards du Caucase. (*N.d.T.*)

2. L'imam Chamil (1798-1871), organisateur et chef du mouvement de libération du Daghestan et de la Tchétchénie, tint tête durant près de quarante ans (des années 1820 à 1860) à l'armée du tsar. (*N.d.T.*)

ment pas bien chaud à rester ainsi debout à poil sans bouger.

— Son Altesse, ton ancien p-patron. Tiens, enfile ça.

— Son Alt...

Senka n'acheva pas, manquant s'étrangler. Il demeura figé, les mains crispées sur le machin en soie tout léger que l'ingénieur venait de tirer du sac.

— Le Prince ? ! Mais qu'est-ce que vous dites ? ! Eraste Pétrovitch, je vous en supplie, il va me massacrer ! Et il ne voudra rien entendre ! Dès qu'il me verra, il me tombera dessus pour me zigouiller ! C'est un enragé !

— Mais non, ça ne se passera pas comme ça.

M. Nameless déplia une courte culotte brodée de dentelles.

— D'abord le p-panty, puis les bas avec les jarretières.

— Du linge de gonzesse ? dit Skorik en examinant la chose plus attentivement. Pourquoi vous me donnez ça ?

L'ingénieur sortit encore du sac une robe et des bottines à lacets à talons hauts.

— Quoi, vous voulez me déguiser en fille ? ! Ah non, plutôt crever !

Ainsi, Massa et lui avaient tout combiné depuis le début, devina Senka. Voilà pourquoi on lui avait raclé la tronche au rasoir. Ah, la bonne farce ! Jusqu'où on pouvait s'amuser à humilier quelqu'un ?

— Je mettrai pas ça, un point c'est tout, déclara-t-il d'un ton résolu.

— Libre à toi, répondit Eraste Pétrovitch en haussant les épaules. Mais si le Prince te reconnaît, là tu peux être certain, en effet, qu'il te z-zigouillera, comme tu dis.

Senka déglutit.

— Et on pourrait pas se passer de moi ?

— Si, bien sûr, on pourrait, dit l'ingénieur. Même si ça me c-compliquerait le travail. Mais la question n'est même pas là. C'est surtout qu'ensuite, tu aurais honte.

Après quelques reniflements, Skorik enfila les glissantes culottes de fille, les bas résille et la robe rouge. Eraste Pétrovitch coiffa sa victime d'une perruque blonde finement bouclée, effaça le réseau serré de taches de son qui couvrait sa face de petit juif, et enfin lui noircit les cils.

— Bien, à présent mets les lèvres en c-cul-de-poule.

Et de lui tartiner la bouche d'une épaisse couche de pommade à la senteur sucrée.

Après quoi il lui tendit un miroir.

— Regarde, admire-moi cette beauté.

Skorik ne voulut pas regarder, il détourna la tête.

COMMENT SENKA DEVINT UNE MAMZELLE

— Holà, sacripants ! aboya le cocher à l'adresse de ses chevaux.

Les splendides moreaux s'arrêtèrent net, comme pétrifiés. Le limonier courba son long col effilé, lorgna le phaéton d'un œil furieux et frappa le sol de son sabot ferré, arrachant des étincelles au pavé.

Leur arrivée devant l'hôtel Kazan fut parfaite, impressionnante à souhait. Le Bosco, qui, sur son petit chariot, était occupé à vendre ses sifflets, aussi bien que la marmaille attroupée autour de lui, tous se retournèrent vers le landau de grand chic (trois roubles de l'heure !) et braquèrent les yeux sur ses passagers, un Caucasien accompagné d'une jeune personne.

— Attends ici ! ordonna le *djiguite*[1] au conducteur en lui jetant une pièce dont le reflet doré était celui d'une impériale.

Il sauta à bas de la voiture sans même effleurer le marchepied, puis saisit par les hanches un Senka méconnaissable sous son déguisement, et le déposa sans effort à terre. Après quoi il s'avança résolument vers le

1. Nom donné aux cavaliers d'élite chez les Cosaques et dans les pays du Caucase. (*N.d.T.*)

portail. Au Bosco, il ne glissa pas le mot de passe « *Sima* », que Skorik lui avait enseigné, mais laissa tomber un bref et impérieux :

— Je suis Kazbek !

Et le Bosco ne moufta pas, ni ne s'époumona dans son sifflet de mataf : il se contenta de cligner les yeux puis de répondre d'un signe de tête au fier et hardi Oriental qu'il pouvait entrer. Il n'accorda à Senka qu'un très rapide regard. On peut même dire qu'il ne s'intéressa aucunement à sa personne, en sorte que le nœud serré qui tordait les tripes du garçon se relâcha un peu.

— P-plus gracieux, lui dit Eraste Pétrovitch de sa voix normale quand ils furent dans la cour. N'agite pas les bras. Et quand tu marches, ne roule pas des épaules, mais des hanches. Voilà, comme ça, c'est bien.

Aux premiers coups qu'ils frappèrent, la porte s'entrouvrit, et un jeune gus que Senka ne connaissait pas passa la tête par l'entrebâillement. Le nouveau numéro six ! devina-t-il, et il ressentit alors, ma parole ! comme un coup de poinçon au cœur. Il était jaloux ou quoi ? Bizarre...

Son successeur, en tout cas, lui déplut fortement. Avec sa face aplatie et ses yeux jaunes, on aurait dit un chat.

— Qu'est-ce que vous voulez ? demanda-t-il.

Mr Nameless lui répondit de la même manière :

— Je suis Kazbek. Va le dire au Prince.

(Dans sa bouche, ça donnait « Pirince ».)

— Quel Kazbek ? fit l'autre en reniflant, pour se voir le nez, justement, sur-le-champ saisi par deux doigts de fer.

Le montagnard lâcha une bordée de jurons gutturaux, pressa solidement la tête de Face-plate contre le chambranle puis la repoussa. Le gamin s'effondra par terre.

Alors Kazbek entra, enjamba le corps étendu et s'engagea d'un pas décidé dans le couloir. Poussant une exclamation, Senka courut d'abord derrière lui. Il se retourna, et vit le numéro six qui se tenait le front et battait des paupières d'un air ahuri.

Aïe, Seigneur, Seigneur, qu'allait-il se passer ?

Dans la grande pièce, Coup-de-boule et Bille-en-tête tapaient le carton selon leur habitude. Le Verrat n'était pas là, mais, allongé sur le lit, jambes croisées et les bottes sur les barreaux, se trouvait l'Œil, occupé à se curer les ongles avec la lame d'un canif.

C'est vers lui que Kazbek se dirigea.

— Tu es le valet ? Conduis-moi au Prince, je veux lui parler. Je suis Kazbek.

Les jumeaux cessèrent de triturer les brèmes. L'un d'eux (Senka n'avait finalement jamais appris à les distinguer) lança un clin d'œil à la demoiselle tandis que l'autre louchait bêtement sur le poignard d'argent pendu à la ceinture du visiteur.

— Le Kazbek au-dessus de moi. Seul dans l'immensité des cieux, répondit l'Œil avec un sourire placide avant de se lever d'un bond. Allons-y, puisque vous êtes là.

Il n'avait posé aucune question, il les conduisait auprès du Prince, et voilà tout. Oh ! tout cela ne sentait pas bon.

Le Prince était assis à table, la mine effrayante, bouffi – il buvait trop, c'était une évidence. Il ressemblait bien peu à l'homme de belle prestance qu'il était lorsque Skorik l'avait vu pour la première fois (tout juste un mois plus tôt !). Sa chemise, bien qu'en satin, était froissée, graisseuse, ses cheveux étaient emmêlés, et sa physionomie mal rasée. Sur la table, outre les bouteilles vides et les éternels bocaux de concombres, était posé, on ne sait pourquoi, un candélabre en or dépourvu de bougies.

L'ennemi de Senka leva un regard vaseux sur les nouveaux venus et demanda au Caucasien :

— Qui es-tu ? Qu'est-ce que tu veux ?

— Je suis Kazbek.

— Qui ça ?

— Ce doit être celui-là même qui est arrivé récemment du Caucase avec vingt djiguites, dit l'Œil d'une voix égale, adossé au mur, les bras croisés sur la poitrine. Je t'en ai parlé. Ils sont apparus il y a trois mois. Ils ont évincé les caïds du quartier du Bois-Marie, ont pris le contrôle des filles et de tous les comptoirs de pétrole.

Le montagnard esquissa un sourire ironique, ou plutôt un rictus du coin de la bouche.

— Vous, les Russes, vous êtes venus dans nos montagnes et ne voulez pas en repartir. Alors moi, je suis venu chez vous, et je ne suis pas près non plus de m'en aller. Nous allons être voisins, le Prince. Les voisins, ils ont le choix entre plusieurs manières de vivre. Ils peuvent s'entr'égorger, ça nous savons le faire. Mais ils peuvent aussi être kounaks, comme vous diriez frères de sang. Choisis ce que tu préfères.

— J'en ai rien à foutre, répondit le Prince d'une voix paresseuse. (Il vida son verre cul sec, mais s'abstint de rien manger par-dessus.) Tu peux vivre ta vie, du moment que tu ne viens pas te mettre dans mes jambes, mais si tu me fatigues, alors peut-être en effet qu'on jouera du chourin.

L'Œil l'avertit à mi-voix :

— Prince, ce n'est pas la bonne manière de s'y prendre avec eux. Il est venu seul, mais les autres doivent s'être planqués aux alentours. Il n'a qu'à siffler, et ils nous tomberont dessus avec leurs poignards.

— Eh bien qu'ils y viennent, maugréa le Prince entre ses dents. On verra bien qui est le plus fort à ce jeu-là. Mais non, c'est bon, l'Œil, cesse de larmoyer. (Il éclata de rire, satisfait de sa blague qu'en langage cultivé on nommait « calembour ».) Pourquoi tu tires cette gueule, Kazbek ! ? Je rigole. Le Prince aime rigoler. Tu veux qu'on soit kounaks ? Soyons-le. Allez, on s'en serre cinq.

Il se leva et tendit la main. Skorik se sentit un peu soulagé, car déjà il pensait que tout était fini – adieu la compagnie, priez pour le salut de nos âmes.

Cependant le montagnard ne voulut pas prendre la main qu'on lui offrait.

— Chez nous, dans les montagnes, ça ne suffit pas. Il faut s'exprimer en actes. Le kounak doit offrir à son kounak ce qu'il a de plus précieux.

— Ah ouais ? (Le Prince secoua son bras, de la main jusqu'à l'épaule.) Eh bien, demande ce que tu veux. L'âme du Prince est comme une nappe : blanche et large. Tiens, regarde. Un chandelier d'or fin. Je l'ai pris à un marchand il y a quelques heures. Le veux-tu en cadeau ?

Kazbek hocha négativement la tête.

— Alors que veux-tu ? Parle.

— Je veux la Mort, dit l'autre d'une voix étouffée, rageuse.

— La mort de qui ? demanda le Prince, interloqué.

— La tienne. On dit qu'elle t'est plus chère que tout. Par conséquent, donne-la-moi. Nous serons alors, toi et moi, kounaks jusqu'au tombeau.

Skorik fut le premier à entraver l'affure, et il ferma les yeux très fort, tant il fut effrayé. Là, cette fois, c'était vraiment la fin. Cette fois c'étaient des fontaines de raisiné qui allaient gicler, et lui non plus n'y couperait pas. O, maman, ma petite maman, accueille au milieu des anges Senia, ton pauvre enfant.

L'Œil, lui aussi, avait compris. Il ne bougea pas, mais les doigts de sa main droite se glissèrent tout doucement à l'intérieur de sa manche gauche. Or là, dans la manche, il y avait plusieurs couteaux rangés sur une pièce de cuir. Il n'aurait qu'à en lancer une paire, et adieu chers visiteurs !

Le Prince fut le dernier à piger. Il ouvrit grand la bouche, déchira son col de chemise ; on voyait les veines enfler sur son cou, mais aucun cri pour l'instant ne s'échappait de sa gorge étranglée de fureur.

Kazbek poursuivait comme si de rien n'était :

— Cède-moi ta femme, Prince. Je la veux. Et moi, regarde, je t'ai amené la meilleure de mes mamzelles. Fine et souple, comme une chèvre des montagnes Tiens, prends-la. C'est de bon cœur.

Et sur ces mots, il poussa Senka au milieu de la pièce.

— Aaah ! glapit Senka. Maman !

Mais son couinement passa presque inaperçu, tant le Prince hurla d'une voix puissante :

— A coups de dents !... T'arracher la gorge !... Crevure ! ! !

Il empoigna sur la table une grande fourchette à deux dents, de celles qui servent à pêcher les concombres dans leur bocal, et voulut se jeter sur le montagnard, mais dans la main de celui-ci, surgi on ne sait d'où, apparut soudain un petit revolver noir et brillant.

— Toi, les mains sur les épaules ! ordonna Kazbek au valet.

Au Prince, il ne dit rien, mais lança un regard foudroyant.

L'Œil haussa un sourcil, considérant d'un air appréciateur la gueule noire du pistolet. Il montra au Caucasien ses mains vides et posa la pointe des doigts sur ses épaules. Le Prince, à court d'injures, jeta la fourchette sur la table. Ce n'était pas le revolver qu'il regardait, mais les yeux de son offenseur, et dans sa rage, il mordait ses propres lèvres, au point qu'un filet de sang rouge lui coulait sur le menton.

— De toute façon, je te buterai ! cria-t-il d'une voix rauque. J'irai te chercher au Bois-Marie s'il le faut ! Pour ça, je t'arracherai les tripes, je te réduirai en chair à pâté !

Kazbek émit un claquement de langue :

— Vous, les Russes, vous êtes comme des femmes. Un homme ne crie pas, il parle bas.

— Alors elle baise aussi avec toi ? Avec toi ? continua le Prince sans l'écouter. (Il chassa une mauvaise larme, se mit à grincer des dents.) La salope, la putain ! Je suis à bout de patience avec elle !

— Je suis venu te parler d'homme à homme, loyalement. (Le montagnard fronça ses sourcils noirs et épais, ses yeux bleus brûlaient d'une flamme froide.) J'aurais pu l'enlever, mais Kazbek n'est pas un voleur. Je te le dis en ami : donne-la-moi. Si tu refuses, c'est en ennemi que je la prendrai. Seulement réfléchis bien avant. Je ne la demande pas en échange de rien...

Il montra Senka, qui attendait, le dos rond.

Le Prince repoussa celui-ci, qui n'y était pourtant pour rien, avec tant de violence que le pauvre alla valdinguer contre le mur et s'affala par terre.

— J'en ai rien à foutre de ta morue peinturlurée !

Bien que Senka se fût douloureusement meurtri l'épaule, bien qu'il fût complètement terrorisé, ces mots, de prime abord injurieux, résonnèrent à ses oreilles comme la plus douce des musiques. Le Prince n'avait pas besoin de lui, gloire à Toi, Jésus-Christ !

— Je te donne la mamzelle comme ça, en prime, pour que tu ne restes pas sans femme, répliqua le *djiguite* en riant. Mais le bien le plus précieux que je possède et que je t'offre, c'est de l'argent, beaucoup d'argent. Tu n'en as jamais eu autant...

— Je t'en bourrerai la gueule, de cet argent, sale porc ! coupa le Prince pour à nouveau éructer un long chapelet d'injures et de menaces incohérentes.

— « Beaucoup », ça veut dire combien, très cher ? demanda l'Œil quand le Prince, suffoquant de haine, se fut enfin tu.

— Il faudrait plus d'un chariot pour l'emporter. Je sais que vous êtes depuis longtemps à la recherche de cet argent, mais c'est moi qui l'ai trouvé. Je suis prêt à le céder, contre la Mort.

Le Prince fit mine de renouveler ses braillements, mais l'Œil leva le doigt : silence, bouche cousue.

— Tu parles du trésor du griffard de la Erokha, c'est ça ? demanda le valet d'un ton doucereux. Tu l'as trouvé, dis-tu ? Oh, tu es bien habile, fils du Caucase !

— Oui, à présent le trésor est à moi. Mais si vous voulez, il peut être à vous.

Le Prince secoua vigoureusement la tête, tel un taureau chassant un taon.

— Je ne te céderai pas la Mort ! Pour tout l'argent et tout l'or du monde, je ne la céderai pas ! Jamais elle ne sera à toi, maudit chien !

— Elle est déjà mienne. (Le Caucasien, de sa main libre, se caressa la barbe.) Comme tu veux, le Prince. J'étais venu en toute loyauté, et toi, tu viens de me traiter de chien. Je sais déjà que chez vous, à Moscou, on peut se lancer n'importe quelle insulte, mais que celle-là fait dégainer les couteaux. Ce sera la guerre par conséquent. J'ai plus de combattants que toi, et tous sont des aigles.

Il recula vers la porte, le doigt toujours sur la détente. Senka se releva d'un bond et colla son épaule contre la *tcherkeska* du montagnard.

— Où crois-tu aller, ordure ? ! hurla le Prince. Tu ne sortiras pas vivant d'ici. Vas-y, tire ! Mes loups te mettront en pièces !

L'un des jumeaux apparut dans l'encadrement de la porte.

— Prince, c'est quoi tout ce boucan ? Tu as appelé ?

Sans détacher un instant les yeux du Prince et de son valet, le Caucasien, de la main gauche, saisit Coup-de-boule-Bille-en-tête par-dessous le menton, le retint ainsi durant une ou deux secondes, puis le relâcha. Le gars s'affaissa comme un sac et roula sur le côté.

— Attends, très cher ! dit l'Œil. Ne pars pas ! Prince, cet homme est venu à toi portant la paix, en ami. Une femme de plus, une femme de moins, quelle différence ? Qu'est-ce que les autres diront ?

Sur quoi il ajouta :

— Il suffit, Prince que j'adore, je sais le secret de ce sort.

Eh ! eh ! se dit Senka, mais je me souviens de ce passage. C'est la Reine des Cygnes qui s'adresse ainsi au prince Gvidon, pour lui dire : allez, t'énerve pas, je vais tout t'arranger aux pommes.

Mais le Prince de la Khitrovka n'avait visiblement pas lu le conte de Pouchkine et regardait son valet en battant des paupières d'un air ahuri. L'autre cligna lui aussi, mais d'un seul œil. Senka, placé de côté, le vit très bien.

— Un trésor, tu dis ? grommela le Prince d'une voix maussade. D'accord. Si c'est contre le trésor du griffard, je suis prêt à accepter l'échange. Mais je veux voir l'argent d'abord.

— J'ai ta parole ? demanda Kazbek. Ta parole de caïd ?

— Parole de caïd, confirma le Prince.

Et, comme il est d'usage quand on prononce un serment, il se passa le pouce sur la gorge.

Mais Senka repéra une autre fourberie de sa part : de sa main gauche dissimulée dans son dos, le Prince leur avait fait la figue, de sorte que son serment de caïd ne valait plus un liard. Il faudrait parler plus tard de cette perfidie à Kazbek, ou plutôt à Eraste Pétrovitch.

— Bien ! (Le djiguite hocha la tête et rangea son arme.) Venez alors cette nuit à la Erokha, et rendez-vous dans la cave la plus éloignée, celle qui s'achève en cul-de-sac. Venez à deux, pas un de plus. A trois heures et quart exactement. Si vous arrivez trop tôt ou trop tard, l'accord sera rompu.

— On viendra à deux pour que tes hommes nous égorgent ? objecta le Prince en fronçant les sourcils.

— Pourquoi aller se promener dans une cave pour ça ? répondit Kazbek avec un haussement d'épaules. Si on l'avait voulu, vous seriez déjà transformés en *kebab*. J'ai besoin à Moscou de kounaks fidèles, sur qui je puisse compter... Quelqu'un vous attendra là-bas, dans le souterrain, et vous conduira à la cachette. Quand tu verras qui est là pour t'accueillir, tu comprendras que

Kazbek pouvait aussi bien ne rien te donner, et prendre sans faire d'échange.

Le Prince allait ouvrir la bouche pour dire quelque chose (une méchanceté, à en juger par son rictus), mais l'Œil lui posa une main sur l'épaule.

— A trois heures quinze du matin, très cher. Parole de caïd.

Le valet, lui, avait juré sans aucune finasserie : ses deux mains étaient bien en vue.

— Alors, tu ne prends pas la mamzelle ? demanda le montagnard au Prince, alors qu'il était déjà sur le pas de la porte.

Senka se raidit. Aïe, Eraste Pétrovitch, vous voulez donc ma perte ? Saint Nicolas le Juste, sainte mère de Dieu, protégez-moi !

Mais le Prince, que Dieu lui retranche pour cela mille ans de souffrances infernales, au lieu de répondre cracha par terre.

Ouf ! sauvé !

COMMENT SENKA DEVINT UNE COQUEUSE

Une fois dehors, quand le landau où ils avaient repris place se fut un peu éloigné, Senka poussa un soupir amer et dit :

— Je vous remercie bien, Eraste Pétrovitch, de toutes vos délicates attentions. Voilà comment vous traitez les gens qui vous sont fidèles ! Et si le Prince avait dit : « Donne-moi ta mamzelle » ? Vous m'auriez abandonné à mon triste sort et laissé mettre en pièces ?

— Tourne au coin... Arrête ! ordonna au cocher l'oublieux ingénieur, usant toujours de la même voix « caucasienne ».

Ce n'est que lorsqu'ils furent descendus de la voiture qu'il répondit au reproche qui lui était formulé.

— Pour le Prince, il n'existe qu'une seule femme. Il ne voudra jamais en regarder auc-cune autre. J'avais besoin, Senia, que tu paraisses t-terrorisé, pour rendre plus crédible notre petit intermède. Et tu as été p-parfait dans ton rôle.

Alors seulement Senka se rendit compte que lorsqu'il jouait un personnage de mascarade, que ce fût un vieux juif ou un sauvage montagnard, Eraste Pétrovitch ne bégayait absolument pas. Voilà qui était étonnant ! Il se rappela également que l'ingénieur avait accompli tout le travail tout seul, sans requérir aucune aide de son coéquipier. Et il eut honte. Honte surtout de s'être montré trouillard, d'avoir même appelé au secours la Vierge Marie et saint Nicolas le Juste. Cependant, pourquoi avoir honte ? Il n'était jamais qu'un simple mortel, un être de chair, et non de bronze comme M. Nameless. Celui-ci n'avait pas besoin de prier, Massa-*senseï* l'avait d'ailleurs bien dit.

Ils marchaient dans la rue Pokrovka ; ils passèrent devant la Trinité, puis devant la somptueuse église de l'Assomption.

— Vous ne priez jamais Dieu, n'est-ce pas ? demanda Senka. C'est parce que vous n'avez jamais peur de rien ?

— Pourquoi n'aurais-je pas peur ? répliqua Eraste Pétrovitch, surpris. Bien sûr que j'ai peur. Seuls les gens totalement dénués d'imagination ignorent la peur. Et dès lors qu'il m'arrive d'avoir peur, il m'arrive aussi de prier quelquefois.

— Vous mentez !

L'ingénieur soupira :

— Il faut dire « ce n'est pas vrai », et mieux encore éviter de p-parler de cette manière sans vraie nécessité, car autrement...

Il eut un geste vague.

— ... on risque de s'en prendre plein la gueule, c'est ça ? acheva Senka.

— C'est également une raison, en effet. Et ma prière, Senka, la voici, c'est un prêtre qui me l'a enseignée : « Sauve-moi, Seigneur, d'une mort lente, douloureuse et avilissante. » Elle n'en dit pas davantage.

Skorik réfléchit. Une mort lente, ça se comprenait : qui avait envie de rester paralysé pendant dix ans ou de se dessécher sur pied ? Quant aux souffrances, ça allait de soi aussi.

— Mais une mort humiliante, c'est quoi ? C'est quand on meurt et que tout le monde continue à vous cracher dessus et vous filer des coups de pied ?

— Non. Le Christ aussi a été battu et humilié, mais qu'y a-t-il d'ignominieux dans sa mort ? C'est autre chose que je redoute à chaque instant de ma vie. J'ai peur de connaître une fin ridicule. Qui soit le seul souvenir que l'on garde de moi. Du président français Félix Faure, par exemple, on ne se rappelle déjà plus qu'il a soumis M-Madagascar et conclu une alliance avec la Russie, mais seulement que Son Excellence a rendu le dernier souffle dans les bras de sa maîtresse. De l'ancien guide d'une nation ne subsiste qu'une anecdote vulgaire : « Le président est mort dans l'accomplissement de ses devoirs... à tous les sens du terme. » Sur son tombeau, on a même représenté le malheureux enveloppé dans un drapeau comme s'il s'agissait des draps de son lit. Les badauds ricanent quand ils passent devant... Voilà quel sort je redoute.

— Un truc pareil, ça ne risque pas de vous arriver, dit Senka pour rassurer l'ingénieur. Vous avez une solide santé.

— Ce pourrait être autre chose. Le destin aime à jouer des tours aux hommes qui se soucient trop de leur d-dignité. (Eraste Pétrovitch esquissa un sourire.) Par exemple, tu te rappelles quand nous étions, toi et moi, cachés dans le water-closet, et que le Vampire, entendant du bruit, a sorti son revolver ?

— Et comment que je m'en rappelle ! J'en ai encore les chocottes.

— Pas « les chocottes » ! Dis plutôt « la chair de poule »... Eh bien, si le Vampire avait fait feu à travers la porte, il nous aurait étendus raides tous les deux en travers de la chaise p-percée. Crois-tu que c'eût été une belle mort ?

Skorik s'imagina la scène : Eraste Pétrovitch et lui gisant affalés l'un sur l'autre sur le grand vase de faïence, leur sang coulant dans le tuyau d'évacuation...

— Pas terrible, je dois dire...

— N'est-ce pas ? Je n'aimerais pas mourir ainsi. Stupide faiblesse, je sais, mais je ne puis rien y faire.

M. Nameless sourit d'un air coupable puis soudain s'arrêta, juste à l'angle du passage Kolpatchny.

— Eh bien, voilà, Senia, nos chemins se séparent ici. Je dois faire un saut à la poste pour y déposer une lettre imp-portante. A partir de maintenant, tu agiras sans moi.

— Comment ça ? dit Skorik, sur ses gardes – quel nouveau supplice lui avait mijoté le perfide Eraste Pétrovitch ?

— Tu vas te rendre au poste de police et remettre une lettre au commissaire Solntsev.

— Et c'est tout ?

Senka cligna des paupières, soupçonneux.

— Ab-bsolument tout.

Bon, porter une lettre, ça allait encore, ce n'était pas la mer à boire.

— J'aurais bien aimé ôter mes fringues de gonzesse et me débarbouiller la tronche, ronchonna malgré tout Senka. Je me sens merdeux devant les gens.

— Je me sens « honteux », corrigea l'ingénieur avec sa manie assommante de toujours le reprendre. Tu n'as pas le temps de te changer, reste donc comme tu es. Ce sera plus sûr.

Senka eut l'impression qu'un chat lui passait sa patte griffue sur le cœur. Plus sûr ? Dans quel sens ?

Mais M. Nameless ne fit qu'exciter davantage la vilaine bête :

— Tu es un garçon d-débrouillard, dit-il. Agis en fonction des circonstances.

Il tira de sa poche deux enveloppes, donna l'une à Senka et garda l'autre pour lui.

Skorik voulut se gratter la poitrine pour que le chat le griffât un peu moins fort, mais sa main y rencontra une sorte de coussin épais : c'était Eraste Pétrovitch qui avait bourré d'ouate le devant de sa robe, pour lui donner des formes féminines.

— Et si on faisait plutôt le contraire : moi, je passe à la poste, et vous, vous allez voir le commissaire ? proposa Senka sans grand espoir.

— Non, mieux vaut que je ne me montre pas à la p-police. Prends la lettre. Remets-la au colonel en mains propres.

L'enveloppe ne portait pas de suscription et n'était même pas cachetée.

— C'est pour que tu ne perdes pas de temps à en acheter une neuve, expliqua M. Nameless. Comme de toute façon tu vas la lire...

Décidément, impossible de rien lui cacher, à ce rusé serpent.

Il n'avait pas fait cent pas tout seul qu'on lui tombait dessus par-derrière et que deux grosses pattes l'empoignaient par ses faux tétons.

— Ouh ! tout ça est bien malléable et appétissant, on va se faire des douceurs ? chuchota une voix fiévreuse dans l'oreille de Senka.

Il tourna la tête pour se trouver nez à nez avec une trogne mal rasée, puant la mauvaise gnôle et l'oignon.

Voilà quel était le sort des filles qui se promenaient seules dans la Khitrovka.

Skorik tenta tout d'abord d'effrayer simplement le malotru en le menaçant de se plaindre de cette inqualifiable agression auprès de l'Aspic, le plus fameux maquereau de la Khitrovka, mais l'importun en profita pour lécher la pseudo-mamzelle dans le cou, et là c'en fut trop pour Senka.

Observant tous les enseignements de la science japonaise, il commença par vider entièrement ses poumons pour déplacer son centre d'énergie de sa poitrine au creux de son ventre, flanqua un bon coup de talon dans le tibia du grossier personnage, et quand celui-ci, lâchant un cri, eut desserré son étreinte, se retourna lestement et lui enfonça les doigts sous le sternum, à ce saligaud.

Le jouisseur s'accroupit, les mains cramponnées au ventre, et son visage se fit sérieux, pensif. Très bien, réfléchis donc un peu à la manière de se conduire avec les filles.

Senka se réfugia sous un porche, un peu à l'écart. Il déplia la lettre.

« Cher monsieur Innokenti Romanovitch,

J'ai appris de source sûre que vous aviez été informé de même de ma présence à Moscou. Bien que nous n'ayons, vous et moi, jamais éprouvé aucune sympathie l'un pour l'autre, j'espère néanmoins que le déchaînement de sanglante criminalité qui s'observe actuellement sur le territoire relevant de votre compétence vous alarme, vous, le serviteur de la loi, tout autant que moi, qui vis depuis longtemps éloigné de mon ancienne charge et des affaires moscovites. C'est pourquoi je désire vous faire une proposition d'ordre pratique.

Je m'apprête à rassembler, cette nuit, dans un lieu approprié, les chefs des deux bandes les plus dangereuses de Moscou, le Prince et le Vampire, et je vous offre de procéder avec moi à leur arrestation. Les particularités de ce lieu ne permettent pas d'amener avec soi un grand nombre d'hommes : il faudra vous contenter d'un seul lieutenant, aussi choisissez le plus expérimenté de vos policiers. Mais je suis certain que nous n'avons pas besoin d'être plus de trois pour arrêter ces deux malfaiteurs.

La personne qui vous remettra cette lettre ne sait rien de l'affaire. C'est une simple fille des rues, une âme innocente, qui a bien voulu se charger de la mission que je lui confiais en échange d'une modeste rétribution, inutile donc de perdre votre temps à l'interroger.

Je passerai vous prendre cette nuit, à quatre heures moins vingt. Etant doué d'autant d'intelligence que d'ambition, vous comprendrez certainement qu'il ne vaudrait rien pour vous de rendre compte à vos supérieurs de cette mienne proposition. Vous n'y gagneriez tout au plus qu'une certaine bienveillance des autorités de la ville à votre endroit. Je ne suis malgré tout pas un criminel, pas plus que je ne suis officiellement recherché, de sorte que votre mouchardage ne vous rapporterait ni médaille ni promotion. Vous toucherez de bien plus gros dividendes en acceptant de prendre part à mon entreprise. Fandorine. »

Ce qu'étaient des « dividendes », Skorik le savait (c'était quand on vous versait de l'argent en échange de rien), mais le dernier mot de la lettre en revanche le laissait perplexe. Sans doute signifiait-il quelque chose comme « adieu », ou « veuillez agréer, etc. », ou encore « j'en resterai là »... bref, un de ces trucs qu'on écrit à la fin d'une lettre pour faire joli. « Fandorine », ça sonnait bien. Il faudrait qu'il s'en souvienne pour plus tard.

Il lécha l'enveloppe, la colla, et deux ou trois minutes après il pénétrait dans la cour du Troisième Commissariat du district des Bouchers.

Un maudit lieu, pouah ! Inventé à seule fin de tourmenter les gens, de les empêcher de vivre, eux qui déjà avaient bien du mal à exister.

Plusieurs cochers attendaient devant la porte, bonnet à la main – tous perturbateurs de l'ordre public. Ils venaient racheter leur plaque de voiture qu'on leur avait confisquée. C'était l'affaire de sept roubles, et encore, à condition de beaucoup flagorner.

A l'intérieur de la cour, une troupe d'hommes vêtus comme des paysans, la chemise serrée à la taille par une ceinture, formait un cercle compact. A en juger par leur mine, il devait s'agir d'un groupe de charpentiers ukrainiens venus à Moscou chercher du travail. Leur chef, qui se distinguait par de longues moustaches tombantes, tournait autour du groupe, tendant un bonnet dans lequel les autres déposaient avec précaution pièces de cuivre et d'argent. Compris : ils travaillaient pour un entrepreneur en bâtiment sans détenir les papiers nécessaires, et maintenant les lardus leur ponctionnaient la moitié de leurs gains. La routine, quoi.

Autrefois, disait-on, sous le règne du précédent commissaire, de pareilles malhonnêtetés n'avaient pas cours, mais, n'est-ce pas ?, tel pope, telle paroisse.

A peine Senka eut-il poussé la porte tapissée de toile cirée pour entrer dans un couloir trop sombre, constellé de crachats, qu'un gros flic arrogant, joufflu et galonné, l'attrapa par le bas de sa robe.

— Voyez-moi cette beauté ! dit-il.

Il lui adressa un clin d'œil en même temps qu'il lui pinçait cruellement les fesses. Il aurait bien mérité qu'on lui arrache les deux mains, le salopard.

— Comment ça se fait-il que je t'aie jamais vue avant ? Tu viens te faire délivrer ton billet jaune[1] ? Alors c'est chez moi. Viens.

Il l'empoigna par le bras et voulut l'entraîner on ne sait où. Or, à tous les coups, son histoire de billet jaune, c'était du flan : il voulait simplement se taper une fille à l'œil.

— Je dois voir monsieur le colonel, glapit Senka d'un ton sec. J'ai une lettre à lui remettre, une lettre importante.

Le flic le lâcha.

— Va tout droit, lui dit-il, puis tourne à droite. C'est là qu'est le bureau de Sa Haute Noblesse.

Skorik suivit l'itinéraire indiqué. Il passa d'abord devant le violon où étaient bouclés les vagabonds récemment alpagués, puis devant les cellules closes des voleurs et autres criminels (ceux-là, les pauvres, avaient entonné la chanson du *Corbeau noir*[2] – un vrai régal pour l'oreille). Puis le couloir se fit un peu plus propre, mieux éclairé, et conduisit Senka à une haute porte capitonnée de cuir, sur laquelle était clouée une plaque de cuivre : « Commissaire. Colonel I. R. Solntsev ».

Aux timides coups frappés par Senka, une voix sévère répondit à travers la porte :

— Qu'est-ce que c'est ?

Skorik entra. Il salua d'une sorte de piaulement et tendit la lettre :

— Tenez, on m'a demandé de vous remettre ceci en mains propres.

1. Document délivré par les autorités sous certaines conditions, et donnant droit d'exercer la prostitution – équivalent de l'« encartage » pratiqué en France. (*N.d.T.*)

2. Chanson populaire d'une infinie tristesse, où un homme agonisant sur un champ de bataille demande au corbeau d'aller annoncer sa mort à sa mère et à sa fiancée. (*N.d.T.*)

Et il voulut se retirer sur-le-champ, mais le commissaire gronda :

— Où pars-tu comme ça ?

Le terrible colonel était assis à son bureau, occupé à manger une pomme dont il découpait des quartiers avec un petit couteau à lame étroite. Il en essuya le fil sur une serviette puis pressa un bouton, et la lame disparut avec un claquement métallique.

Solntsev ne semblait pas pressé de décacheter la lettre. Il étudiait avec attention sa visiteuse, son regard s'attardant plus particulièrement sur sa poitrine factice. (M. Nameless en avait trop fait, hélas, il n'aurait pas dû gaspiller autant d'ouate.)

— Qui es-tu ? Une marcheuse ? Ton nom ?

— S-Sanka, bredouilla Skorik. Alexandra Alexandrovna.

— Qu'est-ce que c'est que cette lettre ? Qui l'a écrite ?

Solntsev palpa l'enveloppe d'un air soupçonneux, l'observa à la lumière.

Que répondre ?

— C'est un client qui me l'a donnée... Il m'a dit : remets ça à monsieur le colonel en personne, en mains propres.

— Hum ! en voilà, des mystères... grommela le commissaire en ouvrant l'enveloppe. Reste ici, Alexandra. Attends.

Il parcourut rapidement la lettre des yeux, sursauta, dégrafa son col dur, passa la langue sur ses lèvres et reprit sa lecture du début. Il lut cette fois-ci en prenant tout son temps, comme s'il s'efforçait de distinguer d'autres signes entre les lignes.

Senka eut même le temps de s'ennuyer. Heureusement, au mur étaient accrochées des photographies et des coupures de journaux soigneusement encadrées sous verre.

Le document le plus intéressant était un cliché découpé dans une revue. On y voyait, mains crânement posées sur les hanches, un Solntsev un peu plus jeune qu'à présent, et à côté de lui, dans un cercueil de sapin posé debout, un type moustachu avec un trou noir au milieu du front. Au-dessous, cette légende : *« Un jeune inspecteur de police met fin à la carrière criminelle de l'Apache de Lioubertsy. »*

Plus bas, un article, sans illustration, mais agrémenté d'un gros titre : LA BANDE DES FAUX-MONNAYEURS ARRÊTÉE. BRAVO, LA POLICE !

Une autre photographie, sans légende cette fois-ci : Solntsev serrant la main au gouverneur général en personne, Son Altesse le grand-duc Siméon Alexandrovitch – celui-ci très maigre, immense, et qui plus est le menton levé, et le commissaire, au contraire, s'inclinant pour saluer, le genou fléchi, mais la tronche, enfin, le visage, fendu d'un sourire des plus satisfaits.

Encore un article, assez récent à première vue : il n'avait pas eu le temps de jaunir. *« Le plus jeune commissaire de police de Moscou »*, tiré du *Bulletin de la police moscovite*. Senka en lut le début : « La brillante opération qui a conduit à l'arrestation de la bande des cambrioleurs de Khamovniki, trahie par l'un des membres de ladite association criminelle, oblige à nouveau à parler du talent du lieutenant-colonel Solntsev et lui vaut non seulement une promotion exceptionnelle, mais aussi d'être affecté à l'un des commissariats les plus difficiles et les plus en vue de l'ancienne capitale, celui de la Khitrovka… »

Il n'eut pas le loisir de lire la suite, car le commissaire à ce moment déclara :

— Bien, bien... Voilà un message très in-té-res-sant.

En prononçant ces mots, il ne regardait cependant pas la lettre, mais Senka, et il le regardait d'une manière très déplaisante, comme s'il avait l'intention de le dévisser, de le démonter entièrement, pour comprendre comment il était fait à l'intérieur.

— Tu appartiens à qui, Alexandra ? Qui est ton mac ?

— Personne, je travaille à mon compte, je suis indépendante, répondit Skorik après un instant d'hésitation.

S'il nommait un souteneur quelconque, ne serait-ce que l'Aspic, par exemple, et que le colonel se mette tout à coup dans l'idée de vérifier ? Eh, l'Aspic, as-tu une mamzelle qui ressemble à ça ? Ce serait rien moche.

— Tu veux dire qu'*avan*t tu étais indépendante, dit le commissaire avec un sourire inquiétant. Mais c'est terminé. A partir d'aujourd'hui tu coqueras pour moi. Tout indique que tu es une fille débrouillarde, qui n'a pas les yeux dans sa poche. Et puis tu es plutôt mignonne, bien pourvue côté poitrine. Ta voix, c'est vrai, est épouvantable, mais après tout on ne te demande pas de chanter à l'Opéra.

Et il éclata de rire.

Voilà pas que l'ordure avait décidé de l'enrôler comme coqueuse ! Une coqueuse, c'est comme ça qu'on appelait une mamzelle qui remuait la casserole – qui rencardait les poulards sur les copains. Si des caïds ou des grinches venaient à l'apprendre, ils ne connaissaient qu'un seul châtiment : ils lui fichaient les tripes à l'air. Quand on retrouvait une marcheuse sur le trottoir, le ventre ouvert, tout le monde comprenait pourquoi elle avait été tuée. Par qui, en revanche, ça, on pouvait toujours courir pour le savoir. Et malgré tout il y avait pas mal de mamzelles qui coquaient. Contraintes et forcées, cela va de soi. Quand un salaud de flic de cette espèce vous coinçait, vous aviez peu de chances de vous en dépatouiller.

Senka quant à lui était peut-être appelé à jouer les coqueuses, mais une mamzelle digne de ce nom se devait de ruer un peu dans les brancards.

— Je suis une fille honnête, moi, répondit-il fièrement. Pas de ces radasses qui parfument les chiens. Trouvez-vous une autre moucharde.

— Quoooi ? ! hurla soudain le commissaire d'une voix si terrible que Skorik sentit son cœur défaillir. Qui est-ce que tu traites de « chiens », saaaalope ? ! Eh bien, Alexandra, pour ça, je te colle à l'amende. Tu as trois jours pour payer. Ensuite, tu sais ce qui t'arrivera ?

Senka secoua la tête d'un air terrorisé, et sans avoir besoin de feindre cette fois-ci.

Mais Solntsev avait déjà abandonné le hurlement pour adopter un ton patelin :

— Je vais t'expliquer. Si dans trois jours tu ne m'as pas payé l'amende pour l'insulte, je t'enfermerai toute une nuit dans la cellule n° 3. Tu sais qui je garde là ? Les criminels tuberculeux et syphilitiques. Un nouveau décret à visée humanitaire oblige à les maintenir séparés des autres détenus. Ils passeront toute la nuit à s'amuser avec toi, et ensuite nous verrons ce qui te rongera en premier : la vérole ou la phtisie.

Il était temps, apparemment, de renoncer à sa fierté féminine.

— Et comment que je paierai ? dit Senka d'une voix plaintive. Je suis qu'une fille pauvre.

Le colonel ricana :

— Il faudrait savoir, tu es pauvre ou bien tu es honnête ?

Skorik essuya ses yeux de son revers de manche, comme s'il épongeait des larmes. Il renifla d'un air pitoyable. Toute sa personne semblait dire : je me rends, faites de moi ce que vous voudrez.

— Très bien.

La voix de Solntsev n'était plus menaçante, le ton en était plutôt professionnel.

— L'homme qui t'a confié cette lettre, tu as couché avec ?

— Euh, c'est-à-dire... risqua prudemment Senka, ne sachant quelle meilleure réponse formuler.

Le flic secoua la tête.

— Incroyable comme notre grand délicat s'est encanaillé ! Autrefois, pour rien au monde il ne se serait commis avec une putain. Il a dû te trouver quelque chose...

Il quitta son bureau, saisit le menton de Senka entre deux doigts.

— Des yeux vifs, pleins de petites braises... Hum... Où ça s'est passé ? Et comment ?

— Chez moi, dans ma crèche, mentit résolument Senka. Le monsieur était très fougueux, presque insatiable.

— Oui, il est connu pour être un chaud lapin. Ecoute-moi, Alexandra. Tu vas me payer l'amende de la manière suivante. Tu diras à cet homme que tu es tombée folle amoureuse de lui, ou tu inventeras ce que tu voudras, mais débrouille-toi pour t'incruster auprès de lui. Si quelque chose chez toi lui a plu, il ne te chassera sûrement pas. Monsieur est un gentleman.

— Mais comment je pourrai le retrouver ? s'affligea Senka.

— Ça, je te le dirai demain, répondit le commissaire avec un sourire énigmatique. Donne-moi ton billet jaune. Je vais le garder ici. Pour plus de sûreté.

Aïe, quelle guigne ! Skorik battit des paupières, faute de savoir quoi dire.

— Quoi, tu n'en as pas ? (Solntsev eut un sourire carnassier.) Tu travailles sans billet ? Bravo ! Et tu faisais la difficile pour coquer ! Eh ! brailla-t-il en se tournant vers la porte. Ogryzkov !

Un sergot entra, se campa au garde-à-vous et braqua sur son chef de gros yeux globuleux pleins de ferveur.

— Tu vas raccompagner cette fille chez elle, à l'adresse qu'elle t'indiquera. Tu lui confisqueras son permis de résidence[1] et tu me le rapporteras. Comme ça, Alexandra, tu ne risqueras pas de me jouer les filles de l'air.

Il tapota la joue de Senka.

— A y regarder de plus près, il y a bien quelque chose en effet… Fandorine n'a pas mauvais goût.

Il baissa la main et lui palpa le derrière.

— Un peu plate de ce côté-là, mais je n'ai rien contre les maigres. Il faudra t'essayer, Alexandra. A condition, bien sûr, que tu saches échapper aux tubards.

Sur quoi il poussa un hennissement parfaitement ignoble.

Comment la Mort pouvait-elle se laisser cajoler par cette ordure ? Mieux aurait valu, semblait-il, se pendre.

Et Senka se sentit alors également plein de pitié pour les femmes. Quelle vie avaient-elles sur terre, les pauvres, quand tous les hommes étaient des salauds et des dégueulasses ?

Et qu'est-ce que ça voulait dire, tout de même, « fandorine » ?

---

1. Avant la révolution, document administratif tenant lieu de passeport dans certains cas prévus par la loi. (*N.d.T.*)

COMMENT SENKA PASSA UN EXAMEN

Pour se débarrasser du flic aux gros yeux, Senka s'y prit très simplement. Il lui affirma habiter à la Butte-aux-Puces[1], et quand, passant par les ruelles, ils furent en vue de la Iaouza, il releva les pans de sa robe et s'engouffra sous un porche. Le sergot s'époumona, bien sûr, dans son sifflet et jura tant qu'il put, mais peine perdue : la mamzelle coqueuse s'était bel et bien envolée. Le malheureux Ogryzkov allait devoir « payer l'amende » au commissaire, c'était sûr comme deux et deux font quatre.

Durant tout le trajet du retour, jusqu'à la maison, Skorik ne cessa de se creuser la tête : qu'avait-il donc vu ou entendu là-bas, dans le souterrain, qui avait permis à Eraste Pétrovitch et à Massa de tout de suite deviner qui était l'assassin ?

Il eut beau faire travailler et travailler ses méninges, les épuiser littéralement à force de gymnastique, il ne parvint pas à piger.

Il entreprit alors d'exercer ses facultés de déduction sur un autre sujet. Qu'avait donc imaginé le très malin

1. *Vchivaïa Gorka* : butte située à proximité du pont de la Iaouza, à Moscou, ainsi nommée, semble-t-il, parce qu'il s'y trouvait autrefois un grand marché aux puces. (*N.d.T.*)

M. Nameless ? Quand on réfléchissait à la tambouille qu'il était en train de mijoter, il y avait de quoi avoir les foies. Comment allait-on la servir ? Et, surtout, qui allait devoir l'avaler ? Et s'il s'agissait de certain jeune homme fatigué de n'être qu'un jouet entre les mains de la Fortune ? Tantôt, d'un seul coup d'aile, cette folle déversait sur le pauvre orphelin ses dons les plus précieux : amour, richesse et espérance, tantôt elle lui tournait soudain le croupion et fientait sur la belle coiffure du chanceux, pour lui reprendre ensuite tous ses cadeaux et viser par-dessus le marché à dérober la vie même de la malheureuse victime.

Senka en voulait à l'ingénieur. Il fallait voir comme celui-ci était habile à disposer du bien des autres ! Pas un mot de remerciement pour la générosité et l'abnégation inouïes dont Senka avait fait preuve. On pouvait toujours attendre ! Il avait résolu de se servir du trésor comme s'il lui appartenait. Il avait convié des malfaisants à venir se servir. Approchez, chers invités, prenez ce dont vous avez besoin ! Mais qu'on puisse avoir ses propres vues sur ce trésor, et même des rêves, ça, le distingué Eraste Pétrovitch s'en battait l'œil et le reste.

Ruminant l'outrage, Skorik, une fois rentré, traita l'ingénieur avec la plus grande froideur, et même s'il lui rapporta en détail l'épisode de la remise de la lettre et de sa conversation avec le commissaire, il s'appliqua à jouer devant lui les dignités offensées, regard légèrement fuyant et lèvres pincées.

Eraste Pétrovitch, cependant, ne parut rien voir de cette manifestation d'humeur. Il écouta avec attention le récit de l'interrogatoire puis de la tentative d'enrôlement, et s'en trouva, semble-t-il, très satisfait, allant jusqu'à décerner à Senka un flatteur : « Bravo, mon garçon ! » Là, Senka n'y tint plus et glissa une allusion à propos du trésor, comme quoi il y avait sur terre bon nombre de petits malins prêts à s'accaparer le bien des gens pour en faire n'importe quoi. M. Nameless tapota la tête de Skorik et lui dit : « Allons, ne fais pas le rapiat. » Puis il ajouta, d'un ton joyeux :

— J'en termine cette nuit avec toutes mes affaires moscovites, je n'ai plus le temps de reporter davantage. Demain à midi a lieu le départ du raid automobile. J'espère que le « Tapis-volant » est en état de marche ?

Senka sentit brutalement son cœur se serrer. En effet, on serait déjà le 23 demain ! Entre courses, tracas et émotions, il l'avait totalement oublié !

Par conséquent, point final, retour à la case départ. Ah, ce M. Nameless, un fameux débrouillard ! Il s'était assuré les services d'un mécano (entièrement à l'œil, soit dit en passant, si on omettait la bouffe), y avait gagné ainsi une auto dans le meilleur état, parfaitement réglée et astiquée, et ce n'était encore là que le quart de ses succès. Il avait surtout mené l'orphelin en bateau, l'avait dépouillé de tout ce qu'il possédait, lui avait fait risquer sa vie, et maintenant s'en allait bien peinard à Paris, tel un prince fils de roi de conte de fées. Senka, lui, n'avait pour seule perspective d'avenir que de rester là tout seul, Gros-Jean comme devant. Et encore ! à condition d'être toujours en vie le lendemain...

La mâchoire de Senka trembla, les commissures de ses lèvres s'affaissèrent, davantage encore que pour le coup de la dignité offensée.

Mais ce sans-cœur d'Eraste Pétrovitch ne trouva rien d'autre à dire que :

— Essuie donc ce rouge à lèvres, c'est éc-cœurant à regarder.

Comme si c'était Senka qui s'en était tartiné la bouche tout seul, comme ça, pour passer le temps !

Tapant des pieds, furieux, il s'en fut changer de vêtements. De sa chambre, il entendit la sonnerie du téléphone retentir dans le bureau, et quand, quelques minutes plus tard, il retourna voir Eraste Pétrovitch, bien décidé à lui dire ses quatre vérités, sans recourir à aucune allusion, pour que les choses soient bien claires, l'ingénieur s'était éclipsé.

Massa lui aussi avait disparu. La journée entre-temps glissait inexorablement vers son déclin, et plus le soir avançait, plus Senka se sentait le cœur sombre. Oh ! oh ! oh ! quelque chose allait se produire...

Pour se distraire de ses pensées lugubres, Senka se rendit aux écuries pour astiquer l'auto, laquelle brillait pourtant déjà d'un feu plus aveuglant que les dômes du Kremlin. Il n'avait plus de rancœur en lui, seulement du chagrin.

Eh quoi, Eraste Pétrovitch ! Comme on dit, que Dieu vous accorde le succès et le record dont vous rêvez. Votre tripode a été bichonné et réglé aux petits oignons, n'en doutez pas. Rappelez-vous de temps en temps votre mécanicien Semion Skorikov et ayez pour lui une bonne parole. Peut-être un jour vous viendra-t-il quelque remords. Ou tout au moins un léger regret. Même si, bien sûr, c'est peu probable. Qui êtes-vous, et qui sommes-nous ?

A ce moment, par la *jalousie* (c'est le mot chic pour dire « fentes ») du radiateur s'entendit un couinement étouffé, et Senka se figea. Avait-il bien entendu ? Oui ! Tenez, ça recommençait ! Qu'est-ce que c'était que ce prodige ?

Il éclaira à l'intérieur avec une petite lampe. Une souris était venue s'y glisser !

Il l'avait pourtant bien dit, il l'avait dit à Eraste Pétrovitch, que les interstices devaient être plus petits ! Mieux valait qu'il y en eût trente-six plutôt que vingt-quatre !

Alors que maintenant, bravo ! Et si cette bestiole allait ronger le tuyau d'arrivée d'essence ? Aïe, malheur de malheur !

Le temps qu'il dépose le capot, le temps qu'il déloge la souris, qu'il démonte la conduite puis la remette en place (Dieu merci, elle était intacte), la nuit était tombée sans qu'il s'en aperçût. Il rentra à la maison alors que l'horloge sonnait douze coups. En entendant ce carillon funèbre retentir par tout l'appartement désert, Skorik se sentit suffoquer et fut pris d'une telle angoisse, d'un tel malaise, qu'il en aurait hurlé comme un chien.

Heureusement, peu de temps après, M. Nameless arriva. Il n'affichait plus du tout la même mine que tantôt : il ne paraissait plus ni joyeux ni content, mais maussade et même furieux.

— Pourquoi n'es-tu pas prêt ? demanda-t-il. Tu as oublié que tu devais jouer Motia ? Mets la perruque, la calotte et tout le reste. Je ne vais pas te g-grimer beaucoup, de toute façon, il fera sombre dans la cave. Je vais juste te recoller ton nez.

— Mais il est encore un peu tôt, non ? Je ne dois y être qu'à trois heures... répondit Senka d'une voix abattue.

— Il m'est t-tombé dessus une autre affaire urgente. Je dois la résoudre. Allons-y avec le « Tapis-volant », ce sera l'occasion d'un dernier essai avant le départ.

Bien le bonjour et merci. Il avait lustré, astiqué l'engin, et tout ça pour des prunes ! Quoique, d'un autre côté, une séance de rodage supplémentaire, ça ne pouvait pas faire de mal.

Senka passa rapidement son déguisement de juifaillon, cette fois-ci sans protester. Ça valait toujours mieux que de jouer les mamzelles.

Eraste Pétrovitch, quant à lui, revêtit un magnifique costume d'automobiliste : en cuir, tout brillant, avec des bottines jaunes grinçantes à souhait et des guêtres. Une merveille !

L'ingénieur glissa également dans sa poche de derrière un petit revolver (un « Herstal », ça s'appelait, fabriqué spécialement sur commande dans une ville étrangère nommée Liège), et Skorik eut un pincement au cœur. Vivrait-on jusqu'à l'heure du départ ? Dieu seul le savait.

— Prends le volant, ordonna M. Nameless. Montre ce que tu sais faire.

Senka chaussa les lunettes de protection et coinça ses oreilles sous la calotte trop grande, de manière que celle-ci ne s'envole pas. Eh ! Au moins aurait-il eu droit à une petite balade pour finir !

— Rue S-Samoteka.

Ils y furent en cinq minutes, rapides comme le vent.

Eraste Pétrovitch descendit devant un modeste pavillon en bois et alla sonner à la porte. Celle-ci s'ouvrit.

Senka, bien entendu, céda à la curiosité. Il descendit à son tour pour examiner la plaque de cuivre apposée à la porte. « Dr F. F. Weltmann, anatomopathologiste ». Ce que voulait dire ce dernier mot, il n'en savait fichtre rien, mais « Dr », ça signifiait « docteur ». Il était tombé malade ou quoi ? Ou bien serait-ce Massa ? s'inquiéta soudain Senka. Mais à ce moment des pas se firent entendre derrière la porte, et il retourna en courant à la voiture.

Le docteur était tout fluet, il avait le cheveu en bataille et clignait constamment des yeux. Il regarda Senka avec effroi et ne répondit que par un vague signe de tête au « bien le bonsoir » qui lui fut poliment adressé.

— C'est qui ? murmura tout bas Skorik à l'oreille de l'ingénieur, quand le nabot eut pris place sur la banquette en geignant.

— Ça n'a aucune importance, répondit Eraste Pétrovitch d'un ton morose. C'est un p-personnage d'une tout autre histoire, laquelle n'a aucun rapport avec notre affaire. Nous allons maintenant boulevard de la Nativité. En avant !

Et, dès que le moteur se mit à ronfler, il ne fut évidemment plus question de poursuivre la discussion.

L'ingénieur fit stopper le « Tapis-volant » à l'angle d'une ruelle plongée dans l'obscurité.

— Reste à la voiture et ne t'en éloigne sous aucun prétexte.

Ça allait de soi, comment aurait-il pu s'éloigner ? Le public qui traîne la nuit, on sait bien ce qu'il vaut. Vous n'avez pas le temps de vous retourner qu'on vous a déjà dévissé un boulon, pour s'en servir de plomb de pêche, ou juste comme ça, pour se marrer.

Senka posa une clef anglaise sur le siège : qu'ils y viennent donc !

Il demanda au docteur :

— Quelqu'un est malade ? Vous allez le soigner ?

L'autre resta muet, mais M. Nameless répondit à sa place :

— Oui. Une intervention chirurgicale est nécessaire.

Tous deux s'en furent vers une maison dont les fenêtres étaient éclairées. Ils frappèrent, entrèrent, et Skorik demeura à patienter.

Il attendit longtemps. Peut-être une heure entière. D'abord il ne s'en soucia pas trop, tant il redoutait le moment où il devrait aller retrouver le Vampire dans les caves de la Erokha. Puis l'ennui le gagna, tout bonnement. Mais il finit cependant par s'inquiéter : n'allaient-ils pas se mettre en retard ? Deux ou trois fois, il crut entendre comme des sortes de craquements provenant de la maison où étaient entrés l'ingénieur et le médecin. Il se demandait bien ce qu'ils pouvaient y fabriquer.

Enfin, Eraste Pétrovitch ressortit, seul, et sans sa casquette de cuir. Quand il fut plus près, Senka découvrit que M. Nameless n'avait plus une tenue aussi soignée que tantôt : sa veste était déchirée à l'épaule et son front barré d'une égratignure. En outre, il se léchait le poing droit, dont toutes les articulations saignaient.

— Que s'est-il passé ? demanda Skorik, très effrayé. Et où est le toubib ? Il est resté avec le malade ?

— Partons, grommela l'ingénieur sans répondre à la question. Montre-nous ton savoir-faire. Tiens, je te propose de passer l'examen : si tu nous conduis à la Khitrovka en moins de dix minutes, je te prends comme assistant pour le raid automobile.

Senka tira sur le levier d'étrangleur encore plus brutalement que la première fois. L'auto bondit littéralement et, dansant sur ses ressorts d'acier, fonça en avant dans la nuit.

Assistant ! Paris ! Avec Eraste Pétrovitch !

Seigneur, faites que le moteur ne cale pas ni ne chauffe trop ! Faites qu'un bandage ne se déchire pas contre un pavé ! Que la transmission ne saute pas ! Toi, Tu peux tout, Seigneur !

A l'angle de la rue des Bouchers, le moteur éternua et s'éteignit. Engorgement !

Senka, en larmes, souffla dans le carburateur pour le déboucher, opération qui lui prit au moins deux minutes. Ce malheur fut cause qu'il ne put tenir le délai imposé.

— Stop ! dit l'ingénieur au croisement du boulevard avec la rue Pokrovka.

Il consulta sa montre chronomètre.

— Douze minutes et dix secondes.

Tête basse, Skorik poussa un sanglot et avec les péotes de sa perruque rousse essuya la chandelle qui lui coulait du nez.

— Excellent résultat, ajouta Eraste Pétrovitch. En outre le c-carburateur a été nettoyé en un temps record. Je te félicite. Quand je disais dix minutes, je p-plaisantais, bien entendu. J'espère que tu ne refuseras pas de m'accompagner à Paris en qualité d'assistant ? Tu sais toi-même que Massa n'est pas fait pour ce rôle. Il nous suivra en b-berline de voyage et convoiera roues de secours et autres pièces de rechange.

Ne croyant pas à son bonheur, Senka bredouilla :

— Alors nous allons partir à trois ? Et pour Paris, la vraie ville de Paris ?

Là, M. Nameless réfléchit un instant.

— Vois-tu, Senia, dit-il, il est probable qu'une autre personne nous accompagne.

Et après un bref silence il ajouta, plus bas, sans beaucoup d'assurance :

— Ou même deux...

Bon, la première, on a compris qui c'est, pensa Senka en se renfrognant. Après le bazar qu'Eraste Pétrovitch va semer cette nuit, il sera impossible à la Mort de rester plus longtemps à Moscou. Mais la deuxième personne, qui ça pouvait-il être ? Le *senseï* aurait-il décidé d'emmener avec lui Fiodora Nikitichna, l'épouse de Mikheïtch, le concierge ?

Et Senka se sentit empli de pitié pour le pauvre Mikheïtch : comment allait-il faire désormais, sans compotes, sans beignets, et sans les caresses de sa Fiodora ? Et, plus encore, il eut pitié de lui-même. Car ce serait un supplice de tous les instants que de voir l'amour grandir et s'affermir entre l'ingénieur et la Mort. Il ne manquerait plus qu'ils ratent le record à cause de ça.

M. Nameless interrompit Senka dans ses réflexions en faisant à nouveau cliqueter sa montre chronomètre :

— Trois heures moins dix. Il est temps d'entamer l'opération. Je vais aller chercher le commissaire. Je laisserai l'auto au poste, elle y sera plus en sûreté. Par la même occasion, je vérifierai que Solntsev s'est bien limité à un seul lieutenant. Quant à toi, Senia, file à la pension Erochenko, à l'endroit prévu pour le rendez-vous. Tu conduiras le Vampire par le passage secret, en te gardant bien d'oublier que tu es un malheureux crétin. Ne prononce pas un mot qui soit intelligible, contente-toi de grogner. Il y aura un moment critique, quand le Prince et l'Œil apparaîtront sur les lieux. Si ça sent trop fort le roussi, le petit Motia peut recouvrer l'usage de la parole. Tu diras alors : « L'argent, le voici », et tu le montreras. Cela les occupera jusqu'à mon arrivée.

L'ingénieur réfléchit un instant puis marmonna :

— C'est vraiment bête de ne plus avoir mon Herstal, et je n'ai pas le temps de me procurer un autre revolver.

— Mais comment allez-vous affronter ces fauves si vous n'êtes pas armé ? s'exclama Senka. Vous l'aviez pourtant bien glissé dans votre poche, je l'ai vu ! Vous l'avez laissé tomber quelque part ou quoi ?

— Exactement, je l'ai laissé tomber… Mais tant pis, nous nous passerons de revolver. Le plan d'opération ne prévoit pas de fusillade, de toute façon.

Eraste Pétrovitch sourit d'un air insouciant et colla une chiquenaude à Skorik sur son faux nez.

— Allez, petit juif, haut les c-cœurs !

COMMENT SENKA TENDIT LE COU

Pouah ! il en avait la nausée, de la Erokha, de l'odeur de moisissure qui régnait dans les caves, de l'obscurité presque palpable, des bruits étouffés qui s'entendaient à travers les portes closes des « carrées » : il était minuit passé, et les habitants des sous-sols continuaient à se quereller, ou à se battre, ou à chanter avec des voix atroces, ou à pleurer. Mais plus Senka s'enfonçait dans les entrailles du bâtiment par les couloirs humides, plus le silence s'imposait, comme si la terre éteignait et engloutissait le vacarme de la vie, de l'« affe » humaine, de ce que la science appelle l'« existence ». Et soudain une vague de souvenirs déferla sur Skorik, de souvenirs cent fois plus déplaisants que la puanteur ambiante et les braillements d'ivrognes.

C'était ici, par exemple, qu'un malfaisant s'était jeté sur lui par-derrière, et, l'empoignant par les cheveux, avait manqué lui briser la nuque. La main de Senka se leva toute seule pour esquisser un signe de croix.

Et c'était derrière cette porte que logeait la famille Sinioukhine – il eut tout à coup l'impression qu'ils braquaient sur lui du fond des ténèbres le rouge néant de leurs yeux crevés. Brrr...

Encore deux tournants, et il parvenait à la salle aux

colonnes, puisse-t-elle n'avoir jamais existé ! C'était elle la cause de tous ces chiendents.

C'était là, tenez, qu'il avait découvert le cadavre de Prokha. Ce dernier n'allait-il pas sortir de l'ombre, doigts écartés ? « Aaah, dirait-il, Skorik, il y a longtemps que je t'attends, crevure ! C'est par ta faute que j'ai trouvé la mort. »

Senka se dépêcha de s'éloigner du lieu maudit, jetant à tout hasard quelques coups d'œil derrière lui et gardant les doigts joints, prêts à exécuter le signe de croix si survenait quelque fantasmagorie.

Il eût mieux fait de regarder devant lui.

Il heurta de plein fouet un obstacle, pas une colonne cependant, car une pile de soutènement, ça aurait dû être dur, tout de brique, alors que ce qu'il venait de heurter était plutôt mou, élastique. Au reste, deux mains empoignèrent aussitôt Senka à la gorge, tandis qu'une voix sifflait à son oreille :

— Te voilà enfin ? Alors, où est-il, ce trésor des youpins ?

Le Vampire ! Déjà là, à le guetter dans le noir !

Skorik en fut si effrayé qu'il ne sut qu'émettre un vague grognement.

— Ah, mais c'est vrai que tu es muet, lui souffla au visage le terrible individu.

Et, lâchant sa gorge :

— Bon, vas-y, conduis-moi.

Et en effet, il était bien venu seul ! Telle était sa rapacité qu'il n'avait pas voulu partager le magot avec ses copains.

Senka poussa encore quelques cris étouffés et autres grommellements, avant de guider le pègre jusqu'à l'angle de la salle, derrière la dernière colonne. Il tira les pierres masquant l'entrée du passage et agita la main : allez, suivez-moi ! Et se glissa le premier dans l'ouverture.

Il progressa exprès avec la plus extrême lenteur, bien que le Vampire eût allumé une lampe et qu'il eût été possible d'atteindre le trésor en moins de cinq minutes. Mais à quoi bon se presser ? Il allait devoir de toute manière passer quinze longues minutes en tête à tête avec ce cruel énergumène (ce monstre, pour parler plus simplement) avant que la Mort n'amène à son tour les deux siens, à savoir le Prince et l'Œil. Cela dit, mieux valait pour l'instant ne pas trop penser à ce qui se produirait alors, quand ils seraient là.

Cependant, Senka eut beau lambiner et traîner des pieds, il finit malgré tout par déboucher dans l'espèce d'entonnoir dallé de pierre blanche qui, trois pas plus loin, donnait dans la chambre secrète.

— Hou, hou ! fit Skorik en montrant les deux tas de barres empilées.

Le Vampire l'écarta brutalement pour se ruer à l'intérieur du local. Il courut ici et là, levant haut sa lampe. Des ombres se mirent à danser sur les murs et le plafond voûté. Puis, devant la porte obstruée par un amoncellement de débris de briques et de pierres, il s'arrêta.

— C'est par là, c'est ça ?

Senka restait blotti près de l'entrée. Une idée lui traversa l'esprit : et s'il détalait en vitesse ? Mais à quoi bon ? Il ne ferait que se heurter au Prince, qui, sans doute, venait déjà de s'engager dans le boyau conduisant à la chambre.

— Alors, il est où, ce trésor ? demanda le monstre en s'approchant de Skorik. Hein ? Le trésor, tu comprends ? L'argent, il est où ?

— Bouh, bouh ! répondit le petit Motia en secouant la tête et en agitant les mains.

Pour gagner du temps, il se lança dans un long discours en langage psychopathe :

— Ouh lou lou, gaga kraps, ardibourdou goulioumba, sourduk dourduk oho ! Achmili boundougou ? Karmanda ! Sikos vikos chimpopo, douroubourou hop là là !

Le Vampire écouta, écouta, puis saisit l'imbécile par les épaules pour le secouer comme un prunier.

— Où est l'argent ? hurla-t-il. Il n'y a ici que des gravats et de la ferraille ! Vous vous êtes foutus de moi, hein ? Je vais t'écorcher vif !

La tête de Senka ballottait d'avant en arrière. Il se sentait au plus mal. Jamais il n'aurait pensé qu'il attendrait un jour le Prince avec autant d'impatience. Où étaient-ils donc, ceux-là, ils ne s'étaient tout de même pas endormis dans le passage souterrain !

Ou bien devrait-il révéler au Vampire le secret des barres de métal ? Eraste Pétrovitch avait dit : « Si ça sent trop fort le roussi, le petit Motia peut recouvrer l'usage de la parole. » Or ce n'était plus le roussi que ça sentait, mais carrément le brûlé. Au point d'en voir trente-six chandelles !

Senka ouvrit la bouche pour parler, sans plus jouer l'idiot, cette fois-ci, de manière intelligible, mais juste à cet instant le Vampire, soudain, arrêta de le secouer : il sursauta et tendit l'oreille. N'avait-il pas entendu quelque chose ?

Au bout de quelques secondes, Skorik discerna lui aussi comme un bruit de pas, de voix.

Le « trayeur » flanqua un coup de pied dans la lampe posée par terre. Celle-ci se renversa et s'éteignit, laissant la place à d'épaisses ténèbres.

Pas pour longtemps cependant.

— ... tu continues à te taire ? fit une voix assourdie, provenant de l'étroit passage.

Et, l'instant d'après, un mince faisceau de lumière jaillissait de l'ombre et s'en allait fureter sur la voûte et les parois en dansotant, sans toutefois accrocher pour le moment ni le Vampire ni Senka, qui se gardaient bien de bouger.

Trois individus entrèrent. Le premier, vêtu d'un long surtout, tenait à la main une lanterne électrique. Le second se révélait être une femme. La voix était celle du troisième et dernier à pénétrer dans la chambre.

— Très bien, reste muette, disait le Prince d'un ton amer. Tu m'as échangé pour ce basané et tu ne dis rien ? Tu n'es pas la Mort, tu n'es qu'une fieffée catin !...

Une allumette craqua : le premier à être entré venait d'allumer une lampe à pétrole.

La lumière se fit dans la pièce.

— Holà ! s'exclama tout bas le valet. (Il posa rapidement la lampe par terre, éteignit sa lanterne et la fourra dans sa poche.) Quelle surprise !

— Le Vampire ! s'écria le Prince. Toi ? !

Mais le « trayeur » ne leur répondit rien. Il se contenta de murmurer à l'oreille de Senka :

— Ah ! vous êtes rusés, foutus youtres ! Dis adieu à la vie, petit-fils de pute.

Mais le Prince dut penser lui aussi avoir été attiré dans un piège. Il se tourna vers la Mort et lui lança :

— Tu m'as vendu à cette pourriture, salope ?

Il leva alors la main sur elle, et Senka vit qu'il serrait les doigts sur un coup-de-poing américain ! La Mort, pourtant, ne trahit aucune frayeur, n'eut pas un mouvement de recul, elle sourit simplement, alors que Skorik poussait un hurlement de terreur. Pas mal, l'opération ! Ils allaient les zigouiller tous les deux, et voilà tout !

— Attends un peu, le Prince, dit l'Œil en regardant autour de lui. Ce n'est pas un piège. Il est tout seul ici, le gosse ne compte pas.

Le valet parcourut la cave d'un pas élastique, marmonnant très vite :

— Quelque chose cloche, quelque chose cloche. Et pas la moindre trace d'argent...

Il se tourna tout à coup vers le trayeur :

— Monsieur le Vampire, vous n'êtes pas ici à cause de nous, n'est-ce pas ? Autrement vous ne seriez pas venu seul, pas vrai ?

— Ça va de soi, répondit l'autre, sur ses gardes.

Il lâcha Skorik et fourra ses deux mains dans ses poches. Oh, maman ! Il allait tirer sans même sortir son arme de son froc !

— Et à cause de quoi alors ? demanda l'Œil. Ne serait-il pas question d'un certain trésor ?

Le Vampire ne quittait pas ses ennemis des yeux, son regard passant constamment de l'un à l'autre.

— Peut-être.

— « Peut-être » ? Donc oui. Et qui a balancé l'information ? (Le valet s'arrêta pour adresser un signe au Prince, manière de lui dire : attends, ne fais rien.) Ne serait-ce pas par hasard un Caucasien du nom de Kazbek ?

— Non, répondit le Vampire en fronçant ses maigres sourcils. C'est un vieux guinal qui m'a rencardé. Et qui m'a fourni un guide, ce juifaillon que vous voyez là.

L'Œil claqua des doigts, puis s'essuya le front.

— Bien, bien, bien... Que signifie ce pataquès ? Un abîme s'est ouvert, tout empli d'étoiles[1]...

— Qu'est-ce t'as inventé ? s'écria le Prince, s'en prenant brutalement à la Mort. (Il avait cependant abaissé sa main armée.) Pourquoi tu nous as conduits ici ?

— Attends, ne te mets pas en rogne, lui dit son valet, l'arrêtant à nouveau. Elle ne dira rien.

De la tête, il désigna Senka.

— Sondons plutôt le marchand de Christ.

Celui-ci rentra la tête dans les épaules. Devait-il déjà crier la vérité à propos du trésor ou bien temporiser encore ?

Le Vampire haussa le menton.

— C'est un crétin, il ne sait que grogner. Et quand il se met à remuer la langue, on entrave que dalle.

— Je n'ai pas l'impression qu'il soit totalement crétin.

L'Œil, sans hâte, s'approcha de Senka.

— Allons, beau gentilhomme de Jérusalem, parle-moi donc un peu, et je t'écouterai.

Senka, sachant ce dont le fou était capable, recula vivement. Le valet alors éclata de rire :

— De ce pas si pressé, où vas-tu jeune juive[2] ?

Et en effet, il n'avait nul moyen de s'échapper. Il n'avait pas fait trois pas que son dos rencontrait le mur.

L'Œil sortit sa lanterne de poche, braqua le faisceau de lumière sur son visage, et de nouveau s'esclaffa.

— Voilà des cheveux qui m'ont tout l'air d'être faux.

---

1. Cette phrase tirée d'un poème célèbre de Lomonossov (*Méditation vespérale sur la majesté de Dieu à l'occasion d'une grande aurore boréale* – 1743) est passée en proverbe. (*N.d.T.*)

2. Premier vers d'un poème de jeunesse de Lermontov, *Ballade* (1832). (*N.d.T.*)

Et il tira d'un coup sec sur la perruque de Senka, de sorte que la tignasse rousse bascula sur son crâne en même temps que la calotte.

— Prince, regarde donc un peu qui nous avons là. O, combien de folles découvertes[1]...

— Ah, salope ! brailla le Prince. Alors c'est toi qui as tout monté avec ton morveux de farfadet ! Eh bien, Skorik, petite vermine, c'est terminé pour toi !

Là, maintenant, c'est le moment, pensa Senka. Si j'attends que ça sente davantage le brûlé, il ne restera de moi que des cendres.

— Ne me tuez pas ! cria-t-il de toutes ses forces. Sans moi, vous ne pourrez jamais trouver le trésor !

Le valet pesa sur les épaules du Prince.

— Arrête, on a bien le temps !

Mais, à la place du Prince, ce fut le Vampire qui tomba sur Senka.

— Alors comme ça, t'étais déguisé ? !

Et de lui balancer dans le même temps un coup de poing sur l'oreille. Par bonheur, placée de travers, sa perruque amortit le choc, autrement Skorik eût rendu l'âme. Il s'en trouva néanmoins projeté à plusieurs pas, et avant qu'on ne le frappe de nouveau, il montra le tas de ferraille le plus proche :

— Mais il est là, le trésor, regardez !

Le Vampire regarda dans la direction qu'indiquait son doigt. Il prit une des barres, la tourna et retourna entre ses mains. L'Œil s'approcha à son tour, ramassa également une tige de métal et la gratta avec un couteau. Il y eut un reflet blanc, mat, et le Vampire brailla :

1. Vers tiré d'un célébrissime quatrain de Pouchkine, passé en locution dans le langage courant. (*N.d.T.*)

— De l'argent ! Putain de moi, de l'argent !

Il sortit lui aussi une lame, gratta une barre, une deuxième, une troisième...

— Mais il y en a des tonnes !

Le Prince et l'Œil, oubliant Senka, s'affairaient de leur côté, dans un grand vacarme.

Skorik, progressant très lentement, le dos collé à la paroi, se rapprocha de la Mort et lui murmura :

— Filons d'ici !

Elle, dans un même murmure :

— Pas question.

— Qu'est-ce que tu dis ? Dès qu'ils auront repris leurs esprits, ils vont me faire la peau !

Mais la Mort ne voulut pas en démordre :

— Eraste Pétrovitch n'a pas parlé de ça.

Senka aurait pu la laisser là, dès lors qu'elle était si entêtée, mais il hésita. Peut-être l'aurait-il abandonnée à son sort malgré tout (même si c'est peu probable), mais à cet instant, survenant à point nommé, apparut M. Nameless.

Il avait dû se faufiler par l'ouverture sur la pointe des pieds, car on n'avait entendu aucun bruit de pas.

Trois hommes entrèrent rapidement dans la chambre, sans mot ni geste superflu, l'un après l'autre : Eraste Pétrovitch, le commissaire Solntsev et le Gabelou. L'ingénieur tenait une lanterne (qu'il éteignit d'ailleurs aussitôt, le local étant déjà suffisamment éclairé) ; le commissaire avait un revolver dans chaque main, tandis que le Gabelou brandissait simplement ses énormes poings en avant.

— Les mains en l'air, lança crânement Solntsev, ou je vous abats sur place !

M. Nameless se campa à gauche, le sergent de ville à sa droite.

Les deux caïds et le trayeur se figèrent. Le Vampire fut le premier à lâcher la barre d'argent qu'il examinait. Il se retourna lentement et obtempéra. Le Prince et l'Œil l'imitèrent.

— En voilà, des garçons bien sages ! s'exclama gaiement le colonel. Vous êtes tous là, mes chéris, mes jolis, prunelles de mes yeux ! Et vous, mademoiselle ! Quelle surprise ! Je vous avais pourtant recommandé de vous montrer plus tatillonne quant au choix de vos fréquentations. A présent ne vous en prenez qu'à vous !

Il adressa un bref coup d'œil à Eraste Pétrovitch et au Gabelou.

— Sortez donc vos revolvers, qu'est-ce que vous attendez ? Ce petit monde-là est remuant, on peut s'attendre à tout.

— Je ne porte pas d'arme à feu aujourd'hui, répondit tranquillement l'ingénieur. Il n'en sera pas b-besoin.

Quant au Gabelou, il rugit :

— Et moi, je n'en ai pas l'usage. S'il le faut, je les étends raides d'un coup de poing.

Le commissaire n'est finalement pas un imbécile, pensa Senka. Il a bien su quel lieutenant prendre avec lui.

— Mademoiselle, et toi, Senia, venez derrière moi, dit Eraste Pétrovitch d'une voix qui ne souffrait pas d'objection.

Skorik, à dire vrai, n'eut même pas l'idée de protester : dans l'instant il courut à la place qu'on lui désignait et se posta juste à l'entrée. Même la Mort, ordinairement si rétive, n'osa pas discuter et vint rejoindre Senka.

— Innokenti Romanovitch, permettez-moi de prononcer un petit discours, dit alors M. Nameless. Je dois expliquer aux personnes p-présentes le vrai sens de cette réunion.

— Le vrai sens ? s'étonna Solntsev. Mais il est évident : arrêter ces canailles. L'unique détail que j'aimerais connaître, c'est comment vous avez réussi à les attirer ici. Et aussi ce qu'est cette pittoresque figure.

Ces derniers mots concernaient Senka, qui, à tout hasard, recula dans l'antichambre.

— C'est mon assistant, expliqua Eraste Pétrovitch. Mais mon discours ne portera pas sur lui.

Il s'éclaircit la gorge, et parla plus fort pour être bien entendu de tous.

— Messieurs, je dispose de t-très peu de temps. Je vous ai donc rassemblés ici pour tout conclure d'un seul coup. Demain, ou plutôt tout à l'heure, j'aurai quitté le territoire de la ville, aussi dois-je avoir réglé cette nuit toutes mes affaires moscovites.

Le commissaire l'interrompit d'un air inquiet :

— Vous partez ? Mais, en chemin, vous me parliez d'exterminer ensemble toute cette vermine, et des horizons que pareil exploit m'ouvrirait dans le cadre du service...

— Il existe pour moi des choses plus intéressantes que votre carrière, coupa l'ingénieur d'un ton sec. Le sport, par exemple.

— Quel sport, nom de Dieu ?

Le colonel était si estomaqué qu'il quitta les trois malfrats des yeux pour regarder son voisin. L'Œil glissa aussitôt la main dans sa manche, mais le Gabelou, en deux enjambées, fut sur lui, levant son poing de la taille d'une enclume :

— Je t'assomme ! ! !

Le valet s'empressa d'exposer devant lui ses deux paumes ouvertes.

— Interrompez-moi encore une fois, et je vous confisque vos deux colts ! lança M. Nameless au commissaire, d'une voix courroucée. Entre vos mains, de toute façon, ils ne servent pas à grand-chose !

N'osant pas tourner à nouveau la tête vers lui, Solntsev se contenta d'opiner du chef : très bien, très bien, je me tais.

Ayant de la sorte montré à tous qui était le coq dans la basse-cour (c'est du moins ainsi que Senka interpréta l'attitude de l'ingénieur), Eraste Pétrovitch reprit la parole en s'adressant cette fois aux prisonniers :

— Ainsi, m-messieurs, j'ai décidé de tous vous rassembler ici pour deux raisons. La première est que vous étiez tous suspects dans l'affaire des meurtres de la Khitrovka. Je sais à présent qui est le coupable, mais je vais néanmoins vous expliquer brièvement ce qui m'a conduit à soupçonner chacun d'entre vous. Le Prince connaissait l'existence du trésor. Et d'un. Il était à sa recherche. Et de deux. Qui plus est, au cours des derniers mois, le simple « casseur » qu'il était semblait bien s'être changé en impitoyable assassin. Et de trois. Vous, monsieur l'Œil, étiez également informé de la découverte d'un trésor. Et d'un. Vous êtes d'une brutalité proprement monstrueuse. Et de deux. Enfin, vous menez double jeu dans le dos de votre protecteur : vous le tenez pour quantité négligeable, vous volez à sa table et vous d-dormez dans son lit. Et de trois.

— Quoi ? ! hurla le Prince en se tournant vers son second. Qu'est-ce que c'est que cette histoire de lit ?

Le valet esquissa juste un sourire, mais tel que Senka en eut la chair de poule.

M. Nameless, cependant, s'adressait déjà au Vampire :

— Quant à vous, monsieur le trayeur, le formidable essor de la carrière du Prince ne vous laissait pas de repos. Comme tout charognard, toujours prêt à dérober la proie de son voisin, vous cherchiez constamment à dépouiller votre chanceux rival de son butin, de sa gloire de voleur, de sa femme. Et d'un. Vous ne reculez pas non plus devant le meurtre, mais n'y recourez qu'en toute d-dernière extrémité, et seulement après avoir pris toutes les mesures de précaution nécessaires. Tout comme le Chercheur-de-trésor de la Khitrovka, qui se distingue par une circonspection maniaque. Et de deux...

— Sa femme ? coupa le Prince, qui avait écouté ce réquisitoire avec une intense attention. Quelle femme ? La Mort, de quoi parle-t-il ? Quoi, le Vampire aussi a posé ses pattes sur toi ?

Senka jeta un coup d'œil à la Mort et vit qu'elle était pâle comme la mort (non, mieux vaudrait dire « comme neige » ou « comme un linge », autrement on n'y comprend plus rien). Elle sourit cependant.

— Lui aussi, oui, et ton copain l'Œil. Vous vous valez tous, de toute manière, bande d'araignées que vous êtes.

Sans abaisser les mains, le Prince se détendit et frappa son valet à la tempe, mais celui-ci, visiblement, se tenait sur ses gardes : il recula lestement d'un bond et tira un couteau de sa manche, tandis que le Vampire, de son côté, glissait la main dans sa poche.

— Halte ! hurla le commissaire. Je vous abats sur place. Tous les trois !

Les trois hommes s'immobilisèrent, chacun fusillant l'autre du regard. L'Œil, cependant, ne rangea pas son arme, le Vampire ne sortit pas sa main de sa poche, et quant au Prince, on vit scintiller à ses doigts les anneaux d'acier de son coup-de-poing américain.

— Rangez immédiatement ces armes, ordonna l'ingénieur. Cela vous concerne aussi, Innokenti Romanovitch. En outre, nous ne jouons pas ici au chat et à la souris, ni aux gendarmes et aux voleurs, mais à un tout autre jeu, dans lequel tout le monde est à égalité.

— Que voulez-vous dire ? demanda le colonel, interloqué.

— Ceci : vous aussi, vous figuriez pour moi sur la liste des suspects. Vous voulez en savoir les raisons ? Bien volontiers. Vous êtes aussi impitoyable et cruel que nos autres inv-vités. Pour satisfaire votre ambition, vous ne reculez devant aucune bassesse, y compris le meurtre. En témoignent vos états de service, que je connais fort bien. Que tout Moscou ne parle plus que de l'apparition dans la Khitrovka d'un nouveau Jack l'Eventreur est pour vous pain bénit. C'est du reste pourquoi vous vous montrez si empressé à recevoir les journalistes. Fabriquer d'abord un épouvantail capable de semer l'inquiétude dans la population, puis vaincre héroïquement la créature que vous avez vous-même fait naître, voilà votre méthode. Vous n'avez pas procédé autrement l'an passé avec les fameux « cambrioleurs de Khamovniki » : c'est vous qui dirigiez cette bande, par homme de main interposé.

— Foutaises ! Inventions ! s'écria le commissaire. Vous n'avez aucune preuve ! Vous n'étiez même pas à Moscou à cette époque !

— Non, mais n'oubliez pas que j'ai gardé dans cette ville un grand nombre de v-vieux amis, y compris dans la police. Or tous ne sont pas aussi aveugles que vos supérieurs hiérarchiques. Cela dit, cette histoire n'a aucun rapport avec notre affaire. Je voulais seulement dire qu'une provocation à l'issue sanglante n'aurait pas été pour vous une nouveauté. Vous êtes d'un naturel froid et calculateur. C'est pourquoi je ne crois pas un instant à votre passion africaine pour l'élue du Prince : cette dame ne vous était utile qu'à titre de source d'information.

— Comment, celui-ci aussi ? gémit le Prince avec un tel air de souffrance que Senka eut presque pitié de lui. Tu es la dernière des catins ! Tu les as tous accueillis sous tes jupes, même cette ordure de flic, ça ne t'a pas dégoûtée !

Mais la Mort, pour toute réponse, éclata de rire – d'un rire pareil à un bruissement, presque inaudible.

— Mademoiselle, dit Eraste Pétrovitch en lui adressant un bref regard, je réclame que vous vous retiriez sur-le-champ. Senia, emmène-la !

Le rusé ingénieur avait choisi le moment idéal : il les avait si bien embobinés par son discours que les autres ne se souciaient plus guère de la Mort et encore moins d'un Senka.

Celui-ci ne se le fit pas dire deux fois. Il prit la Mort par la main et l'entraîna dans le couloir. Il était bien clair que la confrontation organisée par M. Nameless allait tourner mal. Il aurait été curieux, bien sûr, d'assister au spectacle jusqu'à la fin, mais du haut du troisième balcon, avec des jumelles. Se trouver sur la scène au moment où tout le monde se mettrait à buter tout le monde, merci beaucoup, une autre fois. Le jour où les poules auraient des dents, par exemple.

La Mort avança de deux pas, pas plus, puis refusa d'aller plus loin, pas moyen de la faire bouger. Quand Senka tenta de la saisir par la taille, elle lui flanqua en outre un coup de coude au creux de l'estomac, très douloureux.

Skorik porta les mains à son ventre, bouche ouverte, cherchant à happer un peu d'air, or à ce moment lui-même était en train de regarder par-dessus l'épaule de la Mort, ne faisait que tendre le cou. Sa curiosité malgré tout l'emportait. Il vit le commissaire reculer vers le mur et pointer l'un de ses revolvers sur Eraste Pétrovitch, tandis que, de l'autre, il continuait à tenir en respect les trois truands.

— Alors il s'agit d'un piège ? ! s'exclama-t-il en tournant la tête d'un côté à l'autre, encore plus vivement que Senka. Vous vous êtes trompé de gibier, Fandorine ! J'ai six balles dans chaque barillet, j'en ai assez pour tout le monde ! Gabrilov, à moi !

Le sergent de ville se rapprocha de son chef et se campa derrière lui, les yeux brillant d'une lueur terrible par-dessous ses sourcils grisonnants.

— Il ne s'agit pas d'un piège, Innokenti Romanovitch, mais bel et bien de deux, expliqua calmement M. Nameless, qu'encore une fois on venait de qualifier de ce nom étrange que Senka ignorait. Je vous ai dit que je voulais régler cette nuit toutes mes affaires moscovites en même temps. Si je vous ai exposé mes soupçons, c'est uniquement pour que vous ayez une vue complète du tableau. L'assassin se trouve ici et subira le châtiment qu'il mérite. Quant aux autres, je les ai conviés à ce rendez-vous dans un autre but : celui d'éviter à une dame de dangereuses fréquentations et certains égarements plus funestes encore. Il s'agit d'une femme tout à fait exceptionnelle, messieurs. Elle a beaucoup souffert et vaut qu'on lui témoigne de l'indulgence. Elle m'a soufflé, à propos, un excellent titre pour la présente opération, en vous traitant d'araignées. La m-métaphore est parfaitement juste. Vous êtes bien des araignées ;

cela dit quatre d'entre vous appartiennent à l'espèce des araignées communes, alors que le cinquième est une vraie et authentique tarentule. Aussi, bienvenue à l'opération « Araignées au coffre ». Si l'on se rappelle que nous nous trouvons ici dans une sorte de dépôt de lingots d'argent, cela donne un c-calembour.

Ici, l'ingénieur fit une pause, comme pour laisser le temps aux autres d'apprécier le jeu de mots.

— Un cinquième ? dit Solntsev en clignant des yeux. (Il regarda tour à tour le Vampire, le Prince et l'Œil.) Où voyez-vous un cinquième ?

— Là, derrière vous.

Le commissaire se retourna, effrayé, et fixa le Gabelou, qui, lui-même, observait son chef du haut de sa taille immense.

— L'agent Gabrilov est en effet mon principal invité d'aujourd'hui, déclara Eraste Pétrovitch. Un spécimen d'araignée fort rare par ses dimensions.

Le Gabelou poussa un aboiement, si tonitruant que de la poussière tomba du plafond :

— Eh quoi, Votre Haute Noblesse, vous déraillez ? ! Jamais je ne...

— Non, Gabrilov, coupa sèchement l'ingénieur. (Il ne paraissait pas avoir élevé beaucoup la voix, et cependant l'autre se tut sur-le-champ.) C'est vous qui avez déraillé, vous qui avez perdu l'esprit à l'approche de vos vieux jours. Toutefois nous reviendrons plus tard sur la cause de votre folie. Tenons-nous-en pour l'instant à l'essentiel. Vous étiez depuis le début mon principal suspect, en dépit de toutes les précautions dont vous vous entouriez. Je vais vous expliquer pourquoi. La série de monstrueux assassinats qui a ensanglanté la Khitrovka a débuté il y a deux mois. On a tué et dépouillé un fêtard pris de boisson, puis un reporter qui s'apprêtait à écrire un article sur les taudis. Rien que de très banal pour le quartier, s'il n'était un détail : les victimes avaient les yeux crevés. Puis le meurtrier a crevé les yeux exactement de la même manière à tous les membres de la famille Sinioukhine. Deux faits sont ici à relever. Premièrement : il est impossible d'imaginer que des crimes pareils, sortant autant de l'ordinaire, aient pu être commis sur votre territoire sans que vous parveniez à savoir qui en était l'auteur. C'est vous, pourtant, le véritable patron de la Khitrovka ! Les commissaires arrivent et repartent, les chefs du monde de la pègre se succèdent, mais le Gabelou, lui, est éternel. Il a partout des yeux et des oreilles, et partout ses entrées, il connaît aussi bien les secrets de la police que ceux de la « Société ». De nouveaux crimes semblables avaient lieu, et l'omniprésent Gabelou ne savait toujours rien de rien, ne possédait pas le moindre début d'information. J'en ai déduit pour ma part que vous étiez lié au mystérieux Chercheur-de-trésor, et que par conséquent vous étiez son complice. Mes soupçons se sont trouvés renforcés par le fait que les victimes de tous les meurtres suivants n'avaient plus les yeux crevés. Je me rappelle que c'est moi qui vous ai dit que la théorie selon laquelle les dernières images vues avant de mourir restaient imprimées sur la rétine du cadavre n'avait reçu aucune confirmation scientifique... Et cependant je n'avais pas la certitude que vous fussiez vous-même le meurtrier et non un simple acolyte. Jusqu'à avant-hier, où dans une cave de la pension Erochenko, vous avez supprimé un adolescent, un de vos informateurs. C'est alors que j'ai définitivement exclu de la liste des suspects toutes les autres araignées et me suis concentré sur vous...

— Et comment, j'aimerais bien le savoir, me suis-je trahi ? demanda le Gabelou en dévisageant l'ingénieur avec curiosité.

Senka ne décelait nulle trace de peur ni même d'inquiétude sur le visage du policier. Mais il dut à nouveau tendre le cou, en direction du commissaire cette fois-ci.

— Quoi, Gabrilov, ainsi tu avoues ? ! s'écria le colonel, horrifié. Mais il n'a encore apporté aucune preuve solide !

— Il va en apporter, rétorqua le Gabelou d'un air résigné et placide, les yeux toujours rivés sur l'ingénieur. Avec lui, pas moyen de s'en tirer. Quant à toi, ferme-la, Ta Haute Noblesse, tu as le dernier numéro à présent.

Solntsev ne sut qu'ouvrir la bouche toute grande, sans pouvoir articuler un son. C'était ce qu'on appelait dans les livres « perdre l'usage de la parole ».

— Vous voulez savoir comment vous vous êtes trahi ? répéta Eraste Pétrovitch, à qui les propos du sergent de ville avaient arraché un sourire. Mais très simplement. Dévisser le cou d'un homme à cent quatre-vingts degrés, et en l'espace d'une seconde, pour qu'il n'ait pas le temps de crier, cela n'est possible que d'une seule manière : en empoignant la personne d'une main par le sommet du crâne et en tournant d'un coup sec, pour briser les vertèbres et déchirer les muscles. Cela exige une force proprement phénoménale, que parmi tous les suspects vous êtes seul à posséder, Gabrilov. Ni le Prince, ni l'Œil, ni monsieur le colonel n'auraient pour cela une puissance musculaire suffisante. Les individus capables d'un tel exploit se comptent sur les doigts de la main. Voilà tout le mystère. L'affaire des meurtres de la Khitrovka n'est d'ailleurs pas des plus compliquées. Si je n'avais été en même temps occupé par une autre enquête, je serais remonté jusqu'à vous beaucoup plus tôt...

— Il n'est si bon cheval qui ne bronche, dit le Gabelou en écartant les bras d'un geste fataliste. Je croyais avoir pris toutes mes précautions, mais je n'ai pas fait gaffe à ça. J'aurais dû plutôt lui briser le crâne, à Prokha.

— Peut-être, en effet, concéda M. Nameless. Seulement cela ne vous aurait pas empêché de participer à l'opération « Araignées au coffre ». Et, par conséquent, l'issue eût été la même.

Mais quelle issue ? se demandait en vain Senka, regardant toujours par-dessus l'épaule de la Mort. Que se passerait-il quand les conversations prendraient fin ? Les caïds étaient déjà en train de baisser discrètement les bras, et les lèvres du commissaire tremblaient. Qu'il ait l'idée d'arroser tout le monde avec ses revolvers, et l'issue serait vite réglée.

Mais l'ingénieur et le policier continuaient de bavarder comme s'ils étaient dans un salon de thé devant un samovar.

— Je peux tout comprendre, disait Eraste Pétrovitch. Vous ne vouliez laisser aucun témoin, vous n'avez donc épargné personne, même pas un gosse de trois ans. Mais le perroquet et le chien, que vous avaient-ils donc fait ? Ce n'est plus de la prudence, c'est de la folie pure.

— Ne dites pas cela, Votre Haute Noblesse. (Le Gabelou lissa ses longues moustaches pendantes.) Cet oiseau-là, il était savant. Quand je suis entré, l'Arménien m'a dit : « Bonjour, monsieur le sergent de ville. » Et le perroquet aussitôt : « Bonjourrrr, monsieur le serrrgent de ville ! » Eh bien, et s'il l'avait répété devant les enquêteurs ? Quant au caniche qui logeait chez la mamzelle, il avait un flair terrible. J'avais lu dans le

Bulletin de la police qu'un chien comme ça s'en était pris à l'assassin de son maître, et qu'il avait ainsi éveillé les soupçons sur lui. On peut apprendre des trucs utiles en lisant les journaux. La seule chose qu'on n'y apprend pas, soupira-t-il d'un air désolé, c'est qu'on peut à soixante ans avoir envie de rajeunir...

— Vous voulez parler du d-démon de midi ? dit Eraste Pétrovitch avec un hochement de tête compréhensif. C'est vrai, les journaux en parlent peu. Vous auriez dû, Gabrilov, lire de la poésie ou aller à l'Opéra : « Tous les âges sont esclaves de l'amour », etc. Je vous ai entendu parler à Mlle la Mort d'un « homme solide et très riche ». C'est à vous que vous faisiez allusion ? En vingt années de règne sur la Khitrovka, vous deviez avoir épargné une belle somme, suffisante pour vos vieux jours. Pour vos vieux jours, oui, mais pour la Reine des Cygnes, sûrement pas. En tout cas, c'est ainsi que vous avez raisonné. Et l'impuissance où vous étiez vous a rendu fou furieux, vous a fait rêver d'atteindre à une immense fortune. Vous avez commencé à tuer pour obtenir de l'argent, ce que vous ne vous étiez encore jamais permis, et quand vous avez entendu parler d'un trésor souterrain, vous avez totalement perdu l'esprit.

— Tel est l'amour, Votre Haute Noblesse, soupira le Gabelou. Il ne demande l'avis de personne. Des uns, il fait des anges, des autres des démons. Et moi, j'aurais voulu être changé en Satan lui-même, pourvu qu'elle soit à moi...

— Misérable ! explosa le commissaire. Brute sans vergogne ! Et ça parle d'amour, encore ! Dans mon dos, de pareils crimes ! Tu iras au bagne !

Le Gabelou lui répartit d'un ton sévère :

— Ferme-la, minable. Tu n'as donc pas encore compris à quoi Sa Haute Noblesse incline ?

Le colonel s'étrangla :

— Mi... ? !

Mais il n'acheva pas, soudain désarçonné.

— Incline ? Comment ça, « incline » ?

— Eraste Pétrovitch en pince lui aussi pour la Mort, et pas qu'un peu, lui expliqua le Gabelou comme s'il s'adressait à un petit enfant. Et il a décidé qu'un seul homme ressortirait vivant de ce trou, à savoir lui. Sa Haute Noblesse a pris la bonne décision, parce qu'elle est intelligente. Je suis d'accord avec elle. Cinq d'entre nous resteront ici étendus sur le carreau, et un seul ressortira à l'air libre, riche d'une immense fortune. Et c'est à lui que la Mort reviendra. Seulement, qui sera cet homme, c'est encore à voir.

Senka écoutait et pensait : mais c'est qu'il a raison, le salopard, il a raison ! Si M. Nameless a rassemblé ici tous ces monstres, c'est bien pour en débarrasser notre bonne vieille Terre. Ainsi que certaine personne qui n'avait nul besoin d'entendre tout ça et dont la poitrine se soulevait, comme prête à éclater.

Il secoua la Mort par l'épaule : allons, viens, éloignons-nous du péché.

Et là tout s'accéléra, il n'eut même pas le temps de crier.

Comme il prononçait les mots : « c'est encore à voir », le Gabelou frappa le commissaire d'un coup de poing sur chaque poignet, et les revolvers tombèrent sur le sol dallé.

Au même instant, l'Œil tira de sa manche un couteau, le Vampire et le Prince dégainèrent leurs armes, tandis que le sergent se baissait pour ramasser l'un des revolvers que Solntsev avait laissé échapper, et en pointer le canon sur Eraste Pétrovitch.

COMMENT SENKA TENDIT LE COU (suite)

Senka ferma très fort les yeux et se boucha les oreilles pour ne pas être assourdi par l'inévitable vacarme des détonations. Il attendit ainsi cinq ou six secondes, mais la fusillade ne vint pas. Alors il rouvrit les paupières.

Il découvrit un tableau qu'on eût dit tiré du conte du royaume ensorcelé dont tous les habitants s'étaient soudainement endormis, chacun figé à la place où il était.

Le Prince braquait son revolver sur l'Œil, qui, lui-même, levait d'un air menaçant sa main prête à lancer un couteau ; le commissaire avait réussi à ramasser un de ses colts et visait le Vampire, lequel en retour pointait son arme sur lui ; le Gabelou tenait M. Nameless en joue, et seul ce dernier était désarmé : il se tenait debout, immobile, bras croisés, sans trahir la moindre émotion. Personne ne bougeait, de sorte que l'assemblée évoquait tout autant un royaume ensorcelé qu'une mise en scène de carte postale.

— Quelle idée avez-vous eue, Votre Haute Noblesse, de vous rendre à un si sérieux rendez-vous sans arme ? dit le Gabelou en secouant la tête, comme s'il compatissait au sort de l'ingénieur. Vous êtes bien orgueilleux. Or il est dit dans l'Ecriture : « Que les orgueilleux soient couverts de honte ! » Qu'allez-vous faire maintenant ?

— Orgueilleux peut-être, mais pas sot, et cela, Gabrilov, vous devriez le savoir. Si je suis venu sans arme, c'est qu'il y a une raison. (Eraste Pétrovitch éleva la voix.) Messieurs, cessez de vous faire peur les uns aux autres ! L'opération « Araignées au coffre » se déroule conformément au plan et entre dans sa phase conclusive. Mais, d'abord, une explication nécessaire. Comprenez-vous que vous êtes les membres d'une sorte de club ? D'un club qu'il conviendrait d'appeler les « Amants de la Mort ». Vous ne vous êtes jamais demandé pourquoi la plus belle, la plus étonnante des femmes témoignait de l'inclination pour vos... disons d-douteuses personnes, pour s'exprimer avec tact ?

A ces mots, le Prince, le Vampire, l'Œil et même le colonel se tournèrent vers lui, et la Mort tressaillit.

M. Nameless hocha la tête d'un air satisfait.

— Je vois que vous vous êtes posé la question. Vous aviez tout à fait raison, Gabrilov, de déclarer que si, seul d'entre tous, vous parveniez à sortir d'ici vivant, la Mort vous reviendrait. Sans aucun doute, c'est bien ce qui se passerait. Elle vous inviterait elle-même à venir dans ses bras, parce qu'elle reconnaîtrait en vous un véritable scélérat. Or, messieurs, chacun à votre manière, vous êtes tous des monstres. Ne prenez pas ce terme pour une insulte, il s'agit de la simple constatation d'un fait. La pauvre demoiselle que vous connaissez si bien, après tous les malheurs qu'elle a subis, a imaginé que ses caresses étaient en effet mortelles pour les hommes. C'est pourquoi elle repousse tous ceux qui, à son avis, ne méritent pas la mort, et n'accueille auprès d'elle que les plus infâmes individus, dont l'haleine fétide empoisonne l'atmosphère de ce monde. Mlle la Mort a conçu le projet d'user de son corps pour réduire la puissance du mal sur la terre. Absurde et t-tragique entreprise. Jamais elle ne viendra à bout de tout le mal qui règne ici-bas, et il ne valait pas la peine de se souiller pour quelques araignées. Je lui rendrai volontiers ce petit service. Ou plutôt, c'est vous qui allez vous entre-dévorer.

A cet instant, la Mort murmura quelques mots. Senka dressa l'oreille, mais n'en distingua rien. Ou peut-être juste un seul : « avant ». Mais avant quoi ?

Voilà, en tout cas, pourquoi elle avait flanqué Eraste Pétrovitch à la porte ! Elle avait eu peur qu'il ne perde la vie à cause de son amour.

Et moi aussi, d'ailleurs, si elle m'a jeté dehors, ce n'est pas parce qu'elle me trouvait trop morveux, mais par charité, se dit Skorik en redressant le torse.

M. Nameless avait eu là une fameuse idée, il n'y avait pas à dire : toutes les exterminer d'un coup, ces vermines. Seulement, comment allait-il faire pour en venir à bout, seul, sans arme ?

Comme s'il avait entendu la question que se posait Senka, l'ingénieur déclara :

— Messieurs les araignées, rangez donc vos b-bombardes. Je suis venu ici sans arme à feu parce qu'il est de toute manière impossible de tirer dans ce souterrain. J'ai eu le temps d'examiner soigneusement les voûtes, elles menacent ruine et ne tiennent encore que par pur caprice. Il suffirait non pas même d'un coup de feu, mais d'un simple cri trop puissant, pour que la T-trinité tout entière s'effondre sur nous.

— Quelle Trinité encore ? demanda Solntsev, nerveux.

— Pas celle du Père, du Fils et du Saint-Esprit, répondit Eraste Pétrovitch avec un sourire, mais l'église de la Trinité qui se trouve dans le quartier des Orfèvres. Nous nous trouvons exactement sous ses fondations, je l'ai vérifié sur le plan historique de Moscou. Autrefois s'élevaient ici les bâtiments de l'Hôtel de la Monnaie.

— Des salades, dit le Vampire en secouant la tête. La Trinité peut pas s'effondrer, elle est en pierre.

En guise de réponse, l'ingénieur frappa bruyamment dans ses mains. Le tas de terre et de gravats qui bouchait la porte trembla, et quelques cailloux dégringolèrent de son sommet.

— Ah ! lâcha Senka, étouffant un cri, la main pressée sur sa bouche.

Mais les autres ne l'entendirent pas : ils étaient bien trop préoccupés. L'un jetait autour de lui des regards effrayés, l'autre avait rentré la tête dans les épaules. Quant au commissaire, il se protégeait carrément la tête des mains.

La Mort se tourna vers Senka, pour la première fois en tout ce temps. Elle effleura son front du bout des doigts et chuchota :

— N'aie pas peur, tout va s'arranger au mieux.

Il voulut répondre : « Personne n'a peur ici », mais n'en eut pas le temps : elle lui tournait déjà le dos.

Eraste Pétrovitch attendit que les araignées eussent cessé de s'agiter, puis dit d'une voix forte et autoritaire :

— Avant de déterminer qui d'entre nous sortira vivant d'ici, je vous propose de vider par terre le magasin de vos armes. Qu'un coup de feu parte fortuitement et il n'y aura pas de vainqueur.

Le Gabelou fut le premier à réagir :

— C'est une proposition sensée.

Il reçut aussitôt le soutien de l'Œil :

— Je suis d'accord. Les balles, comme on sait, sont aveugles.

Tu parles ! Ces deux-là n'avaient pas besoin de se servir d'un revolver, et d'ailleurs, l'Œil semblait même ne pas en avoir.

Plissant les paupières d'un air furieux, le Prince maugréa, mâchoires serrées :

— Mes dents me suffisent pour te déchirer la gorge.

Sur quoi il fit basculer le barillet de son arme et le vida sur le sol.

Le Vampire hésita un instant ; mais comme quelques pierres dégringolaient encore du haut de l'éboulement, il se décida et suivit l'exemple de son plus farouche ennemi.

Le commissaire n'avait guère envie de se séparer de son colt. Il jeta un coup d'œil anxieux vers la sortie, prêt visiblement à mettre les bouts, mais Eraste Pétrovitch était là, qui barrait le chemin.

— Eh bien ! Votre Trou de mes fesses... (Le Gabelou avait collé son revolver sur le front de son chef.) Fais ce qu'on te demande !

Le colonel essaya bien d'obéir, mais ses mains tremblaient trop. Alors il se contenta de jeter son arme : le revolver heurta bruyamment le sol, effectua une ou deux rotations sur lui-même puis s'immobilisa.

Le dernier à se débarrasser de ses munitions fut le Gabelou.

— C'est encore mieux comme ça, gloussa-t-il en retroussant ses manches. Ces articles-là, ça ne vous cause que des tracas. Allez, mesurons-nous, chacun prend le sien. Mais attention, en silence ! Le premier qui braille, il est mort.

Le Prince sortit son coup-de-poing américain de sa poche. L'Œil s'écarta vers le mur, secoua la main, et aussitôt une lame scintilla entre ses doigts, tel un petit poisson brillant. Le Vampire se pencha, prit une barre d'argent dans le tas et en esquissa deux ou trois vigoureux moulinets. Le commissaire ne demeura pas non plus en reste. Il se réfugia vivement dans un coin, fit entendre un bref claquement, et de son poing jaillit une fine bande d'acier : ce même canif avec lequel il découpait sa pomme au commissariat.

L'ingénieur s'avança simplement, la démarche souple, les jambes légèrement arquées. Ah oui, vraiment, quelle tête, cet Éraste Pétrovitch, comme il avait habilement retourné la situation ! Il allait maintenant leur montrer ! se disait Senka en se frottant les mains à l'avance. Ils allaient voir ce qu'ils allaient voir, quand il commencerait à jouer des pieds et des mains, dans toutes les règles de la science japonaise.

Skorik toucha l'épaule de la Mort pour l'inciter à regarder ce qui allait suivre. Mais elle lui dit :

— Ah, comme tout se conclut à merveille, comme si Dieu exauçait nos prières ! Lâche-moi donc, Senka.

Elle se retourna, déposa un rapide baiser sur sa tempe et courut jusqu'au milieu de la chambre.

— Et me voici, moi, votre Mort ! Toujours là quand on l'appelle !

Elle se baissa, ramassa vivement par terre le second revolver que le commissaire avait jeté, l'empoigna à deux mains et arma le chien.

— Merci à vous, Eraste Pétrovitch, dit-elle à l'ingénieur pétrifié. Votre plan était parfait. Partez maintenant, votre présence n'est plus nécessaire. Emmenez Senia, et vite ! Quant à vous, mes amants chéris (elle s'était tournée vers les autres), vous restez ici, avec moi.

Le Prince, poussant un rugissement, fit mine de se jeter sur elle, mais la Mort braqua le canon de son arme au plafond.

— Halte, ou je tire ! Tu crois que j'aurais peur ?

Si brave que fût le Prince, il recula, tant le cri de la jeune femme était convaincant.

— Que faites-vous ! s'exclama M. Nameless, recouvrant ses esprits. Je vous en prie, allez-vous-en ! Vous n'allez faire que tout gâcher.

Elle secoua vigoureusement la tête, les yeux brillants.

— Certainement pas ! Comment partirais-je d'ici, quand le Seigneur m'a accordé une telle grâce ? J'ai toujours craint de me trouver un jour étendue, sans vie, dans un cercueil, exposée aux regards de tous. A présent personne ne me verra morte, et on n'aura pas besoin de m'ensevelir. Notre mère la Terre me servira de linceul.

— Vous n'avez aucune raison de mourir ! s'écria Eraste Pétrovitch. Quelle idée vous êtes-vous mise dans...

— Allez ! souffla le Gabelou.

Et tous trois, lui, le Prince et le Vampire, se ruèrent sur l'ingénieur.

Le policier le heurta de toute sa masse énorme, le plaqua contre le mur, et, lui saisissant les poignets, chercha à le maintenir bras en croix.

— Tenez-lui les jambes, grinça le Gabelou. Il est champion pour les coups de pied.

Le Prince et le Vampire s'accroupirent et lui empoignèrent les pieds. M. Nameless avait beau se débattre comme un poisson pris à l'hameçon, il lui était impossible de se libérer.

— Lâchez-le ! cria la Mort en pointant son revolver.

Mais elle ne tira pas.

— Eh, le binoclard, ôte-lui son arme ! commanda le Gabelou.

L'Œil s'avança droit sur la Mort, en psalmodiant :

— Rends-moi, cruelle, je t'en prie, le gage sacré de l'amour.

Elle se tourna vers le valet.

— N'approche pas. Je te tue !

Mais les mains délicates qui étreignaient le revolver ne cessaient de trembler.

— Tirez sur lui ! N'ayez pas peur ! lança Eraste Pétrovitch en désespoir de cause, cependant qu'il luttait toujours pour se dégager.

Hélas, le Gabelou le maintenait solidement de ses pattes puissantes, et, crispés sur lui, ni le Vampire, ni le Prince, même s'ils se montraient les dents avec haine, ne semblaient près de le lâcher.

— Diable d'imbécile, arrêtez ! hurla le commissaire. Elle va tirer pour de bon ! Vous allez tous nous perdre !

Les lèvres minces du valet esquissèrent un sourire :

— Imbécile vous-même. Mademoiselle ne tirera pas, elle voudra épargner son beau brun. Cela s'appelle de l'amour, pauvre sale flic.

Soudain, en deux grands pas rapides, il fut sur la Mort, lui arracha le colt des mains et le balança plus loin, vers l'entrée de la chambre. Après quoi il déclara d'un ton tranquille.

— Et maintenant, achevez le gros malin, il n'y a plus aucun risque.

— Et comment ? Avec les dents peut-être ? rétorqua le Gabelou, le souffle court, la face rougie par l'effort. Il est costaud, le bougre, c'est à peine si on arrive à le tenir.

— Très bien, soupira l'Œil, le devoir des intellectuels est de venir en aide au peuple. Allez, serviteur de l'ordre, poussez-vous un peu.

Le Gabelou s'écarta autant qu'il put, et le valet, sans hâte, leva son couteau, prêt à le lancer. On allait voir jaillir un éclair d'acier, et ce serait la fin d'Eraste Pétrovitch Nameless, ingénieur américain.

Le colt traînait à quelques pas de l'ouverture, luisant d'un sombre éclat, tel un clin d'œil adressé à Senka : alors quoi, Skorik, pas cap' ?

Il se précipita sur l'arme, s'en empara et hurla comme un perdu :

— Stop, l'Œil ! Tu es mort !

L'autre se retourna. Ses maigres sourcils se haussèrent, étonnés.

— Tiens ! Acte sept. Les mêmes, plus Skorik. Pourquoi es-tu revenu, idiot ?

— Eh, petit ! lui dit d'un ton anxieux le commissaire en se serrant contre la paroi. Ne fais pas ça ! Tu le sais pas, mais il ne faut pas tirer ici ! Ça pourrait déclencher un éboulement. On serait tous ensevelis !

— Eboulement ! ! ! cria tout à coup Eraste Pétrovitch d'une voix stridente.

Dans le même instant, un grondement se fit entendre, le tas de terre et de gravats qui bouchait l'ouverture de la porte frémit puis s'effondra, et sous les hurlements de terreur du commissaire, une noire silhouette, épaisse, trapue, émergea de l'amas de décombres. En un bond, elle gagna le centre de la cave et, poussant un cri de guerre, se jeta sur le valet.

Massa !

Pour un miracle, c'était un vrai miracle !

Eraste Pétrovitch profita aussitôt de la confusion de ses ennemis : le Prince s'en alla dinguer dans un sens, le Vampire dans l'autre. Certes, l'ingénieur ne parvint pas à se libérer des pattes du Gabelou, et après une courte lutte tous deux s'affalèrent sur le sol, le policier prenant le dessus et clouant son adversaire à terre en le maintenant solidement par les poignets, comme auparavant. Cependant, cette fois-ci, le Vampire et le Prince ne vinrent pas lui prêter main-forte : la haine qu'ils se vouaient s'était révélée la plus forte, et les deux pègres, roulant dans la poussière, s'affrontaient corps à corps.

L'Œil balança son couteau sur le Japonais, mais celui-ci eut le temps de se baisser. Il esquiva avec la même facilité le deuxième et le troisième couteau. Cependant, quand il eut vidé l'arsenal caché dans sa manchette, le valet ne désempara pas : il écarta un pan de son long surtout, et Senka distingua une canne de bois passée dans la ceinture de son pantalon.

Ce que dissimulait cette canne, Senka se le rappelait fort bien : une longue lame acérée pareille à une épée. Il n'avait pas oublié avec quelle adresse le valet maniait cette arme terrible.

Main gauche dans le dos et pied droit en avant, l'Œil se rapprocha à petits bonds, sa lame sifflant en l'air et décrivant à chaque pas des cercles fulgurants. Massa recula. Pas étonnant ! Que pouvait-il à mains nues ?

— Je vais tirer ! Je vais tirer ! cria Senka.

Mais personne ne lui accorda même un regard.

Il était là, debout, comme un idiot, avec son pistolet chargé, et tout le monde s'en contrefichait, chacun occupé à son affaire : le Gabelou, à cheval sur l'ingénieur, cherchait à frapper celui-ci au visage de son front d'airain ;

le Prince et le Vampire rugissaient et glapissaient comme deux chiens enragés ; l'Œil s'employait à acculer Massa dans un angle de la cave ; la Mort tentait vainement de faire lâcher prise au Gabelou (mais que pouvait-elle contre un tel taureau ?) ; le colonel regardait autour de lui d'un air hébété, son couteau-diable à ressort pointé en avant.

— Pourquoi tu restes planté là, Trou de mes fesses ? ! lui lança le Gabelou d'une voix rauque. Tu vois bien que j'en viendrai pas à bout tout seul ! Saigne-le ! On arrangera ensuite nos affaires entre nous !

L'infâme commissaire – et ça se disait serviteur de la loi, encore ! – obéit et se précipita vers l'homme étendu à terre pour l'égorger. Il repoussa la Mort, brandit son arme, mais elle se cramponna à son bras.

— Mais regardez-moi donc, bande de salauds ! hurla Senka d'une voix étranglée de larmes. (Il agita son colt.) Je vais tirer, je vous dis, tout va s'effondrer sur les ordures que vous êtes !

Solntsev fit passer le couteau dans sa main gauche et, sans regarder, en frappa la Mort au côté. La jeune femme s'affaissa par terre. Son visage prit une expression étonnée, ses sourcils effilés s'arrondirent comme s'ils exprimaient une sorte de joie. Avec précaution, elle couvrit de ses mains l'endroit blessé, et Senka s'aperçut avec horreur que du sang coulait entre ses doigts blancs.

— Pousse-toi, nom de Dieu ! souffla le commissaire en tombant à genoux. Je vais lui couper la gorge !

Et Skorik alors n'hésita plus. La sainte Trinité pouvait bien tous les aplatir sur place, dès lors que les choses tournaient ainsi. Il pointa son revolver devant lui et, sans viser, pressa la détente.

Il fut immédiatement assourdi, il n'entendit même pas vraiment le coup de feu : ses oreilles se bouchèrent, et ce fut tout. Une langue de feu jaillit du canon de l'arme, la tête du colonel pivota brutalement sur le côté, comme pour indiquer une direction, et son corps suivit dans l'instant, basculant exactement dans la direction donnée.

Ensuite, tout s'acheva très vite, dans un silence retentissant, un silence atroce.

Le plafond, lui, ne bougea pas, ne s'effondra pas, il s'en détacha juste une poignée de poussière. Eraste Pétrovitch, en revanche, parvint d'une secousse à libérer sa main gauche de l'étreinte du Gabelou qui, au bruit, venait de tourner la tête. Cette main, l'ingénieur l'utilisa de la manière suivante : il serra le poing et frappa le policier d'un coup sec un peu au-dessous du menton. Le Gabelou émit juste un râle, puis s'abattit sur le flanc, comme un bœuf à l'abattoir.

Senka regarda de l'autre côté, prêt à tirer également sur l'Œil avant qu'il n'ait embroché Massa avec son aiguillon. Mais son aide ne fut pas nécessaire. Ayant acculé le *senseï* dans un des angles de la chambre, le valet, tel un ressort qui se détend, lança en avant sa main armée. Tout indiquait qu'il devait épingler le Japonais au mur, et cependant la lame ne heurta que la pierre : Massa fit un bond sur la gauche et leva vivement le bras en l'air. De sa main vola un petit objet brillant. L'Œil, dans l'instant, chancela sur ses jambes, comme soudain changé en poupée de chiffon. Il porta mollement une main à sa gorge, mais ne parvint pas à l'atteindre : ses bras retombèrent, ses genoux fléchirent, et il s'effondra sur le dos. Sa tête se renversa en arrière, et l'on put voir qu'une petite étoile de métal aux pointes acérées était profondément enfoncée dans sa gorge. Un sang noir bouillonnait autour de l'étrange chose, mais l'Œil lui-même reposait tranquille, seules ses jambes tressaillaient légèrement.

Le Prince et le Vampire, eux non plus, ne donnaient plus de ruades, ne se roulaient plus sur le sol. En y regardant mieux, Senka découvrit que le Vampire avait l'arrière du crâne défoncé, partout marqué de creux sombres laissés par le coup-de-poing américain. Ce crâne en miettes reposait juste à l'endroit où aurait dû se trouver la gorge du Prince. Les yeux exorbités de l'ancien ennemi de Senka fixaient obstinément le plafond. Ça alors ! Lui qui avait tant de fois menacé de lui déchirer la gorge était mort lui-même égorgé. Le Vampire avait tout de même fini par se repaître du sang du Prince. Les araignées s'étaient entre-dévorées...

Senka pensait à tout cela, pour ne pas penser à la Mort. Il ne voulait même pas regarder dans sa direction.

Quand, malgré tout, il jeta un furtif regard derrière lui, il la vit assise, adossée au mur. Les yeux clos, le visage figé, livide. Skorik s'empressa de détourner les yeux à nouveau.

Peu à peu, le silence assourdissant qui régnait dans la chambre perdit du terrain. On entendit le Gabelou hoqueter, puis Massa pousser un han en extrayant son étoile magique de la gorge du valet.

— Ben, il s'est pas effondré, ce plafond, dit Senka à l'ingénieur, d'une voix tremblante.

— Pourquoi se serait-il effondré ? répliqua l'ingénieur, le souffle court, en se dégageant de sous la pesante carcasse du policier. La maçonnerie est de qualité, elle tiendra bien m-mille ans. Ouf ! il doit peser dans les deux cent cinquante livres… Pourquoi restes-tu planté là, Senia ? Aide la dame à se relever.

M. Nameless, par conséquent, n'avait pas vu le commissaire la frapper de son couteau.

— Mais celui-ci, il ne risque pas de redevenir dangereux ? demanda Skorik à propos du Gabelou, toujours hoquetant.

Ce n'était pas qu'il en eût peur : il voulait gagner du temps. Il préférait pour l'instant se dire que la Mort était simplement assise comme ça contre le mur, non pas morte, mais endormie ou, par exemple, évanouie.

— Il ne risque pas, non. Le coup qu'il a reçu est celui dit « de la g-griffe du dragon », il est mortel.

Voilà alors Eraste Pétrovitch qui se lève, s'approche de la jeune femme assise, lui tend la main.

Senka étouffa un sanglot et se tint prêt. L'ingénieur, dans un instant, allait pousser un cri.

La Mort cependant se trouva n'être pas morte du tout. Elle se ranima soudain, ouvrit des yeux immenses, radieux, regarda de bas en haut Eraste Pétrovitch et sourit.

— Que… Qu'avez-vous ? demanda-t-il, effrayé.

Il s'accroupit auprès d'elle, écarta ses doigts posés sur la blessure et – Senka avait deviné juste – poussa un cri.

— Pourquoi avez-vous fait cela, pourquoi ? bredouilla M. Nameless en même temps qu'il lui déchirait sa robe et sa chemise de dessous. J'avais tout calculé ! Massa avait creusé l'éboulis à l'avance, il se tenait en embuscade et n'attendait que mon signal ! O Seigneur… gémit-il en découvrant l'entaille noire au-dessous du sein gauche.

— Je sais que tu en serais venu à bout sans moi, murmura la Mort. Tu es fort…

— Mais alors pourquoi ? Pour-quoi ? demanda-t-il d'une voix entrecoupée.

— Pour que tu vives. Il ne fallait pas que tu restes avec moi... A présent tu es éternel, rien ne pourra te vaincre. Moi, ta Mort, je suis morte...

Et elle ferma les yeux.

Eraste Pétrovitch poussa à nouveau un cri, encore plus fort que le premier, tandis que Senka éclatait en sanglots.

Mais elle n'était pas morte. Ce n'était pas pour rien qu'on l'avait baptisée la Vive avant de l'appeler la Mort, on ne donne pas de tels surnoms sans bonne raison.

Elle vécut encore longtemps ensuite. Peut-être une heure entière. Elle respirait, esquissa même un sourire une fois, mais ne dit plus un mot ni ne rouvrit les paupières. Puis elle cessa de respirer.

Qu'elle est belle, pensait Senka. Et quand elle sera couchée dans son cercueil, si on lui lave le visage de la poussière qui le salit, et qu'on lui peigne ses cheveux, et qu'on l'entoure de fleurs (il y faudrait de la fleur d'oranger, qui signifie « pureté », et aussi des rameaux d'if, « amour éternel »), elle paraîtra plus belle encore. Ses père et mère viendront la reprendre, parce que c'est leur droit, et l'enseveliront dans la terre humide, et placeront au-dessus une croix de pierre blanche, sur laquelle ils graveront le nom qu'elle portait autrefois, puis ajouteront au-dessous : « Ci-gît la Mort. »

COMMENT SENKA LUT LE JOURNAL

Une fois pris le départ, ils roulèrent quatorze heures d'affilée sur la grand-route, sans s'être concertés. Ils parcoururent ainsi près de trois cents verstes, ne s'arrêtant que deux fois pour remplir le réservoir avec le carburant transporté dans un bidon. Pas un mot ne fut échangé entre le chauffeur et son assistant. Senka s'acquittait des tâches qui lui incombaient : il donnait de la corne, agitait le fanion, se penchait par-dessus la portière dans les virages serrés, surveillait les roues, toujours susceptibles de prendre du jeu. L'assistant était également censé suivre l'itinéraire sur la carte, mais Skorik n'y parvenait guère. Sitôt qu'il penchait la tête, son nez coulait, de l'eau salée lui dégoulinait des yeux, une boule se formait dans sa gorge. Les larmes l'empêchaient de voir sur la carte autre chose que des taches de couleur. Mais s'il regardait l'horizon, pour que le vent gonfle ses cheveux, alors ça allait mieux, ses yeux et ses joues avaient tôt fait de sécher.

M. Nameless pleurait-il ? C'était difficile à savoir, car son visage était presque entièrement masqué par ses lunettes de protection. L'ingénieur gardait les lèvres constamment serrées, mais la commissure de sa bouche semblait tressaillir par instants.

Et puis juste après Viazma, le bandage de la roue avant craqua, ce fameux bandage coulé d'une pièce. Il n'y eut rien à faire : on dut pousser le tripode jusqu'à la ville qu'on venait de dépasser. Impossible de continuer sur deux roues, ce n'était pas une bicyclette.

Les bandages de secours, comme toutes les autres pièces de rechange, suivaient dans une voiture attelée qui transportait également Massa et sa compagne de voyage. Ladite voiture s'était depuis longtemps laissé distancer par le « Tapis-volant ». On pourrait s'estimer heureux si elle parvenait à Viazma le lendemain soir. C'est pourquoi l'on dut, bon gré mal gré, s'organiser pour passer une nuit et une journée sur place. La décision se prit toute seule, encore une fois sans qu'une parole fût dite. Les *sportsmen* ne voulurent pas dîner et se retirèrent chacun dans sa chambre pour dormir.

Le lendemain matin, Senka sortit de l'hôtel, donna du balai aux chenapans du coin pour qu'ils cessent de traîner autour de l'engin, et refusa de répondre à leurs questions idiotes, n'étant pas d'humeur à cela. Puis il s'en fut à la gare acheter le journal de Moscou.

Eh bien, en parlait-on déjà ou non ? Il ouvrit tout de suite le *Bulletin* à la cinquième page, où l'on traitait du théâtre et du sport.

On en parlait, impossible d'y échapper.

LE DÉPART A BIEN EU LIEU

En dépit de la pluie et du vent, hier, à midi, se sont rassemblés sur la place Triomphale de nombreux adeptes de l'automobilisme, cette religion nouvellement révélée, pour l'heure encore exotique en nos vastes contrées. Ils venaient assister au départ du motocross Moscou-Paris que nous avons déjà évoqué dans ces colonnes, et dont nous nous proposons de suivre le déroulement grâce aux communications télégraphiques. Le public a salué le chauffeur M. Nameless et son jeune assistant par des applaudissements enthousiastes. Les *sportsmen* paraissaient émus et concentrés, ils ont refusé de rencontrer les représentants de la presse. Nous ne leur souhaiterons pas sept pieds d'eau sous la quille (les ornières dont sont semés les grands espaces russes sont déjà suffisamment profondes), mais plutôt, comme il est d'usage chez les automobilistes, de solides bandages et des bougies fidèles.

Senka relut l'article une bonne dizaine de fois, s'attardant même à haute voix sur le passage concernant le jeune assistant, en y mettant de l'expression.

Il replia soigneusement le *Bulletin* et soudain remarqua un gros titre en première page.

POUR LA DÉFENSE DE SES CONCITOYENS

Drame sanglant à la Khitrovka

Nous rapportons ici plusieurs précisions concernant les événements d'hier, objets de tant de rumeurs et de conjectures.

Dans la nuit du 23 septembre, au cœur du miséreux et tristement célèbre quartier de la Khitrovka, une véritable bataille rangée a opposé les forces de l'ordre et un certain nombre de bandits. La police a mis fin à la « carrière » criminelle des chefs des deux bandes les plus dangereuses de Moscou, à savoir le Prince et le Vampire, lesquels ont préféré la mort à une arrestation. A été tué également un ancien étudiant nommé Kouzminski, forçat évadé recherché depuis longtemps par les autorités judiciaires sur le territoire de toutes les Russies

Hélas, cette affaire a entraîné également des pertes dans les rangs des gardiens de la loi. L'officier en charge du Troisième Commissariat du district des Bouchers, le colonel Solntsev, ainsi que l'agent Gabrilov ont connu une mort héroïque en luttant pour protéger la population de Moscou. Le premier était jeune et promettait beaucoup, le second n'était plus qu'à deux ans d'une retraite méritée. Que la mémoire des héros vive éternellement.

L'aide de camp du grand maître de la police a refusé de communiquer à la presse des informations complémentaires, et s'est contenté d'ajouter qu'au cours de la fusillade une autre personne, de sexe féminin celle-là, avait trouvé la mort, qui n'était autre que la maîtresse (ou pour s'exprimer dans le jargon de la pègre, la « ménesse ») du Prince.

Cependant notre correspondant a réussi à mettre en lumière une intéressante circonstance, très directement liée à la tragédie de la Khitrovka.

Lire en page 3, dans la rubrique « Faits-divers », l'article intitulé « Une noble action » !

Ah, les vermines ! ah, les pourritures de flics ! s'indigna Skorik. Tout retourner, tout défigurer de la sorte ! Et pas un mot sur Eraste Pétrovitch ni sur Massa, alors que M. Nameless avait laissé une lettre dans une enveloppe au nom du chef de la police, où il décrivait par le menu tout ce qui s'était passé.

Des héros, tu parles ! Il fallait écrire une lettre à la rédaction du journal, voilà ce qu'il fallait faire. Que les gens sachent la vérité. Ah, les journalistes, les chiqueurs, les endormeurs, les paillasses ! Ils publiaient n'importe quoi sans même vérifier !

Encore bouillant de colère, Senka ouvrit le journal à la troisième page.

Qu'est-ce qu'elle était déjà, cette action ?

Ah oui, voilà.

UNE NOBLE ACTION

D'après des renseignements obtenus par la rédaction de source confidentielle, le récent et grave affrontement entre policiers et brigands (cf. l'article « Pour la défense de ses concitoyens », en p. 1) aurait été la conséquence d'une embuscade tendue par des policiers du Troisième Commissariat du district des Bouchers, dans certaine cachette souterraine où était conservée une immense quantité de signes monétaires d'origine ancienne.

Avant-hier, le juge de paix du district de Tioply Stan, gouvernement de Moscou, avait reçu une lettre rédigée à la demande d'un certain S. Skorikov, jeune homme encore mineur, qui avait découvert dans les entrailles de la Khitrovka un trésor d'une valeur fabuleuse.

Au lieu de s'approprier ledit trésor, comme probablement l'eût fait la majorité des Moscovites, le noble jeune homme avait décidé de confier sa trouvaille aux bons soins des autorités de la ville. Entre-temps, cependant, des bandits ont eu vent de l'existence de ce trésor et de son emplacement, ce qu'à son tour la police a appris par l'intermédiaire d'informateurs secrets, et qui lui a donné l'idée d'élaborer le plan de l'audacieuse opération dont toute la ville parle aujourd'hui.

Quant à nous, au nom de tous les habitants de l'ancienne capitale, nous félicitons le citoyen modèle Skorikov de la récompense qui, selon la loi, devrait lui être versée. Et nous nous félicitons nous-mêmes de voir grandir une merveilleuse génération à laquelle pourra être confié sans crainte l'avenir de ce nouveau vingtième siècle.

Disponible en librairie

Alors qu'une enquête l'entraîne dans les bas-fonds de Moscou, Eraste Fandorine doit résoudre simultanément le mystère d'une série de suicides qui endeuille la ville. Toutes les victimes semblent avoir fréquenté un cercle de poètes s'affirmant « Amants de la Mort »...

« En écrivant *La Maîtresse de la Mort* et *L'Amant de la Mort*, je me suis lancé dans une expérience littéraire inédite. Quoique absolument distincts, ces deux romans créent, ensemble, un effet stéréo que seul le lecteur qui les lira tous les deux, dans l'ordre qu'il souhaite, entendra. »

Boris Akounine

Composé par Nord Compo
à Villeneuve-d'Ascq

Achevé d'imprimer sur les presses de

BUSSIÈRE

GROUPE CPI

à Saint-Amand-Montrond (Cher)
en novembre 2006

N° d'édition : C 06770. — N° d'impression : 063930/1.
Dépôt légal : novembre 2006.

Imprimé en France